A Revolução da Rosa

DISNEY
QUEEN'S COUNCIL

A Revolução da Rosa

EMMA THERIAULT

São Paulo
2024

Grupo Editorial
UNIVERSO DOS **LIVROS**

Rebel Rose
Copyright © 2020 Disney Enterprises, Inc.

© 2024 by Universo dos Livros

Todos os direitos reservados e protegidos pela Lei 9.610 de 19/02/1998. Nenhuma parte deste livro, sem autorização prévia por escrito da editora, poderá ser reproduzida ou transmitida sejam quais forem os meios empregados: eletrônicos, mecânicos, fotográficos, gravação ou quaisquer outros.

Diretor editorial
Luis Matos

Gerente editorial
Marcia Batista

Produção editorial
Letícia Nakamura
Raquel F. Abranches

Tradução
Gabriela Peres Gomes

Preparação
Bia Bernardi

Revisão
Ricardo Franzin
Aline Graça

Arte
Renato Klisman

Dados Internacionais de Catalogação na Publicação (CIP)
Angélica Ilacqua CRB-8/7057

T357r
　　　Theriault, Emma
　　　A revolução da rosa / Emma Theriault ; tradução de Gabriela Peres Gomes.
　　　— São Paulo : Universo dos Livros, 2023.
　　　336 p. (Coleção Queen's Council ; Vol. 1)

　　　ISBN 978-65-5609-364-2
　　　Título original: *Rebel Rose*

　　　1. Ficção canadense 2. Literatura fantástica 3. Contos de fadas
　　　I. Título II. Gomes, Gabriela Peres III. Série

23-2060　　　　　　　　　　　　　　　　　　　　　　CDD 813

Universo dos Livros Editora Ltda.
Avenida Ordem e Progresso, 157 — 8º andar — Conj. 803
CEP 01141-030 — Barra Funda — São Paulo/SP
Telefone: (11) 3392-3336
www.universodoslivros.com.br
e-mail: editor@universodoslivros.com.br

*Para todos aqueles que desejam
viver em um mundo bem mais amplo.*

Vincit qui se vincit.

Vence quem vence a si mesmo.

rella chegara ao castelo sob o disfarce de uma velha mendiga. Assumira de propósito a aparência de uma criatura digna de pena: encapuzada, envolta em farrapos e encharcada até os ossos pelos granizos que fendiam feito punhais o céu escurecido. Abençoada com o dom da clarividência, Orella nunca tinha sido tão assombrada por uma de suas visões. Uma revolução sangrenta se avultava sobre a França, da mesma forma que se avultara sobre os Estados Unidos e um dia se avultaria sobre o Império Russo. A morte marchava ao encontro de milhares e milhares de pessoas. Orella não teve escolha a não ser tentar poupar a vida do povo de Aveyon. No castelo, o príncipe se portou exatamente como ela havia previsto. Rejeitou seu pedido de se abrigar ali em troca de uma rosa vermelho-sangue. O sofrimento do príncipe lhe saltou aos olhos: a perda aguda do amor da mãe e a ausência dolorosa do amor paterno, a orfandade repentina que o deixou à deriva em um mundo que ele mal compreendia, o peso de reinar recaindo sobre os ombros imberbes. Usava a crueldade como um escudo que lhe cingia o coração e o transformava em pedra. Havia quem acreditasse que, com o tempo, o príncipe abandonaria a rudeza que o infectara como uma doença, mas ela não se deixava enganar.

Se ela não interferisse, exércitos marchariam por campos calcinados, lutando por quaisquer migalhas e escombros remanescentes de um mundo em ruínas. Tinha feito o que podia em Versalhes, mas não adiantara de nada. Se o fracasso se repetisse em Aveyon, o reino seria um catalisador sombrio para o restante da Europa e além. Dessa vez, Orella não podia falhar.

Por mais que soubesse o que iria acontecer, ficou de coração partido quando o príncipe a rechaçou pela segunda vez, selando o próprio destino. Despiu-se de seu disfarce e deixou a verdadeira forma tomar o cômodo. Orella era uma chama em meio à escuridão, ao mesmo tempo tão antiga quanto a Terra e tão jovem quanto o primeiro broto da primavera. Ela viu o medo nos olhos do príncipe e o movimento dos seus lábios em um sussurro: *Feiticeira*.

Orella não era uma feiticeira, mas lhe convinha que o príncipe acreditasse que era. A bem da verdade, era ao mesmo tempo mais do que uma feiticeira e menos do que uma. Seus poderes eram maiores, mas seu propósito era mais definido. Jamais imaginou que teria que se revelar diante de um príncipe, mas seu dom não a deixaria ficar de braços cruzados.

O príncipe implorou por perdão, jurou que era capaz de mudar, e foi só então que ela teve um vislumbre da bondade que ele mantinha escondida e do rei que poderia se tornar. Mas as promessas nascidas do medo não têm o mesmo peso daquelas nascidas do amor. Com um estalar de dedos, Orella transformou o príncipe, confinando-o a uma aparência monstruosa que o forçaria a mudar o próprio coração. Com outro estalar, lançou um feitiço poderoso sobre o castelo e todos que ali viviam, apagando-os da mente das pessoas de fora. Não fez isso de bom grado. Queria dizer ao príncipe que a maldição servia a um propósito, queria alertá-lo sobre as chamas que lamberiam a França e o reino de terror que se instauraria a seguir, mas já tinha se intrometido demais.

Em vez disso, Orella lhe entregou os únicos presentes que pôde conceber: um espelho mágico para ancorá-lo ao mundo que ele estava deixando para trás e a rosa que ela lhe oferecera, encantada para garantir que ele não se demorasse em cumprir seu propósito.

Ao sair do castelo, Orella foi invadida por uma visão bruxuleante de uma garota de vestido azul e avental de musselina branca usando uma coroa — às vezes o corpo da jovem parecia queimado, às vezes parecia intacto. Era uma visão tênue demais para que pudesse ser lida com nitidez; muita coisa poderia mudar antes de ser concretizada. Mas a coroa na cabeça da garota dizia a Orella que ao menos havia cumprido o objetivo que a levara ao castelo.

Tinha colocado os dois no caminho certo. Agora caberia a Bela e ao príncipe fazer o restante.

CAPÍTULO UM

DEZ ANOS DEPOIS – JULHO DE 1789

Era uma vez um príncipe amaldiçoado que se apaixonou por uma garota obstinada e, juntos, eles salvaram o reino. Mas isso era o passado, e conforme sua carruagem chacoalhava sobre as pedras da Pont Neuf, os pensamentos de Bela estavam voltados para o futuro.

Paris estava exatamente como ela se lembrava: tão frenética, caótica e envolta de fumaça que ameaçava sobrepujar uma garota acostumada a campos verdejantes e mercadinhos desgastados.

Ela se inclinou para fora da janela a fim de admirar a cidade depois dos dias de monotonia no interior. Lumière ainda dormia na outra ponta do banco, todo encolhido, na mesma posição em que passara a maior parte do trajeto. Atrás de Bela, a mão do marido segurava-lhe as saias como se quisesse mantê-la perto, mas ela não conseguia resistir à vista. A cidade estava visceralmente viva do lado de fora. A ponte fervilhava de todo tipo de gente: buquinistas com suas bancas de livros e panfletos antigos; charlatões anunciando seus remédios milagrosos sobre plataformas elevadas; malabaristas se esforçando para impressionar as *grisettes* que voltavam para casa depois de um dia árduo de trabalho. Com um misto de horror e fascínio, Bela assistiu a um barbeiro-cirurgião arrancar o dente de um pobre rapaz, fincando o pé na mureta da ponte para fazer força. E, lá embaixo, o turvo rio Sena ainda cintilava à luz do fim de tarde, as margens apinhadas de parisienses buscando em suas águas frias um refúgio para o calor de verão.

Naquele momento, Bela sentia o mesmo deleite que sentira muito tempo antes, quando, espremida entre as invenções na carroça do pai, tinha visto a cidade pela primeira vez. Passara anos tentando se convencer de que não tinha sido tão grandioso e que a vida em Aveyon não havia sido tão monótona em comparação. Tinha feito de tudo para se lembrar apenas da sujeira e do fedor de Paris, e essas coisas realmente estavam lá, mas sob elas estendia-se uma cidade repleta de gente, indústrias e iluminismo, repleta de poetas e filósofos, de cientistas e acadêmicos. Era uma cidade que valorizava o conhecimento, viesse de onde viesse, ao contrário de Plesance, sua aldeia pacata, onde zombavam de Bela por ser diferente. Paris se tornou o lugar para onde Bela sonhava em correr, antes de conhecer Lio e mudar o curso de sua vida para sempre.

Ela sorveu a vista da cidade, mal dando conta de acompanhar tudo o que acontecia do lado de fora da carruagem.

— Segundo rezam as lendas, se um homem passar três dias sem ser visto na Pont Neuf, a polícia sabe que ele fugiu de Paris.

— Ah, é? — Lio estava distraído, quieto, preferindo ignorar a cidade que passava pela janela.

Bela se virou para ele.

— Você não mentiu quando disse que não liga muito para isso.

Lio abriu um sorriso intrigado.

— Isso o quê?

— Paris — respondeu Bela, aproximando-se dele. — Quando estou aqui, parece até que vou explodir, mas você… — As palavras morreram em seus lábios quando a carruagem mergulhou em silêncio.

Lio olhou para a ponte movimentada e suspirou.

— Paris foi palco de muitas das minhas lembranças mais tristes. — O sorriso dela desapareceu, e ele tomou-lhe a mão, acariciando a palma. — A sua felicidade me deixa feliz, Bela. Talvez possamos criar novas lembranças aqui.

Bela nunca tinha sido uma daquelas pessoas que sonhavam em se casar, mas depois de quebrar a maldição que se abatia sobre o homem que amava e libertar todo um reino, o casamento não parecia um bicho de sete cabeças. O tempo que passara no castelo encantado a tinha feito mudar. Então, quando Lio a pedira em casamento na biblioteca com que a tinha presenteado, rodeada pelo pai e pela família que ela havia escolhido para si, dizer sim tinha sido a coisa mais natural do mundo.

A maldição ficara no passado, e embora Bela não se arrependesse de ter escolhido Lio, não tinha se dado conta de todas as consequências que acompanhavam tal escolha. Jamais imaginara que passaria a vida em um castelo, nem que se casar com um príncipe traria tantos deveres. Mas os dois precisavam construir uma vida juntos, e Paris seria a primeira parada na grande viagem pela Europa com que Bela sempre sonhou. Horloge, como já era de se esperar, achava tudo aquilo uma perda de tempo. Julgava inapropriado que um *príncipe* se pusesse a viajar pelo continente, mas Bela estava determinada a explorar tudo o que pudesse antes de passar o resto da vida confinada atrás das muralhas do castelo de Lio. Precisava de uma última aventura à qual se agarrar. Lumière decidira acompanhá-los no comecinho da viagem, ávido por visitar as cozinhas dos restaurantes mais renomados de Paris. Horloge o fizera prometer se comportar, mas todo mundo sabia que isso era pedir demais a Lumière, que era tão dedicado a travessuras e folias quanto aos seus deveres como maître do castelo.

Lio abandonou a melancolia.

— Está tudo igualzinho a como você se lembra?

— Paris não mudou — declarou ela com um suspiro. — Eu é que estou diferente.

— Porque agora é uma princesa?

Bela deu um leve beliscão no braço dele conforme a carruagem adentrava a rue Dauphine.

— Não sou uma princesa.

A recusa de Bela em assumir o título de nobreza era um assunto delicado entre os dois. Dessa vez, Lio deixou passar.

— Mas com certeza não é a mesma garota de antes.

Ela se pôs a fitar as paredes almofadadas da carruagem, tracejando as flores em alto-relevo com a ponta do dedo, sem querer que o marido visse seu sorriso titubear outra vez. Ela não sabia como explicar que sempre seria a garota de antes, que nenhum título ou traje luxuoso seria capaz de mudar isso. Bem lá no fundo, era uma camponesa pobre e provinciana que passara a viver em condições muito diferentes. Às vezes, se preocupava que sua vida fosse baseada em ilusões. Lio a via como uma garota digna de um príncipe e de um reino, e ela via a si mesma como uma garota capaz de domar o próprio espírito inquieto e se contentar com uma vida pacata. Ficou se perguntando qual dessas ilusões iria se desfazer primeiro, mas logo Lio mudou de assunto e ela tratou de afastar aquele pensamento desagradável.

— Quer repassar tudo mais uma vez?

Bela fez uma careta. Nenhum dos dois queria visitar a corte de Versalhes, mas era um mal necessário. Seguindo as vontades do rei da França, os governantes do principado de Aveyon seguiam a tradição secular de passar uma temporada na corte francesa. Era uma relação benéfica para ambos os lados, e Lio desejava restaurá-la. Mas tinha passado dez anos afastado da corte, aprisionado por uma maldição que o apagara da memória de todos aqueles que o conheciam. Nenhum deles sabia em que pé estava a relação do príncipe com o rei Luís; ele poderia estar irremediavelmente zangado com Lio, ou poderia tê-lo esquecido por completo. Mas de nada adiantaria ignorar o problema. Cedo ou tarde, teriam que lidar com o rei da França.

Bela conseguia ver que o marido estava nervoso, então tentou tratar o assunto com leveza.

— Bem, a primeira coisa é que não podemos dirigir a palavra a alguém de título mais elevado a menos que a pessoa tenha falado conosco primeiro. Aliás, qual a posição de um *prince étranger* na hierarquia?

Lio encolheu os ombros.

— Bem inferior à de um *prince légitimé* ou à de um *prince du sang*, mas mais elevada que a da maioria dos nobres.

— E quanto à esposa de um *prince étranger*?

Lio arqueou a sobrancelha.

— Bem, depende de ela ter adotado o título de princesa ou não, pois ele lhe garantiria muito mais respeito.

Ela se recusou a morder a isca.

— Então, para não arriscar, não vou falar com ninguém.

Lio revirou os olhos, mas Bela continuou:

— Tem certeza de que seu primo pode nos arranjar um convite?

A corte de Versalhes contava com uma monstruosidade de protocolos e regras de etiqueta, e Bela estava convicta de que jamais os entenderia por completo.

Lio abanou uma das mãos.

— Ele é um duque, Bela.

— E você é um príncipe — ela tratou de responder, categórica.

Ele crispou os lábios.

— Mas ele passou anos socializando e caindo nas graças da corte de Versalhes, então está a par de todos os pormenores. Se existe alguém capaz de nos arranjar uma audiência com o rei, é ele.

Uma versão mais jovem e ingênua de Bela teria presumido que o príncipe de Aveyon poderia arranjar um convite para a corte quando quisesse. A versão mais velha de Bela, porém, sabia que a corte do rei da França era complicada, repleta de camadas complexas e convolutas arquitetadas para controlar os próprios nobres que a compunham. Mesmo com a intervenção do primo de Lio, ainda havia uma chance de serem barrados. As regras de Versalhes tinham sido criadas pelo avô do rei Luís e não podiam ser quebradas. Se não se portassem de forma impecável, poderiam ser rejeitados para sempre.

— Será que estamos preparados para as perguntas do seu primo? — quis saber Bela, expressando sua preocupação mais premente.

Quando Lio enfim se livrou da maldição que se abatera sobre ele, seu reino despertou e viu que o mundo havia se esquecido de todos eles. Ao retomar suas verdadeiras formas, os funcionários do castelo descobriram que suas famílias, que residiam fora do castelo, nem tinham notado sua ausência. A maioria conseguiu retornar à vida normal sem ter que explicar por que tinham passado tanto tempo fora. Era como se a maldição tivesse lançado um manto de esquecimento sobre Aveyon, e, uma vez dissipada, levara consigo esse manto. Felizmente, parecia que o mundo além do castelo estava disposto a aceitá-los de volta sem pestanejar.

Contudo, apesar de ter sido relativamente fácil inventar uma história verossímil o bastante para satisfazer um reino, Bela e o marido temiam que o primo — que no passado tinha sido quase um irmão para Lio — pudesse ser uma exceção.

Lio plantou um beijo no dorso da mão de Bela, tentando aparentar uma confiança na qual ela não sabia se acreditava.

— É claro que estamos, e assim que resolvermos a questão com o rei, prometo que vamos seguir com nossa viagem.

Bela olhou para o marido, analisando o rosto que ela só conhecia havia alguns meses. Depois, aninhou a cabeça junto ao peito dele e ouviu as batidas do coração que ela conhecia havia bem mais tempo.

— Este é nosso primeiro desafio.

Se conseguissem convencer Bastien, duque de Vincennes, de suas mentiras, talvez tivessem uma chance de fazer o mesmo com o rei.

CAPÍTULO DOIS

Quando a carruagem se pôs a deslizar pelo enclave mais rico de Paris, Bela ficou sem fôlego. Não existia nada parecido em Aveyon, onde os palacetes dos nobres locais ficavam polvilhados pelos campos, pequenas ilhas de opulência isoladas e rodeadas por aldeias modestas. A nobreza da França residia majoritariamente em Versalhes. Para os menos nobres, poderia ser desastroso viver longe da corte ou até mesmo se ausentar dela por breves períodos. Apenas os membros mais ricos e poderosos da nobreza francesa tinham casas na cidade, que visitavam de tempos em tempos. Cada uma era maior que a outra, dispostas feito castelinhos em miniatura nas ruas apinhadas de Paris.

— Sabe, achei que as mansões de Saint-Germain pareceriam menores agora que sou mais velha, mas parece que só ficaram mais intimidadoras.

Lio olhou para a fileira de *hôtels particuliers* que passavam pela janela feito um borrão.

— É verdade, mas se você ouvisse a forma como Bastien fala sobre a própria casa, acharia que ele está morando em uma choupana, não em uma mansão.

Bela se recostou no banco e olhou para o marido.

— Ele sempre foi assim tão…

— Mimado? Arrogante? — Lio se remexeu no assento. — Para ser sincero, éramos bem parecidos quando crianças. Crescer juntos criou uma espécie de rivalidade entre nós, algo que era encorajado pelo meu tio. Espero que isso sejam águas passadas.

Uma escuridão tomou conta de seu rosto quando ele se lembrou do menino cruel que havia sido. Por mais que Bela insistisse que seu coração tinha mudado, Lio permitia que anos e anos de culpa recaíssem sobre seus ombros, e carregava aquele fardo como Atlas carregara o peso do mundo nas costas.

Bela tentou abrir caminho em meio às sombras do passado de Lio.

— Você morou na casa do seu tio por quanto tempo?

— Por uns cinco anos. Eu fui para lá quando tinha seis.

Bela fez uma pausa.

— Seis anos é muito novo para ser tirado de perto dos pais.

Ela nem conseguia imaginar uma vida longe dos cuidados do pai. Depois da morte da mãe, eles só tinham um ao outro. Bela e Maurice foram obrigados a aprender a viver sem ela, e a relação dos dois se fortaleceu por causa disso.

Lio ajustou a gola da camisa, que era finamente bordada.

— Meu pai insistiu que eu fosse criado mais perto de Versalhes. Acho que, mesmo à época, ele estava preocupado com a relação entre a França e Aveyon. Queria me transformar em alguém que se sentisse em casa na corte do rei Luís, e não em Aveyon. E depois disso… — Ele fez uma pausa, e Bela sabia que não devia apressá-lo. — E depois disso minha mãe morreu. Partiu antes mesmo de eu saber que ela estava doente. Fui para o funeral em Aveyon e, quando meu pai tentou me mandar de volta para cá, não aceitei. Em casa, pelo menos eu podia andar pelos corredores por onde tínhamos passado juntos, podia ir aos aposentos dela e passar a mão por seus vestidos. Abandonei o nome que meu pai me deu, recusando-me a ser chamado de qualquer outra coisa além de Lio. Já contei a você por que ela me deu esse apelido? — Bela negou com a cabeça. — Quando nasci, minha mãe começou a me chamar de seu *petit lionceau*, seu filhotinho de leão. — O semblante dele estava dividido entre um sorriso e uma careta. — Meu pai era a única pessoa que me chamava pelo nome verdadeiro. Com o tempo, o apelido passou a ser só Lio. Ser chamado de qualquer outra coisa parecia uma desonra à memória dela. Parece insignificante agora, mas me senti mais perto dela depois de sua morte do que quando eu estava em Paris. Eu sabia que isso acabaria se eu voltasse para a casa do meu tio. Meu pai ficou incrivelmente zangado comigo, mas achei que teríamos anos para nos reconciliar. — Os olhos voltaram a fitar as casas pelas quais passavam. — Eu não imaginava que, dali a um ano, me tornaria órfão.

Mais uma vez, Bela sentiu a raiva fervilhar em seu estômago quando pensou na feiticeira que lançara a maldição em Lio. Na época, ele não passava de um garoto sozinho no mundo, entregue ao sofrimento e à raiva, e a feiticeira decidiu puni-lo por isso. Mas Bela e Lio já estavam acostumados a evitar o assunto da maldição quando ele vinha à baila, então ela não disse nada. O silêncio caiu sobre eles quando a carruagem estacionou em frente ao maior *hôtel particulier* que Bela já tinha visto. Parecia até que tinham deixado Paris para trás e enveredado por uma propriedade no campo. Assim que atravessaram o imenso portão, chegaram a um pátio vasto revestido de pedras lisas e rosadas. Havia arvorezinhas e arbustos podados com primazia espalhados por toda parte, misturando-se com as estátuas gregas que ladeavam o perímetro e as colunas românicas grossas que sustentavam a casa. Mesmo em uma rua apinhada de casas magníficas, essa se destacava pela opulência. Mas Bela dificilmente poderia julgar tamanha extravagância, visto que ela mesma morava em um castelo.

Lio acordou Lumière com um leve cutucão. O maître do castelo engoliu um ronco, que logo depois saiu na forma de um bocejo.

— Já chegamos?

— É isso que acontece quando você passa a viagem inteira dormindo, meu caro.

— Ah, mas dormir é a única forma de me refugiar das constantes juras de amor eterno.

Lumière deu uma piscadela e então saltou da carruagem para se encarregar das bagagens, uma incumbência que tomou para si logo no início da viagem, apesar da insistência de Lio e Bela de que poderiam muito bem se encarregar das próprias malas.

Bela desceu da carruagem e, ao sentir o calor opressivo do sol, ficou impressionada com a intensidade do verão parisiense. Era muito mais quente que Aveyon, onde as florestas e montanhas deixavam a temperatura do reino mais amena, fosse qual fosse a estação. Nessa parte da França, contudo, as estações podiam variar muito. Ela sabia que o reino tinha acabado de enfrentar um inverno rigoroso e, por causa das secas do ano anterior, aos agricultores só restara colheitas minguadas e barrigas famintas.

Homens de libré montavam guarda entre as colunas, os trajes grossos empapados de suor em virtude do sol quente.

— Esse nível de proteção é mesmo necessário para um duque que vive em um lugar tão seguro quanto Saint-Germain?

Lio deu uma olhada nos guardas e suspirou.

— Sem dúvida Bastien os usa para alardear seu status.

Bela fez uma pausa.

— Ora, ele parece um homem encantador.

Lio abriu um sorriso.

— Se você ignorar a arrogância e a superioridade, ele de fato é bem encantador. — Puxou-a para mais perto. — Não se esqueça de que já fui tão miserável quanto meu adorado primo, e mesmo assim você se apaixonou por mim.

— É melhor você tomar cuidado. Talvez eu possa tentar a sorte com o duque.

— Boa sorte — respondeu Lio, voltando o olhar para a porta da mansão.

De lá saiu um homem que só poderia ser o duque de Vincennes. A aparência exalava riqueza: a peruca estava enrolada e empoada com o mesmo tom de branco pálido da pele. Os punhos de renda com babadinhos da camisa despontavam do sobretudo de veludo salmão, a gola com bordados intrincados cobria a maior parte do pescoço e os calções acinzentados se estendiam até os joelhos, onde começavam as meias cor de creme que seguiam até as botas de couro de salto. Estava munido de uma bengala com cabo esculpido em marfim e, enquanto descia as escadas para cumprimentá-los, as joias incrustadas em seus anéis reluziam à luz do sol.

— Meu caro primo — disse ele a Lio, tirando o chapéu tricórnio. — Seja bem-vindo à minha humilde residência. Já faz muito tempo que não somos agraciados pela presença de um príncipe. — O tom era sarcástico o suficiente para sugerir que ele considerava o título de Lio uma piada das boas. A essa altura, Bela e Lio já tinham se aproximado dos degraus. — E esta deve ser sua esposa. Devo dizer que o nome não faz justiça a tanta beleza. — Tomou a mão de Bela e a levou aos lábios. Por baixo de toda a pintura e artifícios, ela podia ver que ele era bonito.

Bela resistiu ao ímpeto de sair correndo.

— É um prazer conhecê-lo, Bastien.

O sorriso do duque vacilou por uma fração de segundo antes de ele se recompor e devolver o chapéu à cabeça.

— Digo o mesmo a você, Bela.

Dava até para ouvir a ausência do título que teria sido proferido se Bela não tivesse se dirigido a ele pelo primeiro nome. O duque achava um insulto tratá-la com informalidade, mas ela achava melhor assim. Ele apontou para Lumière e o cocheiro com a ponta da bengala e franziu o cenho.

— Que inusitado você ter vindo sem seu séquito, primo. Esperávamos receber uma multidão. — Ajeitou o colarinho e estreitou os olhos para bloquear o sol. — Bem, isso pouco importa. Vamos sair desse calor? Talvez tomar um pouco de champanhe para nos refrescar?

— Será que podemos estender a cortesia aos nossos acompanhantes? — quis saber Bela.

Bastien estacou, como se não tivesse entendido a pergunta. Virou-se para Lio, que se limitou a sorrir.

— Se você insiste... — respondeu Bastien.

Bela ficou surpresa, mas então percebeu que em Paris as coisas deveriam ser diferentes de Aveyon. Olhou para Lumière, que meneou a cabeça como se dissesse que ela não precisava se preocupar com isso, mas Bela fazia questão de que todos os seus funcionários fossem tratados com respeito.

O duque fez sinal para que um de seus criados viesse ajudar Lumière com as bagagens. O maître do castelo virou-se para eles e fez uma reverência, com movimentos fluidos e graciosos.

— A menos que vocês precisem de mais alguma coisa, tenho uma cidade recheada de iguarias para provar — anunciou ele com uma piscadela travessa e o floreio de mão tão característico.

— Aproveite o passeio, Lumière — desejou Bela.

Bastien olhou para os dois, esforçando-se para entender a dinâmica entre eles, mas por fim desistiu. Em seguida, conduziu Lio e Bela para sua casa palaciana, e ela ficou estonteada assim que viu a parte interna. Tinha ouvido as histórias sobre o lendário Palácio de Versalhes e, pelo que podia ver, Bastien parecia estar fazendo de tudo para reproduzir aquele monumento francês à extravagância. Tudo era dourado, desde os móveis até as luminárias e os rodatetos. As paredes estavam cobertas de espelhos, quadros e tapeçarias de brocado com padrões magníficos, e havia um criado de libré postado em cada soleira, pronto para abrir a porta e fazer uma mesura.

O duque os conduziu por um passeio pela casa labiríntica, cada cômodo mais grandioso que o anterior, apontando quais mesas a mãe dele havia obtido com a Madame de Pompadour, explicando as diferenças entre móveis em estilo grego e rococó, e fazendo uma pausa para insistir que apreciassem as guirlandas de louro douradas que adornavam o que ele chamou de um autêntico armário de Riesener.

— Ele é o *ébéniste* preferido de Maria Antonieta — contou a eles, na esperança de que ficassem impressionados e maravilhados, e soltou um muxoxo quando os dois não reagiram conforme o esperado. — Seus móveis são notoriamente difíceis de encontrar. Isso custou muito mais do que estou disposto a admitir — acrescentou, à guisa de explicação.

Lio assoviou baixinho, e Bela percebeu que era uma tentativa de aplacar a situação. Ela teve que conter o riso quando continuaram a avançar pelos corredores.

Logo ela ficou para trás, detendo-se para estudar os afrescos do teto, os intrincados candelabros de cristal e as inúmeras estátuas de mármore. Antes, ela achava que o castelo de Lio em Aveyon era o auge da opulência, mesmo durante o período que passara em ruínas. Mas a verdade era que só superava a casa de Bastien em tamanho, pois a residência do duque era superior em todos os outros aspectos.

Depois de enveredar por alguns corredores errados, enfim reencontrou Lio e Bastien. Os dois tinham ido parar em uma espécie de sala de estar, talvez um escritório, embora o duque não lhe parecesse uma pessoa muito dada ao trabalho. Estantes repletas de livros forravam as paredes, e uma grande escrivaninha de mogno avultava no meio do cômodo. Bastien estava ao lado de um carrinho apinhado de garrafas de licor, servindo champanhe em tacinhas finas. Ofereceu uma a Bela quando se juntou a eles, e ela aceitou por educação. Em seguida, o duque serviu uma taça para Lio e começou a falar.

— Sabe, primo, toda vez que eu tentava visitar seu pitoresco principado, algo terrível acontecia. — Ele virou-se de frente para os dois e estendeu a taça a Lio. — Carruagens perdiam as rodas, catástrofes surgiam do nada, donzelas precisavam ser resgatadas. Era como se o próprio destino estivesse armando para mim.

Lio pegou a taça e levou uma das mãos ao peito.

— Mas não foi de todo mau, Bastien, já que eu estava gravemente doente.

Bela se esforçou para manter as mãos firmes enquanto escutava Lio contar a mentira que tinham bolado ao perceber que, por conta da maldição, todos que não moravam no castelo tinham passado dez anos sem se lembrar do príncipe.

Quando os dois quebraram a maldição, as recordações retornaram às pessoas do reino e de lugares distantes; lembranças do órfão mimado que era o príncipe de um reino condenado a apodrecer por dez anos. Então, é claro que houvera muitas perguntas, mas não era como se alguém pudesse saber a verdade. Dizer que o príncipe tinha sido acometido por uma doença parecia a solução mais honesta. Assim, não teriam que revelar a todos que Aveyon passara quase uma década governado por uma fera reclusa.

Bastien arqueou uma das sobrancelhas.

— Nenhuma das minhas cartas foi respondida.

Este é nosso primeiro desafio, recordou-se Bela, tentando não entrar em pânico. Se tudo corresse bem com Bastien, o restante do plano poderia funcionar.

— Trocar correspondências estava fora de cogitação, Bastien. Eu estava muito…

— Doente, eu sei. — Ele esvaziou a taça. — Graças a Deus e ao rei por sua recuperação, Lio. Aposto que quase ninguém se recupera de uma doença que perdura por dez anos. — Olhou fixamente para os dois, talvez procurando uma brecha em suas alegações. Bela sorriu com a maior serenidade que conseguiu reunir, e algo pareceu mudar no duque. Ele ergueu a taça vazia. — Um brinde aos bons médicos.

Os ombros de Lio afundaram, mas, aos olhos de Bela, Bastien não parecia ter notado. Lio ergueu a taça para se juntar ao brinde.

— E à família.

— À antiga e à nova — acrescentou Bastien, pondo-se de pé e caminhando até o carrinho de bebida. — Eu quero saber tudo sobre seu romance relâmpago, primo, mas isso pode ficar para depois. Antes, quero saber o que você veio fazer em Versalhes. Você certamente não demonstrou nenhum interesse por isso nos últimos dez anos.

Lio pigarreou.

— Quero reafirmar minha lealdade ao rei. Eu devo isso a ele, já que passei tanto tempo afastado da corte.

Bastien virou-se para fitar os dois.

— Versalhes não é mais como você se lembra, primo.

Lio assentiu com a cabeça.

— Não é de surpreender, já que não vou ao palácio desde criança.

Bastien serviu mais champanhe.

— O rei Luís deve até ter se esquecido do seu humilde principado. Tanta coisa aconteceu desde sua última visita... Tem certeza de que quer cutucar a onça com vara curta? — perguntou ele por cima do ombro.

Lio abriu um sorriso contido.

— Ora, Bastien. Se bem me lembro, Luís era um homem razoável.

O duque girou sobre os calcanhares para encará-los.

— O tesouro está vazio, primo. A França está afundada em dívidas depois de apoiar aquela maldita Revolução Americana. Você certamente ouviu falar da agitação do Terceiro Estado, não?

Fazia apenas alguns meses que Bela, Lio e Aveyon haviam despertado da maldição, mas já fazia muitos anos que as questões diplomáticas não eram uma prioridade do reino. Tinham escutado alguns rumores sobre aquilo que Bastien dizia, sobre o Terceiro Estado — a classe camponesa da França — estar enfrentando dificuldades, mas na época os dois não tinham dado muita atenção ao assunto. Nesse momento, porém, Bela se sentia uma tola, e quando Bastien voltou a se sentar, ele suspirou diante da ignorância dos dois.

— Luís está desesperado por dinheiro e tentou angariá-lo como de costume: cobrando impostos. Dessa vez, porém, ele queria que os nobres e os membros do clero também desembolsassem sua parte, mas é claro que eles se recusaram. — O duque estirou as pernas sobre a mesa à sua frente e cruzou os braços sobre o peito. — Movido pelo desespero, ele convocou os *États généraux*, a Assembleia dos Estados Gerais, pela primeira vez em quase duzentos anos. Nem preciso dizer que isso não correu nada bem. — Ele deu um aceno preguiçoso com a mão. — O ato foi visto como uma tentativa de controlar os resultados e, com isso, o Terceiro Estado passou a se autointitular Assembleia Nacional, alegando representar não os *Estados* da França, mas o *povo*. Exigem que seja formulada uma Constituição. — Bastien riu e revirou os olhos. — Isso é tão americano da parte deles.

— É tão ruim assim, Bastien?

O duque abriu um sorriso maligno, como um homem rico o bastante para saber que nada disso o afetaria.

— Bem, definitivamente não é *bom*, primo. Estamos no meio de uma crise financeira e o rei Luís achou por bem demitir Jacques Necker, o leal ministro das Finanças, o que despertou a ira de *todos*: ricos, pobres, nobres e camponeses. Cá entre nós, essa não foi uma decisão lá das mais inteligentes.

— Talvez seja melhor adiar nossa visita a Versalhes — sugeriu Bela.

— Ah, agora já é tarde demais. A notícia já deve ter se espalhado pela corte feito catapora. Um *prince étranger* retornando dos mortos! — Bastien tirou um anel de esmeralda do dedo, a pedra do tamanho de um ovo de codorna, e o girou preguiçosamente sobre a mesa. — Você vai dar o que falar em Versalhes. Eu ficaria muito surpreso se já não houvesse um mensageiro a caminho com um convite de Luís. O rei vai querer dar uma boa olhada em você.

Lio olhou para Bela, que fez o possível para não se encolher toda diante das palavras do duque. Bastien percebeu o desconforto dos dois.

— Eu posso acompanhá-los, primo. Luís tem muito apreço por mim, isso sem falar na rainha… — Deu uma piscadela, deixando a sugestão no ar. Bela quase se engasgou, mas conseguiu se conter. — Posso ajudar a suavizar o impacto de sua ausência prolongada, mas se vou me dar a esse trabalho, você deve ao menos tentar se adaptar à corte. Para começo de conversa, se quiser passar pelos portões do castelo, vai precisar de trajes novos e, se não quiser ofender os cortesãos, vai ter que passar uma boa camada de pó nessas madeixas.

A postura de Lio endureceu.

— Talvez você possa me emprestar, Bastien.

O duque lançou-lhe um olhar lânguido, avaliando-o.

— Talvez. — Virou-se para Bela e apoiou o queixo sobre as mãos cruzadas. — Estou certo em supor que, até pouco tempo atrás, você era uma plebeia, não? — Bela se remexeu no vestido, um *robe à l'anglaise* que recebera de Madame Garderobe e que lhe parecera muito luxuoso na ocasião. Era um vestido de seda listrada em azul e creme, com rendas delicadas espreitando por cima do corpete, cobrindo o decote. As mangas eram justas e se estendiam até os cotovelos. Bastien baixou a cabeça para olhar nos olhos de Bela e abriu um sorriso acolhedor. — Não se trata apenas do vestido, Bela. Seu antigo status está estampado na sua cara.

— Como você se atreve... — começou Lio.

Bastien ergueu as mãos em falsa rendição.

— Não estou avaliando o caráter dela, primo. Mas levá-la a Versalhes seria o mesmo que atirá-la aos lobos. — O duque a fitou quase que com ternura. — Não quero ofender, Bela, mas a corte do rei Luís não é lugar para você. Os cortesãos farejariam todas as suas fraquezas e tirariam proveito delas antes mesmo que você tivesse tempo de fazer uma reverência.

Bela assentiu, mas Lio parecia indignado.

— Bela pode fazer o que bem entender. Se alguém tiver algum problema com ela, vai ter que se ver comigo.

Ela tinha certeza de que era a única a perceber que, quando Lio estava com raiva, sua voz ainda se transformava em uma espécie de rosnado. Bem, mas ela havia convivido mais tempo com a Fera do que com Lio. Ainda conseguia identificar as características remanescentes, embora nunca fosse contar isso a ele.

— E quanto ao rei, primo? Ou você se esqueceu de que seu dever como *prince étranger* era casar-se por interesse político, não por amor? Seu casamento não estava praticamente arranjado com uma Habsburgo desde o nascimento? — A mão de Bastien tremulou sobre o colarinho bordado. — Na minha opinião, talvez seja melhor cair nas graças do rei antes de anunciar seu casamento, como se fosse uma grata surpresa. Não concorda?

Lio abriu a boca para argumentar a favor da esposa, mas Bela pousou a mão em seu braço para detê-lo.

— Por favor, Lio. Eu nem quero ir mesmo.

Toda a bravata de Lio se dissipou em um instante, e ele se virou para encará-la.

— Você tem certeza?

Ela concordou com um aceno de mão.

— Tenho. Passei a viagem inteira apreensiva com isso. Fico feliz por ter um motivo para evitar a corte, e prefiro mesmo aproveitar a estadia em Paris caminhando por aí, revisitando os lugares que conheci com meu pai e explorando novos.

Lio franziu o cenho.

— Bastien acabou de nos dizer que Paris está mergulhada em tumulto.

— Oh, *mon petit lionceau*, você é tão provinciano. — O duque revirou os olhos. — O Terceiro Estado não é nada. Não passam de agitadores sem nada melhor para fazer. O máximo que conseguiram foi tomar os postos alfandegários parisienses à força, então, a menos que Bela pretenda entrar na cidade com um carrinho cheio de mercadorias tributáveis, duvido que vá notar a presença deles. — Soltou uma risada aguda. — O rei Luís tem tudo sob controle. Garanto que a cidade é perfeitamente segura.

Bela viu o sorriso do duque se dissipar assim que Lio desviou o olhar. Era o tipo de detalhezinho a que a mente dela teria se agarrado se não estivesse exausta da viagem e radiante com a ideia de revisitar os lugares que tinha conhecido com o pai. Isso para não falar em explorar coisas novas.

E assim ela guardou a expressão curiosa do duque no fundo da mente, prometendo revisitá-la quando não houvesse uma cidade recheada de encantos à sua espera.

CAPÍTULO TRÊS

Lio acompanhou Bastien aos aposentos do duque em busca de um traje mais apropriado para usar na presença do rei. Um criado conduziu Bela até o quarto onde ficariam hospedados, e ela ficou grata por ter um momento a sós com os próprios pensamentos.

Os aposentos eram tão suntuosos quanto o resto da casa de Bastien. Os pés de Bela afundaram no tapete macio que revestia a maior parte do chão, entretecido de forma tão intrincada quanto a mais rica das tapeçarias. Seguiu distraída em direção ao espelho de corpo inteiro apoiado na parede e se pôs a contemplar o vestido que usava, aquele que tinha sido alvo dos insultos de Bastien. Era a coisa mais refinada que Bela já tinha visto, mais refinada até que o vestido que ela usara ao se casar com Lio naqueles dias esbaforidos depois de a maldição ser quebrada. Ela o vestira naquela manhã, na estalagem onde estavam hospedados, e o tinha escolhido especialmente para a chegada a Paris. Ao fitar o vestido, Lio mal conseguira disfarçar a felicidade por vê-la em trajes tão refinados. Ele via o traje como mais um passo para a esposa aceitar seu novo papel como princesa. Bela o via como uma armadura, uma forma de mostrar ao resto do mundo que ela poderia pertencer àquele lugar.

Mas logo percebeu que não passava de outra ilusão, nem mesmo uma tão boa assim, pois Bastien conseguira ver a verdade por trás dela. O mundo da corte francesa não era o mundo de Bela. Ela jamais se encaixaria nele.

Tratou de tirar o vestido às pressas, desesperada para se livrar daquela dissimulação. Vasculhou o baú em busca do vestido mais simples que havia levado e o encontrou enterrado bem lá no fundo. Vestiu-o pela cabeça e desfrutou do tecido familiar. Era azul como o vestido que ela tinha acabado de descartar, mas feito de musselina barata, com um grosso avental branco amarrado na cintura. Ela sabia que o estilo estava na moda em Paris. Chamava-se *chemise à la reine*, em homenagem ao apreço que a rainha Maria Antonieta nutria por coisas bucólicas. A diferença era que Bela de fato havia alimentado galinhas e lavado roupa enquanto o vestia.

Passou o dedo pela mancha teimosa que se recusava a sair, aquela causada pelos respingos de lama que Gaston jogara na barra do vestido depois do pedido de casamento malfadado.

Bela teve um sobressalto ao ouvir a voz de Lio.

— Não fique zangada comigo, mas acho que prefiro você assim.

Ela ergueu o olhar e viu o reflexo dele no espelho, parado junto à porta logo atrás, vestindo os trajes apropriados para Versalhes.

— Só se não ficar zangado comigo por dizer que você está com uma aparência ridícula.

Uma peruca branca encaracolada cobria os belos cabelos castanhos do príncipe, um pó branco espesso escondia o tom quente de sua pele e os trajes espelhavam os de Bastien em qualidade e extravagância. Já não era mais o Lio de Bela; este Lio pertencia a Versalhes.

Ele se aproximou com timidez, pondo-se ao lado dela em frente ao espelho.

— Eu nem me reconheço.

Mas, a despeito de suas reservas, Bela via como ele parecia principesco, com que facilidade seria aceito pelos cortesãos de Versalhes, e como ambos pareciam diferentes ali, lado a lado.

Lio pareceu ler o descontentamento em seu rosto.

— É algo passageiro, Bela. — Apoiou uma das mãos nas costas dela e usou a outra para apontar para si mesmo. — Tudo isto aqui vai embora assim que eu tiver caído nas graças do rei Luís. Prometo.

— Isso lhe cai tão bem, *mon coeur* — comentou ela.

Ele ajustou as lapelas da sobrecasaca verde-floresta.

— Pelo jeito, Bastien e eu fomos forjados no mesmo molde.

— Não estou me referindo aos trajes, e sim a tudo isso. Você parece um príncipe.

Ele arqueou uma das sobrancelhas.

— Eu já era um príncipe antes de colocar uma peruca e passar pó no rosto.

— Sim, é claro.

Mas Bela não conseguia se livrar da sensação de que Lio estava cada vez mais perto de se tornar quem deveria ser, ao passo que ela só se afastava mais e mais de quem realmente era.

Lio mudou de assunto:

— Você está animada para explorar Paris?

Ela tentou deixar as preocupações de lado.

— Muito.

— E tem certeza mesmo de que não quer vir conosco para Versalhes? Porque eu realmente não me importo com a opinião de Bastien. Se você quiser vir, saiba que…

— Eu não quero. Juro. — Estendeu a mão para segurar a dele. — É melhor assim.

Dessa forma, Lio não teria que sentir vergonha da esposa plebeia e provinciana, e Bela não teria que fingir que não ouvia quaisquer insultos que lhe fossem feitos. Ela sempre se sentiria mais à vontade nas ruas e nos mercados e jardins de Paris.

Bastien apareceu à porta, o pó recém-aplicado no rosto, com uma pinta falsa extravagante na bochecha.

— A carruagem está pronta.

Seu tom era agourento, e Bela não conseguiu conter o riso diante da austeridade do duque.

Bastien lhe lançou um olhar questionador e ela respirou fundo para abafar suas risadas.

— Ora, deixe disso. É o Palácio de Versalhes, não a prisão.

Bastien fungou.

— Ah, mas a corte do rei é uma espécie de prisão, Bela. — Começaram a descer a grande escadaria. — A nobreza da França está acorrentada, madame. As correntes podem até ser de ouro, mas não deixam de ser correntes.

Bela tinha certeza de que qualquer integrante da classe trabalhadora da França se submeteria de bom grado às correntes de ouro da nobreza, mas conteve a língua conforme saíam da casa do duque. Bastien entrou na carruagem sem demora, mas Lio se deteve e tomou as mãos de Bela nas suas.

— Não devemos demorar muito. O rei Luís provavelmente tem assuntos mais urgentes a tratar do que um *prince étranger* desgarrado.

A risada fria de Bastien reverberou de dentro da carruagem.

— Eu não teria tanta certeza, primo. Talvez acabe descobrindo que Luís ainda tem planos para você.

Lio revirou os olhos e puxou Bela para mais perto.

— Que o rei e os planos dele se lasquem — sussurrou no ouvido dela. — Nós temos nossos próprios planos.

Bastien enfiou a cabeça pela janela da carruagem.

— Você gostaria de uma carona, Bela?

Dizer que a ideia de ficar confinada com o duque não era nada atraente seria um eufemismo.

— Não, Bastien. Obrigada. Prefiro explorar a pé.

Ele a fitou de cima a baixo.

— É, imaginei que você diria isso.

Bela franziu o cenho e o duque voltou para dentro da carruagem. Lio deu um apertãozinho na mão dela, que ainda não soltara.

— É sério, Lio. Eu vou ficar bem. Veja. — Ela tirou um livro do bolso do vestido. — Se eu encontrar um jardim e uma boa sombra, meu dia estará feito.

Lio beijou-lhe a testa.

— Deseje-me sorte com Luís.

Ela fez menção de dizer que ele não precisava disso, mas se deteve. A verdade era que Lio precisaria de um bocado de sorte para lidar com Versalhes.

— Boa sorte — sussurrou, com todo o seu coração.

Lio abriu um sorriso, mas ela podia ver a preocupação que se escondia por trás do gesto. Ele entrou na carruagem de Bastien e o lacaio fechou a porta. Os cavalos se puseram a trotar e logo a carruagem estava serpenteando pela ruela de Bastien.

Bela sentiu o coração martelar no peito enquanto os observava partir. A quebra da maldição tinha estabelecido um vínculo entre os dois que ela ainda não entendia por completo. Quando ela o viu morrer como Fera, abatido pela adaga de Gaston em um golpe motivado pelo ódio por algo que o homem não entendia, uma parte dela morreu junto. E enquanto Bela pranteava sobre o corpo inerte da Fera, sussurrou-lhe a verdade que até então se recusara a admitir. Ele voltou para ela como Lio, o corpo inteiro e a mente sã, e aquela parte perdida de Bela foi igualmente restaurada. Eles reconstituíram um ao outro, e passaram a ser unidos como um.

Ela se sentiu mal ao pensar em Lio enfrentando os desafios de Versalhes sozinho. *Não, ele não está sozinho*, pensou Bela. *Está com o primo.*

Mas Bela ainda não sabia o que pensar do duque de Vincennes. Não sabia se ele seria aliado de Lio ou se tinha motivos escusos. Por via das dúvidas, achou melhor supor que todos na corte de Luís tinham intenções veladas. E ela definitivamente não pretendia fazer amizade com nenhum nobre só porque tinha se casado com um.

A carruagem sumiu de vista e Bela tentou reprimir a preocupação que se contorcia em suas entranhas. Ela estava em Paris, uma cidade que morava em seu coração desde que a visitara pela primeira vez, o lugar com o qual sonhava sempre que se deparava com as limitações de sua vida de interior.

E, bem, não era como se pudesse fazer alguma coisa por Lio àquela altura.

Assim que atravessou o portão de Bastien, Bela sentiu um peso sair de suas costas. Era como entrar em outro mundo. O pátio da casa era tão isolado que os sons da cidade não o atravessavam, dando a falsa sensação de tranquilidade em meio ao caos de Paris. Bela esperava que Lumière estivesse aproveitando o tempo livre. Ela tinha o palpite de que o maître tinha um bocado de paixonites antigas para visitar.

Embora a sujeira das ruas estivesse maculando as botas e a bainha do vestido, Bela se sentia mais ela mesma do que sentira em semanas. Em Aveyon, ela já não era mais apenas Bela. O povo do reino a via como sua salvadora, mesmo aqueles que não sabiam que ela tinha quebrado a maldição. Alguns achavam que ela os tinha resgatado de um príncipe ausente e recluso; uma parcela diminuta sabia que ela pusera fim à maldição que assolava o reino havia uma década. Todos a queriam como princesa, todos queriam que se entregasse àquele papel.

E, ainda assim, ela não conseguia se forçar a isso. Ainda não, ao menos.

Essa viagem era uma espécie de refúgio temporário. Em Paris, ela era anônima, uma pessoa qualquer seguindo sua vida. O vestido simples a tornava invisível. Ela poderia desfrutar da cidade do jeito que sempre imaginara e só então retornar à sua nova vida, com a esperança de que esse tempo afastada facilitasse o processo de adaptação.

Bela dobrou a esquina da rue de l'Université e avistou o rio Sena entre os edifícios. Estava a caminho do Palais-Royal, munida das informações gotejadas que tinha coletado de viajantes do reino de Aveyon. Segundo eles, Filipe, o duque de Orléans, tinha aberto os jardins do palácio ao público alguns anos antes. Bela tinha ouvido falar das trocas de ideias que aconteciam por ali e das livrarias e cafés aninhados sob as arcadas cobertas que rodeavam os jardins. Passara noites sem fim imaginando-se ali, frequentando *salons* e participando de debates acalorados com pessoas de mente mais aberta do que as que ela podia encontrar em Aveyon. A cada passo, Bela sentia que caminhava tanto por suas lembranças quanto por seus sonhos.

— Madame. — Uma mulher se interpôs em seu caminho, estendendo a mão. — Poderia me dar um troquinho? Alguns *sous*. Meus filhos estão passando fome.

A pele era de uma palidez doentia, e as olheiras de exaustão eram escuras e profundas. Havia duas crianças escondidas na barra da saia da mulher, diminutas devido à fome. As lembranças da própria infância inundaram a mente de Bela, que não conseguiu contê-las. Ela também conhecera o roncar incessante de uma barriga vazia. Maurice tinha usado até o último tostão para pagar os médicos e tônicos para tratar a mãe de Bela, mas não adiantou de nada, pois a doença a levou mesmo assim. Depois disso, Bela e o pai passaram por um período de vacas magras, às vezes dividindo apenas uma fatia de pão e um caldo aguado. Mas a dor deixada pela perda era ainda mais excruciante do que aquela causada pela fome. Quando a primavera chegou, Maurice enfim conseguiu levar uma de suas invenções para uma feira nas redondezas e a vendeu pela metade do preço para dar de comer aos dois.

Bela pegou o porta-moedas sem hesitar e entregou uma moeda de doze liras à mulher, o suficiente para comprar alimentos para ela e os filhos nos dias seguintes.

Os olhos da mulher se arregalaram de descrença, mas ela tratou de pegar logo a moeda.

— *Mon Dieu!* Obrigada, madame, obrigada.

Bela queria dizer alguma coisa, mas a mulher desapareceu com os filhos em meio à multidão feito uma nuvem de fumaça, e ela se viu parada pela primeira vez desde que saíra da casa de Bastien. O caos de Paris continuava a reinar ao seu redor, mas por baixo dele, nas beiradas, deparou-se com um nível de pobreza que nunca tinha visto. Mães exaustas e bebês chorosos, homens emaciados, crianças órfãs, todos reunidos nas esquinas e nos becos da cidade. A fome de cada um deles era escancarada, visível nas costelas proeminentes sob as túnicas finas, nas fendas sombreadas de pele repuxada nas clavículas, nas bochechas encovadas até os confins do crânio.

Sem pestanejar, Bela entrou no beco mais próximo e começou a distribuir moedas. Tentou falar com cada uma das pessoas que encontrou, mas logo se viu rodeada por crianças com as mãos estendidas. Estava feliz em entregar uma moeda para cada uma, mas queria poder fazer mais. O dinheiro era uma solução temporária. Essas pessoas precisavam de ajuda a longo prazo, trabalho, abrigo... coisas que ela não poderia oferecer de pronto. Foi devorada pela culpa. Por mais que fosse casada com um príncipe, não tinha poder para dar um basta no sofrimento daquela gente.

Um grito reverberou pelo beco, dispersando as crianças. Quando se virou para olhar, Bela viu um grupo de soldados armados com mosquetes quase tão compridos quanto eles mesmos.

Os casacos azuis com golas e punhos vermelhos adornados por tiras brancas os distinguiam como *gardes françaises*.

Um deles se aproximou de Bela e perguntou:

— A senhora está bem, madame?

Ela soltou um muxoxo.

— Por que não estaria?

Ele a fitou com pena.

— Cuidado nunca é demais com esses camponeses necessitados.

E então Bela se deu conta de que o guarda não a via como um dos camponeses. Ela tinha sido plebeia a vida toda, mas desde o casamento com Lio algo a diferenciava dos demais. Não sabia se era o brilho do cabelo, ou o volume das bochechas, mas assim como Bastien soubera que ela não era da nobreza, outros tinham passado a perceber que ela não era da plebe. Isso a deixava dividida entre ambos os mundos, embora não pertencesse de verdade a nenhum dos dois.

Um vozerio repentino chamou a atenção dos soldados, que se voltaram para a estrada logo atrás. Bela esticou o pescoço para ver de onde vinha a comoção. Um grande grupo de homens marchava pela rua em direção ao Palais-Royal, não empunhando nada além da própria voz. Ela não conseguia entender o que gritavam, mas o que lhes faltava em inteligibilidade era compensado por paixão.

Curiosa, Bela seguiu os soldados para fora do beco e se viu rodeada pela multidão. Fitou as pessoas uma a uma e não distinguiu nenhuma semelhança entre elas. Não usavam algum tipo de roupa que identificasse seu ofício ou sua classe social. Com base no que via, aquelas pessoas vinham de todos os estratos da sociedade parisiense.

O mar de gente atravessou a Pont Royal e se espalhou pelos jardins do palácio com uma eficácia impressionante. Todos os soldados que tinham vindo a reboque foram detidos nos portões por *gardes suisses* de casacos vermelhos e receberam ordens enfáticas para ir embora. Bela abriu caminho entre eles, tão entremeada à multidão quanto qualquer uma daquelas pessoas, e de repente se viu em um lugar com o qual passara anos fantasiando.

O jardim estava apinhado de gente. Grupos grandes e pequenos se aglomeravam ao redor das mesas, elevando a voz para se fazer ouvir. À esquerda de Bela havia um homem em um púlpito improvisado, rodeado por uma multidão de ouvintes ávidos. Usava o casaco curto e as calças compridas típicos da classe operária, mas dominava a atenção das centenas de pessoas ao redor como se fosse uma autoridade. Talvez fosse um burguês, pensou Bela, um dos membros mais ricos do Terceiro Estado. Ela abriu caminho até a frente da multidão e se esforçou para ouvir o que o homem dizia.

— E o rei Luís fica escondido em Versalhes, pouco se lixando para nossos filhos famintos, e ainda tem a audácia de exigir mais de nós. Convoca os Estados da França ao palácio e finge que a voz do Terceiro Estado terá um peso igual, mas nunca fomos iguais! Nem mesmo nos campos de batalha estrangeiros, onde os filhos mais pobres da França lutam e dão o sangue e morrem para conquistar uma liberdade da qual jamais vão usufruir. — Fez uma pausa e esperou que a multidão tornasse a se aquietar. — Precisamos permanecer unidos em nossa oposição. Não podemos nos separar até que a França tenha uma Constituição!

A multidão ao redor de Bela irrompeu em clamor, mas um homem ao lado cuspiu nos pés do operário, mergulhando as pessoas em silêncio. Ele parecia deslocado ali, com sua peruca branca e *culottes*.

— *Canaille* — sibilou o homem. *Canalha*.

Em uma questão de segundos, a multidão avançou, unida por sua ira. O homem no púlpito ergueu os braços.

— *Calmez-vous* — implorou, antes de voltar o olhar para o homem de peruca. — Quando *la noblesse* for expurgada da França, são os canalhas do Terceiro Estado que restarão, *monsieur*.

Uma salva de aplausos abafou a resposta do nobre, mas Bela identificou o tom de ameaça que vertia de seus lábios. A multidão estava à beira do caos. De repente, todo o apelo do Palais-Royal desapareceu para Bela. Ela queria estar em qualquer outro lugar que não fosse ali, espremida em meio àquele bando de homens barulhentos e raivosos. Abriu caminho e seguiu para longe, saindo apressada dos jardins. Antes de conseguir chegar ao portão, uma garota passou por Bela e enfiou um panfleto em suas mãos.

Ela já havia retornado à margem oposta do Sena quando fitou o papel e percebeu que se tratava de um panfleto político, não muito diferente dos que ela tinha em Aveyon, escritos por personalidades como Jean-Jacques Rousseau, Émilie du Châtelet, Olympe de Gouges e Nicolas de Condorcet, mas ela nunca tinha lido este antes.

O que é o Terceiro Estado? Tudo.

Ela se lembrou das declarações de Bastien mais cedo naquele dia, sobre o Terceiro Estado ser apenas uma mosca na sopa do rei e nada mais. *Não passam de agitadores*, garantira-lhes ele. Bela deu outra olhada no panfleto.

O que ele representou para a ordem política até agora? Nada.

O que ele exige? Ser alguma coisa.

Bela entendia o suficiente da política francesa para saber que aquele era um pedido enganosamente simples. O poder na França estava concentrado nas mãos da nobreza e do clero. Os camponeses não tinham nada. As coisas eram assim havia séculos. Mas e se eles conseguissem conquistar algo para si mesmos? E se o Terceiro Estado se tornasse *alguma coisa*?

Isso mudaria o mundo.

Era ousado da parte dos chamados agitadores, pensou ela. Mas Bastien havia lhes contado que o Terceiro Estado formara algo novo: a Assembleia Nacional. E, até aquele momento, o rei Luís não tinha conseguido fazer nada para dissolvê-la.

Na opinião de Bela, isso soava como poder.

Enquanto caminhava de volta para a casa de Bastien, percebeu que tinha se enganado. Paris não era mais a mesma de que se lembrava. A cidade era um barril de pólvora, e os fósforos estavam em posse dos camponeses que clamavam pela revolução nos jardins do Palais-Royal.

Por mais que tivesse crescido como camponesa e não tivesse adotado o título que lhe fora concedido, Bela acreditava que nenhuma dessas duas coisas bastaria para convencer o povo parisiense de que ela não era como os nobres que eles tanto criticavam.

Ela era casada com um príncipe. Morava em um castelo e nada lhe faltava. Naquele momento, enquanto pensava na mulher que implorara por dinheiro para alimentar os filhos famintos, Bela não sabia nem se conseguiria convencer a si mesma disso.

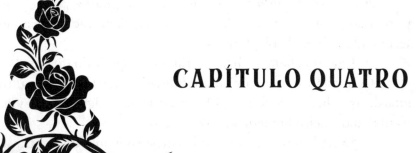

CAPÍTULO QUATRO

Enquanto caminhava para a casa de Bastien, Bela estava perdida em pensamentos.

Percebeu que concordava com o panfleto que tinha em mãos, escrito pelo abade Emmanuel Sieyès. Acreditava que o Terceiro Estado merecia igualdade de representação e que seus votos deveriam ser contados por indivíduo, não por propriedade. Bela tinha lido o suficiente dos pensadores iluministas para desenvolver sua própria opinião sobre questões de igualdade e liberdade para todos os membros da sociedade, não apenas os da nobreza. E, no entanto, era casada com um príncipe, então uma parte de si achava que sua voz não tinha valor ou não deveria ser levada em conta.

Por outro lado, não era tola a ponto de achar que a revolução seria alcançada sem violência. A França tinha participado da guerra sangrenta pela independência dos Estados Unidos. Os homens que clamavam por revolução nos jardins do Palais-Royal não visavam a negociações pacíficas ou mudanças sem derramamento de sangue. Ela se lembrou da ameaça que ouvira mais cedo: *Quando* la noblesse *for expurgada da França, são os canalhas do Terceiro Estado que restarão*. Bela não era ingênua. Sabia que o Terceiro Estado já contava com a violência, assim como sabia que o rei daria o troco na mesma moeda. Uma vez acesas, nada poderia deter as brasas da revolução. Aveyon era muito diferente da turbulenta Paris, mas as fronteiras não seriam capazes de conter um incêndio dessa magnitude.

Ao ver seu vestido e as botas sujas, um guarda postado no portão do duque lhe lançou um olhar de desdém. Ele parecia determinado a deixá-la plantada ali.

— Olá? — chamou Bela. — Eu sou hóspede do duque.

O homem a fitou com incredulidade e acenou para outro guarda, que Bela reconheceu. Os dois trocaram algumas palavras e então o primeiro homem abriu o portão.

— Desculpe, madame — murmurou enquanto Bela entrava.

Não tinha disposição para se importar com o fato de o homem não achar que ela pertencia à mansão do duque, pois ela mesma não achava.

A casa parecia ainda maior do que ela se lembrava. Ficou perdida naquele labirinto enquanto tentava voltar para seu quarto, então vagou sem rumo até se deparar com um cômodo familiar: o escritório do duque. Passou pela porta e se acomodou em um divã felpudo, decidida a ficar ali até que ele e Lio voltassem. Assim, não precisaria atormentar um pobre criado pedindo-lhe que a ajudasse a encontrar o próprio quarto.

Não demorou para que Bela se pusesse a examinar as estantes de Bastien. Estavam recheadas dos típicos tomos enfadonhos que se esperaria encontrar na casa de um aristocrata: um registro das linhagens da nobreza francesa, um exemplar tão imaculado de *Leviatã*, de Hobbes, no qual Bela tinha certeza de que Bastien jamais encostara, além de alguns hinários encadernados pegando poeira. Não ficou nada surpresa ao constatar que ele era tão tedioso quanto ela presumira. Logo deixou as estantes de lado. Os pés doíam. Não estava mais acostumada a andar tanto. Viver no castelo de Lio a tornara mais delicada. Passara a ter os pés de uma nobre. Naquele instante, decidiu que diria a Lio que desejava expandir os jardins do castelo para que pudesse cultivar hortaliças e criar porcos e galinhas, como fazia antes.

Não conseguiu resistir ao impulso de se aproximar da imponente escrivaninha de Bastien e se acomodar na cadeira de couro. Esticou as pernas sobre o tampo da mesa de mogno, da mesma forma como o vira fazer mais cedo, e apoiou a nuca nas mãos.

O duque deve ter se sentido muito poderoso naquela posição. Havia um retrato do outro lado do cômodo que ela não tinha notado antes. Mostrava o pai de Bastien, que tinha sido duque de Vincennes antes dele, e dois meninos que Bela imaginou serem Bastien e Lio. A julgar pela idade que aparentavam ter, o retrato devia ter sido pintado pouco antes de Lio ir embora de Paris para sempre.

Era um belo quadro, e provavelmente tinha custado caro. Dava para ver que Bastien puxara ao pai, embora a versão pintada do duque mais velho não contasse com o sorriso afetado do filho. O jovem Lio parecia tão arrogante quanto o primo. Bela não reconheceu a expressão fria de superioridade estampada em seu rosto. Essa versão jovem de Lio estava prestes a descobrir que havia perdido a mãe. Bela sentiu um aperto no peito, e percebeu que não queria mais contemplar a pintura.

Quando tirou os pés de cima da mesa, os joelhos resvalaram na parte de baixo do tampo, ativando um mecanismo que revelou uma gaveta secreta. Ela se deteve por um instante, mas a curiosidade levou a melhor e a fez abrir a gaveta. Lá dentro, encontrou uma porção de documentos. Por cima estavam artigos publicados por Rousseau, Descartes, Locke, Montesquieu e Voltaire, os filósofos que Bela passara anos estudando. Folheou os papéis e percebeu que havia muitos panfletos revolucionários como aquele que tinha sido enfiado em suas mãos no jardim do Palais-Royal. Estava familiarizada com panfletos em geral, mas estes tinham sido escritos por pessoas de quem ela nunca ouvira falar. A informação muitas vezes demorava a chegar a Aveyon, isso quando chegava. Bela teve que resistir ao ímpeto de guardar alguns nos bolsos do vestido. Achou alguns fólios encadernados com o título *Cahiers de Doléances*, que abrigavam as demandas do Terceiro Estado, compiladas para os *États généraux* que o rei Luís tinha convocado no início daquele ano. Os camponeses tinham achado a manobra injusta, o que desencadeou o estabelecimento da Assembleia Nacional. Por acaso Bastien estava coletando aquelas informações para o rei? Ou será que ele simpatizava com a causa?

Ela estava tão absorta enquanto lia os panfletos que não ouviu Lio adentrar o cômodo.

— Bela.

A voz veio bem de trás dela, causando-lhe um sobressalto. Ela fechou a gaveta secreta e se virou. O marido estava pálido, mas não apenas por conta do pó branco que revestia seu rosto, que àquela altura já estava desbotado e deixava pedaços de pele à mostra. A derrota pesava-lhe os ombros, e Bela já foi logo pensando na pior das hipóteses.

— O que foi? O que aconteceu?

Ele afundou na poltrona da qual ela tinha acabado de sair e começou a falar como se nem a tivesse escutado.

— Eu me lembrava da extravagância de Versalhes, me lembrava de como isso me deixava aturdido, mas, *mon Dieu*, Bela, foi sufocante demais.

Ela conseguia imaginar como deviam ter reagido ao retorno de um *prince étranger* desaparecido havia tantos anos. Lio provavelmente ficara incomodado com os olhares e sussurros dos cortesãos indiscretos, para não falar do próprio rei.

— Você deu o que falar na corte do rei?

Ele negou com a cabeça.

— Quase não cheguei a ver cortesãos. Fomos conduzidos a uns aposentos isolados para esperar por Luís. Achei até que Bastien ia matar o mordomo que nos levou até lá.

— É, consigo imaginar. — Bastien não era o tipo de homem que estava acostumado a ser esquecido.

— E Luís estava completamente diferente do homem que conheci. Parecia frouxo, fraco, paranoico. Nem quis saber onde estive nos últimos dez anos. Só tratou de fazer exigências.

— Exigências?

Lio arrancou a peruca da cabeça e a atirou sobre a mesa.

— A França está enfrentando uma crise financeira.

Bela esperou que o marido continuasse, mas como ele permaneceu em silêncio, ela pousou a mão em seu ombro.

— Nós já sabíamos disso. Bastien nos contou.

— Mas não imaginei que fosse tão grave assim. Bastien tem um dom de fazer tudo parecer insignificante. É um dom e tanto. — Suspirou e passou as mãos pelo cabelo desgrenhado. — Ao que parece, Luís passou anos oferecendo isenções fiscais para nobres descontentes, ao mesmo tempo que pedia aos camponeses que bancassem a guerra pela independência dos Estados Unidos. Depois vetou que oficiais de patentes mais baixas fossem promovidos ao Exército Real, o que impedia que qualquer plebeu subisse na vida graças ao seu leal serviço e a seus atos de coragem. E o rei e Maria Antonieta gastaram rios e mais rios de dinheiro sem pensar nas consequências. Realmente não entendo como ele não percebeu onde isso ia dar. É pior do que imaginávamos, Bela. E o rei quer minha ajuda.

Ela se apoiou no tampo da mesa e cruzou os braços.

— Ajuda com o quê?

Lio puxou a gola da camisa.

— Devo oferecer meu eterno apoio e lealdade na forma de dinheiro para encher seus cofres e na forma de homens para reforçar seu exército.

Bela tentou botar os pensamentos em ordem.

— Lio, não podemos fazer isso.

Foi tudo o que ela conseguiu dizer. A ideia de enviar homens aveyonianos para servir na França, um lugar que eles não conheciam, comandados por um rei que não dava a mínima para eles, era impensável. Apenas um punhado dos homens que tinham saído do reino para lutar nos Estados Unidos retornara, e se a França estava se encaminhando para uma revolução sangrenta, cabia a Bela e Lio proteger seu povo, não oferecê-lo como uma espécie de pagamento.

— Eu sei, mas Luís está desesperado para reunir mais tropas. Está convencido de que os camponeses vão se rebelar contra ele. — Disse isso como se achasse a hipótese ridícula.

— Eu acho que vão mesmo. — Bela descruzou os braços e se empertigou. — Acho que a França está à beira de uma guerra civil.

Ele a encarou, incrédulo.

— O que você quer dizer com isso?

— Fui ao Palais-Royal hoje e havia um montão de gente discursando, criticando o rei e clamando por uma revolução. Olhe. — Enfiou a mão no bolso e pegou o panfleto de Sieyès. — Acho que seu primo se enganou. Acho que o Terceiro Estado está prestes a se tornar *alguma coisa*.

Lio correu os olhos pelo panfleto antes de colocá-lo sobre a mesa, com uma expressão abatida no rosto.

— Acho que não poderei recusar as exigências do rei.

— Você mandaria tropas para cá?

— Não quero fazer isso, mas que escolha eu tenho? O rei da França nem se importou em perguntar por que um de seus aliados passou dez anos em silêncio. Só se importou com meu dinheiro e meus soldados. O que me resta fazer? Recusar? Com base em quê?

— Essa luta não é nossa, Lio. Aveyon é diferente da França.

— Eu sei disso, mas o principado está sujeito às leis e ao rei da França. E Bastien tinha razão: Luís nem se lembrava de Aveyon. Nossa taxa de impostos permaneceu inalterada por mais de uma década. Se eu o deixar irritado, ele pode recorrer ao seu direito de aumentar a taxa retroativamente e exigir que nosso povo pague a diferença. Não posso deixar isso acontecer.

Os dois permaneceram ali, mergulhados em um silêncio aturdido, cansados demais para encontrar uma maneira inteligente de se livrar daquela situação. Tudo o que Bela queria era tomar um longo banho e passar o resto do dia dormindo. Talvez tudo estivesse diferente pela manhã.

— Bem, vou precisar de uma grande xícara de chá e de um cochilo ainda maior se vamos passar a noite em claro procurando uma saída — declarou ela. Uma expressão anuviou o semblante de Lio. — O que foi?

— Eu esqueci de contar que Bastien vai oferecer um jantar em nossa homenagem. Ele convidou todos os cortesãos que cresceram comigo. — Disse aquilo como se as palavras fossem veneno puro.

— Mas não vai ser hoje, vai?

— Alguns até já chegaram. — Ele segurou as mãos de Bela. — Bastien não resiste à tentação de ser o centro das atenções. Eu prometo que vai passar rápido.

Lio parecia tão exausto com tudo o que tinha acontecido que Bela nem conseguiu externar a verdade que começava a brotar em seu coração: aquilo era apenas o começo.

CAPÍTULO CINCO

O jantar passou em um borrão de gargalhadas estridentes e risos de escárnio pontuais dos numerosos amigos aristocratas do duque. A imensa mesa de jantar quase cedeu sob o peso dos pratos: terrinas de cozido madrileno, bisque de marisco e sopa fria de pepino, além de travessas enormes de ragu de carne, vieiras envoltas em purê de castanhas, *salmon en sel* e suflê de queijo servido em ramequins. O calor da noite de julho e a chama de mil velas condensavam os pratos, mas graças ao duque o champanhe estava com uma temperatura fresca e agradável.

O único alívio que Bela encontrou em meio à futilidade constante do jantar veio de Charles Louis, o marquês de Montcalm, que estava ao seu lado na mesa. Não tardou para que descobrisse que o homem era amigo íntimo de Olympe de Gouges, uma dramaturga e ativista que ela admirava profundamente.

— De onde você conhece a madame de Gouges? — quis saber Bela, entre uma garfada e outra de ragu.

O marquês limpou a boca com o guardanapo.

— Se bem me lembro, nós nos conhecemos em um *salon* organizado pela Madame de Montesson. Olympe estava tão incendiária quanto se poderia imaginar, advogando apaixonadamente em prol dos direitos humanos e contra o tráfico de escravos. Ela capturou a atenção de todos que estavam lá.

Bela sorveu cada palavra.

— Eu adoraria conhecê-la um dia.

O marquês sorriu.

— Tenho certeza de que isso pode ser arranjado, madame.

A possibilidade a deixou em polvorosa. Não imaginava que encontraria alguém como Charles Louis no jantar de Bastien, mas estava feliz por isso ter acontecido.

O jantar foi o evento mais refinado a que Bela já tinha comparecido, e ainda assim não a preparou para a indulgência mal contida que veio a seguir. Os pratos eram trazidos e levados antes que ela tivesse a chance de decidir qual dos seis garfos era o mais apropriado para a comida em questão, mas nem fazia muita diferença, pois estava quase sem apetite. A cabeça doía sob o peso da peruca que Bastien insistira que ela usasse, declarando que, depois de um dia perambulando pelas ruas de Paris, seu cabelo estava fora dos limites aceitáveis. A peruca era alta e encaracolada, tingida um ou dois tons mais escuros que o cabelo de Bela, com cachinhos emoldurando-lhe o rosto. O couro cabeludo pinicava e implorava por misericórdia e, quando achou que não tinha ninguém olhando, Bela usou o cabo de um garfinho para tentar aplacar a coceira.

Assim que a última travessa de queijos de aroma pungente foi retirada, Bela se deu conta de que toda aquela fartura não passava de ostentação. A maioria das pessoas comeu pouco mais do que ela, deixando um espacinho livre para o champanhe servido depois do jantar e para a refeição mais farta da noite: as fofocas.

Bastien exibiu Bela como se ela fosse um animal exótico, apresentando-a como a plebeia que virou princesa, com certeza uma novidade com que nenhum dos convidados tinha se deparado antes. Explicar-lhes que ela não era de fato uma princesa se mostrou uma tarefa enfadonha.

— Mas você é casada com um príncipe! — comentou uma mulher de bochechas incrivelmente coradas.

— Sou mesmo — concordou Bela com paciência. — Mas não adotei o título quando me casei.

— Por que não? — perguntou a mulher em um tom estridente.

— Porque nunca foi algo que desejei — respondeu Bela fracamente, ciente de que aquela mulher nobre não se importava em saber os sentimentos complexos que ela nutria a esse respeito.

Lio estava do outro lado do salão, rodeado de amigos e conhecidos que não via desde a infância. Tinha se livrado do pó branco e da peruca que Bastien o fizera usar em Versalhes, mas ainda vestia um traje escolhido pelo primo, e não estava acostumado com os babados e rendas típicos das roupas finas de Paris. Ao ver o seu desconforto, Bela se lembrou de quando Lumière obrigara a Fera a usar um conjunto engomadinho.

Mesmo com a falta de prática, Lio ainda parecia principesco ali entre todos, lançando para ela olhares carregados de desculpas sempre que podia, ciente de que ela deveria estar contabilizando todos os absurdos que tinha sido obrigada a aturar naquela noite. Lio devia uma a ela, e Bela estava até cogitando pedir outra biblioteca de presente como compensação por todo o incômodo.

A bebida fluía livremente, e embora os convidados se comportassem de forma absurda, todos vinham de linhagens impressionantes. Lio passara o jantar todo sussurrando nomes para Bela.

Aquele é o conde de Chamfort. Na última vez que o vi, quando ainda éramos crianças, ele estava dando uma bengalada em um criado que tinha derramado o chá.

Aquela ali é mademoiselle *de Vignerot, que foi prometida em casamento a um arquiduque austríaco assim que nasceu.*

Bela gostaria de estar em qualquer outro lugar. Os convidados de Bastien eram uma mistura desagradável de pessoas podres de ricas e perturbadoramente indiferentes. Ela sabia que, em outras circunstâncias, eles a rejeitariam logo de cara por ter nascido plebeia, mesmo que já não fosse exatamente uma. Mas Bela era *interessante*, e para um salão apinhado de cortesãos que passavam a maior parte do tempo na corte cheia de regras e protocolos do rei Luís, ser interessante era uma virtude muito maior do que ser apenas rico ou nobre. Eles a encheram de perguntas sobre os aspectos mais mundanos da vida como camponesa e pareciam absolutamente fascinados pelas respostas.

Como era ter que assar seu próprio pão?
Você remendava suas próprias roupas mesmo?
Seu pai é inventor, é isso? Que coisa excêntrica!

Bela se sentia como um item exposto em um museu, mas não conseguia se esquivar da chuva de perguntas. Por isso, resolveu revidar da melhor forma que podia.

— Ora, não posso ser a única pessoa da plebe com quem você já conversou, certo? — perguntou Bela para *mademoiselle* de Vignerot, uma garota alguns anos mais nova que ela, que usava um vestido tão incrustado de joias que parecia impossibilitar a respiração. Já fazia uns quinze minutos que ouvia os relatos de campesinato de Bela, totalmente absorta, enquanto se abanava com o leque.

— Madame, nós fazemos de tudo para ficar longe deles — confessou a garota com sinceridade fingida. — Mas se eles forem parecidos com você, acho que nós é quem estamos perdendo. — Disse isso como se soubesse que não era verdade, e todas as mulheres ao redor irromperam em gargalhadas estridentes.

Para elas, Bela era uma raridade: uma camponesa educada o suficiente para jantar com eles sem criar uma cena. Ela não se encaixava em suas noções preconcebidas de como uma camponesa deveria se portar, então era tratada como um artigo raro. Era uma grande baboseira. A própria Bela tinha convivido com muitos plebeus inteligentes que sabiam muito sobre o mundo, e acabara de conhecer um bom punhado de nobres ignorantes e obtusos em uma única noite.

Afastou-se do bando cacarejante e foi se refugiar junto a um dos pilares que circundavam o canto do salão. Respirou fundo e fez de tudo para resistir ao ímpeto de sair correndo daquele jantar.

— Tão ruim assim, é?

Quando se virou, descobriu que não era a única pessoa se escondendo dos convidados. Encostada na parede ao lado, com uma taça de champanhe na altura dos lábios, estava uma mulher alta de cabelos pretos e crespos e a pele em um tom quente de marrom. Ela devia ter quase a mesma idade de Bela, talvez fosse um pouco mais nova, mas tinha uma postura imponente e usava um vestido de estilo tão simples que fazia com que se destacasse ainda mais.

Era raro alguém deixar Bela sem palavras.

— Desculpe, o quê?

— Seus convidados. — A mulher gesticulou para o salão além do pilar. — São um tédio só, não acha?

Bela sentiu um quentinho no coração diante do insulto, mas não conhecia aquela mulher, então sabia que um comentário grosseiro destinado àqueles que ela mesma julgava insuportáveis logo poderia se tornar uma ofensa contra si.

— Desculpe... — começou a dizer.

— Você não para de dizer isso.

Bela pigarreou e se esforçou para não corar.

— Acho que não nos conhecemos.

A garota esvaziou a taça.

— Não sei se eu seria digna de uma apresentação. — Ela enxugou os lábios com o dorso da mão e depois a estendeu na direção de Bela. — Sou Marguerite, a *mademoiselle* de Lambriquet, por assim dizer.

Bela tomou-lhe a mão e, antes que pudesse se conter, fez uma reverência.

Marguerite riu e a segurou pelos ombros.

— Por favor, você é casada com um príncipe! Mesmo sem o título, seu status é muito mais elevado do que o da filha de um duque sem um tostão furado.

Os lábios de Bela se curvaram em um sorriso.

— Acho que você é a primeira pessoa em Paris que me tratou com franqueza.

— Disso eu não duvido. Olhe ali. — Ela apontou para longe do pilar que lhes servia de refúgio. — Está vendo aquele *flagorneur* ao lado do primo do seu marido? — Bela supôs que o homem que Marguerite chamara de "bajulador" era aquele que tinha passado a noite toda grudado em Bastien, o único convidado que se equiparava a ele no quesito pompa. — Aquele é meu irmão, Aurelian, o marquês de Lambriquet. — Ele parecia um pouco mais velho que Marguerite e tão ostentoso quanto a irmã era discreta. — Ele despreza Bastien e sua *frivolidade superficial*... — Pronunciou as últimas palavras em uma voz insuportavelmente anasalada, e Bela imaginou se tratar de uma imitação do irmão. — Mas ele enxerga no duque de Vincennes a forma mais garantida de conseguir o título e as posses do nosso pai.

Bela desviou o olhar do marquês pavoneando-se e fitou Marguerite.

— Sinto muito. Já faz tempo que ele faleceu?

— Faleceu? Ah, não, meu pai está vivinho da silva. Mas ele se recusa a comparecer a Versalhes e, portanto, é um pária. Não tem reputação nem influência, e tem que pagar impostos altíssimos porque não recebe os subsídios aos quais teria direito se frequentasse a corte. É a coisa de que Aurelian mais se envergonha. — Marguerite estava com uma expressão presunçosa e outra taça de champanhe pareceu se materializar em sua mão. — Meu irmão tem a esperança de que Bastien o ajude a convencer o rei a destituir o título do meu pai *ingrato* e concedê-lo ao filho.

— Por que Bastien teria influência para convencer o rei a fazer o que quer que seja?

Marguerite olhou para Bela como se a resposta fosse óbvia.

— Bastien e Luís são unha e carne, madame. Todo mundo sabe disso.

Bela estava prestes a pedir mais detalhes quando o esconderijo foi descoberto. A *mademoiselle* de Vignerot saiu de trás do pilar e botou as mãos no quadril.

— Aqui está ela! — gritou, agarrando o braço de Bela e arrastando-a de volta para sofrer o escrutínio do salão de jantar. — Achávamos que a tínhamos perdido, madame.

— Ah, teria sido uma pena! — respondeu Bela, virando-se para olhar para Marguerite com um sorriso nos lábios. Mas o tom zombeteiro passou despercebido pelas mulheres ao redor.

Mademoiselle Dupont entregou-lhe uma taça de champanhe.

— Estávamos nos perguntando quando planeja debutar em Versalhes. Virginie acha que deve estar esperando o outono, porque assim Rose Bertin terá tempo de costurar um guarda-roupa inteirinho para você. E vai mesmo precisar.

Bela ignorou o insulto e tratou de deixar suas intenções muito evidentes.

— Eu não vou frequentar a corte.

As mulheres se calaram de repente, todas com uma expressão perplexa no rosto. A *mademoiselle* de Vignerot foi a primeira a quebrar o silêncio.

— Ora, madame, mas não vá me dizer que pretende voltar para Aveyon. É esperado que uma *princesse étrangère* encontre um lugar na corte. A rainha vai fazer questão de que você seja apresentada a ela.

Bela se empertigou.

— O povo de Aveyon sofreu muito enquanto meu marido esteve doente, então é nosso dever ficar ao lado deles.

Nenhuma delas parecia entender essa motivação. *Mademoiselle* Dupont tratou Bela como se ela fosse uma criança.

— Mas, madame, Aveyon vai parecer minúsculo depois de sua estadia em Paris. O que você vai *fazer* para passar o tempo enquanto estiver lá?

— Ora, vou servir a meu povo.

— Sim, mas e depois que você tiver terminado essa parte?

Bela nem sabia como responder. Não sabia como explicar a um bando de mulheres da nobreza que não queria levar uma vida parecida com a delas. Era caridosa o bastante para entender que ela e os amigos de Bastien tinham crescido em realidades bem diferentes, e que talvez nem ela mesma se reconhecesse se tivesse desfrutado dos mesmos privilégios. Mas também acreditava que não dava para ignorar a pobreza que testemunhara nas ruas de Paris naquele dia, a menos que os nobres preferissem seguir na ignorância. Ficou preocupada por não ser diplomática o suficiente para manter o decoro diante dos convidados de Bastien.

— Bela está planejando organizar alguns *salons* — declarou Lio, aparecendo do nada para preencher o silêncio da esposa.

Tinha sido a primeira promessa que ele fizera para Bela naqueles dias intensos logo depois da quebra da maldição, quando conversavam febrilmente sobre seus sonhos mais profundos e confessavam seus maiores medos aos sussurros. Naquela época, o único medo de Bela era sua própria ignorância. Expressara a Lio seu desejo de viajar para Paris e frequentar um *salon*, talvez um que contasse com a presença de seus *philosophes* e *encyclopédistes* preferidos. Ele lhe dissera que estava sonhando pequeno. Que ela mesma deveria organizar um *salon*.

A *mademoiselle* de Vignerot abriu um sorriso educado.

— E qual vai ser o tema?

— Ah, tudo — respondeu Bela. Seu entusiasmo arrancou risos, mas tinha falado muito sério.

O conde de Chamfort pigarreou, os lábios se curvando em um sorrisinho debochado.

— Isso é muito amplo, madame. Certamente você tem algum interesse mais específico, não? Meus pais sempre frequentavam o famoso *salon* literário Bout-du-Banc em Paris, mas isso já foi há muito tempo.

Bela abriu o sorriso mais paciente que tinha.

— Não quero ser limitada, *monsieur*. Meus *salons* vão contar com a presença de cientistas, filósofos, inventores, romancistas… qualquer pessoa que tenha boas ideias.

O conde deu uma gargalhada.

— Por que raios você faria uma coisa dessas?

— Para aprender com todos eles, *monsieur*. Achei que isso fosse bem óbvio.

Marguerite abafou o riso com a taça de champanhe. Bela bebericou sua bebida e Lio pousou uma das mãos em suas costas. Ela não sabia se ele tinha feito aquilo para acalmá-la ou encorajá-la.

— Por quê? — perguntou o conde, exalando o ar ameaçador de um homem que se dá conta de que é o alvo de uma piada. — Tudo o que vale a pena aprender já foi ensinado.

— Foi ensinado para quem? — Bela sentiu as bochechas queimarem. — Só para os filhos ricos de pais mais ricos ainda? — Alguns dos convidados de Bastien arfaram, pois eram eles próprios filhos da aristocracia francesa, mas Bela se sentiu mais motivada quando viu o sorriso encorajador de Marguerite. — Eu acredito que a educação é um direito de todos, *monsieur*, mas já faz tempo que é reservado exclusivamente aos mais privilegiados entre nós. Meus *salons* vão refletir a realidade.

— E que realidade é essa, madame? — perguntou Marguerite com avidez.

O coração de Bela se agitava no peito.

— Que a erudição é destinada a qualquer um que a busque.

Seguiu-se um silêncio ensurdecedor, e Bela se perguntou se tinha ido longe demais. Não tivera a intenção de defender suas crenças com tanto ardor diante dos convidados nobres de Bastien.

Charles Louis, o marquês com quem ela conversara durante o jantar, deu-lhe um aceno aprovador.

— Muito moderno de sua parte, madame.

O conde soltou uma risadinha maldosa e Bela sentiu as bochechas arderem outra vez. Ele olhou para Lio.

— É melhor tomar cuidado, senhor.

— E por que diz isso, *monsieur*? — O tom de Lio era neutro, mas mesmo assim todo o salão pareceu ficar tenso.

— Parece que se casou com uma revolucionária.

Bela quase derrubou a taça. O instinto a impelia a se defender com unhas e dentes, mas sabia que, se reagisse desse modo, o conde se acharia ainda mais o dono da razão. As mulheres tinham que manter as emoções sob controle se quisessem ser levadas a sério por homens como ele, e Bela defendia as próprias crenças com fervor.

Lio afastou a mão das costas da esposa e se empertigou.

— Apenas um monarca indigno da própria coroa temeria uma população instruída.

As faces do conde tinham adquirido um tom preocupante de vermelho.

— Eu já deveria imaginar um absurdo desses vindo de um príncipe disposto a se rebaixar casando-se com uma camponesa.

Pessoas arfaram por todo o salão, e Marguerite se pronunciou antes que Bela ou Lio tivessem a oportunidade.

— Ela pode ser uma camponesa, *monsieur*, mas é muito mais nobre do que o senhor jamais será.

A resposta foi o antídoto perfeito para o comentário do conde. Marguerite vinha de uma família nobre e era conhecida por todos os presentes, então sua reprimenda arrancou risos dos convidados e ajudou a desanuviar a situação. Bela deu um apertãozinho na mão de Lio e esperou que ele entendesse o apelo silencioso para que permanecesse quieto.

Bastien buscou os olhos de Bela e deu-lhe um sorriso contido e recheado de desculpas antes de bater palmas uma única vez.

— Já chega de papo sobre política. Não estou disposto a aturar mais que isso. Que tal nos retirarmos para a sala de estar e abrir mais um champanhe, hein?

Bela ficou grata por Bastien não insistir que ela fosse junto. Os convidados do duque estavam ansiosos para deixar aquela interrupçãozinha para trás, então o seguiram em direção à extremidade do cômodo, deixando Bela e Lio sozinhos com Marguerite.

— Obrigada por dizer aquilo — agradeceu Bela.

Marguerite assentiu.

— Não foi nada, madame. Eu estava esperando uma oportunidade para botar o conde em seu devido lugar desde que ele foi grosseiro com um amigo meu em uma festa.

Lio ofereceu-lhe uma pequena reverência e um sorriso antes de voltar o olhar para Bela.

— Vamos aproveitar a deixa para ir embora?

— Com certeza.

Lio a tomou pela mão e Bela olhou para Marguerite, sentindo uma pontada de arrependimento por deixá-la sozinha. A mulher pareceu entender sua expressão.

— Não se preocupe comigo, madame. — Marguerite deu uma piscadela. — Já estou acostumada com essa gente.

Lio começou a conduzir Bela para longe.

— Foi um prazer conhecê-la — declarou ela por cima do ombro, ciente de que não conheceria outra mulher como Marguerite tão cedo.

A REVOLUÇÃO DA ROSA

— Igualmente — respondeu Marguerite antes de esvaziar mais uma taça de champanhe.

Bela e Lio atravessaram os corredores de Bastien às pressas, afastando-se o máximo que podiam dos convidados. O marido a impulsionava para a frente com uma das mãos, e quando Bela se virou para encará-lo, os dois irromperam naquele típico ataque de riso que não tem explicação. Apesar da leveza que o momento proporcionou, a raiva de Lio voltou com força total assim que adentraram seus aposentos.

— Eu não acredito que ele a tratou daquele jeito bem na nossa cara.

Bela abriu as janelas assim que chegaram ao quarto, esperando que a brisa fresca esfriasse a cabeça quente dos dois.

— Não acredita?

Lio ignorou a pergunta.

— E pensar que eu gostava da companhia deles! Na verdade, houve uma época em que este teria sido o meu futuro — comentou ele, apontando para o cômodo que os rodeava. — Você consegue imaginar como seriam as coisas se eu nunca tivesse ido embora de Paris? Eu seria tão ruim quanto todos eles. Minto, eu seria pior, porque estou acima deles na hierarquia, e antigamente eu me importava com essas baboseiras.

— Mas agora você é um forasteiro, assim como eu.

— Como assim? — perguntou ele, distraído.

— Bem, eu sou uma forasteira por ser camponesa. Nenhum dos amigos de Bastien vai me enxergar como nada além de uma raridade. E você é um forasteiro porque passou a encarar as coisas de outro jeito. Já não é mais o garoto que eles conheceram. Você é um homem que eles não reconhecem. Há algo em você que o diferencia do resto, e eles nem sequer entendem o quê.

— Por causa da maldição. — Não era uma pergunta, e Bela sabia que tinha que agir com cautela.

— Não é só isso. A maldição o forçou a mudar, mas a mudança partiu apenas de você.

— Não apenas de mim. — Ele chegou mais perto e levou as mãos dela ao próprio peito.

Bela sentiu as bochechas em chamas, mas não resistiu àquela calidez. Lio inclinou o queixo dela para cima e a beijou, e apesar do calor do verão um arrepio percorreu-lhe o corpo.

Ela desvencilhou as mãos das de Lio e as colocou ao redor da nuca dele, enroscando os dedos em seus cabelos, tentando eliminar qualquer distância entre os dois. Todo beijo era como o primeiro, capaz de destruí-la e curá-la em igual medida. Um grunhido baixinho escapou dos lábios de Lio e, quando Bela se afastou e ergueu o olhar, viu os olhos azuis do marido se suavizarem.

— Eu passei dez anos afundado em escuridão até você me dar um motivo para buscar a luz — sussurrou ele.

E eles se beijaram outra vez.

O luar banhou o quarto naquela noite. Ambos estavam exaustos, mas nem Bela nem seu marido conseguiam pregar os olhos.

— Ah, este aqui com certeza é melhor que o nosso — comentou Lio, afundando a mão no colchão macio da cama.

— Não me surpreende que o duque de Vincennes tenha um gosto caro para colchões.

Lio rolou para seu lado da cama e suspirou.

— Eu não sei como vou me esquivar de fornecer tropas e auxílio financeiro a Luís. Com sorte, o Terceiro Estado ou a Assembleia Nacional ou seja lá como se chame acabe se dissolvendo sozinho por causa de lutas internas e falta de organização.

Bela olhou para ele do outro lado da cama.

— Eles têm mais apoio do que você imagina, Lio.

— Tem certeza? Todos com quem conversei hoje disseram que não passam de uns agitadores indefesos procurando encrenca.

— É claro que falaram isso. Nós estávamos jantando com a aristocracia francesa. Por acaso você achou que dariam crédito às pessoas que estão lutando por igualdade?

— Não vá me dizer que *você* os apoia?

Bela deitou-se de lado para encará-lo e escolheu as palavras com cuidado.

— Definitivamente não apoio o uso de violência para se conseguir o que se queira, mas não posso negar que acho que a igualdade é algo pelo que vale a pena lutar.

— Claro, mas tentar conseguir isso à força? Aniquilar o próprio sistema que poderiam empregar para suscitar as mudanças?

— E que métodos você quer que eles usem, Lio? Os camponeses não têm voz, e quando finalmente receberam uma, Luís se certificou de que fosse apenas em aparência. O rei tem tanto medo do próprio povo que estaria disposto a guerrear contra ele.

— Você provavelmente tem razão, como sempre. — Ele segurou-lhe a mão e plantou um beijo na palma. — Mas estou tão exausto que parece que minha mente está toda anuviada. Nós dois precisamos de algumas horas de sono.

Bela não era do tipo que recuava diante de um debate sobre igualdade, mas depois do dia exaustivo percebeu que estava disposta a retomar o assunto pela manhã.

Mesmo assim, passou um bom tempo acordada depois que Lio mergulhou em um sono profundo.

O dia havia sido tão longo que mais parecera um ano. Tinham chegado a Paris naquela mesma manhã, mas tanta coisa acontecera desde então. Antes, Bela tinha ficado empolgada por enfim retornar à cidade que ocupava seu coração havia anos, mas uma vez lá, sentia o ímpeto de ir embora. Paris evidenciava as diferenças que existiam entre Bela e Lio, aquelas que eles podiam simplesmente ignorar em Aveyon: o fato de ele ser nobre e ela uma camponesa, vindos de classes que nunca se misturavam.

A situação tinha parecido tão simples depois da quebra da maldição, quando tudo era como um conto de fadas. Na época, Bela teria dito que o amor dos dois seria suficiente para enfrentar qualquer tempestade, e ela ainda acreditava nisso. Mas não previra que as tempestades cresceriam e se multiplicariam, ou que ela mesma se veria à deriva, sem saber de que lado da batalha deveria ficar.

Uma parte de si temia que, ao se casar com um príncipe e viver em um castelo, acabaria por se tornar alguém irreconhecível, uma pessoa como aqueles cortesãos ignorantes que tinham acesso aos melhores livros e à melhor educação que o dinheiro podia comprar e, mesmo assim, os usavam para tornar o próprio mundo ainda menor.

E uma outra parte temia que, ao resistir à mudança, acabasse por se afastar cada vez mais de Lio, e ela não queria isso.

Seu coração pertencia a Lio, mas e o resto?

Onde ela estaria se não o tivesse conhecido e se as brasas latentes da revolução tivessem aberto caminho até Aveyon? Será que estaria lutando ao lado dos homens e mulheres que tinha visto nos jardins do Palais-Royal?

No dia seguinte, diria a Lio que não queria mais seguir viagem e pretendia voltar para casa. Longe da cidade, ao menos poderiam voltar a ignorar as diferenças que existiam entre os dois. Bela saiu da cama e caminhou até a varanda aberta. O luar iluminava as mansões de Saint-Germain que se estendiam à frente, mas ela mal conseguia distinguir o rio Sena e, além dele, o resto de Paris, a parte que pertencia aos camponeses.

Adormeceu tentando afastar de seu âmago a sensação de que ali também era seu lugar, e que nenhum casamento ou título jamais poderia mudar isso.

CAPÍTULO SEIS

O chamado veio antes de terminarem o desjejum.

Bastien estava sentado à cabeceira da mesa, com uma touca de dormir na cabeça e o peso da noite anterior sobre os ombros. Os convidados o mantiveram acordado até tarde, pois só foram embora quando o sol já espreitava no horizonte. Ele parecia dez anos mais jovem sem a pintura no rosto, mas ficou irritado quando Bela lhe disse isso.

— Ao contrário do que você acha, isso não é um elogio.

Bela encolheu os ombros.

— Mas minha intenção foi elogiar.

Bastien revirou os olhos.

— Em Paris, o objetivo não é parecer jovem, e sim *rico*.

— Ora, então acho que é tanto um elogio quanto um insulto dizer que você parece paupérrimo, Bastien.

O duque abriu uma careta quando um criado apareceu trazendo um envelope em uma bandeja de prata. Depois de pegar o papel, ele deu um aceno preguiçoso para que o homem se afastasse.

Os olhos se arregalaram assim que rompeu o lacre.

— Levante-se, primo. — Limpou os lábios com o guardanapo de pano. — Você precisa invadir meu guarda-roupa outra vez e se fazer apresentável.

— Mas por quê? — queixou-se Lio, com a boca cheia de torrada.

— Sua presença foi requisitada em Versalhes. Luís deseja passar os próximos dias negociando com você.

Lio deixou cair o garfo.

— Os próximos *dias*?

Bastien agitou o dedo no ar.

— Agradeça aos céus por Luís estar tão ocupado nos últimos tempos. Conheço cortesãos que foram convocados por meses a fio. — Voltou a fitar a carta e franziu o cenho. — Bela não foi mencionada.

O alívio a inundou. Não poderia recusar um chamado do rei, mas como ele havia se esquecido dela completamente, Bela tinha uma desculpa para evitar a corte. Tivera um gostinho da alta sociedade parisiense depois da noite que passara ao lado dos amigos de Bastien, e a achara detestável. Não conseguia nem sequer se imaginar nos salões dourados de Versalhes.

Mas Lio não percebeu o alívio da esposa.

— Você deveria me acompanhar, Bela. Nós dois somos um time e devemos nos apresentar assim.

Não era um pedido justo, e ele sabia disso. Mas Bela não estava disposta a ceder.

— Não posso — declarou, e talvez as palavras tenham saído mais fortes do que o pretendido, tal era sua vontade de evitar a corte do rei. — Lá não é lugar para mim, Lio. Eu vou acabar atrapalhando.

Lio lançou-lhe um olhar suplicante.

— Então vou ter que lidar com isso sozinho?

— Bastien estará com você — respondeu ela em um tom esperançoso.

— Infelizmente, já tenho outro compromisso, primo.

— Mais um motivo para Bela me acompanhar.

Bastien juntou a ponta dos dedos.

— Acho que Bela tem razão, Lio. Levá-la junto só causaria distrações. Se você tem intenção de negociar de boa-fé, sugiro que vá sozinho. Além disso… — Fez uma pausa. — Pode haver um motivo para Bela não ter sido mencionada na carta.

— Como assim? Você acha que eles estão esnobando Bela?

Bastien encolheu os ombros.

— Será que pode ser considerado esnobá-la se ela mesma prefere beber a água do Sena a se juntar a você?

Uma ruga se formou na testa de Lio.

— Receio que já não seja seguro perambular pela cidade. Bela presenciou uma multidão agitada ontem mesmo.

— Eu posso me cuidar muito bem sozinha — declarou ela, mas os homens continuaram conversando entre si.

— Bela estará perfeitamente segura aqui, muito bem protegida de qualquer multidão errante.

— Eu não preciso ser protegida do meu próprio povo, Bastien. — Bela manteve a voz impassível, mas firme, e o semblante de Lio se anuviou.

— Bela, você acha mesmo que...

— Para ser sincera — interrompeu ela, precisando se fazer entender —, eu me sinto mais segura nas ruas de Paris do que jamais me sentiria no Palácio de Versalhes.

— É, você deixou seu ódio à aristocracia bem claro. — Bastien bebericou a xícara. — Então é muito curioso que tenha se casado com um membro dela.

Bela só conseguiu esperar uma hora antes de escapulir da casa de Bastien.

Ela não via aquilo como uma fuga. Não era uma prisioneira e a criadagem de Bastien não tinha sido instruída a mantê-la trancafiada entre quatro paredes. Ainda assim, escapuliu da mansão como se fosse culpada de algum crime muito mais grave do que o simples tédio.

Até Lumière tinha sido forçado a vigiá-la, mas Bela o despachou com a incumbência de encontrar o melhor *macaron* de Paris, sabendo que sua dedicação ao pedido o manteria afastado por pelo menos algumas horas.

O calor de julho deixava o ar pegajoso e com um fedor de urina e fumaça quase insuportável, mas Bela estava feliz por se ver livre do monumento à extravagância que era a casa de Bastien. Não tinha um destino determinado. Só queria fugir um pouco.

Não queria parar, pois tinha receio de que, ao fazê-lo, ia se dar conta de que na verdade estava tentando fugir de sua nova vida. Por isso, manteve os pés em movimento e a mente tão vazia quanto possível.

Passou por cima de poças cheias de entulho e ziguezagueou pela multidão de comerciantes e clientes, esquivando-se das carruagens apressadas dos ricos, o tempo todo buscando algo que não sabia explicar. Tinha saído da casa de Bastien sem um propósito em mente, mas seus passos pareciam guiados por alguma força invisível. Talvez fosse o instinto, pensou ela, embora isso também não fizesse muito sentido. Mas alguma coisa a impelia a algum lugar, e ela queria descobrir por quê.

Os cantos dos olhos ficaram embaçados conforme ela embrenhava mais fundo na cidade. Bela não conhecia Paris tão bem assim, mas andava pelas ruas com uma determinação imerecida, o olhar fixo em algo que ela não entendia por completo. Ficou se perguntando por que isso não a assustava, mas Bela sempre nutriu uma curiosidade pungente pelo desconhecido.

A pé, a cidade parecia diferente do que vista sobre as rodas da carruagem. Parecia diferente até do que na tarde anterior, quando estivera nos jardins do Palais-Royal. Mais uma vez usando o vestido simples que a tornava praticamente invisível, ela estava livre para perambular por onde quisesse, mas a magia que conservara desde a infância tinha se dissipado. Pois dessa vez estava ciente das fendas e das rachaduras, da agitação fervilhando feito uma doença nas entranhas abarrotadas da cidade. As pessoas pareciam se reunir nas esquinas e becos em grupos mais numerosos do que Bela jamais tinha visto. Eram compostos por camponeses e *sans-culottes*, pessoas envoltas em trapos e pessoas com trajes mais refinados. Sussurros enchiam o ar. A cidade estava à beira de algo de que Bela não sabia se queria fazer parte.

Dobrou a esquina de uma rua mais tranquila e estacou de repente, como se tivesse congelado. Fitou os arredores, tentando identificar o que a tinha feito parar. Os prédios eram antigos, e pareciam se estender e se curvar sobre a alameda, impedindo que os raios de sol a alcançassem lá embaixo. O ar era de uma gelidez surpreendente e não havia outra alma viva à vista, o que era raro em uma cidade como Paris. O silêncio e a quietude a atingiram com mais força do que o caos que ela tinha deixado na outra rua.

Virou-se para a loja diante de si e sentiu uma calmaria lhe inundar o corpo. Sentia que deveria estar ali, embora a fachada não revelasse nada da loja em si. Ela se encaminhou em direção à porta, os passos se chocando contra as pedras e ecoando pela rua, e segurou a maçaneta de latão. A seu toque, a porta se abriu e uma sineta trinou logo acima. Uma brisa errante começou a soprar atrás de Bela, conduzindo-a para o interior da loja.

A primeira coisa que viu foi o próprio rosto em uma centena de reflexos distintos. Era uma experiência estarrecedora ver-se assim, sob todos os ângulos, alguns distorcidos e esticados, outros embaçados com a idade, e ainda uns tantos tão reflexivos quanto o vidro. Ela viu como sua expressão passou de confusa para intrigada.

Bela tinha entrado em uma loja de espelhos.

Olhou em volta em busca de um lojista ou outros clientes, mas percebeu que estava sozinha. Por algum motivo, isso a tranquilizou. Enveredou pelo interior da loja e deixou a porta bater atrás de si, fazendo a sineta tocar outra vez. Era difícil determinar o verdadeiro tamanho do cômodo, mas parecia pequeno, mesmo quando os arcos de luz cintilantes incidiam para todos os cantos.

Bela se aproximou de algumas prateleiras, tentando escapar do próprio olhar, mas logo descobriu que havia uma coleção de espelhinhos de mão disposta ali, cada qual com uma moldura diferente entalhada. Um espelho prateado chamou sua atenção. Parecia um que Lio lhe dera quando ainda era Fera, aquele que mostrara a imagem de seu pai doente. O sofrimento de Bela tinha sido tão grande que fez a Fera libertá-la, lançando-os em uma jornada que culminaria com uma adaga cravada nas costas dele e o fim da maldição que assolava o reino.

Recordar o momento em que perdera a Fera não era fácil para Bela. Ela o amara. Também amava Lio, e embora os dois fossem a mesma pessoa, ainda assim algo parecia diferente. O momento em que a Fera fechou os olhos pela última vez a transformara. E, embora houvesse lembranças felizes daqueles meses envoltos pelo feitiço, ela não gostava de pensar no tempo que passara como prisioneira no castelo que veio a ser seu lar. E, mesmo assim, o espelho parecia chamar por ela. O coração de Bela disparou quando esticou o braço e agarrou o cabo de prata, levando-o até o nível dos olhos, quase como se esperasse que o objeto lhe mostrasse uma visão. Mas o espelho permaneceu inerte. Não era encantado, Paris não era Aveyon, e a maldição já tinha sido destruída havia muito tempo.

Soltou um suspiro de alívio e até se permitiu sentir-se tola por temer um mero objeto. Estendeu o braço para devolvê-lo à prateleira e, bem na hora, sobressaltou-se com um barulho vindo de trás.

— *Bonjour*, madame.

Bela ficou surpresa por ser uma voz jovem, e mais ainda por ser a voz de uma mulher. Virou-se de costas e deu de cara com a lojista: uma mulher ligeiramente mais velha que ela, usando um vestido robusto e um avental. Apesar de pálida, a pele tinha um tom quente, e os longos cabelos eram de uma tonalidade profunda de mel. Os olhos azuis, marcantes de tão profundos, fitaram Bela com expectativa.

— *Bonjour* — cumprimentou Bela. — Espero não estar incomodando.

— Imagine, de forma alguma — respondeu a mulher, olhando para o espelho que Bela ainda segurava. — O que traz a madame à minha loja?

Os modos da mulher a deixaram apreensiva. Ela falava como se já soubesse o que Bela ia responder e só tivesse perguntado por educação. Bela voltou sua atenção para o espelho que segurava, sentindo-se tola por ter deixado o objeto assustá-la.

— Para ser sincera, eu não pretendia vir aqui.

— Ah, é? — perguntou a mulher, distraída. Fitou o espelho e depois tornou a olhar para Bela. — Você terá mais sorte se fizer um pedido a ele.

Ela sentiu o estômago se revirar.

— Um pedido?

Ela sabia exatamente ao que a mulher se referia. O espelho da maldição tinha permanecido inerte até Bela pedir que mostrasse o pai, como se isso fosse necessário para a magia acontecer. Ela se afastou da prateleira, mas a mulher pôs a mão em seu ombro, fazendo uma onda de calor irradiar por seu corpo.

— É possível descobrir muita coisa no reflexo dos desejos mais profundos.

O tom era claro e caloroso, e as palavras eram um bálsamo para Bela, embora, em algum nível, ela achasse que deveria estar mais amedrontada. Uma estranha quietude a envolveu, abrindo espaço para a curiosidade ardente que ela deveria ter sufocado. Ergueu o espelho mais uma vez e tentou pensar em um pedido digno. Não precisava ver o pai dessa vez, pois as cartas de Maurice lhe garantiam que estava em segurança, assim como todos os outros que ela e Lio tinham deixado para trás em Aveyon. Tentou pensar em algo que lhe pudesse ser útil, algo que a ajudasse a encontrar um novo caminho. Sua vida estava tão repleta de incertezas, e era chegada a hora de encontrar as respostas.

A mulher chegou mais perto.

— Talvez queira saber o que a vida lhe reserva, madame — declarou em uma voz que mal chegava a um sussurro.

É claro.

— Mostre-me o meu futuro — pediu Bela. Era exatamente o que ela desejava saber.

Queria se ver feliz em Aveyon, satisfeita com sua nova vida e com Lio ao lado. Achava que, se pudesse ver essa versão de si mesma, seria mais fácil lutar por isso, por mais que seu interior se agitasse buscando algo mais.

O espelho ganhou vida na mão dela. Gavinhas de luz esverdeada se desprenderam da superfície e incidiram sobre sua pele, assim como ocorrera com o espelho que a Fera lhe dera na sacada da Ala Oeste. O reflexo de Bela se dissipou, dando lugar a uma visão do castelo que se transformara em seu lar. Mas havia algo errado. Ela viu Aveyon em chamas.

As pessoas marchavam pelas muralhas com tochas em riste, clamando por sangue. Era pior do que quando tinha visto os aldeões invadirem o castelo para matar a Fera. Na época, aquelas pessoas estavam dominadas pelo medo, sem saber que marchavam contra o próprio príncipe. Na visão de Bela, porém, o próprio povo de Lio estava determinado a aniquilá-lo.

Ela sentia o calor das tochas, ouvia o crepitar das chamas como se estivesse na sacada, cara a cara com a multidão. Era demais para aguentar. Bela se desvencilhou do espelho e respirou fundo, como se emergisse para recobrar o fôlego. Mas todos os espelhos da loja mostravam a mesma visão da qual ela tentava escapar. Os passos da multidão reverberavam pelo corpo de Bela, e os gritos, embora confusos, enchiam-lhe a mente.

— Não! — gritou, derrubando no chão o espelho, que se espatifou em mil pedacinhos.

Ela cobriu o rosto com as mãos e, de súbito, a loja mergulhou em silêncio. A invasão tinha chegado ao fim.

Sua respiração saía em arquejos ásperos e a cabeça parecia estar girando. Ela precisava tomar um ar. A mulher encostou em seu ombro e mais uma vez ela foi inundada por uma onda de paz. Dessa vez, porém, Bela teve o bom senso de se agarrar ao pânico que se esvaía, esperando manter a nitidez diante daquela magia estranha.

A mulher a encarou, os olhos faiscando.

— O que você viu é o que vai acontecer se você e o príncipe Lio não retornarem para Aveyon agora mesmo.

— Como sabe quem é o meu marido? — disparou Bela antes mesmo que pudesse processar as palavras da mulher. — O que quis dizer com isso? — acrescentou, com a voz rouca.

— Exatamente o que eu disse — respondeu a mulher. — É um aviso. Um jeito de escapar da tempestade que se aproxima.

Bela não queria dar ouvidos a nada daquilo, especialmente vindo de uma mulher que detinha uma magia tão parecida com a que estrangulara Aveyon por dez anos. Perceber que a magia era a mesma enregelou-lhe até os ossos, e o medo que aos poucos estivera se dissipando tornou a atingi-la em cheio. Tinha que ir para bem longe da loja e do poder estranho que emanava dela. Então, desvencilhou-se da mulher e sentiu o alívio inundá-la de imediato.

As faíscas no olhar da mulher estavam se dissipando e, quando Bela se afastou, ela não tentou detê-la.

— Eu não quero assustá-la, Bela, apenas alertá-la.

Era difícil ler a expressão em seu rosto. Parecia quase desesperançosa. A curiosidade tentou arrastar Bela de volta, mas quando deu por si já tinha passado pela porta tão rápido que caiu de joelhos na rua. Passou um instante ali, esperando até que o mundo tivesse parado de girar. Tudo tinha ficado para trás.

Mas a viela estreita já não era mais o refúgio silencioso que lhe parecera antes de adentrar na loja de espelhos. De súbito, o caos e o barulho que lhe tinham escapado invadiram seus sentidos, não mais abafados pelo poder sinistro que a impelira até a loja.

Ela se pôs de pé e espanou o vestido, pensando em rotas alternativas para voltar para a casa de Bastien a fim de evitar a rua movimentada. Mas ela não conhecia Paris tão bem assim para confiar em seu senso de direção e ainda estava abalada pelo que tinha acontecido no interior da loja. Só queria dar o fora dali e, para isso, teria que atravessar o caos.

Caminhou com firmeza em direção à rua, torcendo para que o caminho para casa fosse tranquilo. Mas não seria. Assim que dobrou a esquina, cacos de vidro rangeram sob seus pés. Turbas de pessoas aos gritos marchavam lado a lado, com armas e os punhos em riste. Uma fumaça acre encheu seus pulmões, e o ar estava carregado com o cheiro de sangue e pólvora. A multidão carregava a violência a reboque. Alguns estavam feridos, com hematomas, cortes e arranhões formando uma colcha de retalhos nas faces e couros cabeludos. Alguns exibiam borrifos vermelhos pelo corpo, e Bela teve a impressão nauseante de que aquele sangue não era deles. Todos ali faziam parte de algo muito maior do que eles mesmos, e Bela não queria se juntar àquilo.

Para onde quer que olhasse, via Paris em chamas.

Bela jamais teria imaginado que os grupinhos de gente que tinha visto a caminho da loja poderiam se transformar em uma multidão com tanta rapidez. Olhou para cima e viu que o sol estava bem baixo no céu. Será que tinha passado mais tempo na loja do que imaginava? Lembrou-se da estranha habilidade da mulher de deixá-la mais tranquila e se deu conta de que se tratava de algum tipo de magia. E, bem, como havia magia envolvida, as lacunas em sua memória e a passagem do tempo pareciam justificar-se.

Ela não podia permanecer ali, agarrada a um poste de luz como se fosse uma âncora. Tinha que voltar para a casa de Bastien. Tinha que voltar para Lio. Sentiu um nó no estômago quando percebeu que sua única alternativa era se misturar à multidão e torcer para que conseguisse se desvencilhar quando chegasse a Saint-Germain.

Então, relutante, deixou que a multidão a arrastasse, sentindo o ódio e a raiva que fluíam através dela feito ondas. O calor pesava sobre Bela e o fedor da multidão era insuportável. Ela estava sufocando. Os pulmões imploravam por ar, mas a turba era grande demais. Bela não podia se libertar de toda aquela gente e não sabia para onde estava indo.

A turba era muito maior do que os *sans-culottes* clamando por revolução nos jardins do Palais-Royal, muito maior do que o Terceiro Estado exigindo se fazer ouvir. Era como se Bela tivesse entrado na loja de espelhos e, ao sair, se deparasse com um mundo totalmente mudado.

Tentou se desvencilhar da multidão, abrindo caminho em meio a homens e mulheres raivosos, mas logo foi puxada de volta. Esticou o pescoço para ver o que havia adiante. Avistou um homem na frente da turba, sendo conduzido pelas ruas. Parecia um prisioneiro: o cabelo empapado de suor estava colado ao crânio como se ele tivesse acabado de tirar uma peruca, a camisa ricamente bordada estava para fora da calça, esfarrapada e borrifada de sangue, e as bochechas ardiam de raiva.

A multidão enfim estacou diante de uma construção que Bela reconheceu. Era o Hôtel de Ville, a prefeitura de Paris. Os captores do homem o puseram de joelhos. Bela não conseguia compreender o que estavam gritando.

— Quem é aquele homem? — perguntou Bela à mulher a seu lado.

— Bernard-René Jourdan — respondeu a mulher, fitando-a como se ela já devesse saber disso. — O marquês de Launay — acrescentou, quando percebeu que Bela não tinha reconhecido o nome.

— Por que ele está sendo arrastado pelas ruas?

Ela olhou Bela de cima a baixo, procurando algum indício de que fosse uma aristocrata infiltrada. Sua expressão mudou quando viu o vestido simples de Bela, com o bolso manchado de lama. Ela era como eles, ao menos na aparência.

— É o governador da Bastilha. Não ficou muito feliz por termos apanhado algumas armas em sua fortaleza.

Então era daí que tinham vindo as armas. As pessoas que ela tinha visto no dia anterior não estavam munidas de nada além das próprias vozes, mas aquelas reunidas na multidão podiam se valer de armas e canhões para mudar o mundo.

A mulher percebeu o olhar de desgosto que Bela lançou para as armas.

— Nós não temos escolha — sibilou. — Temos que estar preparados para quando o rei enviar as tropas contra nós.

— Não estou vendo nenhuma tropa aqui — retrucou Bela, mas a mulher já não estava mais lá.

Bela foi impulsionada para a frente outra vez, chegando tão perto do governador que pôde ouvi-lo implorar pela própria vida.

— Por favor, eu fiz tudo o que vocês pediram — suplicava o governador, e Bela sentiu o sangue gelar nas veias. Vários homens o seguravam firme contra o chão, e a lama já tinha endurecido ao redor de seus joelhos. — Vocês juraram que poupariam a minha vida se eu me rendesse.

O homem que pressionava o cano da arma na cabeça do marquês deu uma cusparada no chão, enojado.

— Do mesmo jeito que você jurou que seus guardas não abririam fogo contra nós.

Um murmúrio se desprendeu da multidão, uma corrente de raiva que Bela conseguia sentir, mas da qual não podia escapar.

Já não importava que o homem fosse um marquês ou que tivessem lhe prometido absolvição. A letra da lei tinha sido reduzida a cinzas. A multidão clamava por sangue.

— O marquês atirou primeiro! — berrou um dos homens que mantinham o governador pressionado contra o chão. — Nós não devemos nada aos traidores.

O clamor se intensificou. A multidão concordou. Nada poderia salvá-lo.

Bela desviou o olhar da multidão munida de punhos, pés, facas e baionetas. Não aguentaria testemunhar o que aconteceria a seguir, mas ouviu conforme descontavam a raiva que sentiam pelo rei em um homem que talvez não a merecesse. A culpa a corroía enquanto abria caminho e empurrava as pessoas para se afastar, orientando-se apenas o necessário para se ver livre da turba. A multidão irrompeu em vivas ou lamúrias, ela não sabia dizer. Estavam ávidos por alguma coisa, e o marquês era apenas o começo. O mais assustador era perceber que a multidão parecia tão apavorada quanto raivosa. O medo motivava tanto quanto o ódio. O medo transformava pessoas em monstros.

Ela subiu os degraus de uma loja para recobrar o fôlego enquanto os gritos reverberavam no centro da multidão. Não resistiu ao ímpeto de olhar e se deparou com uma visão horrenda: a cabeça decepada do marquês erguida no ar, o rosto paralisado em uma agonia miserável. Bela teve a certeza dolorosa de que nunca se esqueceria daquela imagem. Esvaziou o estômago nos paralelepípedos que revestiam a rua e, quando se levantou, ficou paralisada, certa de que tinha visto um rosto familiar na multidão.

Fez uma pausa e titubeou, as pernas bambas enquanto tentava ver melhor. Não viu o cano da baioneta se aproximar, mas sentiu o metal pressionado contra sua têmpora. Em seguida, caiu com tudo no chão. Conseguiu aguentar por alguns segundos, tempo suficiente para registrar o gosto de poeira e sangue se misturando na boca, e então apagou.

CAPÍTULO SETE

Bela acordou com o toque macio do tecido em seu rosto e o estrondo de uma carruagem sob seus pés. Sentou-se com um sobressalto, tentando entender como tinha parado ali.

— Bela, *calme-toi*.

A última voz que ela esperava ouvir era a de Bastien. O duque estava sentado diante dela, com o queixo apoiado na bengala de marfim. Estava de cara lavada, sem a pintura branca espalhafatosa sem a qual não saía de casa, o cabelo pendendo livre e solto nos ombros, as roupas tão simples e discretas que Bela suspeitava que ele as tivesse pegado emprestadas de um dos criados. Era impossível que aquele traje tivesse saído do guarda-roupa do duque.

— Você está bem? — perguntou ele.

Ela não sabia. O vestido estava todo manchado de lama e borrifado de vômito, a cabeça doía mais do que nunca. Levou a mão à têmpora e sentiu o sangue seco encrostado no cabelo.

— O que aconteceu?

— Aconteceu que fui um imbecil por não tê-la mantido trancada a sete chaves.

— Espere aí... — começou, mas parou de falar quando a carruagem se pôs a rodopiar a seu redor.

— Deixá-la perambular por aí à vontade quase culminou na sua morte. Eu a encontrei no meio de uma multidão de militantes burgueses que invadiram o Hôtel de Ville ontem à noite exigindo armas. Como não conseguiram, repetiram a tática na Bastilha hoje, e tiveram um sucesso estrondoso. — Ele meneou a cabeça antes de continuar. — Imagino que tenha visto a cabeça do marquês de Launay em um espeto? — Não esperou a resposta dela. — Andar pelas ruas de Paris já não é mais seguro, especialmente para uma mulher *casada com um príncipe*. — Ele sibilou as últimas palavras, como se Bela fosse uma tola das grandes. — O que é que você tinha na cabeça?

— Que sou livre para fazer o que quiser — retrucou ela, mas antes mesmo de concluir percebeu como soava petulante. Bastien tinha salvado a vida dela, afinal. — Como você me encontrou? — acrescentou baixinho.

Ele se empertigou e deu um pigarro.

— Eu saí atrás de você assim que fui informado de sua… excursãozinha. — O duque olhou feio para Bela, que retribuiu o olhar. — Achei que não a encontraria nunca, e teria sido encantador explicar ao seu marido que você morreu no meio de uma multidão composta pelos mesmos camponeses dos quais, segundo seu discurso inflamado pela manhã, você *jamais* teria medo. Abandonei a segurança de minha carruagem para procurar a pé, o que se provou absolutamente inútil.

— Como você sabia em que parte da cidade deveria procurar?

Bastien deu de ombros, mas as bochechas ficaram vermelhas.

— Você parece o tipo de garota que corre atrás de problemas. Então, simplesmente segui a multidão.

Bela o encarou por um instante. Algo na resposta do duque a deixou desconfortável, mas não estava com disposição para estender o assunto.

— E como encontrou meu corpo inconsciente?

O desdém se esvaiu do rosto dele.

— Eu… Eu fui abordado por uma mulher que nunca tinha visto na vida, e ela insistiu que eu a seguisse. Ela me guiou diretamente até você, esparramada em uma viela imunda. — Ele estremeceu. — A mulher foi embora antes que eu pudesse perguntar como sabia que eu estava atrás de você.

Bela massageou a têmpora latejante e lembrou-se da mulher da loja de espelhos, aquela que lhe mostrara a terrível visão.

A lembrança era nebulosa, como se tivesse acontecido em outra vida, mas Bela sabia que jamais se esqueceria daquela cena: sua casa em chamas, incendiada pelo povo de Aveyon. Afastou a recordação para os recônditos da mente, recusando-se a acreditar por um segundo sequer que se tratava de uma visão do futuro. Não, provavelmente aquela mulher não passava de uma charlatã tentando enganá-la com truques baratos.

Ainda assim, Bela sentiu a coluna formigar ao pensar que aquela poderia ser a mesma mulher que conduzira Bastien até ela. Se admitisse isso em voz alta, porém, estaria aceitando que havia algo estranho acontecendo, e não estava pronta para isso.

— Ora, que sorte a minha, acho.

— É. Bem, ainda não ouvi um "obrigada".

— Ah, me perdoe. Ainda estou tentando digerir o fato de ter visto a cabeça decepada de um homem hoje.

Ela apoiou a cabeça na parede da carruagem e fechou os olhos.

— Você viu... a coisa toda?

Tornou a abrir os olhos.

— Felizmente, perdi o ato em si, mas testemunhei o marquês implorar pela própria vida para aquela multidão de monstros.

Bastien a fitou com curiosidade.

— Nem todos eles são monstros, Bela. — Parecia ter dito isso sem pensar.

— Eu arriscaria dizer que se envolver em um assassinato é o suficiente para alguém ser considerado um monstro.

— Então isso também faz de você um monstro, não? Afinal, você também estava no meio da multidão.

— Você sabe muito bem que eu só estava no lugar errado na hora errada.

— E poderia haver outros na mesma situação. — Bastien ajustou o nó branco simples amarrado em torno do pescoço, muito diferente das golas jabô e dos peitilhos cheios de babadinhos que ele parecia preferir. — Eu a aconselho a não julgar todo um grupo com base nas ações de uma minoria violenta. O Terceiro Estado conta com muitos milhares de pessoas. Você se deparou com algumas centenas delas. Não ache que são todas farinha do mesmo saco.

Bela refletiu sobre a fala do duque por um instante.

—Jamais imaginei que ouviria o duque de Vincennes defender o Terceiro Estado com tanto ardor.

— Se eu puder lhe dar um conselho, sugiro que viva com a crença de que praticamente todo mundo pode surpreendê-la. Vai tornar sua vida mais fácil.

Ela não respondeu. Lembrou-se do que Marguerite lhe dissera na noite anterior, sobre Bastien e o rei Luís serem próximos feito unha e carne, e se perguntou se a lealdade do duque era mesmo tão entranhada. Mas isso era assunto para outro dia. A cabeça de Bela latejava e o corpo parecia prestes a entrar em colapso.

— Lio já sabe?

— Sobre sua aventura emocionante? — Lá estava o sarcasmo que ela tanto odiava. — Não, ele ainda está em Versalhes. Mas acho que não vai demorar a voltar depois que a notícia da tomada da Bastilha chegar ao rei. — Um lampejo de compaixão cruzou o semblante de Bastien ao olhar a ferida na cabeça de Bela. — Talvez possamos deixar o pior em segredo. Vamos limpá-la e arrumá-la o mais rápido possível. Duvido muito que Lio já tenha voltado a Paris.

Ela assentiu com gratidão. Não queria mentir para Lio, mas achou que seria melhor poupá-lo dos pormenores sórdidos para evitar que presumisse o pior e pensasse que ela tinha corrido risco de vida. Bela sabia que se misturar à multidão tinha sido um erro, assim como sabia que Lio ficaria morto de preocupação se descobrisse a verdade. Seria melhor para os dois se ele nunca soubesse daquilo.

Ela apoiou a cabeça no vidro da janela e viu Paris passar feito um borrão do lado de fora da carruagem. Como o Hôtel de Ville já tinha ficado para trás havia muito, a cidade não parecia estar sob o jugo de revolucionários violentos.

O restante do trajeto foi feito em silêncio. O sol começava a se pôr sobre os horrores que ela havia testemunhado. O dia já estava quase no fim, e Bela se deu conta de que tudo que queria era voltar para Aveyon. Começou a sonhar acordada, fantasiando em catalogar a biblioteca, cuidar do jardim, perambular pelas ruas tranquilas. Naquele momento, porém, queria Lio mais do que qualquer outra coisa. Queria abraçá-lo e esquecer o que tinha presenciado tanto na loja quanto na rua. Queria que fossem para bem longe da escuridão que tomava Paris. Mais do que tudo, queria não ter que se preocupar que a escuridão os seguisse para casa.

Quando a carruagem estacionou na casa de Bastien, Bela sabia que devia ser grata ao anfitrião, mesmo que ele lhe desse nos nervos. O duque saiu da carruagem primeiro e estendeu a mão para ajudá-la.

— Obrigada — agradeceu Bela. — Por me resgatar.

O duque olhou para o rastro de lama que ela havia deixado para trás e estremeceu.

— Não sei se valeu a pena a bagunça.

Ela teve que resistir ao ímpeto de sujar toda a cara dele de lama.

— Foi um agradecimento sincero.

— Bem, vamos ver se você ainda vai querer me agradecer daqui a um pouquinho. — Bastien fitava um ponto atrás dela, com os olhos arregalados. Bela se virou e viu Lio marchando para fora dos estábulos. — É melhor inventar uma mentira das boas. Ele parece furioso.

CAPÍTULO OITO

Os últimos raios de sol se lançaram sobre Lio, iluminando o pânico e o medo entalhados em seu semblante. Quando ele chegou mais perto, Bela percebeu que já tinha visto a mesma expressão no rosto da Fera.

Virou-se para Bastien.

— Não seria uma mentira — insistiu. Mas não podia dizer ao duque que, dado o que ela e Lio tinham enfrentado, mentir seria um ato de gentileza. Bastien não sabia nada sobre a maldição, e Bela e o marido esperavam que continuasse assim.

— Onde foi que vocês dois se meteram? — perguntou Lio, a voz rouca de preocupação.

Chegou perto de Bela e a puxou para um abraço carregado de desespero e raiva. Ela titubeou sob o peso do marido, sem saber o que dizer. Lio tinha visto o estado dela, então não tinha como convencê-lo de que tivera um dia relativamente normal.

— Bela e eu ficamos presos em uma manifestação marginal composta pela escória da sociedade parisiense. Nem um pingo de fervor entre os membros, acho que mal poderiam ser chamados de revolucionários. — Bastien tinha adotado seu tom despreocupado de sempre.

Lio se desvencilhou um pouco do abraço e se pôs a fitar Bela, que tentou não se encolher sob seu olhar.

— O que você está fazendo aqui? — perguntou ela. — Achei que passaria dias em Versalhes.

Lio franziu o cenho.

— Versalhes foi tomado pelo caos. Acho que o rei Luís nem percebeu que vim embora. — Ele a segurou pelos ombros, com um braço de distância entre os dois. — O que aconteceu com você? — O olhar recaiu sobre o sangue seco que revestia o machucado na têmpora, em seguida ele acariciou o rosto dela com ternura. — Você se machucou. O que aconteceu? Quem fez isso com você?

— Ninguém. Eu caí. — Bela sabia muito bem que essa era uma mentira esfarrapada. — Eu estou bem.

— Imagine como me senti quando fiquei sabendo que a Bastilha tinha sido tomada por revolucionários e que os *gardes françaises* ou tinham debandado ou se juntado à multidão. Imagine como me senti quando roubei um cavalo dos estábulos do rei e cavalguei a toda velocidade para cá, desesperado para ver se você estava bem. Imagine como me senti — continuou, a respiração entrecortada — quando cheguei aqui e descobri que você tinha sumido e que nenhum dos funcionários de Bastien sabia onde encontrá-la. *Ela passou o dia fora*, disseram-me eles.

Ele baixou a cabeça para encontrar seu olhar, e Bela não sabia o que dizer. O que achavam que tinham deixado para trás estava de volta, pesando sobre ela, formando um nó em sua garganta.

— É sério, primo, foi um protestozinho mixuruca — declarou Bastien, de forma leviana. — Nós demos o fora de lá antes que qualquer coisa dramática acontecesse. Venham. — Gesticulou para os criados abrirem as portas da frente. — Vamos entrar e trocar de roupa.

Quando Lio seguiu em direção às portas, Bela ofereceu a Bastien um sorriso agradecido. Ele respondeu com um aceno de cabeça, lançando-lhe um olhar quase afetuoso. Jamais imaginou que teria o duque de Vincennes como aliado, mas aquele dia estava se revelando uma caixinha de surpresas.

Percorreram a casa do duque até chegar à cozinha, onde encontraram Lumière se deliciando com um banquete improvisado em uma tábua de madeira. Correu em direção a Bela assim que a viu.

— Madame! Você quase nos matou de preocupação! — Apanhou uma caixinha branca amarrada com fita de veludo e a estendeu para ela. — Aqui estão os *macarons* que você pediu. Mas agora que sei que foi só um truque para me despistar, não sei se quero dá-los a você — censurou Lumière em um tom brincalhão.

Depois daquele dia caótico, era um alívio vê-lo bem e zombeteiro.

— Será que pode me perdoar? — Ela empurrou a caixinha na direção dele. Uma oferta de paz.

— É claro. Eu jamais conseguiria ficar bravo com você. Mas — acrescentou, chegando mais perto —, da próxima vez, basta me dizer o que pretende fazer. Você não é mais uma prisioneira.

A intenção por trás das palavras era gentil, mas elas a atingiram em cheio mesmo assim. Não fazia tanto tempo que Bela estivera confinada no castelo, tendo a Fera como sua guardiã. Os dois ainda não tinham se recuperado disso. Era outra coisa que ambos preferiam ignorar, esperando que o amor fosse suficiente para curar aquela ferida.

Ela deu um passo para trás a fim de examinar a cozinha. Os cozinheiros estavam ocupados descascando batatas, mas fizeram uma reverência para o duque e saíram apressados do cômodo.

Bastien ofereceu um pano úmido para Bela, mas Lio o tomou da mão do primo e tratou de cuidar do machucado da esposa.

— Não está tão feio — declarou ele. — Não é tão ruim quanto parece, e imagino que esteja sentindo a cabeça latejar, mas é só um corte superficial.

— Bem, ensopou meu casaco de sangue como se fosse um corte dos graves — murmurou Bastien, que estava dentro da despensa.

— O que foi que você disse? — perguntou Lio.

— Nada. — Bastien saiu da despensa com uma garrafa de uísque em uma das mãos e copos na outra. — Aceitam?

— Sim — responderam Lio e Lumière em uníssono.

O duque começou a servir a bebida.

— Conte mais sobre Versalhes, primo. — Entregou um copo para Bela, mas ela recusou, pois não queria anuviar ainda mais a mente. Bastien limitou-se a dar de ombros. — Tudo bem. Sobra mais para mim.

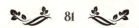

Lumière ofereceu uma xícara de chocolate quente para ela, que sorriu, agradecida. A bebida estava fria o suficiente para permitir uma grande golada. Depois do dia que tivera, aquele era um conforto muito bem-vindo.

Bela ergueu o olhar e Bastien sufocou uma risada.

— O que foi? — quis saber ela, limpando a boca com as costas da mão.

— Nada — respondeu Bastien. — Você conseguiu sujar ainda mais o rosto. Aqui. — Tirou um lencinho do bolso e entregou a ela. — Acho que não vai adiantar muita coisa, mas sou um cavalheiro, fazer o quê? Lio, não vai contar sobre Versalhes?

Lio tomou um gole do líquido âmbar antes de usá-lo para embeber o paninho úmido que Bastien lhe dera. Depois, pressionou-o na cabeça de Bela. Ela estremeceu, mas Lio o manteve pressionado sobre o corte e respirou fundo antes de começar seu relato.

— O rei Luís está surpreendentemente calmo, mas todos os outros estão em pânico. O conde d'Artois, com o apoio da rainha, está implorando ao irmão que fuja do palácio e vá para Metz, onde poderia contar pelo menos com a proteção de tropas leais, mas Luís não quer sair de Versalhes de jeito nenhum. Tem plena convicção de que consegue se resolver com os revolucionários.

— Isso até parece sábio — comentou Bastien —, mas duvido que Luís tenha a inteligência necessária para estabelecer essa cooperação delicada.

— Você acha que a multidão vai tentar tomar Versalhes agora? — perguntou Bela.

— Ah, definitivamente não — respondeu Bastien. — Ainda é cedo demais. Podem até ter roubado uma porção de armas na Bastilha, mas mesmo os mais raivosos entre eles sabem que não teriam a menor chance se sitiassem a fortaleza de Luís. Mas a questão é que os revolucionários não precisam invadir o palácio para conseguir o que desejam. O poder está nas mãos deles, principalmente agora que são uma milícia armada. O rei não terá escolha a não ser concordar com alguns de seus termos. — Serviu-se de mais uma dose de uísque. — Sejamos sinceros, Luís é fraco. Ele não vai resistir a isso. É melhor fugir enquanto pode.

Lumière assoviou baixinho e os quatro permaneceram ali, em um silêncio perplexo. Bela não sabia como tanta coisa poderia ter acontecido em tão pouco tempo. Até a diferença entre a manhã e a noite era espantosa. A imagem da cabeça decepada do marquês e a visão da turba invadindo Aveyon a assombravam. Estava se esforçando para deixar a visão do espelho de lado, mas era a execução do marquês que não saía da sua cabeça. Sabia que não poderia ter feito nada para salvá-lo, mas a culpa por testemunhar sua decapitação pesava no peito. Não era a Paris que ela amara quando criança. Era como se o destino da cidade pendesse na pontinha de uma lâmina e, se ela caísse, o resto da Europa cairia em seguida.

— Acho que é melhor voltarmos para casa — declarou ela baixinho, com medo de que o marido discordasse. Bela temia que ele já tivesse feito promessas ao rei e não estivesse disposto a quebrá-las.

Lumière assentiu e Lio a surpreendeu ao repetir o gesto.

— Luís perdeu minha confiança. Não há motivo para jurar lealdade a um rei cujo próprio povo pretende destronar. Acho que Aveyon não deve nada à França. — Virou-se para Bela. — Nós precisamos voltar para o nosso povo.

Bastien respirou fundo e afastou o cabelo dos olhos.

— Então está decidido. Vocês vão partir pela manhã. — Entornou o resto do uísque. — Agora, vão para os seus aposentos. Vou pedir que levem o jantar para vocês e providenciarei que a bagagem esteja pronta para sua partida.

Em qualquer outro dia, Bela poderia ter perguntado a Bastien por que sua lealdade tinha mudado tão depressa. Mas ela estava exausta, e parecia bastante plausível que Bastien só fosse verdadeiramente leal a si mesmo.

— Eu cuidarei da carruagem, senhor — avisou Lumière, fazendo uma ligeira reverência.

— Obrigado, Lumière. — Lio ajudou Bela a se levantar e envolveu seus ombros com um dos braços em um gesto protetor.

Ela sabia que não adiantaria nada dizer ao marido que poderia andar muito bem sozinha. — Boa noite, primo.

Bastien se despediu com um aceno, mas Bela se deteve antes de sair e deu meia-volta, sentindo que lhe devia algo.

— Obrigada, Bastien.

Ele se limitou a assentir com a cabeça, mas Bela sabia que o duque entendera que ela não estava agradecendo apenas por providenciar que o jantar fosse enviado aos aposentos e se encarregar dos preparativos para a partida na manhã seguinte. O duque ainda era um mistério para Bela, enredado em uma teia de lealdades e motivações que ela não sabia se um dia chegaria a entender, mas a tinha salvado naquele dia. Estremeceu só de pensar no que poderia lhe ter acontecido se Bastien não a tivesse encontrado naquele beco.

Depois, Bela se lembrou da mulher na loja de espelhos. Só podia ser a mesma mulher que ajudara Bastien a encontrá-la. Nada disso fazia sentido, e por mais que fosse curiosa por natureza, Bela não via a hora de deixar esse mistério para trás.

Lio a conduziu pela mansão com um cuidado demasiado, mas ela não o deteve. Mal tinham fechado a porta de seus aposentos quando um dos mordomos de Bastien apareceu para comunicar que o duque queria conversar com o primo sobre o que ele tinha visto em Versalhes. Lio prometeu que voltaria logo, mas Bela sabia que não deveria contar com isso. Bastien estava acostumado a varar a madrugada, e provavelmente nem cogitaria deixar Lio descansar depois daquele dia tão agitado. Bela não sentia nem uma pontinha de inveja do marido.

Enfim a sós, ela suspirou e se acomodou na beirada da cama, cansada demais para se preocupar em tirar as roupas imundas para não sujar os lençóis refinados. Teria caído no sono ali mesmo se um objeto sobre a mesa não tivesse lhe chamado a atenção. Era um cartão branco sobre uma bandeja de prata. Chegou mais perto e viu que se tratava de um envelope endereçado a ela. Rompeu o lacre com o abridor de cartas e puxou o pergaminho dobrado que havia lá dentro.

Querida Bela,
Desconfio que você abomine títulos, então espero que não se incomode com minha saudação informal. Gostei muito de nossa conversa ontem à noite e da forma como você pôs o conde em seu devido lugar. A corte vai falar apenas disso nas próximas semanas. Se você tiver um tempo livre durante a estadia em Paris, conheço alguns salons *que podem ser de seu interesse.*
Espero que aproveite o resto da viagem pelo continente. Peço que perdoe minha inconveniência, mas se algum dia eu estiver nas redondezas de Aveyon, é bem possível que lhe faça uma visita. É muito raro encontrar uma mulher tão disposta a dizer o que pensa.
Afetuosamente,
Marguerite

A *mademoiselle* de Lambriquet se tornara uma aliada bem rápido no jantar malfadado de Bastien, e mais uma vez Bela lamentou ter saído tão abruptamente antes de ter a chance de conhecê-la melhor.

Não perdeu tempo e tratou de escrever uma resposta simples no verso do pergaminho, estremecendo ao ver a diferença gritante entre a caligrafia das duas.

Querida Marguerite,
Conhecê-la foi o ponto alto de uma viagem atribulada. É uma pena que já estejamos retornando a Aveyon pela manhã. Teria sido muito bom explorar a Paris da minha infância ao seu lado.
Por favor, saiba que sua visita será sempre bem-vinda.
Atenciosamente,
Bela

Dobrou o pergaminho e o colocou de volta no envelope. Depois, riscou o próprio nome e escreveu o de Marguerite com todos os seus títulos. Abriu a porta do quarto e colocou a bandeja no corredor, certa de que os criados de Bastien se encarregariam de enviar a mensagem para a destinatária.

Em seguida, ela se retirou para o banheiro e descobriu que alguém fizera a gentileza de preparar-lhe um banho, talvez depois de ter visto seu estado lastimável. Mergulhou os dedos na água e notou que ainda estava bem quente. Abriu um armarinho cheio de sabonetes e óleos perfumados, escolheu um com aroma de lavanda e mel e derramou tudo na água. Tirou a roupa manchada e pensou que não podia se esquecer de queimar o vestido tão logo pudesse. Depois, entrou na banheira e submergiu completamente. Fazia um silêncio maravilhoso debaixo d'água, um contraste gritante com o caos da multidão.

Bela passou a meia hora seguinte esfregando a pele até quase deixá-la em carne viva, tentando se livrar de qualquer vestígio das ruas e multidões das quais se vira à mercê. Quando terminou, a água estava suja e morna, mas ela estava limpa. Lio ainda não tinha voltado, então ela vestiu uma das camisolas de babadinhos que Madame Garderobe insistira em botar na sua mala e deitou-se na cama. Queria esperar pelo marido para que pudessem conversar sobre todos os acontecimentos do dia.

Adormeceu em questão de minutos. Mergulhou em um sono profundo e teria passado a noite inteira assim se não tivesse sido despertada por um solavanco súbito ao seu lado. Sentou-se na cama, sobressaltada.

Lio estava tendo um pesadelo.

Fazia muitas semanas desde o último, mas os acontecimentos caóticos daquele dia o tinham assustado o suficiente para trazer as lembranças ruins à tona.

Movida pelo instinto, Bela esticou a mão na direção de Lio, mas ele se debateu para longe. Apesar da penumbra do quarto, ela conseguia distinguir o corpo dele graças ao luar que espreitava por uma fresta das cortinas. As duas mãos seguravam a cabeça, as costas curvadas de dor. Bela não sabia se ele estava acordado ou sonhando. Às vezes era impossível distinguir.

Nos pesadelos de Lio, a maldição nunca tinha sido quebrada.

— Lio? — chamou Bela bem baixinho, esperando que a voz o ajudasse a voltar para ela.

Mas não adiantou, e os gritos continuaram. A experiência lhe dizia que ele não conseguiria enfrentar esse pesadelo sozinho. Já estava se rebelando contra uma escuridão que só ele via. Mesmo se Bela o acordasse, era bem provável que o medo respingasse na vida real.

Ela se empertigou e tentou outra vez.

— Lio.

Estendeu o braço e viu que sua pele estava fria e úmida. Ao toque dela, Lio acordou com um sobressalto violento.

— Bela. — Ele se endireitou, ofegante como um homem nadando contra uma corredeira.

Ela esticou a mão para ele.

— Está tudo bem. Já passou.

Ele voltou a se deitar bem devagarinho, a respiração ainda pesada. Demorou um tempo para se reabituar ao mundo à sua volta, para se desvencilhar das garras do pesadelo do qual acabara de despertar.

Ela percebeu que uma parte de Lio ainda estava entregue aos sonhos, então chegou mais perto até que ele a envolvesse em seus braços. Sentiu a pele febril do marido contra o rosto.

— Estou aqui. Estou aqui.

— Sempre tenho pesadelos nos quais a perco, mas desta vez sonhei que também estava perdendo Aveyon. — Sua mandíbula estava cerrada, e Bela escutou os batimentos cardíacos diminuírem com o tempo. As mãos dele se enroscaram no cabelo dela. — Se Luís não consegue manter o próprio reino, como uma fera conseguiria liderar seu povo?

A ascensão do Terceiro Estado e a tomada da Bastilha, além da demonstração de fraqueza do rei Luís, tinham despertado os antigos medos de Lio.

— Shhh, calma. Você não é mais uma fera. E não haverá de perder coisa alguma.

— Lamento que tenha me visto nesse estado.

Ela se apoiou nos cotovelos e olhou para ele. Apesar do breu, o luar se refletia nos olhos de Lio.

— Eu o amava antes e continuo amando agora. Para ser sincera, não existe uma partezinha sua sequer que eu não ame, então não diga que lamenta por mim.

Ele a puxou para mais perto e a acomodou ao seu lado na cama.

— Vamos simplesmente voltar a dormir.

Ela hesitou.

— Precisamos conversar sobre isso, Lio.

— Foi só um pesadelo, nada mais. Temos um longo dia pela frente.

Bela tinha testemunhado por um tempo a escuridão que ainda o assombrava, mas sabia que não era nada comparado a ter que passar uma década convivendo com isso diariamente. Não queria pressioná-lo muito, pois temia que isso só o afastasse. Então, engoliu a preocupação e limitou-se a beijar a testa do marido.

Quando ele a puxou mais para perto e pressionou os lábios nos dela, Bela não pôde deixar de se perguntar se era sua tentativa de afastar o medo que ainda lhe rondava a mente.

A manhã estava tão caótica que os planos de Bela de conversar com Lio sobre a noite anterior foram por água abaixo.

Quando saíram de seus aposentos, viram que a casa de Bastien estava de pernas para o ar. Os criados corriam de um lado para o outro, empacotando pertences em baús ou cobrindo os móveis dourados com lençóis brancos.

— Mas que raios está acontecendo aqui? — perguntou Bela a Lio, que apenas deu de ombros.

Continuaram andando até a sala de estar e, uma vez lá, descobriram que tudo tinha sido empacotado, como se Bastien estivesse partindo para passar uma temporada em Versalhes.

— Ah! Aí estão vocês! — Bastien aproximou-se por trás e deu um tapinha nas costas dos dois, conduzindo-os para longe da sala e em direção à cozinha. — Dormiram bem? — Fez uma pausa, como se esperasse uma resposta, mas logo tratou de continuar: — Eu não preguei os olhos. Passei a noite inteirinha recebendo cartas e bilhetes. Os nobres estão fugindo de Versalhes, liderados pelo conde d'Artois, que pelo jeito não tem o menor interesse em esperar o irmão cair em si. — Ele os conduziu cozinha adentro, onde duas tigelas de mingau os aguardavam. — Acho que os únicos suficientemente malucos para esperar a tempestade passar são o rei, a rainha e os funcionários mais próximos. Todo o resto está fugindo para Metz, ou para o continente, ou até para a Inglaterra, acreditem se quiser. Mas eu prefiro morrer a botar os pés no território do rei Jorge, então cá estamos.

Lio deu uma colherada no mingau fumegante e, de repente, vieram as lembranças de como a Fera costumava penar para segurar um simples garfo.

— Hum — respondeu ele. — "Cá estamos" onde?

Bastien deu uma risadinha de pena.

— Eu vou com vocês para Aveyon, primo. Já está bem evidente que Paris não é mais segura para os nobres, e acho que o melhor a fazer é me abrigar com a única família que me resta. — Ele deixou a arrogância de lado e acrescentou com franqueza: — Preciso de um lugar para esperar a tempestade passar e, nesse meio-tempo, gostaria de ajudá-lo a garantir que Aveyon esteja seguro.

Bela sentiu uma pontada de incerteza que não conseguia explicar, quase como se Bastien pudesse levar os problemas de Paris em seu encalço. Lio, por outro lado, estava radiante.

— Seria uma honra recebê-lo em Aveyon, pelo tempo que precisar.

Bastien sorriu.

— Excelente. Meus pertences vão em uma carruagem atrás de nós.

— Nós? — repetiu Bela.

— Achei que poderíamos nos conhecer melhor durante a viagem para Aveyon. — O duque sorriu para ela, mas era um sorriso maldoso. — Com licença, vou entregar a Lumière uma lista dos criados que deverão nos acompanhar — acrescentou, saindo apressado da cozinha.

— Você acha mesmo que isso é uma boa ideia? — perguntou Bela a Lio.

— Ele é um aliado poderoso, Bela. Pode nos ser muito útil.

Ela misturou a papa em sua tigela, ávida por comer ovos mexidos e torradas amanteigadas em vez de mingau.

— É, acho que você tem razão.

Lio tocou a mão dela.

— Sei que você não gosta tanto de Bastien, mas ele está certo. Já não é seguro aqui. Que tipo de primo eu seria se recusasse acolhê-lo?

Bela assentiu com a boca cheia daquele mingau empapado antes de engolir.

— Para mim, o mais importante é que estamos indo para casa.

Ela tinha saído de Aveyon com a esperança de só retornar dali a muito tempo. Queria viajar por todo o continente com o marido ao lado, criar lembranças que não fossem enraizadas no sofrimento. Mas seria impossível seguir em lua de mel se a França corresse o risco de entrar em uma guerra civil. E, mesmo depois de apenas alguns dias fora de casa, Bela percebeu que já estava com saudade.

Talvez isso fosse tudo de que ela precisava para aplacar seu espírito inquieto. Talvez conseguisse ficar satisfeita.

Pelo menos, Aveyon ficava bem longe do caos que tomava Paris.

CAPÍTULO NOVE

A presença de Bastien fez o trajeto parecer duas vezes mais demorado.

O duque insistia que se hospedassem apenas nas tavernas e estalagens mais caras e que não viajassem mais do que seis horas por dia, o que praticamente dobrou a duração da viagem. Lio fazia de tudo para manter a paciência com o primo, mas na metade do primeiro dia Bela já estava a ponto de estrangulá-lo.

A carruagem, que parecera tão espaçosa a caminho de Paris, tinha se tornado tão apertada quanto um caixão. Quando subiram a estradinha íngreme e arborizada que desembocava no castelo, Bela, amarrotada e exausta, ficou tão aliviada que poderia até beijar o chão. Abriu a janelinha e se dependurou para fora da carruagem, sentindo o cheiro de Aveyon, onde o ar tinha um aroma pungente de pinheiro e o sol era cálido, mas não insuportável. O vento fez cócegas em sua pele e bagunçou os fiozinhos que escapavam da trança simples que ela fizera pela manhã.

O primeiro vislumbre do castelo aqueceu seu coração. Lá estavam as torres, tão altas que quase arranhavam o céu, embora parecessem diminutas em contraste com as montanhas ao longe. As pedras brancas polidas reluziam à luz do sol. Correu os olhos pelos anjos esculpidos encarapitados em cada contraforte e admirou os jardins exuberantes. Era tudo tão diferente da primeira vez que ela o tinha visto, quando ainda estava maculado pela maldição.

Bela estava em casa. Estava na hora de deixar Paris para trás.

Foram recebidos por uma sorridente Madame Samovar e um inquieto Zip. Ainda que a maldição já tivesse acabado havia muito, Bela ainda achava que os encontraria idênticos a como os tinha visto pela primeira vez: um bule redondo de porcelana óssea e uma xícara de chá do mesmo jogo, com uma lasquinha em sua borda dourada. Essa versão de Madame Samovar, porém, era tão terna e gentil quanto uma avó, com cachos brancos e fofos emoldurando o rosto amoroso, e Zip era tão agitado quanto um potro, as madeixas cor de areia espetadas para todos os lados enquanto Chou, seu cachorro, rodopiava por entre suas pernas. Já não eram mais os objetos estáticos que Bela conhecera. Eram vivos e pulsantes, e, depois dos dias difíceis que tivera em Paris, vê-los em sua verdadeira forma encheu seu coração de alegria.

Um Horloge apreensivo — o bigode crispado, quase tão rígido quanto estivera quando Bela o conheceu — mal esperou Lio descer da carruagem para encurralá-lo com planos e problemas.

— Senhor, precisamos convocar seus conselheiros para uma reunião agora mesmo. Os tumultos em Paris...

— Horloge, por favor. — Lio estava exausto, e parecia mais velho do que quando tinham deixado o castelo, várias semanas antes. — Nós estamos cansados da viagem e tudo o que queremos é descansar.

— Mas, senhor...

Lumière se colocou entre Lio e o mordomo com destreza, segurando Horloge pelos ombros e o levando para longe do grupo.

— Que alegria vê-lo, meu camarada. Que tal darmos uma olhada nas logísticas?

— Que logísticas?

— Ah, você sabe. As *logísticas*, aquelas de que precisamos nos encarregar no castelo.

— Mas... Mas... — balbuciou Horloge enquanto Lumière o conduzia pelas enormes portas principais.

Mesmo em sua forma humana, eles formavam uma dupla engraçada: Lumière, alto e esguio; Horloge, baixinho e rechonchudo. Enquanto os observava se afastando, Bela se lembrou da vez em que eles fingiram ser seus guias pelo castelo, e pensou em como tinha sido fácil escapulir dos dois.

Madame Samovar se aproximou e envolveu Bela e Lio em um abraço caloroso.

— Sentimos muita saudade de vocês.

— Aposto que não como senti da sua comida, Madame Samovar — respondeu Lio, sorridente.

Ela retribuiu o sorriso.

— Eu já estava começando a ficar com medo de que você tivesse se arrependido de me promover a cozinheira.

— De jeito nenhum. Bastou uma garfada no suflê para me conquistar. — Lio fez uma reverência calorosa e foi conversar com os cocheiros.

Madame Samovar envolveu as mãos de Bela.

— Seu pai enviou um recado avisando que saiu de Toulouse e está vindo para cá. — Maurice tinha saído de Aveyon uns três meses antes e se pusera a viajar de cidade em cidade à procura de mentes afins. Bela ficou aliviada ao saber que ele estava a caminho. — Ele não sabe se vai demorar muito, já que toda aquela bagunça na França está atrasando as viagens, mas tenha ânimo, querida, porque ele chegará em breve. — Ela se empertigou e alisou o avental. — É melhor eu voltar para a cozinha, meu bem. Jantares do meu nível não se preparam sozinhos.

Ela deu uma piscadela e se afastou. Bela se aproximou de Bastien, que estava fitando o castelo com uma expressão intrigada.

— É a sua primeira vez em Aveyon? — quis saber ela.

Bastien manteve os olhos fixos nas pedras e nos ladrilhos.

— Vim para cá uma vez quando era criança, mas não me lembro de quase nada.

Bela olhou para a torre que ele observava.

— Deve parecer muito pequeno para você.

Bastien virou-se para ela e abriu um sorriso fraco.

— Pequeno não me parece tão ruim.

Ela se perguntou por que essa versão de Bastien — educada, humilde, talvez até gentil — não aparecia com tanta frequência.

Pensou que poderiam até se tornar amigos se ele tivesse deixado o Bastien impetuoso e arrogante em Paris.

O som de vozes elevadas desviou a atenção dos dois para longe da torre e a fixou na carruagem, onde Lio repreendia dois criados.

— Eu não estou nem aí. Livrem-se delas. — O tom era frio como gelo e, quando Bela se aproximou, identificou o problema logo de cara.

No tempo que passaram longe do castelo, algumas rosas haviam desabrochado em um canteiro esquecido do jardim. Eram flores esplêndidas, vermelhas como sangue, com pétalas exuberantes e imaculadas e espinhos afiados.

Mas também eram uma recordação viva da maldição que quase consumira o reino.

Assim que a maldição foi quebrada, a Madame Samovar tinha se encarregado de remover quaisquer vestígios de rosas dos jardins do castelo. Mas, pelo jeito, algumas tinham passado despercebidas.

— Está fazendo todo esse alvoroço por causa de umas rosas? — Bastien se alternava entre olhar para Lio e Bela, tentando entender o que estava acontecendo de fato. — Sabe, talvez eu tenha me enganado. Acho que você poderia se dar muito bem em Versalhes, primo, onde acham normal se aborrecer por coisinhas como flores inofensivas. Você e Maria Antonieta iam se dar muito bem. Uma vez eu a vi jogar um prato fumegante de *filet d'aloyau braisé* no tapete só porque não queria esperar esfriar.

Bastien, é claro, não tinha como saber por que Lio não queria mais ver rosas na frente. Os criados começaram a cortar a roseira sem demora e o duque continuou a fitar Bela e Lio com incredulidade, esperando por uma resposta que eles não podiam oferecer.

— Será que alguém pode me explicar o que está acontecendo?

Lio deu-lhe as costas e se retirou para o castelo em um silêncio sepulcral. Bela olhou para o duque e suspirou.

— Rosas fazem mal a ele.

Era uma desculpa esfarrapada, mas Bela não conseguiu pensar em nada melhor.

Bastien ficou olhando enquanto o primo desaparecia porta adentro, mas por sorte resolveu deixar o assunto morrer.

— Sabe, foi uma longa viagem e estou pronto para afogar minhas mágoas na maior garrafa de champanhe que você tiver.

Eles passaram a primeira noite em Aveyon recolhidos em seus aposentos no castelo, exaustos demais para fazer qualquer coisa além de mordiscar a comida que Madame Samovar levara até a porta e tomar um banho para se livrar do fedor e da sujeira da viagem. Bela e Lio evitaram comentar sobre as rosas. Ela estava cansada e atormentada demais por tudo o que acontecera para dar início à conversa que os dois sabiam que precisavam ter.

Uma coisa era mentir para Bastien em Paris. Outra era esconder uma verdade tão colossal em sua própria casa, que até pouco antes estivera coberta pelo véu da magia.

Mas isso poderia esperar. O tempo estava do lado deles.

Caíram no sono antes mesmo de o sol se pôr.

Quando Bela acordou, tomou um susto ao ver que já era quase meio-dia e Lio já não estava mais lá. Por mais que tivesse dormido por horas e horas, não se sentia descansada. As semanas de viagem tinham chegado ao fim e, como estava de volta ao castelo, Bela tinha tempo de ser assombrada pela violência que tinha testemunhado em Paris. A cabeça decepada do marquês gotejando, empunhada por homens cuja raiva não seria aplacada por uma única morte. Isso não era retaliação, pensou ela. Era apenas o começo.

Bela estava começando a se dar conta de que nunca esqueceria aquela cena. O horror contido nela deixara marcas. Percebia isso pela forma como a mente não parava quieta, como o descanso parecia lhe escapar, como a distância entre ela e Lio ficava cada vez maior. Estava arrependida de não ter contado a ele o que presenciara na frente do Hôtel de Ville. Na ocasião, parecera lógico poupá-lo das piores partes, mas isso significava que Bela tinha que sofrer sozinha. E lhe contar a essa altura seria impossível, pois pareceria que tinha traído sua confiança. Ela teria que manter a escuridão presa dentro de si e torcer para que isso não a destruísse.

As sombras na parede ficaram cada vez mais alongadas enquanto ela estava deitada na cama, sozinha, mantendo todas as partes díspares de si unidas em uma só. Era a esposa de Lio. A filha de Maurice. Uma nobre. Uma camponesa. Uma pessoa sozinha. Amada. Tinha a vaga impressão de que deveria se levantar, mas naquele momento estava entorpecida para todo o resto.

A porta se abriu e Lio entrou no quarto.

— Bela. — A voz estava tensa. — Você está bem?

Ela se virou e deu de cara com ele, parado junto ao batente da porta.

— Estou, sim — respondeu. — Só cansada.

Ele desviou o olhar.

— Eu sei que você mentiu para mim sobre aquele dia em Paris.

Ela se sentou com um sobressalto, sentindo vergonha e alívio por Lio ter enxergado a verdade. O rubor tingiu-lhe as bochechas em um misto de raiva e constrangimento, e ela jogou as cobertas para o lado.

— Não foi exatamente uma mentira, e sim uma omissão. — Ela se sentia tão pequena quanto suas palavras. O motivo não importava. O que importava era que ela tinha mentido.

Lio enfim voltou a olhar para ela, os olhos reluzindo com um brilho vindo dos raios de sol e de algo mais profundo. Raiva, talvez.

— Por que você não me contou?

O quarto parecia cada vez menor.

— Eu não queria tornar aquilo mais real do que já era. — Ela alisou as cobertas que se estendiam ao seu redor. — Eu não queria pôr um fardo tão horrível nas suas costas.

— E aí você resolveu suportar todo o fardo sozinha. — Ele suspirou e a raiva pareceu dissipar-se. Foi até a cama e se ajoelhou diante de Bela, tomando suas mãos nas dele. — Já fomos forçados a mentir para o mundo todo. Não podemos mentir um para o outro.

— Eu sei disso — começou a dizer, mas as palavras se perderam quando Lio pousou a mão em seu rosto.

— Você presenciou os meus momentos mais sombrios. Nunca tente me poupar dos seus. — Sentou-se ao lado dela no colchão. — Vamos, pode me contar tudo.

E foi isso que ela fez. Contou sobre o frenesi nas ruas, a raiva que unia aquela gente, o sentimento de não ter escolha a não ser se deixar levar pela multidão. Descreveu como as pessoas pareciam tão amedrontadas quanto raivosas, e como eram desorganizadas. Explicou que achava que o assassinato do marquês de Launay não havia sido planejado de antemão, e isso só o tornava pior. A ideia de que a sede de sangue pudesse dominar a multidão de modo a impelir cidadãos comuns a cometerem uma violência que talvez nunca fossem experimentar na vida... Tudo isso era quase demais para suportar e aumentava seu medo de que Aveyon também pudesse ser infectado.

Mas se absteve de contar a Lio sobre a mulher na loja de espelhos e seu alerta terrível, que se provou estranhamente premonitório. As lembranças de tudo que acontecera antes de a multidão decepar o marquês eram nebulosas, e Bela não sabia como explicar o que tinha visto. Embora duvidasse da veracidade da visão, sabia que tinha sido exposta à magia no interior da loja. Por isso, dizer a ele que a mesma magia que quase aniquilara seu reino ainda perdurava só serviria para deixá-lo preocupado. Tinha visto como Lio ficara afetado pelas rosas, e isso era muito pior.

Quando enfim terminou, sentiu como se emergisse para tomar fôlego depois de muito tempo debaixo d'água. O sofrimento causado pela visão continuava ali, mas um pouco menos pungente. Contar a Lio tinha aplacado o que havia de pior, e Bela achava que era capaz de suportar o que restara.

A boca de Lio estava contraída em uma linha fina.

— Não podemos permitir que isso aconteça em Aveyon.

— Não mesmo.

— Obrigado por me contar.

— Desculpe por não ter contado antes. — Ela aninhou a cabeça debaixo do queixo dele. — O que vamos fazer?

— Nós já enfrentamos coisas piores. Vamos dar um jeito.

Bela inclinou a cabeça para trás a fim de encará-lo e o puxou mais para perto, precisando se certificar de que aquela mentira não tinha afastado os dois. Lio ergueu o queixo dela e, quando seus lábios se encontraram, todo o resto se foi e só sobraram os dois, interligados como eram pela maldição que haviam quebrado juntos.

Ele se afastou, as bochechas coradas.

— Você precisa vir comigo.

Bela estava um pouco ofegante.

— Para onde?

— Convoquei uma reunião com meus conselheiros. Há muito a ser discutido e Horloge tem razão: não temos tempo a perder.

— Eu achei que poderíamos conversar a sós primeiro. — Ela queria discutir tantas coisas com Lio antes de ser relegada a ficar na lateral da sala do trono enquanto seis homens inúteis disputavam a atenção do príncipe.

— Eu sei. Mas não temos tempo para isso. — Ele riu do cenho franzido de Bela, irritando-a. — Eu acho que você vai gostar da minha primeira incumbência do dia. — Saltou da cama e foi até a porta. — Vista-se depressa. Já estamos atrasados.

Bela se levantou e pegou um vestido limpo e simples, um dos muitos que abarrotavam seu armário, para o desgosto de Madame Garderobe.

— O que você tem em mente?

Lio abriu um sorriso malicioso.

— Venha comigo e logo saberá.

Lio bateu o pé e não quis dar mais detalhes. Isso a estava tirando do sério, mas, enquanto seguiam em direção à sala do trono, se lembrou de que as surpresas dele quase sempre eram boas. Quando alcançaram as enormes portas de carvalho, ele entrou primeiro, sem esperar por ela.

Bela parou na soleira e se pôs a examinar o cômodo. Ver todos os conselheiros do príncipe reunidos a pegou de surpresa.

Entre os mais poderosos estavam *seigneur* Montarly, um homenzinho magro e esguio, uma relíquia em carne e osso do *ancien régime*; barão Gamaches, que tinha o porte físico de um urso e conseguira seu status elevado graças às vitórias militares que conquistara para o pai de Lio; e *seigneur* Geoffroy, aparentemente, o herdeiro da sensibilidade estafada de Montarly.

Nos meses que sucederam a quebra da maldição, no máximo dois conselheiros tinham se dado ao trabalho de comparecer às reuniões. Bela queria saber se tinha sido a revolta dos camponeses franceses que os impelira a dar as caras. Ainda que a corte de Lio não fosse nem um pouco parecida com a de Versalhes, os aristocratas de Aveyon tinham muito a perder.

Ficou perplexa ao ver que Bastien ocupava a cadeira ao lado de Lio, um lugar que transmitia mais influência do que ela achava que o duque exerceria em Aveyon. Percebeu que não era a única a observar o duque em seu lugar de honra. Alguns dos conselheiros pareciam bastante indignados. Horloge, que estava sentado do outro lado de Lio, deu a Bela um leve aceno de cabeça.

— Junte-se a nós, Bela — chamou Lio, fazendo sinal para que se aproximasse.

Ela adentrou a sala e sentiu que cada um de seus passos era vigiado pelos homens que representavam as seis províncias de Aveyon. Eram relíquias de uma era passada, homens que tinham acumulado muita riqueza à custa dos camponeses, escolhidos como conselheiros pelo pai de Lio não por serem sábios, mas pela linhagem e pelas terras que possuíam. Como todos aqueles que viviam fora do castelo, tinham se esquecido da existência de Lio por conta da maldição. Passaram dez anos sem um governante, levando vidas de reis em suas terras e propriedades, deixando que o povo sofresse. Quando a maldição foi quebrada e eles recobraram a lembrança de seu príncipe, ficaram mais do que satisfeitos em retornar a seus cargos como conselheiros, pois assim poderiam exercer um poder ainda maior sobre um reino que tinham passado os últimos dez anos ignorando. Com que facilidade tinham se esquecido de suas ações ao longo daquela década! Bela, porém, jamais se esqueceria. Ela e o pai tinham vivido sob o jugo de *seigneur* Montarly, um homem muito mais interessado em caçar e encher a cara do que em governar sua província.

Lio achava que ele e Bela deveriam ser mais compreensivos com aqueles homens, pois, embora não soubessem, também tinham sido afetados pela maldição. Bela vivia repetindo ao marido que a maldição não obrigara os conselheiros a negligenciar os camponeses que trabalhavam em suas terras e propriedades. Essa crueldade era deles por natureza. Tudo o que ela queria era se ver livre daqueles homens, mas Lio insistira que tivessem um lugar em seu reinado. Não queria desfazer todos os feitos do pai, não enquanto Aveyon ainda estivesse vulnerável.

Toda vez que algum deles fazia um comentário malicioso sobre a posição de Bela, Lio tinha que se controlar para não revelar que ela é quem tinha salvado a todos. Mas sabia que não devia confessar seu segredo mais sombrio para aquela gente, mesmo que isso garantisse que dariam a Bela o devido respeito. Ela, por outro lado, não dava a mínima para o que aqueles homens pensavam a seu respeito. Já os odiava mesmo assim, e ficar no mesmo cômodo com eles lhe parecia um tormento.

— Bela, chamei você e Bastien na esperança de que aceitem fazer parte do meu conselho. — Ela ficou paralisada, sem saber se sentia orgulho ou perplexidade. — Aveyon só tem a ganhar com seu conhecimento, que, verdade seja dita, é enciclopédico, e com o tino de Bastien para a política.

Os outros conselheiros irromperam em cochichos furiosos. Bela correu os olhos pelo cômodo e percebeu que Bastien não parecia surpreso com o convite. Ficou se perguntando se ele e Lio já tinham conversado sobre o assunto e quis saber por que ela não participara da discussão.

Lio a encarou fixamente, o brilho travesso ainda nos olhos.

— Você aceita?

O *seigneur* Montarly, o mais velho dos conselheiros, soltou um pigarro tão forte que fez estremecer o bigode.

— Senhor, você acha sensato convidar para seu conselho uma pessoa tão entranhada na corte francesa? Nestes tempos difíceis que vivemos, será que não deveríamos agir com mais prudência?

— Agregar o duque ao conselho é a decisão mais prudente. Ele tem minha total confiança, e isso deve bastar para vocês. — Os conselheiros não pareciam muito convencidos, então Lio prosseguiu de forma mais enfática, enumerando cada uma das qualidades de Bastien. — Ele traz um olhar de metrópole para nossa província do interior. Passou a vida toda em Paris e conhece a corte francesa como ninguém. Participou de discussões estratégicas sobre a revolução em curso e sabe onde Luís errou.

— Você perdeu toda a fé em seu rei? — perguntou o barão Gamaches ao duque, em um tom incisivo.

Bastien o encarou com firmeza.

— De que adianta um rei que não consegue proteger o próprio trono?

Montarly soltou um muxoxo de escárnio.

— Isso é traição.

— Isso é a verdade. E se o rei Luís não consegue proteger nem o próprio trono, pode ter certeza de que não está protegendo Aveyon.

Lio estremeceu e o sangue de Bela gelou. Era sobre isso que ela quisera conversar com o marido ao longo das várias semanas que tinham passado formulando um plano. Agir de forma precipitada não parecia certo. Bastien estava tornando o assunto mais premente, e ela não sabia se o fazia por pragmatismo ou desespero.

O *seigneur* Geoffroy chegou o corpo mais para a frente.

— Eu concordo com o duque. Ouvi as notícias sobre os horrores de Paris. Os nobres estão fugindo da capital e Luís está se rendendo em vez de rechaçar os desordeiros.

— Recebemos informações de que no interior da França os camponeses estão pegando em armas contra os patrões e pilhando os armazéns de grãos. *Precisamos* proteger nossas fronteiras — declarou Gamaches, com a típica mentalidade militar de sempre.

Montarly meneou a cabeça.

— O que você está sugerindo, senhor? Acha que devemos trair nosso principal aliado? Acha que poderíamos ser levianos a ponto de ignorar o tratado que os antepassados do príncipe assinaram séculos atrás?

Só de ouvir, Horloge ficou vermelho feito um pimentão.

Bastien se levantou e espalmou as mãos sobre o tampo da mesa.

— As sementes da revolução estão se alastrando, quer vocês admitam ou não. Se decidirem manter a lealdade a um homem que se enforca com a própria corda, saibam que escolheram a ignorância. Que escolheram a fraqueza. — Ele se empertigou. — O rei Luís não vai se recuperar dessa situação. O terror reinará na França muito antes de um novo rei.

Era a primeira vez que Bela ouvia aquilo em voz alta — o fim de um reinado, a abolição da monarquia francesa. Havia tanta convicção nas palavras de Bastien que dava para sentir o cômodo cedendo ao medo. Ninguém queria que Aveyon sofresse o mesmo destino, mas talvez por razões diferentes. Bela e Lio sabiam que poderiam fazer o melhor por seu povo. Queriam evitar o derramamento de sangue e manter a paz em Aveyon. Os conselheiros queriam deixar as coisas como estavam. Poderiam até ser aliados por um tempo, mas Bela mal podia esperar para vê-los bem longe.

Montarly bateu com o punho no tampo da mesa.

— Se o tratado for anulado, o reino ficará vulnerável.

— Não sabemos se o resto da Europa não verá isso como uma oportunidade de nos pôr à prova — comentou Gamaches.

O duque tornou a se sentar e cruzou as mãos sobre o peito.

— Há uma solução óbvia. — Como ninguém disse nada, ele continuou: — Separem Aveyon da França e faça de seu príncipe um rei.

Bela achou que a sala irromperia em objeções, mas os homens permaneceram calados ao redor da mesa. A visão que tivera na loja de espelhos em Paris invadiu sua mente: os plebeus de Aveyon se rebelando e marchando contra o castelo. Tratou de enterrar a lembrança mais uma vez, recusando-se a aceitar que houvesse um pingo de verdade nela.

— Eu estou de acordo — declarou Geoffroy, quebrando o silêncio.

— Eu também — concordou Gamaches.

Lio ergueu as mãos.

— Esperem, será que isso realmente é o melhor para o nosso povo? — Virou-se para Bela, mas ela não conseguia encontrar as palavras certas para dizer o que estava sentindo.

Bastien suspirou, como se Lio não passasse de uma criança birrenta.

— Você é um príncipe, primo, e tem o dever de proteger seu reino. E essa é a melhor forma de protegê-lo.

Geoffroy pigarreou.

— Senhor, não é um passo tão ilógico. O povo também deve ter ouvido falar da agitação em Paris e no interior da França… E sabe que um conflito estrangeiro é algo a ser visto com temor. Vão encarar sua ascendência ao trono como um sinal de força.

Os conselheiros soltaram murmúrios de aprovação. Tudo o que Bela queria era escapar do papel que recairia sobre ela. Não poderia continuar negando um título se o marido se tornasse rei. Obrigou as mãos a permanecerem imóveis no colo, mesmo que cada pedacinho dela quisesse gritar, fugir, desaparecer. Tinha sido irredutível quanto a nunca se tornar a princesa Bela, ansiando evitar as falsas armadilhas que acompanhavam um título tão frágil em um principado. Mas rainha de um reino independente? Esse não era um título vazio.

— Então estamos todos de acordo? — quis saber Bastien.

Todos os homens da sala verbalizaram sua concordância. Com isso, a moção seria aprovada e Lio se tornaria rei. Mas logo se fez silêncio e, quando Bela ergueu o olhar, viu que todos a encaravam.

— Bela?

Ouvir Bastien chamar seu nome provocou um sentimento estranho nela. Achou que seria tratada como um acessório no conselho de Lio, uma mera figurante que só estava ali para deixar o marido feliz. Mas Bastien a estava incluindo na votação. Bela não esperava por isso.

— Pois não?

— Você concorda que Aveyon deve se separar da França — começou Bastien, falando lentamente — e que seu marido deve se tornar rei para melhor servir ao povo?

Havia milhares de razões para recusar, mas nenhuma delas parecia mais importante do que a razão para aceitar.

— Eu concordo — declarou ela, torcendo para que as palavras não tivessem saído tão relutantes quanto se sentia.

O olhar de Horloge encontrou o dela e o mordomo lhe deu um sorriso tranquilizador, algo que ela não o via fazer desde a época da maldição. Não a deixou muito confiante.

Bastien golpeou a mesa com o punho.

— Então está feito. — Agarrou o primo pelos ombros. — *Vive le roi.*

Se algum dos outros conselheiros ficou irritado ao ver a mais nova integrante assumir um papel de liderança, não deixou transparecer. Todos limitaram-se a repetir as palavras de Bastien.

— *Vive le roi*! — As vozes ecoaram pelo cômodo.

Bela estava entorpecida por conta do choque. Fez o que podia para arcar com o peso de tudo o que tinha acabado de acontecer, mas não era o suficiente. Lio seria o rei de Aveyon e ela seria sua rainha. Seria *a* rainha. Haveria um reino inteiro dependente de os dois governarem com justiça e conduzirem o povo com sabedoria, sabedoria esta que Bela não achava possuir.

Lio, que parecia ter percebido que ela travava uma batalha interna, se pronunciou:

— Se vocês puderem nos dar licença, cavalheiros… Minha esposa e eu temos muito o que discutir.

Horloge se pôs de pé como se a cadeira estivesse em chamas.

— Se puderem fazer a gentileza de me seguir, *messieurs*, vamos dar início aos preparativos para a coroação agora mesmo.

Saíram do cômodo um a um, até mesmo Bastien, e por fim apenas Bela e Lio permaneceram.

— Eu não cheguei a ter uma chance de aceitar — disse Bela, o olhar voltado para a mesa.

— Aceitar o quê? — A voz de Lio era suave.

— Seu pedido para eu me juntar ao conselho. — Ela alisou o tecido da saia. — Nós passamos direto de "Você aceita ser minha conselheira?" para "Você aceita ser a rainha de Aveyon?".

Lio fez menção de falar, talvez para convencê-la de que era a coisa certa a fazer, mas Bela o interrompeu.

— Eu sei que essa é a melhor opção para Aveyon. Só não sei se é o melhor para *mim*. — Respirou fundo. — Eu não posso fazer isso, Lio.

Antes de as palavras saírem de sua boca, ela nem tinha imaginado que diria isso. Queria se arrepender delas, voltar atrás e garantir ao marido que seria capaz de fazer o que fosse preciso pelo reino. Mas sabia que não podia fingir que não havia verdade naquelas palavras.

Bela sabia que Aveyon precisava de Lio como rei, tanto quanto sabia que jamais poderia ser rainha de um lugar do qual ela tinha passado a maior parte da vida tentando escapar.

Esperou que ele ignorasse o que ela acabara de dizer, que afirmasse que ela seria uma rainha incrível.

— Eu sei — foi sua resposta exausta.

— Sabe? — Ela estava incrédula.

— Eu não vou fingir que não desejo, com cada fibra do meu ser, que você simplesmente aceite o título e torne tudo mais fácil, mas jamais vou forçá-la a fazer algo que não queira, Bela. — Não mencionou que ele tinha feito justamente isso no passado, ao tomar Bela como prisioneira no lugar do pai dela. Os dois tiveram que lidar com as consequências dessa decisão, tanto as boas quanto as más.

— E o que vamos fazer?

— Imagino que Horloge vá ficar apoplético, mas isso nunca nos deteve antes. Acho que vamos apenas dar um passo de cada vez. — Ele estendeu a mão em direção a ela sobre o tampo da mesa. — Eu serei rei... — continuou, fazendo uma careta diante da ideia. — E você será Bela.

O fato de não precisar brigar com Lio por conta de sua recusa fazia toda a diferença.

— Você vai ser um ótimo rei.

Ele arrancou o cordão preto que prendia seu cabelo e deixou as madeixas compridas e bagunçadas emoldurarem seu rosto.

— Para ser sincero, você e Bastien são os únicos que estão me fazendo acreditar que consigo fazer isso.

Bela tinha acabado de prometer que não esconderia mais nada dele, mas não conseguia encontrar as palavras certas para explicar o pressentimento que tinha sobre Bastien. Ainda que ele a tivesse salvado naquele dia no beco, não confiava nele. Mas o duque era a única família que restara a Lio, e Bela se recusava a plantar as sementes de uma dúvida para a qual não tinha explicação.

Horloge enfiou a cabeça pelo vão da porta.

— Lamento interromper, senhor, mas...

— Temos muitas coisas para resolver — interrompeu Lio, concluindo a frase para o mordomo. Levantou-se e deixou Bela prender seu cabelo para trás.

Assim que ela terminou, plantou um beijo no pescoço do marido, que a puxou para perto e beijou-lhe a testa.

— Eu sei que você ainda não comeu — disse ele, o rosto aninhado ao cabelo dela. — E acho que vai precisar forrar o estômago antes de lidar com Horloge.

— Obrigada — respondeu Bela com um suspiro.

— Venha atrás de nós quando terminar.

Lio abriu um sorriso diminuto e Bela sabia o sofrimento que sua recusa lhe causava, mas não conseguia nem cogitar a alternativa. Ele saiu pela porta e, de repente, Bela estava sozinha na sala do trono. Era um espaço feito para abrigar centenas de pessoas, não apenas uma. As paredes de pedra revestidas de tapeçarias grossas abafavam todos os sons que vinham de fora, mergulhando o cômodo em um silêncio inquietante. Enquanto pensava com seus botões, ficou observando as partículas de poeira suspensas no ar, rodopiando nos raios de sol. Queria ser forte o bastante para apoiar Lio no que fosse preciso, mas não conseguia ignorar os próprios medos.

Mesmo que quisesse a coroa, não achava que seria uma boa rainha, e isso lhe parecia um motivo bom o bastante para colocar uma pedra nesse assunto.

CAPÍTULO DEZ

Lio se ajoelhou diante do trono, à espera da coroa que nunca quis. Estava magnífico em seu traje cerimonial engomado e no manto de coroação debruado com arminho. Mesmo com o tempo tão curto, Madame Garderobe conseguira se superar. Fazia apenas algumas semanas que os conselheiros tinham concordado em se separar da França e fazer de Lio um rei. Bela não imaginava que as coisas aconteceriam tão depressa, mas Bastien se mostrara um excelente diplomata. O duque tinha supervisionado a elaboração do documento legal que tornava Aveyon independente da França e tomado as providências para que fosse entregue diretamente ao secretário de Estado do rei Luís para garantir sua assinatura. Não tinham recebido muitas notícias do rei da França desde então, mas era de se esperar, pois ele estava ocupado tentando reprimir uma revolução. Aos olhos dos juristas de Aveyon, no entanto, o reino estava livre de suas obrigações em relação à França e Lio poderia ser coroado rei.

Bela assistia a tudo de longe, embora Lio tivesse tentado convencê-la a ficar ao seu lado no estrado do trono. Mas ela queria que aquele dia girasse em torno do novo rei de Aveyon, não de sua esposa relutante. Esperava que seu apoio estivesse evidente de outras formas, como no vestido que usava, feito sob medida para combinar com as vestes do marido — tão carmesim quanto o traje cerimonial que ele usava, mas o dela era tão macio quanto veludo, com os punhos debruados com arminho. O cabelo caía solto pelos ombros, escovado e penteado por suas aias cuidadosas. Estava feliz por ter resistido às tentativas de Horloge de fazê-la usar um diadema, embora achasse que o mordomo nunca a perdoaria por tamanha desfeita.

Como já tinha entendido que Bela não seria a princesa de Aveyon, parecia que a maioria do povo também aceitava que não seria sua rainha. Seu passado humilde ajudava as pessoas a entender por que ela talvez recusasse um título tão grandioso como aquele, mesmo que essa decisão tivesse levado Horloge a ameaçar pedir as contas.

No fim, o fato de Lio respeitar a vontade de Bela de permanecer plebeia bastava para todos, e o fervor e a pompa da coroação serviram como um bálsamo para aliviar qualquer mágoa. Lio como monarca bastava para o reino. Ela não precisava ser rainha. Poderia servir melhor a seu povo sendo apenas Bela.

— Eu juro servir ao reino de Aveyon e governar o povo de acordo com suas leis e costumes.

Lio pronunciou o juramento que ele e Bela tinham escrito juntos. Horloge havia comentado que ela provavelmente era a primeira plebeia a ajudar a escrever o juramento da coroação, mas Bela achava que o mundo tinha uma história muito vasta e diversa para que isso fosse verdade.

— Eu juro cumprir meu dever com lealdade e agir de forma justa e misericordiosa em todos os meus julgamentos.

O bispo mergulhou uma colher de ouro na âmbula cheia de óleo e ungiu a testa de Lio com um leve agitar do pulso. Em seguida, começou a murmurar uma oração e os olhos de Bela se voltaram para os quadros imensos do pai e do avô de Lio que encimavam o trono. Estavam vestidos com trajes militares, os peitos adornados por faixas que quase cediam sob o peso das medalhas e fitas que haviam ganhado lutando pelo rei francês em escaramuças que outrora ceifaram a vida de muitos aveyonianos. Com a coroação de Lio, Aveyon estaria livre de tal obrigação.

Alguns servos trouxeram a coroa em um travesseirinho de veludo vermelho e o bispo a acomodou na cabeça de Lio em um gesto lento, arrancando uma onda de murmúrios animados do público.

— Eu juro minha lealdade a Aveyon, acima de tudo. — A voz de Lio ecoou pela sala do trono enquanto a multidão irrompia em vivas.

Ele se virou, recém-coroado, para encarar o seu povo.

— *Vive le roi*! — A voz de Bastien retumbou feito um trovão, sacudindo a sala do trono. Quando o público fez coro a suas palavras, Bela se viu sussurrando-as também, como em uma prece.

Para que Aveyon resistisse à febre que assolava a França, Lio teria que fazer bom uso de seu poder recém-adquirido.

Tudo o que Bela queria era se esgueirar para longe do escrutínio a que ela e Lio foram submetidos por conta da coroação. Ela não era do tipo que gostava de luxo ou atenção. Aproveitou um momento de tranquilidade e tentou escapulir para tomar um ar, sendo detida por um Horloge belicoso antes mesmo de deixar o cômodo.

— Não é assim que as esposas dos reis se comportam — sibilou ele por uma frestinha do sorriso engessado enquanto a conduzia de volta ao frenesi.

— Não sei se algum de nós sabe como as esposas dos reis se comportam — rebateu Bela.

O sorriso de Horloge vacilou por uma fração de segundo.

— Hoje não é um bom dia para me testar, madame.

E ela acreditou.

Travessas recheadas de *hors d'oeuvres* circulavam pelo salão e o champanhe fluía livremente, mas Bela ainda não podia se deliciar com o banquete. Nunca tinha visto um evento tão luxuoso e bem servido. Nem mesmo o jantar malfadado de Bastien tinha chegado aos pés de tamanha opulência. Bela ficara preocupada com os gastos, mas o duque tinha sido firme: a coroação serviria para mandar uma mensagem para o resto da Europa, para dizer que Aveyon permanecia forte, mesmo com a turbulência que assolava a França.

Ela se viu no imenso salão do castelo, debaixo de estandartes de veludo cintilantes, e se pôs a cumprimentar os convidados que

Bastien tinha selecionado estrategicamente. Quando achavam que ela não estava vendo, um bom punhado deles lançava olhares de soslaio em sua direção. Conseguia entender de onde vinha a curiosidade daquela gente, isso sem falar no desdém. Ela era uma plebeia casada com um rei. Enquanto lhe faziam reverências dignas de uma rainha, Bela percebia que a mente dos convidados fervilhava tentando descobrir seus motivos para recusar o título.

Ela sabia muito bem que precisavam parecer fortes para o mundo. Tinha visto o horror que se espalhava por Paris e temia por seu reino. Também temia por Lio, que tinha aceitado a coroa apenas para proteger o próprio povo. Isso faria diferença para aqueles dispostos a encarar essa atitude como vaidade? A distinção seria óbvia? Bela sabia que o medo vinha mantendo seu marido acordado à noite, por isso se esforçou para se empertigar um pouco mais e sorrir um pouco mais sempre que ele olhava em sua direção. E, de quebra, ela esperava que seus esforços também fossem notados por Horloge.

— Charles Frederick, marquês de Baden — sussurrou o mordomo no ouvido de Bela quando um cavalheiro de gola adornada e peruca volumosa se aproximou. Ela vasculhou a mente, tentando se lembrar do que aprendera estudando a nobreza. Ao vê-la confusa, Horloge suspirou. — Ele proibiu a prática da tortura em 1767...

Bela deu um aceno sutil conforme se recordava dos detalhes.

— Meu senhor Charles, é uma honra contar com sua presença — cumprimentou Lio enquanto o marquês fazia uma reverência.

— Uma grande honra — acrescentou Bela. — Obrigada por ter vindo de tão longe.

— Madame, eu não perderia isso por nada no mundo — respondeu ele. — Fazia muito tempo que não recebíamos notícias de Aveyon.

O sorriso de Lio titubeou por uma mera fração de segundo, mas Bela percebeu.

— Sim, bem, fiquei doente e...

O marquês interrompeu como se não tivesse nem escutado.

— Ouvi relatos horrendos por parte de nobres franceses viajando por Baden em busca de climas mais favoráveis. Ah... — Deu um tapinha nas costas de Lio como se ele fosse um garotinho, e não um rei adulto. — Nestes tempos tão tumultuosos, quem pode culpar alguém por preferir o isolamento à hospitalidade?

Lio limitou-se a assentir, mas Bela curvou-se em uma breve reverência por falta de coisa melhor para fazer. Ele tinha derrotado a maldição e se tornado mais forte, mas aqueles que o conheciam pareciam se lembrar apenas do príncipe mimado que costumava ser.

O marquês se afastou, serpenteando entre colunas de mármore até chegar ao salão de jantar. Bela e Lio enfim haviam chegado ao fim da fila de convidados. Horloge sumira de vista, certamente para cumprir alguma incumbência da maior importância ou espalhar aos quatro ventos que Bela era tão ruim de conversa quanto ele imaginara.

— Isso foi melhor do que o esperado — comentou Bastien.

— Como assim? — perguntou Lio.

— A questão é que sua doença prolongada não desperta muita confiança em sua capacidade de ser rei de Aveyon. Estou surpreso de o assunto não ter vindo muito à tona, embora eu imagine que a maioria dessas pessoas tenha outras coisas em mente.

Bela engoliu sua resposta. Bastien ainda não sabia que Aveyon tinha passado quase uma década sob o jugo de uma maldição. Lio até tinha cogitado contar tudo ao primo, mesmo que apenas para obter melhores conselhos dali em diante, mas Bela insistira que mantivessem a maldição em segredo. A intuição ainda lhe dizia para não confiar piamente no duque. Ela não sabia se Bastien acreditava mesmo na doença de Lio como parecia acreditar. Quanto aos outros convidados, o único a mencionar os dez anos de silêncio de Aveyon tinha sido o marquês. O panorama da França estava sempre mudando, e era relativamente plausível que um reino fronteiriço pudesse passar anos mergulhado no esquecimento. Quaisquer lacunas na história eram rapidamente preenchidas pelos nobres de Aveyon, que tinham vivido aquela década como se não houvesse nada errado.

Lio afrouxou o plastrão.

— Tenho de admitir que achei que seria bem pior.

Bela tentou mudar de assunto.

— Bem, estou extasiada por nunca mais ter de participar de outra coroação.

Lio ajustou a coroa e gesticulou na direção da esposa.

— Nunca diga nunca, Bela.

Ela mostrou a língua para ele diante daquela insinuação de que um dia acabaria mudando de ideia.

— Pôr uma coroa na minha cabeça não seria parte de uma grande conquista.

— Eu sei — respondeu ele com um suspiro. — Mas você não pode me culpar por nutrir esperanças, certo? Está pronta? — Estendeu a mão para ela.

Bela tomou a mão dele ao mesmo tempo que tomava fôlego.

— Tanto quanto possível.

— Aposto que Horloge ficaria encantado com sua falta de confiança.

Bastien se pronunciou atrás deles:

— Na verdade, a etiqueta dita que o rei deve entrar sozinho e todos os outros precisam esperar até que ele tenha se acomodado.

Bela pensou nas inúmeras lições e ensinamentos de Horloge a fim de prepará-la para aquele dia, mas não conseguiu se lembrar de nada do tipo.

— Desde quando?

Lio segurou a mão dela com mais força.

— A etiqueta que se dane.

— Embora eu tenda a concordar com esse sentimento, na França você causaria muito furor por entrar acompanhado de sua esposa plebeia. Ora, isso causaria um rebuliço mesmo se ela fosse a rainha consorte.

Bela estreitou os olhos para o duque.

— Ora, mas o objetivo disso tudo não é provar que Aveyon e França *não são* a mesma coisa? E como agora é Lio quem usa a coroa, não temos o direito de decidir como serão as coisas em Aveyon daqui em diante?

Bastien espiou por uma frestinha entre as portas.

— Você quer convencer um salão cheio de nobres de que agora é o rei do que antes era um principado da França, certo? Não é esse o objetivo? — Ele esperou que Lio concordasse. — Então não deixe toda essa gente irritada por uma coisinha tão simples quanto adentrar um cômodo um pouco antes de sua esposa.

Bela achou que Lio continuaria discordando de Bastien, mas ele soltou a mão dela e abriu um sorriso complacente.

— Não se esqueça de que estamos fazendo isso para garantir que Aveyon jamais seja palco de uma revolução.

Aquilo pegou Bela de surpresa, mas ela assentiu e o observou entrar no salão de jantar. Não se importava nem um pouco com a ordem de entrada dos dois, mas ficava apreensiva com a influência que Bastien poderia exercer sobre seu marido. Quando Lio terminou de atravessar o cômodo, Bela fez menção de segui-lo, mas Bastien a deteve.

— Você precisa ser anunciada primeiro.

— Lio não foi anunciado.

Ele revirou os olhos.

— Lio não precisa disso, Bela. Ele é o rei.

Ela se remexeu, impaciente.

— Será que você não pode fazer isso?

Bastien deu-lhe uma piscadela.

— Eu sou superior a você na hierarquia, e a etiqueta dita que…

— Não precisa concluir a frase. — Ela se conteve para não lhe dizer o que ele poderia fazer com sua preciosa etiqueta. — Então eu vou ter que ficar plantada aqui até o fim do jantar? Alguém vai me trazer um prato de comida ou vou ficar passando fome? — perguntou, sarcástica.

— Acalme-se. Eu vou atrás de Horloge.

Assim que o duque saiu, Bela abriu a porta, pronta para entrar sem o maldito anúncio, mas se deteve de súbito. O que Bastien dissera sobre os nobres irritadiços parecia plausível. Ela não queria dar motivos para alguém duvidar da capacidade de Lio como rei de Aveyon, pois sabia que a recusa dela em adotar os dois títulos já contribuía para isso. Então, ficou parada na soleira, aguardando sua vez.

O salão às suas costas estava mergulhado em um silêncio sepulcral, permitindo que os medos que mantivera enterrados por semanas voltassem à tona. Não sabia se Lio estava pronto para ser rei de toda uma nação, nem se ela estava pronta para se ver casada com um rei. Quando Lio era príncipe, tinha o dever de se submeter ao tratado que seus ancestrais haviam firmado com a França, mas o mesmo se aplicava ao rei Luís. Aveyon estivera sob a proteção da Coroa francesa e, se fosse invadido, poderia contar com todo o poderio militar da França.

Mas as coisas tinham mudado. Eles estavam sozinhos e todo o escrutínio recairia sobre os ombros de Lio. Mesmo que se empenhasse ao máximo para fazer o bem ao povo, poderia fracassar. O mero pensamento a encheu de terror: a ideia de que poderiam fazer tudo certo e, ainda assim, levar sofrimento ao povo de Aveyon.

Mas o medo de que a revolução se alastrasse era ainda maior. E, por fim, tinha muito mais medo da inação do que de um possível erro de Lio.

Quando ouviu Horloge anunciá-la, Bela resolveu usar seus medos como uma forma de se lançar adiante.

Ela sabia que o pior ainda estava por vir.

CAPÍTULO ONZE

O banquete se arrastou tão lentamente quanto ela havia previsto. Bela conheceu mais pessoas no dia da coroação do que no resto de sua vida, e o fato de se lembrar dos nomes e títulos da maioria delas se devia inteiramente aos ensinamentos impacientes de Horloge.

Ela detestava como tudo aquilo soava artificial. Celebrar a coroação de Lio com membros da aristocracia europeia não parecia um passo importante para garantir a proteção do reino. Lio tinha planejado fazer uma cerimônia de coroação simples, seguida por um banquete nos jardins do castelo, aberto a todos os cidadãos de Aveyon que estivessem dispostos a comparecer. Bastien dissera que a intenção era boa, mas que ele estava pensando pequeno.

E assim a ideia do duque para as festividades foi colocada em prática, e a Bela só restara o sentimento de vazio e entorpecimento. Só esperava que Lio começasse a reconstruir sua relação com os plebeus de Aveyon com a mesma rapidez com que assumira a coroa. Mas isso era uma conversa para outra hora.

Assim que o último dos convidados se retirou, Lio e Bastien abriram uma garrafa de conhaque que o duque trouxera de Paris e acomodaram-se a uma mesinha na cozinha, os copos na mão. Bela preferiu bebericar uma xícara de chá particularmente forte, preparado com a lata de folhas secas que Madame Samovar guardava especialmente para ela.

— Eu diria que foi um sucesso — comentou Lio.

— E tivemos sucesso em quê, exatamente? — perguntou Bela, envolta por uma névoa de exaustão tão densa que nem mesmo o chá poderia dissipar.

Lio encolheu os ombros.

— Em mostrar ao mundo que não somos fracos.

Bastien ergueu a garrafa em direção ao primo em um brinde, mas Bela não estava convencida.

— Acho que os problemas ainda estão por vir.

Lio esfregou os olhos.

— Ora, Bela. Nosso povo não sofre como os cidadãos da França. É raro que alguém em Aveyon tenha que enfrentar a fome.

Bela tinha visto os efeitos que a fome causara aos camponeses de Paris, mas, mais do que isso, tinha visto com que rapidez a raiva e o medo podiam infectar toda uma multidão. Tinha visto como uma política ineficaz poderia prejudicar aqueles na base muito antes que os posicionados no topo sentissem a picada.

— Acho que a fome não é a única coisa a motivar a rebelião.

Bastien pousou o copo sobre a mesa.

— Na verdade, é, sim. A seca deste ano e as tempestades de granizo do ano passado arruinaram as colheitas de duas estações. O preço dos grãos está insustentável e as pessoas estão passando fome. Se Luís fosse um rei bom e competente, teria implementado medidas de austeridade rigorosas a fim de aliviar o fardo dos camponeses da França. Em vez disso, ele decidiu aumentar os impostos das pessoas famintas, impelindo-as a se rebelar. Foi simples assim.

Para Bela, porém, estava longe de ser simples assim. Tinha testemunhado o sofrimento em primeira mão. Não conseguia deixá-lo de lado, como o duque parecia ter feito.

— Ouvi os discursos dos *sans-culottes* e dos burgueses. Vi os panfletos. A fome não é a única motivação. Eles querem dar aos plebeus o mesmo direito de se expressar. Querem garantir que sejam representados, querem que o rei seja responsabilizado pelos erros que cometeu com a guerra nos Estados Unidos e com os *États généraux*.

— Esses são anseios marginais, Bela, propagados por oportunistas. As pessoas marchando pelas ruas o fazem de estômago vazio.

Os homens que cortaram a cabeça do marquês de Launay estavam com a mente obscurecida pela fome.

— Eu sei o que vi.

Bastien suspirou.

— Eu me infiltrei nesses grupos a pedido do rei Luís, Bela. Arrisco-me a dizer que estou muito mais inteirado no assunto do que você.

Bela ficou perplexa ao descobrir que Bastien tinha se infiltrado em segredo, mas ficou ainda mais perplexa ao perceber que Lio não parecia abalado pela notícia. A raiva fervilhou dentro dela.

— Então era isso que você estava fazendo no Hôtel de Ville naquele dia? Ora, eu já devia ter imaginado que não estava me procurando por um senso de dever. Você estava no meio do protesto. É por isso que vestia trajes tão simples.

O duque arqueou uma das sobrancelhas para ela.

— Quanta rispidez vinda de alguém que teve a vida salva justamente por eu estar lá naquele dia.

— Pelo jeito, eu estava no lugar errado na hora errada, mas você estava no certo.

— Já chega. — A voz de Lio trouxe os dois de volta à cozinha. — Brigar entre nós não vai levar a lugar algum.

— Mas…

— Bela, eu amo você, e sem sombra de dúvidas você é a pessoa mais inteligente deste cômodo, mas Bastien esteve lá. Ele sabe muito mais do que nós sobre as tensões que estão em jogo. Os conselhos dele têm sido inestimáveis.

Ela pendeu o corpo para trás e cruzou os braços, assumindo uma pose desafiadora.

— Ele sabe como são as coisas sob a perspectiva da nobreza. Mas não faz a menor ideia de como os camponeses da França se sentem.

— E você também não.

As palavras de Bastien a atingiram em cheio. O duque queria garantir que Bela se lembrasse de que já não era mais uma camponesa e que, depois de ter se casado com um príncipe que virou rei, não tinha mais direito de alegar que falava em nome da plebe.

Ela queria zangar-se com o duque por isso, mas Bastien simplesmente vocalizara os pensamentos que já rondavam a mente dela. Bela era produto de lealdades conflitantes. Era uma pessoa que não pertencia a lugar algum.

Mais tarde naquela noite, enquanto se despiam na privacidade de seu quarto, Bela se perguntou se deveria importunar o marido sobre os planos que ele tinha definido para pôr Aveyon nos eixos. Mas ambos estavam tão cansados por causa dos eventos dos últimos dois dias, além das semanas que antecederam a coroação, que achou melhor deixar para depois. Quando adormeceram, aninhados nos braços um do outro, Bela sentiu que tinha tomado a decisão certa.

Quando acordou e mais uma vez encontrou a cama vazia ao lado, sentiu que tinha tomado a decisão errada.

Ficou intrigada. Lio nunca acordava mais cedo que ela — às vezes era preciso até arrastá-lo para fora da cama. Como havia se tornado rei, Bela imaginou que as prioridades poderiam ter mudado. Se fosse esse o caso, ela deveria ficar feliz. Mas o nó em seu estômago lhe dizia que Bastien estava por trás da ausência de Lio naquela manhã e que as reuniões eram uma tentativa de manter Bela à parte de tudo.

Bela estava a caminho da penteadeira para tentar dar um jeito no penteado da noite anterior quando Lio apareceu na porta com um buquezinho de lilases na mão.

— Ah, que bom! Você já está se arrumando.

Ele foi até a mesa e acomodou as flores em um vaso vazio. Uma brisa se esgueirou pela janela e espalhou o perfume de lilases por todo o cômodo.

Bela puxou um grampo do topo da cabeça, e pelo jeito era o responsável por manter todo o penteado no lugar, pois uma cascata de cachos se desprendeu. Ela suspirou e se virou para Lio.

— Hum, me arrumando para quê?

Ele a encarou por um instante.

— Você não se esqueceu de que vamos tomar café da manhã com todos os nossos convidados agora, não?

Mas ela tinha mesmo esquecido, ou melhor, mandado aquela perspectiva horrível para bem longe.

— Você está se referindo ao desjejum que Bastien nos obrigou a organizar? Sabe, acho que já me despedi de bastante gente ontem à noite. Eu dispenso esse café da manhã maçante.

Ela se levantou da penteadeira e tentou se acomodar na poltrona junto da janela, mas Lio a pegou no colo antes mesmo de seu corpo encostar no estofado. Bela começou a se debater nos braços dele de brincadeira, mas ele a manteve bem firme junto ao peito.

— Ah, mas você não vai dispensar coisa nenhuma. Não vou lidar com o marquês de Baden sozinho. Eu levo você no colo até lá se for preciso.

— Você está deixando meu cabelo ainda mais bagunçado — protestou ela com leveza.

— Acho que você não pode botar a culpa disso em mim — respondeu Lio, dando uma olhada no estado lastimável das mechas depois da noite anterior. — Só mais um evento pomposo e aí acabou — acrescentou, lembrando-a.

— *Pardon* — coaxou uma voz vinda da porta que Lio tinha deixado entreaberta. Lá estava Horloge, vermelho feito um pimentão. — Eu... não queria interromper... ou melhor dizendo...

Bela pulou do colo de Lio e deu uma piscadela para o mordomo.

— A que devemos essa honra, *monsieur*?

Ela voltou para a penteadeira e afastou as mechas do rosto com uma escova de cerdas macias.

Horloge ajustou as lapelas de forma decorosa.

— Vim a pedido da Madame Samovar para garantir que você e o rei não demorassem para comparecer ao café da manhã que está sendo realizado em sua homenagem.

Bela torceu o cabelo e o prendeu com um grampo. Dadas as circunstâncias, achou que o penteado estava excelente.

— Você sabe que não precisa usar meu título quando estamos só nós três, não sabe? — perguntou Lio.

Horloge fitou-o com uma expressão impassível, sem se atrever a sequer cogitar a ideia.

Bela suspirou.

— Obrigada, Horloge.

Ele fez uma mesura tão profunda que quase ficou sem os óculos.

— E se me permite dizer, madame, você se portou de forma admirável ontem, a despeito da sua recusa teimosa em adotar o título que agora é seu por direito.

Bela sabia que isso era o mais próximo de um elogio que conseguiria arrancar do mordomo.

— Ora, você também não estava tão detestável.

As bochechas coradas de Horloge adquiriram um tom ainda mais intenso de vermelho quando Bela passou por ele ao sair pela porta. Sentiu um quentinho no coração ao vê-lo tão sem jeito. Nem tudo havia mudado.

Todos se levantaram quando Bela e Lio entraram no cômodo. Ela tinha certeza de que jamais se acostumaria com a deferência com que passara a ser tratada. Começava a perceber que a falta de título não fazia diferença, pois mesmo assim as pessoas a tratavam como se fosse rainha. Isso a incomodava, mas não era como se pudesse pedir a elas que parassem. Horloge sem dúvidas entraria em combustão se ela sequer mencionasse que não gostava daquele tipo de coisa.

Bela ocupou uma das cabeceiras da mesa e Lio ficou com a outra. O banquete preparado por Madame Samovar ainda não tinha sido servido, mas o cheiro já se fazia presente. Guirlandas de flores adornavam o centro da mesa. Lírios, lilases e tulipas entrelaçavam-se com folhas de hera. Havia vasos com girassóis espalhados pelo cômodo, curvados com avidez em direção ao sol que se infiltrava pelas portas do terraço.

Cerca de cinquenta convidados tinham decidido ficar para o café da manhã, incluindo o marquês de Baden, que pelo jeito estava empenhado em recuperar o tempo perdido em Aveyon. Bela fitou a mesa à procura de Bastien, mas ele não estava lá. Se o duque não desse as caras no café da manhã que tinha insistido tanto para fazer acontecer, teria que se ver com ela.

Este é o último evento, lembrou a si mesma.

Depois de conversar sobre trivialidades por um tempinho, Lio se levantou e todos os convidados olharam para ele.

— Bela e eu gostaríamos de agradecer a todos vocês pelo apoio dedicado a nós e a Aveyon neste momento de transição. — Fez uma pausa, o copo ainda erguido. Seu olhar e o de Bela se cruzaram, servindo-lhe de estímulo. — Não faz muito tempo que este reino enfrentou seu próprio período de escuridão — continuou. — Na verdade, foi uma escuridão de minha própria autoria, e Aveyon deve muito à minha esposa por ter me resgatado desse tormento.

Bela sentiu que ele estava chegando muito perto de revelar o que de fato acontecera em Aveyon, mas mesmo assim se sentiu enternecida pelas palavras do marido.

— Agora estamos mais fortes do que nunca, e nossos aliados...

Uma comoção repentina na porta do cômodo desviou a atenção de todos. Horloge, com o rosto corado e ares de quem se desculpa, fez uma mesura quando um homem de farda passou por ele.

— Peço perdão, senhor, mas ele se recusou a esperar.

O homem estava pálido, e o uniforme, cheio de respingos de lama, como se tivesse cavalgado muito para chegar ali. Ajoelhou-se diante de Lio.

— Senhor, eu trago notícias do comandante Robinet. Preciso falar com o senhor imediatamente.

O cômodo irrompeu em cochichos preocupados. Embora não fosse muito entendida em questões militares, Bela sabia que a chegada repentina de um mensageiro só poderia significar que algo terrível tinha acontecido.

Lio assentiu para o homem e virou-se para falar com os convidados.

— Por favor, continuem de onde pararam.

Fez sinal para alguns dos guardas postados ao redor do cômodo, atravessou a mesa e tomou Bela pela mão. Os dois foram conduzidos porta afora por Horloge, que se dividia entre a agitação e a apreensão, e não tardou para que um afogueado Lumière se juntasse a eles.

Horloge lançou ao maître um olhar de puro desdém.

— Você poderia ao menos fingir que não está empolgado com a perspectiva de receber más notícias.

— *Mon ami*, eu não estou nada empolgado. Estou intrigado. Isso despertou meu interesse. Aguçou minha curiosidade. — Lumière deu um tapinha nas costas de Horloge. — Tenho lá minhas necessidades.

— São necessidades muito condenáveis.

— E você prefere passar o resto da vida entediado.

Bela forçou uma tosse para esconder a risada. Sentiu-se grata pela leveza que Lumière trouxera a um momento que tinha tudo para ser desesperador.

O grupo atravessou o corredor leste até chegar ao pequeno solar onde Bela às vezes gostava de tomar seu chá pela manhã.

Lio abriu a porta e esperou que todos entrassem. Enquanto passava por ele, Bela sussurrou-lhe no ouvido:

— O comandante Robinet é o encarregado do destacamento de Lavaudieu?

Lio assentiu.

— Eu sei que ele é um homem muito cauteloso.

Todos vasculharam o cômodo em busca de lugares para se sentar, e Bela optou por se acomodar em um sofazinho junto à lareira. Lio se postou ao lado dela. O mensageiro estava sentado bem diante deles, e foi só então que Bela notou como era jovem, talvez com não mais que vinte anos. Havia um leve indício de barba no rosto, indicando que devia ter se barbeado no dia anterior. Levava quase dois dias para viajar de Lavaudieu à capital, então ele certamente tinha cavalgado noite adentro. A situação devia ser mesmo urgente.

— Qual é o seu nome, *soldat*? — quis saber Lio.

O soldado terminou de tomar a água que lhe tinham oferecido e enxugou a boca com o dorso da mão.

— Claude Desroches — respondeu. — Sou um gendarme cuja base fica em Lavaudieu. — Sua patente explicava a habilidade para galopar.

Bastien irrompeu pela porta e deu um leve aceno de cabeça para Lio.

— Desculpe, me atrasei — disse, antes de se acomodar na poltrona mais próxima.

Bela o ignorou.

— Está com fome? — perguntou ela a Claude. — Podemos providenciar algo para você comer, se quiser.

— Eu aceito, madame, obrigado. Mas primeiro preciso entregar minha mensagem. — Lio assentiu e fez sinal para que prosseguisse. O soldado se pôs de pé e pigarreou. — O comandante Robinet foi informado de que um grupo de nobres pode estar planejando uma revolta.

Bela foi pega de surpresa. A maior parte da nobreza de Aveyon tinha participado da coroação e desfrutava do excelente desjejum da Madame Samovar naquele exato momento. Bela não havia captado nenhuma ameaça por parte deles. Será que tinha ignorado os sinais de alerta?

Lio permaneceu impassível.

— Há provas?

Claude encolheu os ombros.

— Apenas relatos vagos, senhor, mas deixaram o comandante preocupado o suficiente para me mandar para cá.

Lio parecia pesar as palavras do mensageiro com cuidado. Olhou para Claude, que parecia esgotado.

— Obrigado. Por favor, Lumière, providencie um alojamento adequado e uma refeição quente para o *soldat*. Isso é o que não falta por aqui.

O mensageiro saudou seu novo rei antes de ser conduzido porta afora.

Lio olhou para Bela e Bastien.

— Antes que digam qualquer coisa, saibam que estou prestes a convocar uma reunião para tratar desse assunto com meus conselheiros. Talvez seja melhor guardarem tudo o que têm a dizer até lá.

A postura de Bastien murchou.

Bela fez uma pergunta que lhe parecia um tanto estúpida:

— Como sabe que algum dos seus conselheiros não está envolvido na revolta?

— Eu não sei — respondeu Lio.

A sala do trono ainda estava toda arrumada para a coroação, mas não tinha ninguém ali. Havia algo inquietante nisso — a coroa fora colocada na cabeça de Lio no dia anterior, mas lá estava a sala, congelada no tempo. Bela estremeceu e tomou um assento à mesa. Escolheu o que ficava bem de frente para Lio e, consequentemente, de Bastien.

Todos os seis conselheiros originais de Lio tinham ficado para o café da manhã, então não tardaram a chegar à reunião. Assim que o velho Montarly enfim se arrastou para sua poltrona, Lio rompeu o silêncio.

— Eu esperava adiar nossa primeira reunião por ao menos uma semana enquanto me adaptava ao novo cargo, mas as circunstâncias nos impedem de fazer até essa pequena pausa no dever. Um mensageiro chegou esta manhã com relatos não confirmados de que um nobre pretende iniciar uma revolta.

— Na verdade, ele mencionou um grupo de nobres — interveio Bastien.

Lio o encarou e franziu o cenho.

— A verdade é que não temos muitas informações, apenas relatos vagos. Não temos provas nem nomes.

O cômodo estava mergulhado em silêncio. Não era todo dia que se discutia uma possível traição ao reinado. Bela ainda tentava organizar os próprios pensamentos, mas estava aliviada por Lio não parecer propenso a tomar decisões precipitadas.

Bastien se levantou.

A REVOLUÇÃO DA ROSA

— Primo, você precisa dar um jeito nisso.

— E o que sugere que eu faça? Nem ao menos sei quem pode estar por trás dessa conspiração.

— Eu temia que isso acontecesse… que alguns membros da nobreza aveyoniana não aceitassem de bom grado o fato de você ter se tornado rei tão de repente.

— Você nunca externou essas preocupações antes — retrucou Bela.

Bastien olhou feio para ela.

— Eu estava muito ocupado organizando a secessão entre Aveyon e a França e planejando a cerimônia de coroação.

— Bem, me parece bem rápido.

— Já chega — interveio Lio.

Mas Bastien ainda não tinha acabado.

— Primo, peço-lhe que vá visitar as províncias de Aveyon o quanto antes. — Embora Bela não desse a mínima para títulos e formalidades, tinha a impressão de que o duque usava a própria falta de deferência como arma. — Se seus nobres estão flertando com uma revolta, é porque sentem que foram deixados de lado e enxergam a coroação como a machadada final. Estão vendo os tumultos se desenrolando na França e os temem. Você precisa se esforçar para recuperar a confiança desses homens. Precisa mostrar a eles que pretende impedir que a revolução de Paris continue a se propagar.

Lio permaneceu impassível enquanto refletia sobre a sugestão de Bastien. Bela, por outro lado, ouviu a intuição gritar outra vez, dizendo-lhe que o duque estava equivocado. Os nobres não deveriam ser o foco de Lio naquele momento, pois eram os camponeses e a classe média da França que estavam se revoltando contra o rei.

— Qualquer insurreição deve ser repelida, senhor — concordou Gamaches.

Montarly assentiu.

— É preciso cortar as tramoias de traição pela raiz.

Bela sentiu o coração acelerar no peito. Lio olhou para ela.

— Por favor, exponha sua opinião. Eu sei que você mal está conseguindo se conter — disse ele sem um pingo de aborrecimento.

Ela respirou fundo para se acalmar.

— Não acredito que relatos vagos sejam motivo para darmos seguimento a isso. Acho que devemos ficar a par da situação com os nobres, é claro, mas acredito que você deve se concentrar em promulgar reformas para os plebeus de Aveyon.

— Madame, com todo o respeito, não é hora para reformas — declarou Montarly em um tom paternalista.

Bela insistiu, mesmo sentindo que Bastien tinha vindo para a reunião de mente feita, valendo-se de vagas alusões aos tumultos em Paris para angariar todos para o seu lado.

— As reformas para os plebeus de Aveyon afetarão a todos, até mesmo os membros da nobreza. Eles não terão motivo para temer a revolução se garantirmos que Aveyon jamais possa ser palco de uma — declarou Bela, repetindo as próprias palavras de Lio para ele, apelando para que fosse razoável.

Geoffroy se levantou, visivelmente irritado.

— As reformas não vão adiantar nada se o rei perder a confiança e o apoio de seus nobres. As reformas não vão adiantar nada se uma guerra civil eclodir em Aveyon.

— Se perdermos os nobres de Aveyon, podemos desistir de qualquer chance de montar uma defesa real se o Sacro Império Romano resolver nos pôr à prova, e é exatamente isso que vão fazer. Garantir a felicidade dos membros da nobreza fará com que o restante do reino siga pelo mesmo caminho — explicou Bastien, como se Bela fosse uma criança. — As verdadeiras rebeliões, aquelas capazes de moldar todo um reino, nascem nas propriedades nobres, não nos cortiços. Por acaso você gostaria de ver seu reino dilacerado por batalhas intermináveis contra inimigos bem armados e bem posicionados?

— É claro que não quero ver isso, mas…

— Eu já tomei minha decisão. — Lio não gritou, mas suas palavras reverberaram pelo cômodo como se o tivesse feito. — Bela não está errada. Precisamos tomar medidas para melhorar as condições de vida dos plebeus de Aveyon. Mas… — Desviou o olhar dela. — Mas não podemos fazer isso agora, quando uma ameaça de guerra de sucessão se avulta no horizonte. Visitarei as propriedades dos nobres, nem que seja para determinar pessoalmente se os relatos são falsos ou não.

— Então eu irei com você.

Se Bela não pudesse convencê-lo da importância de cuidar primeiro dos plebeus de Aveyon, então ao menos estaria por perto enquanto Lio tentava descobrir quais de seus nobres talvez estivessem tramando contra ele. Não conseguia nem conceber a ideia de ficar para trás enquanto ele viajava pelo interior do reino. Os dois estavam casados havia apenas alguns meses, e ela temia o que aconteceria com Lio se tivesse que lidar sozinho com os próprios pesadelos.

Ele negou com a cabeça.

— Empreenderei essa jornada porque acreditamos que pode mesmo haver uma ameaça contra mim, então não posso colocá-la em perigo também. O que aconteceria com o reino se nós dois não estivéssemos mais aqui?

Todos os homens soltaram murmúrios de aprovação e Bela permaneceu em silêncio, sentindo que nada que dissesse faria diferença. Bastien já tinha conseguido o que queria.

Passado um tempo, o café da manhã terminou e eles enfim foram se despedir dos convidados que estavam de partida. Quando já não restava mais ninguém no cômodo, Bela e Lio foram para a sacada e de lá acenaram em despedida.

Bela não conseguiu se conter e se pôs a externar seus pensamentos.

— Você tomou o lado de Bastien em um piscar de olhos.

Lio fez uma careta, ainda acenando com a mão.

— Não tem a ver com tomar lados. Bastien tem mais experiência em assuntos desse tipo. Ele é bem entendido, e seria um erro ignorá-lo só porque você não gosta dele.

— Não é que eu não goste dele, é só que… — Mas ela não sabia o que dizer.

— É só o quê, Bela? Você precisa me oferecer algo mais substancial do que isso.

Ela engoliu tudo o que queria dizer: que não confiava no duque, que suspeitava que ele tivesse suas próprias motivações ocultas, que não sabia a quem ele era leal. Mas nada disso provava alguma transgressão por parte de Bastien e só serviria para aumentar a distância entre ela e Lio.

— Nada — concluiu Bela. — Não é nada.

Ele fitou as carruagens que se afastavam ao longe.

— Bastien é o único membro do meu conselho que tem uma certa experiência em lidar com assuntos de Estado. Eu estaria perdido sem ele.

Ela assentiu, tentando ignorar a dor que as palavras lhe causavam. As carruagens já quase não eram mais visíveis no horizonte quando Bela fez uma promessa a si mesma.

Jurou que, na próxima vez que Lio precisasse da opinião de alguém sobre um determinado assunto, ela se certificaria de ser a pessoa mais informada da sala.

CAPÍTULO DOZE

Bela jamais imaginara que uma semana poderia parecer tão longa.

Seu corpo estava prestes a entrar em colapso, mas ela esperou até chegar à privacidade de seus aposentos para se entregar àquele rápido declínio, deixando uma trilha de roupas da porta até a cama. No fim, não estava vestindo nada além de uma camisa. Não conseguia reunir forças para vestir o pijama, então simplesmente deslizou para baixo das cobertas pesadas e fechou os olhos.

Mas o sono custou a vir. Nas semanas que antecederam a coroação apressada de Lio, Bela tinha ido dormir com a mente abarrotada de nomes e árvores genealógicas da nobreza de Aveyon. Tinha se preparado para a cerimônia da única forma que conhecia: a cabeça enfiada nos livros, memorizando cada detalhezinho sobre os grandes reis e rainhas da História, sobre as inúmeras monarquias e as diversas filosofias de governo e ordem social. Ela se sentira minimamente preparada para a tarefa que estava por vir.

Uma vez passada a cerimônia, a força que a impelira adiante se dissipara, dando lugar a uma dúvida traiçoeira. Depois de um único dia de reinado, Aveyon já corria o risco de entrar em guerra com base em um mero boato infundado. Bela temia que estivessem ignorando a ameaça mais urgente — a de ideias revolucionárias se infiltrando por Aveyon e abrindo caminho para a violência penetrar seu reino pacífico — em detrimento de uma que nem lhe parecia ameaçadora. Sua mente vagou para a visão de Aveyon em chamas.

Continuava achando que não era verdade, mas não ajudava em nada ter que reviver a cena repetidas vezes em sua cabeça enquanto ainda tinha que se preocupar com a situação do reino.

Ela temia que o que estava acontecendo na França se repetisse em Aveyon, mas Lio se recusava a ver as coisas por esse ângulo, principalmente porque dava mais valor aos conselhos de Bastien do que aos dela. E não era só isso: Bela não podia contar nem com a certeza. Seria mais fácil enfrentar Bastien se ela *soubesse* que ele estava errado, mas não sabia. Tudo o que tinha era um pressentimento de que o duque estava equivocado. E isso não era uma prova lá das mais convincentes. Tinha certeza de uma outra coisa, porém: Bastien não conhecia Aveyon nem seu povo, e por isso a experiência do duque deveria ter menos peso.

Ela desistiu de tentar dormir. A mente inquieta precisava de uma distração e a ideia perfeita lhe ocorreu. Sentou-se na cama e olhou para Lio, com sua respiração compassada e seus roncos leves. Ficou de pé e vestiu o sobretudo do marido por cima da camisa. As mangas de veludo ficavam muito compridas em seus pulsos, mas o cheiro dele estava impregnado no tecido. Deu uma última olhada em seu semblante adormecido antes de sair do quarto. Só pretendia passar alguns minutos fora.

O castelo estava mergulhado na escuridão conforme ela o atravessava, seguindo o mesmo caminho que fazia ao menos uma vez por dia. A luz vazava por uma frestinha nas grandes portas ao fim do corredor, iluminando-o como um farol. A lareira era sempre mantida acesa, e Bela passara mais de uma noite em claro enrodilhada diante das chamas, rodeada por pilhas e pilhas de livros. Fechou as portas com cuidado atrás de si e, como sempre, se deteve por um instante para apreciar aquela visão. De todos os luxos que sua nova vida lhe proporcionava, tinha convicção de que jamais se acostumaria com a vastidão de conhecimento a seu alcance.

Lá estava sua biblioteca.

Ela queria encontrar um volume específico, aquele que ganhara de presente depois de tê-lo lido tantas vezes que ficou gravado na memória. Tinha tudo o que ela amava em um livro: lugares distantes

e desconhecidos, feitiços, duelos de espadas e personagens disfarça-
dos. Fazia apenas algumas semanas que ela o trouxera de casa e o
acomodara na biblioteca às pressas, enfiando-o em qualquer lugar da
estante antes de partirem para Paris. Normalmente, ela perambulava
pelas estantes a esmo, se demorando vez ou outra para tirar algum
exemplar da prateleira. Dessa vez, porém, ela tinha uma missão.

Caminhou decidida rumo aos fundos da biblioteca, onde as
estantes eram mais espaçadas. Encontrou o que queria logo de cara,
então apanhou o livro e, cumprida a tarefa, deu meia-volta para ir
embora. Mas algo chamou sua atenção no vão que o livro deixara
na prateleira, um brilho verde reluzindo à meia-luz da biblioteca
vazia. Enfiou a mão entre os livros e puxou algo que achava que
tinha sido destruído havia muito tempo.

Era o espelho que Lio lhe dera para que pudesse ver o pai, quando ele era a Fera, e Bela, sua prisioneira. Nem ela conseguia entender
direito, uma vez que já não havia mais maldição e Lio tinha retomado
sua verdadeira forma, mas a verdade é que Bela tinha sido feliz com
a Fera. Não era amor, pois isso só veio depois, e sim contentamento.
Quanto tempo ela poderia ter vivido à base do contentamento, perguntou-se, se a Fera não lhe tivesse dado o espelho e, com isso, um
vislumbre da vida que ela havia deixado para trás?

Bastou tocar o objeto para saber que era o mesmo da época
da maldição, embora fosse idêntico ao que ela segurara em Paris.
A filigrana de prata era tão parecida que a deixou arrepiada. Parecia
curiosamente familiar em sua mão, como se a magia imbuída nele
a reconhecesse como a pessoa responsável por quebrar o domínio
da maldição sobre o reino. Enquanto o segurava, porém, só conseguia se lembrar da sensação de usar aquela magia, de provar que
o pai não estava mentindo ao dizer que ela tinha sido levada pela
Fera. Mesmo naquele instante, meses depois de ter acontecido, seu
coração ficou acelerado ao pensar na rapidez com que os vizinhos
tinham marchado em direção ao castelo para matar a Fera e na
rapidez com que ela percebera que a amava depois disso.

De certa forma, Bela sabia que só tinha conseguido reconhe-
cer o amor que sentia *justamente* porque ele lhe dera o espelho e a

deixara ir embora. Mas eram sentimentos agridoces. Ela não queria se lembrar de certos aspectos de seu passado nem especular sobre por que o espelho tinha sobrevivido à quebra da maldição. Não queria ter aquela magia de volta em sua vida.

Bela hesitou, sem saber o que fazer. Será que era melhor destruí-lo? Escondê-lo? Definitivamente não poderia mostrar o espelho para Lio, não com tudo o que vinha acontecendo. Por fim, decidiu botá-lo de volta no lugar e só retornar para buscá-lo quando tivesse tomado uma decisão.

Mas quando ela fez menção de devolver o espelho à prateleira, o brilho ficou ainda mais forte, lançando uma luz esverdeada nas lombadas dos livros. Segurou o objeto diante do rosto e o coração quase saiu pela boca.

O reflexo que a encarava não pertencia a Bela.

Estava olhando para a mulher da loja de espelhos.

O instinto lhe disse para jogar o espelho longe, para espatifá-lo em mil pedacinhos como aquele de Paris, mas a curiosidade a impeliu a manter o cabo de prata bem firme entre os dedos.

— Bela. — A voz da mulher tinha o mesmo tom etéreo que usara na loja. — Eu sei que você não confia em mim, mas precisa ao menos ouvir o que tenho a dizer.

A garganta de Bela estava seca como o deserto. Não sabia o que responder a essa mulher nem a essa magia que ela não compreendia.

A mulher insistiu:

— Não espere que outros salvem Aveyon. Você precisa confiar nos seus instintos e se tornar a rainha que é capaz de ser.

Saber que a maldição sobrevivera e a tinha seguido para Paris e de volta a Aveyon era quase demais para suportar. Esquivou-se do olhar da mulher e rapidamente devolveu o espelho ao lugar onde o tinha encontrado.

Saiu correndo da biblioteca e, ao fechar a porta atrás de si, foi invadida por um pensamento assustador. Se o espelho encantado *era* parte da maldição que recaíra sobre Lio e Aveyon, aquela maldição que tinham se esforçado tanto para aniquilar, o que seu retorno significava para o reino?

Ou será que nunca tinha ido embora por completo?

Sabia que tinha que contar a Lio sobre o que tinha visto, mas estava apreensiva. Ele já tinha que suportar o peso dos erros que cometera no passado e dos pesadelos que ainda o assombravam. Bela não queria ser responsável por dizer-lhe que, de alguma forma, a maldição continuava à espreita. Uma pontinha de esperança floresceu em seu peito, ao imaginar que, se contasse, talvez ele passasse a dar ouvidos a ela, mas não sabia se valeria a pena.

Correu a passos leves pelos corredores do castelo e tentou fazer um balanço de tudo o que havia acontecido desde sua viagem a Paris. Nada fazia sentido e nenhuma dessas coisas parecia um bom presságio para o futuro do reino. Os medos espreitavam a seu redor. A mulher da loja de espelhos parecia ciente de sua relutância em se tornar rainha, e isso sugeria que não era a picareta que Bela achava que fosse. Tratava-se de uma magia mais profunda, o tipo de magia que Bela achava que tinha sido erradicado de Aveyon. O tipo de magia que vinha acompanhado de um preço alto.

Sentiu o corpo estremecer ao pensar nas implicações daquilo tudo.

Se acontecesse o pior, fosse a revolta dos nobres ou a dos camponeses, ou o retorno da maldição que tinham se esforçado tanto para rechaçar, Aveyon precisaria que ela fosse forte o suficiente por toda uma nação.

E Bela não sabia se era dotada de tamanha força.

Assim que adentrou o quarto, sentiu que havia algo errado. O ar estava carregado do odor metálico do medo, a cama estava vazia, com os lençóis e cobertores revirados.

Logo avistou Lio agachado em um canto mergulhado em escuridão, ainda nas garras do pesadelo que o tinha aprisionado.

Bela correu até ele e o sacudiu, ignorando o fato de que geralmente era melhor deixá-lo despertar daquela escuridão pouco a pouco.

— Lio. Lio, eu estou aqui.

Seu toque e sua voz trouxeram uma parte dele de volta. Lio estendeu as mãos trêmulas, passando-as pelos braços de Bela até alcançar o rosto.

— Bela. — A angústia se fazia ouvir na forma como ele pronunciava o nome. — Você foi embora.

— Shhh — sussurrou ela. — Estou aqui.

— Eu era a Fera. — Bela acomodou-se no tapete ao lado dele e o puxou para um abraço. — Eu… Eu era a Fera de novo, senti suas garras em minhas mãos e suas presas na minha boca.

Bela ficou assustada. Os pesadelos de Lio costumavam ser sombras vagas dos medos que ele sentia todos os dias. Sonhar que era um monstro outra vez deve ter sido torturante.

— Você não é mais a Fera — retrucou Bela, em uma tentativa de acalmá-lo.

— Mas a verdade é que sou, sim, Bela. Você não entende? — A voz estava frenética. — Eu vivi como Fera por tanto tempo que isso sempre será uma parte de mim.

Mais uma vez Bela recordou-se da visão que tivera em Paris, do povo de Aveyon se rebelando contra eles. Julgara-a falsa, mas uma partezinha de si se perguntava o que aconteceria se o povo descobrisse o que realmente se passara durante os dez anos de reclusão de Lio. Uma parte ainda menor se perguntava se aquilo poderia se repetir, se alguma feiticeira poderia decidir que Lio não estava fazendo o bastante por seu reino e amaldiçoá-lo como alguém o amaldiçoara quando criança.

Mas esperar pelo pior era um anátema para Bela. Não se permitiria nutrir tais pensamentos.

Ela sabia que não havia nada que pudesse dizer para aliviar o pesadelo que assolava a mente de Lio e o pânico desenfreado que se assentara em seus ossos. Ele tinha que se livrar disso por conta própria, um pouquinho por vez. Bela enrodilhou os dedos no cabelo do marido e esperou que a sua pulsação desacelerasse.

Continuaram sentados ali, envelopados pela escuridão silenciosa, duas pessoas à deriva em meio à tempestade, segurando-se uma à outra para tentar escapar. Com o tempo, porém, o medo o abandonou. Ela percebeu assim que Lio se empertigou, livre da escuridão que pesava sobre suas costas. Os olhos já não estavam anuviados, mas as olheiras escuras demorariam a desaparecer.

— Você sonhou com a Fera? — perguntou Bela, tentando sondá-lo com toda a gentileza.

Ele afastou o cabelo do rosto.

— Sonhei — sussurrou, talvez assustado demais para conferir ao pesadelo mais credibilidade do que merecia. — Acho que não teria sido tão ruim se eu não tivesse acordado e visto que você não estava ao meu lado na cama.

Ela acariciou as madeixas que pendiam soltas pelos ombros dele.

— Eu estava na biblioteca. Não consegui pegar no sono.

— Eu sei, mas a lógica me abandona durante um pesadelo.

Bela tentou deixar o clima mais leve.

— Você achou que alguém tinha me sequestrado da cama sem você perceber?

Ele baixou o olhar e suas bochechas coraram de vergonha.

— É pior admitir que primeiro temi que você tivesse partido por vontade própria?

Ela sentiu um aperto no peito. Claro que Lio tiraria as piores conclusões de sua ausência. Chegou mais perto dele, aninhando-se em seu braço, ávida por encontrar a proximidade que antes vinha com tanta facilidade.

— Não vou abandoná-lo por causa de um simples desentendimento, Lio. Eu escolhi ficar com você e essa decisão vai se manter mesmo nos períodos difíceis.

— Eu sei disso — sussurrou, com o rosto enterrado nos cabelos dela. — É só que… com a coroação e tudo o que vem acontecendo na França… e com a discussão que tivemos mais cedo… foi mais difícil despertar do pesadelo. Na maioria das vezes, eu… — Ele hesitou.

— Pode me contar.

— Na maioria das vezes, consigo resistir às piores partes do pesadelo porque estou ancorado em algo. — Fez uma pausa. — Em alguém. — Bela esperou pelo que sabia que estava por vir. Lio se mexeu de leve. — Em todos os outros pesadelos, havia você para me ancorar. Nessas ocasiões, estou consciente de que é um pesadelo e de que vai acabar por *sua* causa. Por algum motivo, desta vez essa consciência me escapou.

Foi aí que Bela soube que não poderia contar a ele sobre o espelho na biblioteca, nem sobre a estranha mulher fantasmagórica que lhe mostrara uma visão perturbadora que a assombrava desde Paris. Àquela altura, não faria bem a Lio saber que, de alguma forma, a maldição ainda estava lá. Por isso, engoliu as palavras que estava prestes a dizer, enterrando-as nos confins da mente. Teria que descobrir o significado daquilo tudo sozinha.

— Antes, meu maior medo era perdê-la ou perder meu reino, mas esse pesadelo me deu mais algo a temer — admitiu ele, com a voz áspera.

— O quê?

— Perder a mim mesmo. — Apertou a mão dela com mais força. — Tenho medo de me perder para o passado, de me perder para a Fera outra vez, ou de perder quem sou por causa de alguma ameaça ou vilania que não compreenda.

Bela entendia muito bem esse medo, pois também o sentia. Não temia perder-se para o passado, e sim para o seu futuro. Tinha medo de que a vida ao lado de Lio a levasse a se tornar alguém que ela nunca deveria ter sido. Por isso, enquanto tentava aplacar os temores do marido, de certa forma também tentava aplacar os de si mesma.

— Lio, você é forte demais para perder a si mesmo.

Acreditava em cada palavrava que dissera, mas quando sua mente se voltou para a multidão assassinando o marquês de Launay, Bela se lembrou do que o medo e a raiva eram capazes de fazer com as pessoas.

Ela tinha tentado fazer Lio enxergar que a verdadeira ameaça residia nos plebeus de Aveyon. Queria que trabalhassem juntos para promulgar reformas e garantir que o reino fosse o tipo de lugar onde uma revolução jamais poderia fincar raízes. Mas Lio escolhera direcionar seus esforços para os membros da nobreza, e Bela não podia culpá-lo por essa decisão. Restava a ela, então, encontrar a melhor forma de proceder com os plebeus de Aveyon, e sem a presença de Lio e Bastien talvez ela pudesse se dedicar a essa causa.

Naquela noite, Bela fez uma promessa à escuridão. Jurou que faria tudo a seu alcance para garantir que os maiores medos de Lio nunca se concretizassem.

CAPÍTULO TREZE

Ela acordou antes de o dia raiar, sentindo-se apreensiva e inquieta, com a lembrança vaga de Lio tê-la carregado até a cama em algum momento da noite. A cama estava vazia, mas havia um bilhete sobre o travesseiro do marido. Ele nunca conseguia dormir por muito tempo depois de um pesadelo.

Acordei cedo para me preparar para a viagem. Tente descansar um pouco.

E ela tentou, mas a cama parecia tão grande sem Lio, e Bela só conseguia pensar no tempo que ele passaria fora.

Na noite anterior, tinha jurado que não discutiria mais com o marido. Lio tinha que tomar suas próprias decisões e Bela não queria que o tempo que passariam separados fosse mais difícil do que já seria.

Lio estava fazendo o que julgava melhor para o reino e ela tinha que aceitar. Não queria vê-lo dividido entre duas possibilidades outra vez. Os pesadelos tinham raízes no passado, mas pelo jeito as discussões dos dois tinham o poder de despertar velhos fantasmas e trazer lembranças ruins à tona.

Não queria ser o motivo de ele passar a noite em claro.

Bela sentiu que estava se desfazendo, então saiu da cama enorme e vestiu o sobretudo de Lio mais uma vez. Não sabia para onde estava indo até chegar à cozinha, procurando algo doce para distraí-la da infelicidade que rondava seus pensamentos. Não encontrou nenhum pãozinho doce, mas achou que um *croissant* daria para o gasto.

— Bom dia — cumprimentou uma voz calorosa vinda do fundo da cozinha. Bela tomou um susto e derrubou o *croissant* murcho. Madame Samovar emergiu das profundezas do cômodo com as bochechas salpicadas de farinha. — Eu não queria assustá-la, meu bem. Aceita um chá? — Ela apontou para a chaleira fervendo sobre o fogão.

— Desculpe — disse Bela enquanto a Madame Samovar servia o chá fumegante em uma xícara e o adoçava com dois torrões de açúcar. — Eu acordei você?

Madame Samovar entregou-lhe a xícara e o pires.

— Deixe disso. Já faz duas horas que estou aqui assando pãezinhos.

O chá cítrico revitalizou Bela de tal forma que poderia muito bem ser um tônico.

— Obrigada. E quero agradecer outra vez por todo o seu esforço com os banquetes da coroação e o café da manhã. Uma pena que não pude experimentar. Ouvi dizer que estava divino.

Madame Samovar abriu um sorriso.

— Sim, recebi várias propostas tentadoras de seus convidados. Queriam que eu fosse trabalhar para eles.

Bela arqueou uma sobrancelha.

— Nenhuma que a faça nos trocar por eles, espero.

— É claro que não. — Madame Samovar deu um tapinha no ombro de Bela. — Como eu poderia abandonar você e Lio, meu bem? E, me diga, quem manteria Horloge e Lumière na linha se eu fosse embora?

— Eu é que não seria — respondeu Bela, estremecendo só de pensar.

Madame Samovar ofereceu-lhe uma tortinha que parecia ter se materializado do ar.

— Agora, me diga por que não está na cama.

Bela mordiscou a tartelete de framboesa.

— Na maioria das noites, prefiro vagar por aí em vez de dormir. — Achava que não seria certo contar à Madame Samovar sobre suas dúvidas em relação à viagem de Lio para se encontrar com os membros da nobreza, ou sobre o fato de ele ainda sofrer com pesadelos mesmo tanto tempo depois de a maldição ter sido quebrada.

Mas Madame Samovar era tão persistente quanto observadora.

— Ele está tendo pesadelos?

— Como você sab…

Ela ergueu uma das mãos.

— Eu também tenho pesadelos, sabe. — Pegou a xícara vazia de Bela e tornou a enchê-la. — Estávamos na mesma escuridão que ele, é claro, mas nenhum de nós teve que viver como um monstro. — Devolveu a xícara para ela. — Não estou dizendo que foi fácil para todos nós, mas para ele certamente foi mais difícil.

O chá estava tão quente que Bela queimou a língua.

— Eu tenho medo de ele nunca se curar se continuar mantendo todos os sentimentos enterrados dentro de si.

Madame Samovar estendeu o braço e tomou a mão de Bela na sua. A pele era cálida e macia como veludo.

— Eu acho que nenhum de nós vai se curar completamente, meu bem. Todos temos nossas feridas e rachaduras, mas aprendemos a conviver com elas. Arrisco-me a dizer que todo mundo que já passou por uma experiência traumática tem que enfrentar algo parecido. — Levantou-se da cadeira e pousou uma das mãos sobre o ombro de Bela em um gesto reconfortante. — Você precisa ser forte, Bela, especialmente agora que este reino está tomado por vozes… e algumas delas se elevam acima das demais.

Bela arqueou as sobrancelhas.

— Nada lhe escapa, não é?

Madame Samovar limitou-se a abrir um sorriso tranquilo enquanto soltava a mão da garota.

— É claro que não.

Ela pendurou o bule no gancho em cima do fogão.

— Você não parece nem um pouco preocupada — comentou Bela.

— Nunca lhe ensinaram a não sofrer por antecipação? — Madame Samovar esticou o braço para pegar a xícara de chá vazia.

Bela a entregou para ela antes de assentir.

— Você tem razão.

A mulher fez uma pausa, perdida em pensamentos.

— Passei boa parte da vida me preocupando com as coisas, Bela, mas desde que você chegou minhas preocupações não têm sido um fardo tão grande. — Ajeitou o avental distraidamente antes de pigarrear. — Preciso voltar aos meus pães. E você deveria estar se arrumando para o café da manhã, minha querida.

Ela se afastou antes mesmo que Bela pudesse agradecer de modo adequado.

As paredes de pedra do pátio ardiam sob o sol de agosto e conservavam o calor com tanta eficácia que os arredores mais pareciam uma fornalha. Bela se lembrou de como o clima podia ser implacável em Paris e de como odiava sentir o suor escorrendo pelas costas.

Mal tinha visto Lio naquela manhã, pois ele estava ocupado com os preparativos para a viagem. Horloge estava mais autoritário do que nunca enquanto supervisionava a arrumação das malas e a inspeção da equipe que acompanharia o rei. O mordomo caminhava pelo pátio onde os funcionários estavam enfileirados, perscrutando-os por cima dos óculos e interrogando-os ao acaso.

— Como se chama a filha mais velha do *seigneur* Montarly? — disparou para um cocheiro, que se encolheu sob o escrutínio do mordomo.

— Félicité… Félicité Lucie Montarly?

Horloge lançou-lhe um olhar de desdém.

— Errado. — Riscou alguma coisa no pergaminho que trazia em mãos. — O nome dela é Félicité *Lucille* Montarly. Por acaso você está tentando sabotar toda essa empreitada?

Ele se encaminhou para a próxima vítima antes que Bela pudesse intervir.

— Ei, você! De que tipo de vinho o barão Boisselet mais gosta? — Bela se dirigiu ao grupo e colocou a mão sobre os ombros de Horloge bem na hora que ele se pôs a berrar com a pobre aia:

— Um Chablis da Borgonha! Viu? Não é tão difícil!

— Venha cá, Horloge — chamou Bela com gentileza. — Você não acha que está sendo um pouco rígido demais?

Ele se empertigou e ajeitou as lapelas antes de pigarrear.

— De jeito nenhum. Há muita coisa em jogo aqui, e não quero que ninguém ponha tudo a perder.

— Acho pouquíssimo provável que saber qual é o vinho preferido do barão Boisselet seja determinante para o sucesso ou a ruína dessa viagem.

Horloge pareceu murchar.

— Talvez você tenha razão.

Ela deu um tapinha nas costas dele.

— Acho que todos nós estamos sob um bocado de estresse.

O mordomo assentiu.

— Tenho acesso a pautas e listas e relatos e pesquisas, mas nada disso me ajuda a entender o que se deve fazer quando você se separa de seu vizinho mais próximo e antigo aliado.

Bela sabia que Horloge estava tentando ajudar à sua maneira, mas já estivera do outro lado e sabia como o mordomo podia ser intenso em seu trato.

— Por que você não vai atrás de Lumière para dar uns gritos com ele? Ele vai lidar melhor com isso do que nossos pobres funcionários.

Horloge bateu os calcanhares e fez uma saudação, feliz por ter recebido uma tarefa que podia cumprir com louvor. Enquanto Bela assistia ao mordomo se afastar, Lio se esgueirou por trás dela e agarrou sua cintura.

— *Sacré*, Lio, meu coração quase saiu pela boca — censurou ela, embora estivesse feliz por se ver nos braços do marido antes de ele ir embora.

Ele a conduziu para um lugar mais reservado.

— Bela, preciso lhe pedir uma coisa. — Segurou-lhe as mãos enquanto ela tentava ler a expressão curiosa no rosto do marido. Seria culpa? — Você promete não sair do castelo enquanto eu estiver fora?

Ela se desvencilhou dele com aspereza.

— Você não pode estar falando sério.

O semblante dele se entristeceu.

— Não é seguro, Bela. Com tudo o que está acontecendo na França e com a notícia de uma possível insurreição aqui em Aveyon, preciso fazer esse pedido… principalmente depois do que aconteceu em Paris.

— Então eu vou ser sua prisioneira mais uma vez? — Viu como isso o machucou, mas precisava que ele entendesse como era absurdo pedir-lhe uma coisa dessas.

— É diferente — sussurrou ele. — Enquanto eu estiver fora, você governará em meu lugar.

Bela não suportaria ser trancafiada em um castelo novamente, mesmo que dessa vez ocupasse a posição de governante. Tinha sido privada de sua liberdade no passado, e tivera de se valer de todas as suas forças para quebrar a maldição e recuperá-la. Mas então se lembrou da promessa que fizera à escuridão na noite anterior. Tinha jurado a si mesma que não seria a razão pela qual os maiores medos de Lio ganhariam vida. O juramento se referia ao medo dele de perder o reino, mas nos pesadelos de Lio eles dois também eram levados para longe um do outro. Madame Samovar dissera que ela precisava ser forte, e Bela achou que talvez fosse sinal de força abrir mão de alguma coisa pela pessoa amada.

Não conseguiu pronunciar as palavras que equivaliam a deixar a porta se trancar diante de si, então limitou-se a assentir com a cabeça.

Lio parecia aliviado.

— E enquanto eu estiver fora, por que você não começa a planejar seu *salon*? Podemos marcar uma data que coincida com minha chegada. Assim, eu teria uma coisa pela qual ansiar durante a viagem.

Bela sabia que ele só estava tentando sossegá-la e ficou furiosa ao perceber que estava funcionando. Buscou alguma opinião contrária, ainda que apenas para reafirmar sua vontade.

— Você não acha que organizar um *salon* seria uma perda de tempo? Principalmente agora?

Lio franziu a testa.

— Acho importante aparentar certa normalidade para nosso povo e demais pessoas. Sim, nos tornamos independentes da França e, sim, um príncipe se tornou rei, mas, em muitos aspectos, as coisas deveriam continuar como sempre foram. Um *salon* é um bom modo de mostrar que está tudo em ordem em Aveyon.

Embora ainda estivesse irritada, Bela não era nada tola.

— Vou pensar nisso.

— Excelente. Que tal marcarmos para um dia depois do meu retorno, em 10 de outubro?

— Eu disse que vou pensar no caso. Isso não significa que concordei — retrucou com firmeza, sabendo que ainda não podia se entregar à ideia. Quando voltou a falar, sua voz assumiu um tom mais suave: — Não consigo acreditar que você vai passar tanto tempo fora.

Ele esticou o braço e acariciou-lhe o rosto.

— Eu sei, mas como você estará ocupada planejando o *salon* e governando o reino, nem vai notar minha ausência.

Bela ignorou a certeza na voz de Lio ao mencionar o *salon* e, bem nessa hora, alguém pigarreou atrás deles.

Bastien os tinha encontrado.

— Se já tiverem terminado de desperdiçar o tempo de todos, acho que é hora de meu primo partir.

— Você não vai com ele? — Bela estava intrigada. A viagem tinha sido ideia de Bastien. Seria de se esperar que ele tivesse insistido muito para ir junto.

— Pedi a Bastien que ficasse aqui para ajudá-la a administrar as coisas no dia a dia. Como ele tem experiência no conselho do rei Luís, pedi que conduzisse as reuniões do conselho.

Bela olhou para o duque e tentou ler sua expressão para descobrir se isso fora mesmo ideia de Lio ou se Bastien tinha algum truque na manga, mas seu semblante permaneceu impassível. Ela não tinha o menor interesse em se encarregar do conselho durante a ausência de Lio, mas não sabia como se sentia a respeito de Bastien assumir o comando. Tentou não sucumbir à paranoia, mas à luz de tudo o que havia acontecido em tão pouco tempo, essa era uma tarefa muito difícil.

— Vocês são meus conselheiros e eu confio piamente nos dois — continuou Lio —, mas, Bela, saiba que você é minha voz.

Ela se sentiu mais calma depois disso, embora o pensamento de não ser nada além da voz de Lio a deixasse irritada. E, ainda assim, não conseguia explicar sua reação. Tinha rejeitado os títulos que poderiam ter lhe dado uma voz, mas isso não significava que fosse desprovida de poder. Durante a ausência de Lio, planejava se dedicar a melhorar as condições de vida dos plebeus de Aveyon, mesmo sabendo que teria que lidar com Bastien nesse ínterim. Ela esperava que ele não a detivesse.

Os três voltaram para o pátio, onde Horloge parecia mais calmo, visto que não estava berrando com ninguém. Parecia tudo pronto para a partida do rei.

— Escreverei sempre que puder — garantiu Lio a Bela. — Quando não estiver ocupada com os preparativos do *salon*, talvez você possa começar a catalogar a biblioteca. Eu sei que aquela desorganização toda está lhe dando nos nervos.

— Quem sabe… — cedeu ela.

Mas pensar na biblioteca e em todo o conhecimento contido lá lhe deu uma ideia. Bela poderia dedicar boa parte do dia a pesquisar quais reformas tinham sido bem-sucedidas em outras nações e buscar meios de melhorar a vida dos plebeus de Aveyon.

Talvez, se já tivesse um plano traçado quando Lio retornasse, ele não se recusasse a lhe dar ouvidos. Talvez nem quisesse fazer isso.

— Deixei um itinerário detalhado da viagem em nossos aposentos. Assim, você sempre saberá onde estou. — Lio estendeu o braço e a puxou para junto de si, depois segurou-lhe o queixo para fazer com que ela o encarasse. — Se precisar de mim, Bela, basta enviar um recado e eu voltarei para casa. — A voz estava baixa, as palavras destinadas apenas a ela.

— E se *você* precisar de *mim*, basta enviar uma mensagem — respondeu ela. — Irei a seu encontro tão rápido quanto Philippe puder me carregar.

Lio sorriu e plantou um beijo nos lábios da esposa. Parecia uma despedida, e Bela sentiu um aperto no peito só de pensar. Ser forçada a passar meses longe do marido não era como ela tinha imaginado seu primeiro ano de casada. Mas ela e Lio tinham obrigações para com todo um reino, e não apenas um com o outro. Torcia para que a separação só os fortalecesse ainda mais.

Lio subiu na carruagem e Bela voltou para junto de Bastien, que acenava para o rei e toda a sua comitiva.

— Que bom que você vai ter uma distraçãozinha enquanto Lio estiver fora — provocou Bastien, sem desviar os olhos das carruagens. Elas seguiam pela estrada em direção à ponte que cortava o desfiladeiro entre o castelo e a floresta adiante.

— Qual?

— A biblioteca — respondeu ele. — Acabei escutando a conversa. Mas certamente é uma ocupação das mais dignas.

Bela percebeu o sarcasmo instilado em suas palavras e decidiu entrar no jogo.

— Ah, vai ser ótimo para me manter ocupada — respondeu, também sem desviar o olhar das carruagens.

— Exato, e depois também será ótimo se deleitar com seus milhares de livros, sabendo que estão todos catalogados, e que mesmo que você vivesse cem vidas nunca conseguiria ler todos eles.

Bela virou-se para ele, deixando o joguete de lado.

— Na verdade, eu quero catalogar os livros para que possamos tornar a biblioteca acessível a todos os cidadãos de Aveyon.

Bastien se deteve para fitá-la.

— Está falando sério?

— Estou. — Ela odiava que seus planos o surpreendessem, mas odiava mais ainda o quanto isso a incomodava. — Se me der licença, eu tenho coisas para resolver.

Deixou-o plantado no pátio, estupefato, o que lhe deu um certo prazer.

Mas Bela ainda não estava pronta para se despedir de Lio. Dirigiu-se às pressas até a Torre Oeste e foi para o terraço para assistir à comitiva desaparecer floresta adentro, com uma sensação na boca do estômago que parecia vergonha. Tinha prometido a Lio que não sairia do castelo, mesmo que isso significasse abrir mão da liberdade pela qual tanto lutara. Fizera isso para acalmar a mente do marido, mas e quanto à dela?

Madame Samovar se juntou a ela no terraço, tendo morado no castelo por tempo suficiente para saber que o lugar oferecia a melhor vista.

— Quanto mais rápido nós o perdermos de vista, mais rápido ele estará de volta — comentou ela.

Embora Bela soubesse que aquilo não passava de um chavão para fazê-la se sentir melhor, achou-o reconfortante. Madame Samovar tinha percebido que Bela já estava com saudade de Lio, mas não fazia ideia do conjunto de emoções complexas com as quais tinha de lidar.

— Ele temia por minha segurança, então me pediu que não saísse do castelo. — As palavras saíram sem muito esforço, pois Bela sabia que Madame Samovar entenderia por que o pedido machucava tanto.

A mulher suspirou e olhou para as carruagens, que já quase desapareciam no horizonte.

— Nós cometemos grandes imprudências em nome do amor.

— Foi por isso que aceitei — confessou Bela. — Eu não quero deixá-lo ainda mais estressado.

— E onde é que fica o seu estresse? — rebateu Madame Samovar, soltando um muxoxo de pura exasperação. — Nós, mulheres, vivemos fazendo das tripas coração por aqueles que amamos sem nos preocupar nem levar em conta como isso pode afetar a nós mesmas. — Segurou a mão de Bela e deu um apertãozinho. — Você precisa se preocupar com seus próprios sentimentos tanto quanto se preocupa com os dele. Mais, até.

Bela hesitou.

— Acho que você tem razão.

— Sempre tenho razão, meu bem. — Mas Madame Samovar tinha percebido que ainda havia alguma coisa incomodando Bela. — Eu sei que essa não é a vida que você imaginava levar ao lado de Lio. E, antes do que aconteceu em Paris, quase cheguei a pensar que você conseguiria manter tudo como era antes.

— Mas agora tudo está mudado — admitiu Bela.

Madame Samovar assentiu com a cabeça.

— Mas *você* não precisa ser assim.

— O que você quer dizer?

A mulher respirou fundo.

— Você tem razão: tudo está mudado. Tudo está diferente. Fronteiras, títulos, aliados… Mas a questão é que, em meio a toda essa turbulência, *você* pode continuar sendo quem é. Você pode ser a constante de que o reino precisa. — Madame Samovar fitou o horizonte. — Você ainda é a mesma pessoa que salvou nosso reino. Por que desejaria se transformar em um outro alguém?

Foi uma grande revelação perceber que Madame Samovar estava certa. Bela não precisava mudar quem era só porque estava casada com um rei, ou porque uma nação inteira estava de olho nela, ou por conta do medo que a atormentava desde que pisara na loja de espelhos em Paris.

— Obrigada, Madame Samovar.

A mulher sorriu para Bela.

— Sei que você vai fazer a coisa certa por este reino e por Lio. Afinal, você é a garota que confrontou a Fera quando ela precisava ser confrontada.

Madame Samovar deu um apertãozinho no braço de Bela e fez menção de sair do terraço.

— Eu queria perguntar uma coisa — disse Bela, dirigindo-se à Madame Samovar, que já se afastava. — Zip também tem pesadelos?

Madame Samovar virou-se para ela e abriu um leve sorriso.

— Não, não tem. Ao que parece, as crianças são mais bem preparadas para superar as coisas ruins que aparecem em seu caminho.

— Então eu as invejo — comentou Bela, lembrando-se de que estava exatamente no mesmo terraço onde a Fera tinha morrido.

149

— Não sinta inveja disso. As coisas ruins que enfrentamos ao longo da vida servem para nos moldar, assim como as boas.

Talvez seja verdade, pensou Bela. Enquanto assistia à última carruagem desaparecer floresta adentro, ela se lembrou de que também estava no mesmo lugar onde Lio tinha voltado para ela.

CAPÍTULO CATORZE

O primeiro dia sem Lio correu sem grandes problemas.
 Bela passou a maior parte do tempo perambulando descalça pelos jardins do castelo, colhendo flores e frutas e tentando se manter distraída para aplacar a saudade. Sabia que estava sendo ridícula. Ele tinha partido havia menos de um dia, mas tinham passado todas as noites sob o mesmo teto desde que ela adentrara o castelo em busca do pai. Era estranho se ver ali sem ele. Preferia ficar ao ar livre nos jardins. Lá não havia tantas lembranças ruins.
 O segundo dia foi tão tranquilo quanto o primeiro.
 Quando Bela acordou, caía uma tempestade do lado de fora, então passou a maior parte do dia com Zip na biblioteca, lendo em voz alta um para o outro diante da lareira e dando nacos dos pãezinhos de Madame Samovar para Chou, que parecia muito contente. As vozes dramáticas que o garotinho fazia para tentar animá-la eram um gesto doce e a ajudaram a se distrair dos próprios pensamentos.
 No terceiro dia, ela estava apreensiva. Não via Bastien desde que o deixara plantado no pátio no dia da partida de Lio. O duque fazia quase todas as refeições em seus aposentos e Bela não conseguia entender por que ele tinha decidido ficar no castelo se, ao que parecia, pretendia evitar todos que lá estavam.
 Bela perambulava a esmo pelos corredores enquanto a chuva batia nas vidraças por onde passava. Zip e as outras crianças do castelo tinham aula na biblioteca e ela não queria incomodá-los. Sabia que precisava começar a se dedicar às reformas para os plebeus de

Aveyon ou quem sabe planejar o *salon*, como Lio tinha sugerido, mas nem sabia por onde começar. Decidiu ruminar sobre o assunto por um ou dois dias, ciente de que suas melhores ideias surgiam quando não estava tão concentrada em determinada questão. Como queria manter o corpo em movimento enquanto a mente matutava sobre todo o trabalho que ainda tinha pela frente, decidiu traçar um percurso por todo o castelo e ver quanto tempo levava para ir de uma ponta à outra. Mal tinha dado início à jornada quando se viu diante da sala do trono, cuja porta estava fechada.

Parou na soleira, percebendo que ouvia vozes do lado de dentro. Quem poderia estar lá, se o principal ocupante do trono estava ausente e a própria Bela estava parada do outro lado da porta? Chegou mais perto, tentando discernir o que se dizia.

Levou um choque ao perceber que a voz era de Bastien. Bela não conseguia entender o que ele falava, mas dava para ouvir que o duque não estava sozinho.

Hesitou por um instante, sem saber se deveria ou não interromper seja lá o que estivesse acontecendo, então se lembrou de que era casada com o rei de Aveyon e, portanto, a sala do trono era tanto sua quanto dele. O que quer que estivesse acontecendo lá dentro era da conta de Bela, principalmente em tempos como aqueles.

Ela empurrou a porta pesada.

Bastien se interrompeu no meio de uma frase.

— Bela — disse, como se estivesse esperando por ela.

Ela percorreu o cômodo com os olhos. Lá estavam o barão Gamaches, o *seigneur* Geoffroy e quase todos os membros do conselho de Lio — do conselho *dela* — sentados em volta da mesa na qual ela e o rei claramente não estavam.

— O que é isto? — perguntou Bela, apontando para os homens no cômodo. Era evidente que tinha interrompido uma reunião do conselho para a qual não tinha sido convidada.

Bastien sorriu. Estava quase irreconhecível sem o rosto pintado e o cabelo empoado. Se Bela não o tivesse visto daquele jeito durante a movimentada viagem de carruagem, talvez não o tivesse reconhecido.

— Só uma reunião sem graça — respondeu ele de improviso.

— Eu estou no conselho e não fiquei sabendo dela.

— Não fique zangada — implorou ele com leveza. — Só fizemos isso para poupá-la de algumas horas tediosas.

Bela olhou para os homens ao redor da mesa, ciente de que eles não tinham o mínimo respeito por ela, e sentiu uma onda de rebeldia florescer em seu peito.

— É sério, Bela — continuou Bastien. — Não vale a pena perder seu tempo com isso.

— Exatamente, madame. Estamos cuidando das tarefas administrativas com as quais a senhora vai preferir não se incomodar — acrescentou o barão Gamaches bruscamente, embora não tivesse a menor ideia do que ela gostaria ou não de fazer.

— Isso cabe a mim decidir — respondeu ela habilmente, tomando seu lugar à mesa. Os homens à sua volta suspiraram como se estivessem cedendo aos caprichos de uma criança, mas ela não se deixaria dissuadir. — Onde está Montarly?

— Bem, espero que recebendo seu marido na propriedade dele em Domard. — Bastien pegou um pergaminho em sua pilha de papéis e o estendeu para Bela. — Você não se mantém informada sobre o paradeiro do rei? Ele teve o cuidado de deixar um itinerário para você.

Bela não pegou o pergaminho da mão de Bastien.

— É claro que sim. — Só não sabia de cabeça. Cerrou os dentes antes de acrescentar: — Então, podem continuar.

Bastien fez alarde para devolver o pergaminho à pilha e procurar o correto.

— Certo, onde estávamos mesmo? — murmurou. — Ah, aqui está. — Franziu o cenho enquanto lia o papel, que estava com um vinco por ter sido dobrado, sugerindo que havia sido entregue por um mensageiro. — Este não é muito importante. Podemos deixar para outro dia.

— Posso ver? — perguntou Bela, esticando o braço.

Bastien parecia dividido entre negar o pedido abertamente e entregar-lhe o papel. Bela sabia que não tinha aliados no conselho, mas achava que o duque causaria pelo menos um mínimo desconforto se recusasse o pedido. Ela era a esposa do rei, afinal, mesmo que não tivesse adotado o título, e todos sabiam qual seria sua posição se o tivesse feito.

— Não passa de uma conjectura por ora — disse Bastien, entregando-lhe o pergaminho vincado. — Não precisamos nos preocupar muito.

A letra era pequena e apertada, e Bela teve que aproximar o papel dos olhos para decifrá-la. Em seguida, leu em voz alta.

— *Segundo testemunhas, houve três protestos nas aldeias de Livrade, Foy e Plesance. Pequenos em número de participantes, que expressaram sentimentos a favor dos revolucionários. Ainda não há relatos de violência nem de destruição de propriedade.*

Ela voltou-se para Bastien.

— Isso é, sim, importante.

Bela tinha crescido em Plesance, uma aldeia a poucos quilômetros do castelo, que ficava sob a jurisdição do *seigneur* Montarly. Logo se pôs a especular sobre quem poderia ter organizado um protesto naquela aldeiazinha pacata, embora tivesse que dar o braço a torcer e admitir que não era o lugar mais improvável para se fomentar uma revolta. Fazia apenas alguns meses que os aldeões de Plesance tinham sido arrebatados em frenesi por um homem e formado uma multidão enfurecida. Bela ainda estremecia ao se lembrar do olhar ensandecido dos vizinhos e amigos conforme marchavam para o castelo para matar a Fera, motivados por nada além do ódio. Nunca teria imaginado que aquelas pessoas pudessem nutrir tanta raiva dentro de si, mas tinha se enganado. Suas palavras de ordem ritmadas ainda ecoavam na mente de Bela.

Mate a Fera!
Mate a Fera!
Mate a Fera!

Mas elas não o conheciam. As lembranças de sua participação na multidão haviam sido apagadas quando a maldição se rompeu, mas Bela não conseguia esquecer. Era por isso que não tinha voltado para lá desde então.

Bastien dirigiu-se a ela com um aceno de mão.

— Três protestos sem violência, se é que podemos chamá-los de protestos, não são *nada*. Ou por acaso você vai dizer que é ilegal as pessoas formarem multidões em Aveyon? Para discutir ideias de forma livre e aberta?

Bela sabia que ele só queria irritá-la.

— Claro que não, mas isso sugere algo maior. Se nossos súditos estão infelizes, se as suas necessidades não estão sendo atendidas, devemos voltar nosso foco para eles, e não para a nobreza.

— O rei está *exatamente* onde deveria estar — declarou Bastien, em um tom que não deixava brecha para questionamento.

— Madame — começou Geoffroy, o desprezo transbordando da voz —, nós recebemos relatos desse tipo durante todo o tempo em que o rei esteve doente e tratávamos de transmiti-los para ele de pronto, mas ele nunca pareceu se preocupar muito. Protestar é algo comum, creio eu. Por acaso algum camponês já foi verdadeiramente feliz com a própria condição?

Bela respirou fundo e se conteve para não soltar os cachorros em cima de Geoffroy, que mentia de forma descarada, já que todos tinham sido enfeitiçados para que não se lembrassem da existência de Lio ao longo daquela década. O mais provável era que Geoffroy e os demais membros da nobreza de Aveyon tivessem feito o que podiam para reprimir os protestos, ao mesmo tempo que ignoravam e se recusavam a corrigir o que quer que os tivesse causado.

— O nascimento não deveria determinar se uma pessoa é pobre ou não. Cabe a nós, que temos o poder, nos empenhar para melhorar as condições de vida de todos, a começar pelos menos afortunados que nós — declarou Bela.

Geoffroy se empertigou.

— A senhora fala como se quisesse abolir a monarquia, madame.

— Se eu achasse que isso resolveria os problemas de Aveyon, *seigneur*, esperaria que Lio considerasse implementar essa mudança. Mas não somos os Estados Unidos. Coisas boas ainda podem advir de nossas instituições, desde que não sejam jogadas às traças.

Deixou o fim da frase pairar pelo cômodo, na esperança de que os homens que de fato tinham jogado Aveyon às traças repensassem seu comportamento, embora no fundo soubesse que jamais fariam isso.

Bastien, que estava com o queixo apoiado na mão, se pôs a examiná-la.

— E como sugere que melhoremos a vida dos camponeses de Aveyon? Quais reformas abrangentes você acha que devemos implementar? Sob a autoridade de quem e com que dinheiro? Os cofres de Aveyon não estão exatamente abarrotados.

Bela sabia que era verdade. Eles não tinham dinheiro suficiente para simplesmente jogar nos problemas e torcer para que desaparecessem. O período de Lio como Fera não tinha sido muito próspero para os incipientes setores madeireiros e demais comércios de Aveyon. Mas o dinheiro não era necessário para pôr em prática a ideia que enfim tinha florescido, totalmente formada, na cabeça de Bela.

— Eu gostaria de ouvir o que os plebeus de Aveyon têm a dizer. Vou abrir o castelo para peticionários que possam nos dar sua opinião sobre o reino. Quero ouvir suas ideias sobre o que podemos fazer para melhorar. — Fez uma pausa e olhou para os semblantes impassíveis dos conselheiros ao seu redor. — Eu gostaria de dar uma voz a eles.

Bastien estava com a mesma expressão surpresa que exibira quando Bela lhe contou sobre seu sonho de tornar a biblioteca pública para todos os aveyonianos. Era como se Bela não correspondesse às noções preconcebidas de Bastien. Como se o duque achasse que ela não passava de uma garota frívola que, de alguma maneira, tinha acabado por se casar com um príncipe. Bastien também a surpreendera algumas vezes, mas eram momentos raros, e ele quase sempre retomava o ar da pessoa que Bela tinha quase certeza de que nunca tinha deixado de ser: arrogante, egoísta e indiferente quando tratava de assuntos que não lhe diziam respeito.

Ela sentia que os conselheiros queriam recusar seu pedido, mas como poderiam? Tudo o que Bela queria era conversar com o povo de Aveyon. Os monarcas vinham recebendo peticionários havia centenas de anos, então dificilmente poderia ser considerada uma ideia radical. E não lhes custaria nada além de tempo. Ela nem acreditava que tinha demorado tanto tempo para chegar a essa ideia. Com base nas informações que coletasse dos peticionários, Bela poderia começar a identificar problemas frequentes e até mesmo formular hipóteses de como corrigi-los. Podia usar uma abordagem científica para desenvolver Aveyon. E, quando Lio retornasse de sua viagem, ela poderia recebê-lo com provas e alternativas.

— Acho que não é a pior das ideias — admitiu Bastien.

— Obrigada pelo apoio tão vigoroso.

Ele ignorou o comentário sarcástico.

— Todos a favor de abrir o castelo para os peticionários uma vez por semana?

— Duas vezes por semana — corrigiu Bela.

Bastien apertou os lábios, mas concordou.

— Todos a favor de abrir o castelo para os peticionários duas vezes por semana? — Os homens ergueram as mãos com tanta reticência que pareciam feitas de chumbo, mas Bela conseguiu o consenso que queria. Bastien bateu no tampo da mesa. — Está feito. — Virou-se para Bela. — Vou me encarregar dos preparativos. Eu espero que você esteja pronta para encarar todos os males mundanos deste reino.

Ela abriu um sorriso sereno.

— Se eu puder ajudar, é isso que vou fazer.

O duque voltou a encarar os conselheiros.

— Acho que já basta por hoje.

Todos os homens se levantaram, mas Bela ainda não tinha terminado.

— Espero ser informada de todas as reuniões vindouras. Afinal, essa é a vontade do rei.

— É claro, madame — respondeu Gamaches, fazendo uma mesura engessada.

Eles se puseram a caminho da porta, e Bela imaginou um futuro no qual as decisões em prol de Aveyon não fossem tomadas por um bando de velhos ricos.

Deu um leve toque no braço de Bastien para impedi-lo de sair.

— Sentiram sua falta nas refeições — mentiu ela, sabendo muito bem que Madame Samovar, Lumière, Horloge e seus outros amigos não davam a mínima para a ausência do duque.

Bastien se desvencilhou e afastou-se dela.

— Sim, eu comecei a fazer as refeições nos meus aposentos...

— Junte-se a nós na sala de jantar esta noite. Ficar isolado no quarto não lhe fará bem. — Ela deixou claro que não era um pedido, mas usou um tom brando para suavizar a ordem.

Bastien assentiu.

— Estarei lá.

A bem da verdade, Bela pouco se importava se Bastien jantava com eles ou não. Na melhor das hipóteses, achava a companhia dele irritante. Mas nunca tinha confiado piamente no duque, e como ele passara e excluí-la das reuniões, tinha novos motivos para essa desconfiança.

Não sabia se acreditava na explicação de que ele só estava tentando poupá-la de algumas horas de tédio, mas também não tinha motivos para desconfiar de que o duque agira com base em intenções mais sinistras. Ainda assim, Bela queria estar preparada para lidar com qualquer possibilidade. Tinha insistido para que ele jantasse com todos não por desejar sua companhia, mas por querer ficar de olho nele até o retorno de Lio.

CAPÍTULO QUINZE

Bela jamais admitiria isso, mas estava começando a achar que Bastien poderia ter razão quanto aos males mundanos do reino.

Nas duas ocasiões em que recebera peticionários, não tinha ficado com uma imagem clara do que se passava na mente dos plebeus de Aveyon. Recebera a padeira, que tinha reclamado sobre seu concorrente ter aberto uma loja colada na dela só de birra. Bela não sabia como explicar à mulher que não podia simplesmente dizer ao outro padeiro que saísse de seu estabelecimento legalmente ocupado, mas parecia que esse era o desejo da peticionária.

Em seguida veio o droguista, cuja única queixa era não conseguir encontrar uma quantidade razoável de caracóis vivos para realizar seus tratamentos vulnerários, e Bela tivera que lhe explicar que não estava a seu alcance aumentar a população de caracóis de Aveyon.

Isso sem mencionar a lavadeira, que usara o tempo de petição para fofocar sobre os inúmeros escândalos que aconteciam em seu local de trabalho. Bela tinha ficado surpresa, pois não imaginava que uma lavanderia poderia ser palco de tanta intriga. Felizmente, a mulher não parecia querer uma resposta ou solução por parte de Bela, e se contentou em falar pelos cotovelos e depois ir embora.

A maioria das petições poderia ser colocada nesse mesmo balaio, e, embora tivesse desejado ouvir todos que viessem procurá-la, Bela estava perto de sugerir algum processo de triagem para separar os problemas práticos das queixas triviais.

Bastien, que comparecia a todas as sessões, limitava-se a olhar para Bela e dar de ombros, ou então abria um sorrisinho deliberado e ria baixinho enquanto ela se esforçava para encontrar uma solução para aqueles que a procuravam com problemas. Bela supusera que os plebeus de Aveyon fariam filas para contar a ela tudo o que havia de errado no reino, tintim por tintim, e sugeririam possíveis melhorias. O que ela não imaginara, porém, é que sairia daqueles encontros mais confusa do que nunca.

Depois de uma terceira sessão recheada de conflitos interpessoais, rixas comezinhas e aldeões denunciando os vizinhos por infrações ínfimas, Bela começou a suspeitar que estava sendo enganada. Se a notícia de que ela receberia peticionários no castelo tivesse se espalhado pelas aldeias e condados de Aveyon, era razoável supor que pelo menos algumas das pessoas que haviam protestado em Livrade, Foy e Plesance já teriam vindo se queixar diretamente com ela. Os lembretes insistentes de Bastien de que Bela tinha *pedido* por isso e deveria estar *grata* por tantos aldeões terem respondido ao seu chamado não ajudavam em nada. Havia algo estranho no ar.

Ela divisou um plano. Depois, convenceu Lumière a dizer que precisava da ajuda do duque para tratar de um assunto muito importante — e muito imaginário — a fim de tirar Bastien da sala do trono. Bela ouvia uma jovem se queixar de que a vizinha estava roubando ervas de seu jardim na calada da noite. Quando a garota fez uma pausa para recuperar o fôlego, Bela partiu para a ação.

— Qual é o nome da sua vizinha?

A garota titubeou.

— O nome dela? — repetiu a jovem, e Bela se limitou a sorrir para não deixá-la ainda mais intimidada. Passou-se um bom tempo antes que a garota tornasse a falar. — Emilde.

Bela se remexeu no assento, como se estivesse tentando tomar uma decisão.

— Eu diria que o único jeito é trazermos Emilde para cá e encontrarmos uma solução juntas. — A garota empalideceu. — Se você estiver disposta, é claro.

— É uma oferta extremamente generosa, madame, mas acho que fiz tempestade em copo d'água. — Ela fez uma mesura e parecia implorar para ser dispensada.

— Vou lhe perguntar uma coisa, mas quero que saiba que não existe resposta errada e que, seja ela qual for, você não terá nenhum problema. — A garota parecia querer simplesmente desaparecer dali, mas assentiu. — Seu desentendimento com Emilde é real?

— Real, madame? — A jovem remexeu a saia.

Bela tentou transmitir uma sensação de calma.

— O que quero dizer é... — continuou, inclinando-se para a frente e falando baixinho. — *Emilde* é real?

A garota olhou para onde Bastien estivera sentado até há pouco. Quando se convenceu de que ele ainda não tinha retornado, voltou a olhar para Bela e negou levemente com a cabeça. Bela achou que já tinha o suficiente para dar o golpe final, mas se conteve.

— Alguém lhe disse para vir aqui hoje? — A jovem assentiu. — Alguém lhe pediu que inventasse uma história para me contar?

— Ele... Ele me ofereceu doze liras para vir aqui.

— Quem? — Bela não queria que a garota se sentisse coagida a responder. Sabia que se quisesse pôr os pingos nos is, a resposta teria que ser fornecida voluntariamente.

A jovem se pôs a fitar as próprias mãos, que se retorciam.

— Eu não posso fazer isso, madame. Jurei que não ia contar.

Bela assentiu, esforçando-se para não deixar transparecer o incômodo diante da recusa da garota em lhe contar a verdade. Levantou-se da poltrona e chegou mais perto da jovem.

— Se não tivessem lhe pedido que viesse até aqui, você saberia que estou recebendo peticionários no castelo?

A garota negou com a cabeça.

— Não, madame.

— Não fizeram nenhum anúncio sobre isso?

Ela engoliu em seco.

— Não que eu tenha visto ou escutado. — Passos ecoaram pelo corredor e a garota ficou pálida. — Por favor, não diga nada, madame. Minha família precisa muito do dinheiro.

Apesar da raiva que corria em suas veias, Bela levantou a mão para detê-la.

— Eu não vou contar nada. Prometo.

O fato de a garota ter mais medo de Bastien do que de mentir para a esposa do rei de Aveyon era muito revelador. O sangue de Bela fervilhava quando as portas da sala do trono tornaram a se abrir e revelaram Bastien, que lançou um olhar curioso em direção às duas.

— Obrigada — sussurrou Bela — por me dizer a verdade. — Pôs outra moeda de doze liras na mão da garota, esperando que ela entendesse a necessidade de discrição. A jovem fez uma mesura desajeitada e saiu.

Bastien parou ao lado dela e ficou observando a aldeã sair porta afora.

— Está tudo bem? — quis saber ele.

Bela suspirou.

— Só mais uma reclamação mundana que não tem nada a ver com o reino como um todo.

Ele lhe ofereceu um sorriso compreensivo.

— O que foi que eu disse?

— Você estava certo — concordou Bela, fazendo um teatrinho.

— Não seja tão dura consigo mesma, Bela. Você está fazendo tudo que pode.

O duque retornou ao assento que tomava durante as petições e Bela teve que engolir sapo. Não tinha como provar que Bastien era o responsável por fazer os peticionários mentirem para ela. Havia a possibilidade de ser outro conselheiro, como o barão Gamaches ou o *seigneur* Geoffroy, esforçando-se com afinco para prejudicá-la. Porém, embora soubesse que não contava com o apreço dos dois, não achava que teriam coragem de agir tão abertamente contra ela.

De um jeito ou de outro, era espantoso. Certamente dava muito mais trabalho encontrar plebeus dispostos a mentir para Bela e manter a discrição do que simplesmente anunciar que o castelo estava aberto a peticionários. Mas existia alguma coisa que Bastien, ou outra pessoa, não queria que Bela soubesse. Algo que alguém não queria que lhe contassem. O que poderia ser? Ela já estava a par dos protestos, então não fazia sentido que alguém tentasse manter a infelicidade do povo escondida dela.

Bela teria que escolher o próximo passo com sabedoria, ser mais esperta que o duque de Vincennes, que ela suspeitava ter levado uma vida de trapaças, tendo aprendido com os melhores na corte de Versalhes. Bela sabia que, se o confrontasse logo de cara, ele teria uma resposta na ponta da língua para justificar seus atos, e isso a impediria de decifrar suas reais intenções.

Mas a questão permanecia: como suspeitava que Bastien estava mentindo para ela, o que faria a seguir?

A saudade do marido era a companheira constante e dolorosa de Bela.

Tentou ao máximo se manter ocupada para não ser engolida pelo sofrimento, mas bastava fazer uma pausa para ele percorrer seu corpo feito um calafrio.

A saudade atrapalhava até seu passatempo preferido: a leitura. A mente vagava para longe enquanto ela estava ali, sentada em um cômodo ensolarado com nada além das palavras de outra pessoa para entretê-la. Pensou em Lio, sozinho quando deveriam estar juntos, e a tristeza começou a envolvê-la como uma onda. Levantou-se e tentou se livrar da melancolia, saindo apressada do cômodo como se estivesse fugindo de algo.

Os corredores estavam vazios e Bela precisava de um lugar para se refugiar dos próprios pensamentos. Tentou recordar os momentos felizes que passara ao lado de Lio, antes da viagem para Paris, quando tinham acabado de quebrar a maldição e tudo parecia simples... Antes de ele ser coroado, quando parecia que nada no mundo poderia ficar entre os dois, e mesmo que algo tentasse, eles o teriam enfrentado juntos.

Mas ela não tinha previsto que a única coisa que ficaria entre os dois seria a família.

Enquanto caminhava pelos corredores vazios, Bela se lembrou dos panfletos revolucionários na escrivaninha de Bastien. Perguntou-se se o duque os tinha conseguido por se infiltrar nas fileiras dos *sans--culottes* e dos burgueses a mando do rei Luís ou se o primo de Lio secretamente simpatizava com os revolucionários. Era difícil determinar o que era real e o que era fingido em Bastien. Ele pintava o rosto e empoava o cabelo e dava festas famosas pela intemperança, e ainda assim defendia o Terceiro Estado para Bela.

E se era mesmo um revolucionário secreto, o que estava fazendo tão longe de Paris? E por que estava se esforçando tanto para sabotar os planos de Bela para melhorar as condições de vida dos plebeus do reino?

Não fazia sentido. Antes de acusá-lo ou inocentá-lo de quaisquer delitos, porém, ela precisava de mais informações.

Seguiu até a cozinha e ficou feliz em encontrar Madame Samovar com detergente até os cabelos, diante de uma pia lotada de louças do chá da tarde.

— Você se importa se eu secar? — perguntou Bela.

— Ora, por que eu me importaria com uma ajudinha? — respondeu Madame Samovar, instruindo Bela a apanhar um pano de prato e começar a secar a pilha de talheres encharcados. — O que a está incomodando tanto? Além de Lio não estar aqui, é claro.

Bela pegou um garfo e se pôs a secá-lo. Confiava mais na Madame Samovar do que em quase qualquer outra pessoa do castelo, mas ainda não queria macular a opinião da cozinheira a respeito de Bastien. Tudo o que Bela sabia era que o duque, ou talvez outra pessoa, estava mentindo para ela. Isso por si só já era uma ofensa grave, mas precisava de mais provas antes de acusar alguém. Por isso, decidiu contar sobre a outra coisa que a incomodava.

— Os conselheiros de Lio não me levam a sério. Agem como se eu fosse uma criança, e não a esposa do rei.

Madame Samovar arqueou a sobrancelha.

— Você é mais do que a esposa de alguém, minha querida.

— Você sabe o que eu quis dizer.

A mulher suspirou.

A REVOLUÇÃO DA ROSA

— Sei, sim. — Olhou para Bela. — Espero que você não me leve a mal, mas por que raios você se importa com a opinião desses cabeças-ocas caquéticos?

Bela ficou tão chocada ao ouvir a Madame Samovar xingar que derrubou a xícara que segurava. Nunca tinha ouvido a cozinheira falar daquele jeito. Foi um choque, embora muito bem-vindo.

— Acho que não me importo, mas eles ainda detêm muito poder por aqui. Tudo o que eu faço precisa ser aprovado pelos conselheiros primeiro, e eles não veem com bons olhos meu desejo de ajudar os plebeus.

— Então pare de buscar a aprovação deles.

Disse isso como se fosse a coisa mais fácil do mundo.

— Se eu fizer isso, serei igual ao rei Luís.

— Todos sabemos que não é verdade. O que quero dizer, meu bem, é que você não é uma rainha. Então pare de agir como uma.

Bela tentou entender o que Madame Samovar queria dizer com isso, mas não conseguiu.

A mulher colocou o prato de volta na pia e enxugou as mãos no avental.

— Uma rainha precisa dar satisfação a todos: sua equipe, seus conselheiros, seus nobres, seu povo. Cada passo que ela dá é analisado, dissecado e julgado, pois as decisões que toma afetam todo o reino, certo?

Bela assentiu, ainda sem saber onde Madame Samovar queria chegar com aquele argumento.

— Mas você não é uma rainha, nem deseja ser. As suas decisões não serão executadas como se você fosse rainha. Você é livre para confraternizar e aprender com quem quiser. E é livre para dar conselhos sábios a Lio quando ele retornar, para que ele seja a pessoa que assumirá a responsabilidade, como deve ser.

— Então você está dizendo que eu posso fazer o que quiser.

— Se Aveyon não pode tê-la como rainha, tê-la como a defensora do povo é a melhor alternativa.

Bela sorriu, mas logo se lembrou da promessa que fizera.

— Prometi a Lio que não sairia do castelo.

— E você realmente tinha a intenção de manter essa promessa? O que os olhos não veem, o coração não sente. Lio não deveria ter pedido uma coisa dessas a você, e eu mesma direi isso a ele assim que estiver de volta. — Madame Samovar mergulhou as mãos na água cheia de sabão, mas se deteve outra vez. — Se eu fosse você, não contaria nada disso ao duque. Tem alguma coisa estranha nele...

Bela encostou no braço de Madame Samovar.

— Eu sei ao que você se refere.

Tinham terminado de lavar a louça.

— Obrigada pela ajuda.

— Quando quiser — respondeu Bela.

— Agora vá se fazer útil.

Bela entendeu o recado e saiu da cozinha sentindo que tinha muito mais controle sobre a própria vida do que uma hora antes. Como compreendera que não precisava que o conselho aprovasse cada passo que dava, não teria mais de bater tanto de frente com ele. Não contaria a ninguém sobre suas atividades e investigações, mas continuaria participando das reuniões para se manter a par do que acontecia no reino.

Enquanto perambulava pelo castelo, se pôs a formular um plano sobre o que faria para coletar ideias e investigar as pessoas comuns. E, para isso, precisaria de um disfarce.

Teria que tomar todo o cuidado para Bastien não descobrir. Era reconfortante saber que ela não era a única que nutria suspeitas em relação ao duque. Se existia alguém em cujos instintos Bela confiava até mais do que nos seus, era Madame Samovar.

Bela pretendia se esgueirar para fora do castelo assim que o sol se pusesse no horizonte.

Ninguém sabia o que tinha em mente, e ela se certificou de que ninguém a visse sair. Tinha passado o dia todo fingindo estar doente, e continuou aumentando a gravidade dos sintomas até que

Horloge pediu-lhe que se retirasse da sala de jantar, implorando que ficasse em seus aposentos até se sentir melhor.

Antes de sair, ela deu uma tossida forçada perto de Bastien e saboreou a forma como ele se encolheu.

Assim que chegou a seus aposentos, despiu-se depressa e colocou o disfarce: um vestido simples de tecido grosseiro, não muito diferente do que uma aia usaria, e uma capa com capuz. Contemplou seu reflexo no espelho. O traje lhe proporcionaria o mesmo efeito que o vestido simples que usara em Paris. Conseguiria se misturar com facilidade nas ruas de Aveyon. Ela seria invisível.

Abriu a porta e olhou para os dois lados do corredor vazio. Fechou-a silenciosamente atrás de si e seguiu devagarinho até os estábulos, escondendo-se nos cantos vez ou outra para evitar ser vista.

Os estábulos estavam mergulhados em escuridão, mas ela sabia onde ficava a baia de Philippe. Dirigiu-se até ela e deu um assobio familiar para seu querido cavalo belga de tração. Tinha passado meses sem montá-lo. O animal soltou um relincho animado e pressionou o focinho macio e acobreado na mão estendida de Bela, procurando a guloseima que sabia que a dona trouxera para ele.

— Você está pronto para sair em uma pequena aventura comigo? — sussurrou enquanto tirava a maçã do bolso e a levava à boca do cavalo.

Philippe soltou um relincho que poderia ser interpretado como uma concordância e se pôs a devorar a fruta. Bela selou-o no escuro, valendo-se da memória muscular, já que não conseguia enxergar nada. O cavalo permaneceu imóvel, esperando pacientemente que ela o montasse.

Saíram juntos estábulo afora, e Philippe parecia entender a necessidade de discrição. Bela o conduziu pelos jardins até a extremidade norte da propriedade, onde havia uma fresta na muralha que ainda não tinha sido remendada.

— Acha que consegue saltar por ali? — perguntou ela.

Philippe relinchou como se estivesse ofendido com a pergunta. Trotou até lá e saltou pela fresta com facilidade, o que lhe rendeu um carinho na cabeça.

— Vamos para a aldeia, Philippe.

Ele a levou obedientemente pela colina sinuosa e pela trilha que desembocava na aldeia de Mauger, a única que ficava entre o castelo e Plesance, a aldeiazinha onde Bela nascera. Em Plesance, todos a conheciam, mas ela poderia ser quem quisesse em Mauger.

A noite já tinha caído por completo quando chegaram à aldeia. Bela conduziu Philippe até a taverna mais movimentada e apeou. Havia uma quantidade razoável de gente nas ruas, mas ela ainda não via o menor sinal de tumulto. Ninguém prestou atenção nela conforme amarrava o cavalo ao pilar e o recompensava com mais uma das maçãs que tinha surrupiado na cozinha do castelo.

Quando adentrou o estabelecimento, a voz de Lio ressoou em sua mente: *Não é seguro, Bela.* Ficou imaginando qual seria a reação dele se a visse naquele momento, entrando sozinha em uma taverna apinhada de gente.

Mas Bela não tinha nada de tola. Sabia que estava se arriscando ao andar pela aldeia desacompanhada. Mesmo sem a ameaça da revolta e dos tumultos, não era prudente que uma mulher se aventurasse sozinha. Teria que se manter alerta.

Puxou o capuz para baixo para cobrir mais o rosto e se acomodou em uma mesa vazia. Bem lá no fundo, sabia que preferia correr riscos a se tornar tão fora da realidade quanto o rei Luís e a rainha Maria Antonieta. E o único jeito de descobrir como o povo de Aveyon realmente se sentia era se misturar a ele. Especialmente depois de ter passado a desconfiar que Bastien escondia algo dela.

A garçonete se aproximou dela e sorriu.

— Aceita alguma coisa?

Bela esquadrinhou as mesas ao redor em busca de ideias, mas não encontrou nada.

— Um chá? — arriscou ela. Não sabia se era um pedido muito estranho, pois sempre se mantivera longe da taverna de Plesance a fim de evitar o cliente mais assíduo de lá: Gaston.

— É para já. — A garçonete girou nos calcanhares e Bela se recostou na cadeira.

O salão era grande e abrigava pessoas de todos os tipos. Havia trabalhadores manuais, fiandeiros, tecelões e fazendeiros alinhados no balcão pedindo cervejas para relaxar os músculos cansados depois de um dia árduo de trabalho. Aglomerados ao redor das mesas bebendo vinho estavam os homens de trajes mais refinados, o que os caracterizava como comerciantes, lojistas ou advogados. E dançando entre eles havia três ou quatro garçonetes que se moviam com uma eficácia praticada.

A taverna era barulhenta. Bela mal conseguia entender o que as pessoas diziam, e se não conseguisse ouvir ninguém, seu plano iria por água abaixo.

A garçonete retornou e colocou um bule fumegante na mesa, além de uma xícara lascada e um pires. Bela sentiu uma pontada de dor ao se lembrar da maldição que tão perversamente confinara um garotinho cheio de vida como Zip a um objeto tão delicado. A mulher lançou-lhe um olhar intrigado.

— Vai custar um *sou*.

Bela pegou uma moeda e entregou para a garçonete, que fez uma pequena mesura e se retirou.

O gesto a deixou preocupada. Mesmo com os trajes simples, tinha receio de chamar atenção demais ali. Mas logo percebeu como esse temor era bobo. Tinha passado a maior parte da vida se encaixando em lugares como a taverna. Não fazia tanto tempo que as coisas tinham mudado para que já a diferenciassem dos demais. Serviu o chá fumegante na xícara e pôs um pouco de açúcar só para ter algo com que ocupar as mãos.

— Você está sozinha? — perguntou uma voz relativamente agradável.

Bela virou-se e deu de cara com uma garota de avental e touca.

— Estou — respondeu.

— Acho que eu não ia gostar de ficar sozinha em um lugar assim. Você pode se juntar a nós, se quiser.

A garota apontou para uma mesa ocupada por várias mulheres, todas usando gorros e aventais parecidos. Bela não perdeu tempo e arrastou a cadeira em direção ao grupo.

— Meu nome é Sidonie — disse a jovem que a tinha convidado à mesa. — E essas são minhas colegas de trabalho. Somos tecelãs da Saint Madeleine's.

— Sou Delphine — apresentou-se Bela, usando o nome da mãe de Lio como disfarce. — Eu sou uma… criada.

— Você está vestida como uma criada do castelo — comentou uma das mulheres.

Bela hesitou, mas decidiu não se afastar muito da verdade para evitar confusão.

— Eu trabalho lá mesmo.

Algumas das mulheres à mesa a fitaram com interesse renovado.

— É um cargo privilegiado. Como é?

— Ser uma criada? — perguntou Bela.

A mulher revirou os olhos.

— Não, trabalhar no castelo. Ouvi dizer que o rei e a esposa dele são bons patrões.

Um homem que entreouviu a conversa soltou um muxoxo de escárnio.

— De que adianta serem gentis?

Sidonie revirou os olhos.

— Ah, *tais-toi*, Guillaume.

Pelo jeito, os dois se conheciam. Guillaume chegou mais perto, passou um braço ao redor do ombro da mulher e olhou para Bela.

— Então, me conte, o rei está mesmo visitando todos os nobres do reino?

Bela engoliu em seco.

— Está, mas…

Guillaume entornou o caneco de cerveja e depois o bateu contra o tampo da mesa.

— É *claro* que está.

Outro homem se juntou à conversa.

— Ele passou dez anos sem dar a mínima para nós, por que começaria agora?

Sidonie revirou os olhos.

— Não é como se ele não tivesse feito nada. Nós nos separamos da França.

— E agora não temos mais que nos sujeitar à corveia — acrescentou outra mulher, referindo-se ao trabalho não remunerado que os camponeses de Aveyon tinham passado muito tempo cumprindo a mando da Coroa francesa.

Guillaume lançou-lhe um olhar de pena.

— Você acha mesmo que nosso bondoso rei não está tramando sua própria versão da maldita corveia com os nobres neste exato momento? Os trabalhos forçados são lucrativos demais. É claro que ele não vai abrir mão disso. Mas, cá entre nós, trabalhar em turnos de doze horas para bancar aluguel, impostos e comida não é muito melhor do que isso.

— O rei acredita na igualdade — disparou Bela sem pensar.

Guillaume fez sinal para a garçonete, pedindo mais uma rodada. Em seguida, se inclinou para perto de Bela.

— Então me diga, se ele acredita mesmo em igualdade, por que as classes são tributadas de forma diferente? Por que Aveyon ainda segue aquela lei francesa discriminatória? A mesma lei, devo acrescentar, que motivou o povo francês a instaurar a revolução? Por que ele não mudou nada além da cabeça que usa a coroa? — Bela permaneceu em silêncio e Guillaume assentiu, como se já esperasse isso. — Enquanto os camponeses de Aveyon não puderem conquistar uma posição mais elevada na sociedade sem se preocupar com barreiras, tudo que o rei merece é o meu desdém.

— A esposa dele era camponesa — comentou outro homem, sorrindo.

Guillaume entornou a cerveja e arrotou.

— Bem, infelizmente nem todos podemos nos casar com o rei.

Sidonie cruzou os braços sobre o peito.

— Ainda acho que é muito cedo para julgá-lo. Ele é rei há menos de um mês.

— E veja quais são as prioridades dele — retrucou Guillaume com um dar de ombros. — Continuo cético.

Bela queria tanto defender Lio e, consequentemente, a si mesma, mas sabia que não seria sensato. Decidiu apenas agradecer pela oportunidade de saber o que se passava na cabeça das pessoas comuns. Afinal, essa tinha sido sua intenção ao abrir o castelo aos peticionários. Fitou Guillaume e Sidonie atentamente, sentindo uma espécie de afinidade em relação aos dois. Embora as reclamações de Guillaume não fossem tão simples assim, Bela sabia que Lio as resolveria de pronto. Pelo menos o povo não estava marchando nas ruas ou adotando táticas mais violentas. Lio teria que reconquistar a confiança de seu povo, que estava preocupado com a tributação desigual e desejoso de que o rei estabelecesse um código legal aveyoniano, separado da lei francesa. Bela passou a se sentir um pouco mais confiante depois de ver que tinha um caminho definido a trilhar. Talvez, quando Lio retornasse e ela lhe apresentasse uma rota a seguir, Aveyon pudesse começar seu processo de cura.

Sidonie chegou mais perto de Bela, espalmando as mãos sobre o tampo da mesa.

— No fim, você não contou como são as coisas no castelo... como são o rei e a esposa dele, Bela.

A voz saiu carregada de uma admiração de que Bela não se sentia merecedora. Olhou para as mãos da tecelã, machucadas devido ao trabalho árduo. As bochechas de Sidonie estavam encovadas e ela parecia não ter uma boa noite de sono havia tempos. Bela sabia que Aveyon era muito diferente da França, mas isso não significava que o reino não pudesse melhorar.

— Os dois estão longe de ser perfeitos — admitiu Bela. — Mas eles se importam muito com o reino.

Isso pareceu confirmar as suspeitas de Sidonie.

— Eu só queria que eles nos escutassem, sabe?

— Eu também — respondeu Bela. E estava sendo sincera.

CAPÍTULO DEZESSEIS

Quando Philippe a levou de volta ao castelo naquela noite, a mente de Bela fervilhava de ideias. Em vez de se entregar às investigações e postergar o planejamento do *salon*, ela se perguntou se não poderia juntar as duas coisas. Imaginou como seria organizar um *salon*, exatamente como Lio tinha insistido, só que em vez de discutir literatura e áreas correlatas, como era típico do evento, o objetivo deste seria estabelecer reformas para melhorar as condições de vida de todos os cidadãos de Aveyon. Ela reuniria as mentes mais brilhantes no castelo — filósofos, economistas, cientistas e afins — para debater governança e política com o intuito de traçar o melhor caminho a seguir.

A ideia a encheu de esperança. Queria se lançar no trabalho de imediato, começando com uma visita à livraria em Plesance para relembrar as leis tributárias e trabalhistas de Aveyon a fim de estabelecer um ponto de partida. Por um instante, cogitou ir até Plesance e bater à porta de *monsieur* Renaud até que ele acordasse e a deixasse entrar na livraria, mas percebeu que pareceria muito menos maluca se esperasse para fazer isso pela manhã.

Conduziu Philippe de volta aos estábulos e se demorou por um instante para escovar a gloriosa crina alourada do animal. Ele era uma das últimas recordações que Bela tinha de Plesance e do chalezinho que dividia com o pai, e estava feliz por ter levado as melhores partes de sua antiga vida para o castelo, que era seu novo lar. Beijou o focinho do cavalo e fez menção de sair, mas viu que outra pessoa tinha entrado no estábulo. Por isso, escondeu-se em uma baia vazia e ficou encolhida em um cantinho escuro para evitar ser pega.

Era um cavalariço cumprindo sua última incumbência do dia. De repente, um homem entrou a cavalo, quase matando o rapaz de susto.

— Eu não sabia que tinha saído, *monsieur* — disse o cavalariço, com o rosto voltado para o chão por conta da mesura.

— Tive que resolver umas coisas na aldeia.

Bela quase entregou seu esconderijo pelo barulho que fez ao ouvir o tom desdenhoso de Bastien. Foi um pouquinho para o lado para que pudesse enxergar o resto do estábulo.

Bastien jogou as rédeas na direção do rapaz e tirou as luvas.

— Certifique-se de que ela se alimente bem. Obriguei-a a se esforçar muito esta noite.

Bela achou isso contraditório, já que ele acabara de afirmar que tinha saído simplesmente para resolver umas coisas na aldeia.

— Pode deixar, senhor.

— E não comente sobre isso com ninguém. — A voz do duque não deixava espaço para a leveza.

Bela não estava acostumada a ouvir Bastien falar de forma tão impassível, sem um pingo de calor na voz ou sem as farpas espirituosas de sempre.

— S-sim, *monsieur*.

O duque saiu às pressas do estábulo, deixando o pobre rapaz tratando do cavalo quando já devia estar na cama. Bela esperou que ele levasse o cavalo até a baia antes de escapar correndo sem ser vista. Enquanto se dirigia a seus aposentos, um pensamento perturbador rondava-lhe a mente: ela não tinha sido a única pessoa a sair escondida do castelo naquela noite.

Quando entrou na livraria em Plesance na manhã seguinte, foi quase como se estivesse de volta ao lar.

Tinha deixado Lumière — que insistira em ir junto — na padaria ao lado, mas só depois de fazê-lo prometer que não atazanaria muito o padeiro. A livraria não contava com tantos volumes quanto as de Paris, mas o que lhe faltava em estoque era compensado em acolhimento. Bela conseguiria desenhar o local de memória — o tapete puído, as prateleiras lascadas, até mesmo os livros que raramente mudavam. Ela tinha lido quase todos eles ao menos uma vez.

— Bela! — exclamou *monsieur* Renaud, um senhor idoso, mas que não parecia envelhecer nunca, que ela conhecia desde sempre. — Estive me perguntando quando você faria uma visita. — Disse essas palavras de forma carinhosa, pois, ao longo de dez anos, Bela frequentara a livraria quase toda semana. — Reservei para você uma pilha dos livros de aventura de que tanto gosta — comentou ele enquanto se dirigia para a mesinha na qual passava a maior parte do dia.

— É muita gentileza sua, *monsieur*, mas hoje vim atrás de um outro tipo de livro.

O homem se deteve, curvou-se para a frente e arqueou a sobrancelha, intrigado.

— Ah, é?

— O senhor tem algum livro sobre as leis tributárias ou trabalhistas de Aveyon?

Ele se empertigou.

— Tenho certeza de que vamos encontrar alguma coisa. — Seguiu arrastando os pés até a prateleira pela qual, em outras ocasiões, Bela teria passado reto. — Você viu Madame Tailler quando estava vindo para cá? Ela vive perguntando de você.

Bela já imaginava que isso pudesse acontecer, então tinha saído do castelo bem cedinho para evitar trombar com a maioria de seus antigos vizinhos. Nenhum deles se importava muito com Bela quando ela morava na aldeia com o pai, e ela não conseguia suportar a ideia de vê-los bancando os simpáticos, como se antes não costumassem ficar aos cochichos maldosos sempre que a viam.

— Não, não a vi.

— Quem sabe na próxima? — murmurou ele enquanto vasculhava a prateleira. — Você ainda pretende catalogar sua biblioteca?

Ela tinha contado isso a ele na última visita à livraria, bem antes da viagem a Paris.

— É um sonho que tenho, sem dúvida, mas talvez longe de ser realizado. Eu nem saberia por onde começar.

— Ora, pelo começo, é claro. — Ele deu uma piscadela antes de voltar a contemplar a prateleira. — Ah, aqui está. — Puxou um tomo empoeirado e o entregou a Bela. — Este volume cobre todo o assunto, do reinado de Luís XIV em diante. Mas agora que somos independentes da França, acho que esse livro vai ficar obsoleto logo, logo. — Lançou-lhe um olhar de expectativa por cima dos oclinhos de meia-lua, mas ela não disse nada. Bela não queria fazer nenhuma promessa que não pudesse cumprir. Ele avistou seu cenho ligeiramente franzido e deu um tapinha no dorso de sua mão. — Foi a decisão certa.

Ela pigarreou, de repente ciente de como a livraria era minúscula e de como ela precisava ouvi-lo dizer aquilo.

— *Merci, monsieur* Renaud. Quanto eu lhe devo?

— Não se preocupe com isso, madame.

— Eu insisto.

Bela tinha desfrutado da generosidade do lojista no passado, quando não tinha quase nem um tostão para oferecer em troca dos livros. Mas sua situação havia mudado, então ela fazia questão de que ele recebesse o devido pagamento.

O homem ficou ligeiramente corado.

— Um *écu* já está de bom tamanho.

Enquanto Bela lhe entregava a moeda de prata, a sineta da porta anunciou a chegada de um novo cliente. *Monsieur* Renaud olhou por cima do ombro dela e sorriu.

— Ah, *mademoiselle* de Lambriquet! — exclamou.

Bela virou-se de costas e ficou perplexa ao ver Marguerite de Lambriquet entrando na livraria, tão impressionante quanto na primeira vez que a vira na *fête* de Bastien. Usava um vestido verde-esmeralda que não teria parecido deslocado em Paris, mas certamente saltava aos olhos em Plesance.

— *Bonjour, monsieur*! — respondeu ela jovialmente antes de identificar quem estava ao lado do lojista. A pele marrom das bochechas parecia queimar conforme se aproximava de Bela.

— Venha cá, Marguerite. Você precisa conhecer a nossa querida Bela.

Era uma forma possessiva de se referir a ela, mas Bela não se importava. Uma parte dela sempre pertenceria a essa aldeia do interior e às pessoas que conhecia desde pequena.

Monsieur Renaud acenou para ela até que as duas estivessem cara a cara. Bela tinha se esquecido de que Marguerite era vários centímetros mais alta que ela. Alguém chamou a atenção do lojista na porta, e ele fez uma mesura rápida antes de se virar.

— Ah, mas nós já nos conhecemos, *monsieur*. Em Paris — contou Marguerite para o lojista, que estava de costas, abrindo um sorriso conspiratório para Bela.

Bela mal podia acreditar que Marguerite estava bem ali, diante de seu nariz.

— O que você veio fazer em Aveyon?

O sorriso de Marguerite ficou acanhado.

— É horrível da minha parte admitir que levei muito a sério seu convite para visitar Aveyon? Minha intenção era comparecer à coroação do seu marido, mas ultimamente está um pouco difícil viajar pela França.

— Você veio até aqui só para a coroação de Lio? — Bela mal podia acreditar.

Marguerite franziu o cenho.

— Foi tolice de minha parte. Você já deve estar cheia de preocupações com toda a história de separação da França. — Ela começou a se afastar de Bela, como se estivesse envergonhada. — Por favor, me desculpe por tê-la sobrecarregado ainda mais.

Bela esticou o braço para detê-la.

— Sobrecarregar? Não seja boba, faz dias que não me sinto tão feliz.

— É sério?

— Sério — garantiu Bela. — Já ganhei o dia só de ver esse seu vestido.

Marguerite se pôs a admirar o próprio vestido e puxou as saias para os lados para ver a forma como o cetim cintilava na luz que entrava pela janela.

— É bem bonito mesmo, não? Em geral, prefiro vestidos mais discretos, mas não consegui resistir quando o vi por uma pechincha na loja de Rose Bertin. Ouvi dizer que foi feito especialmente para Maria Antonieta, mas de uma hora para outra ela mudou de ideia porque passou a abominar essa cor. Azar o dela, sorte a minha.

Bela abriu um sorriso.

— O vestido não cairia tão bem nela quanto cai em você. — Puxou Marguerite para um canto da livraria e baixou o tom da voz. — Como você chegou até aqui? Onde estão os seus acompanhantes?

O semblante de Marguerite mudou e o sorriso largo desapareceu.

— Estou sozinha — admitiu ela.

— E seu pai e seu irmão?

Marguerite suspirou.

— Meu pai se cansou de toda aquela farsa e fugiu para os Estados Unidos com o pouco que restava de seu dinheiro. Meu irmão, aquele tratante, sentiu que uma mudança estava para acontecer e foi atrás de Filipe, o progressista duque d'Orléans. De uma hora para outra, parecia não ligar mais para seu direito de primogenitura — contou, revirando os olhos.

— Seu pai simplesmente a abandonou? — Bela pensou em Maurice e em como ela morria de preocupação sempre que ele viajava para longe de Plesance. Sabia que o pai também odiava ficar longe dela.

Marguerite abanou a mão, como se quisesse tranquilizar Bela.

— Meu pai e eu nunca fomos muito próximos. Depois que minha mãe morreu, Aurelian e eu fomos praticamente criados pelas governantas da casa. Meu pai me contou que estava vendendo nossa mansão por meio de uma carta escrita pelo mordomo, de quem, para ser sincera, eu gostava muito mais. — Ela se pôs a fitar a janela, perdida em pensamentos. — Sei que deveria sentir falta do meu pai, mas acho que sinto mais falta da minha mãe, embora mal a tenha conhecido. — Fez uma pausa e as bochechas pareceram arder outra vez, como se tivesse percebido com quem estava falando. — Por favor, me perdoe. Acho que falei demais.

— Não precisa se desculpar — respondeu Bela, tranquilizando-a. — Eu também perdi minha mãe quando era muito nova. É uma dor que nunca nos deixa.

Marguerite abriu um sorriso triste.

— É. Bem, minha mãe teve a consciência de me deixar uma pequena herança na qual meu pai não podia pôr as mãos... Então, como não tenho o menor interesse em me mudar para os Estados Unidos, e um interesse ainda menor em permanecer em Paris, resolvi me inspirar em você e explorar o continente sozinha. Já estava na casa da minha tia-avó em Arlon quando soube da secessão de Aveyon e da coroação que veio logo depois. E aí percebi que não conseguiria resistir a vir para cá. Espero que não se ofenda, mas sempre fui o tipo de pessoa que se interessa pela ação e pelo drama. E, agora que estou aqui, me apaixonei pelo interior e sinto que ainda não estou pronta para deixá-lo para trás.

Bela foi tomada por uma onda de inveja que lhe causou uma comichão. Nunca tinha conhecido uma mulher tão livre, tão independente. Percebeu que invejava e admirava Marguerite em igual medida. Antes de qualquer coisa, queria conhecê-la melhor, e sua presença em Aveyon era uma distração mais do que bem-vinda.

— Bem, sempre achei Aveyon um tédio só. Passei a infância toda desejando ir para bem longe daqui. — Bela se calou de repente, percebendo que tinha acabado de desmerecer o reino para alguém que ela mal conhecia. Mas era tão fácil conversar com Marguerite. Algo nela deixava Bela muito à vontade.

Marguerite pousou a mão no braço de Bela.

— Eu entendo. Parece que sempre queremos o que não podemos ter. Eu ansiava por estabilidade, por uma vida mais pacata. Paris é uma sucessão de bailes e *salons* e teatros e óperas noite após noite sem parar. Manter-se a par das últimas tendências é uma coisa cansativa e custosa, mas aqui sinto que consigo respirar.

Bela olhou pela janela dos fundos da livraria, que se abria para uma vista dos campos ondulantes e do horizonte montanhoso, e percebeu que entendia como Marguerite se sentia, especialmente depois de ter tido um gostinho de Paris.

— Passei a gostar mais de Aveyon depois que voltei para cá — admitiu ela.

Marguerite se pôs a andar pelo ambiente, parando aqui e ali para admirar as estantes dispersas.

— Tenho que admitir que ouvi tantas histórias sobre como sua biblioteca é magnífica que fiquei tentada a conhecer.

Bela sentiu uma pontada de orgulho.

— Eu tenho sonhado em catalogar o acervo para torná-la pública para todos os cidadãos de Aveyon. — As palavras jorraram de seus lábios sem esforço, embora ela só tivesse revelado esse desejo a *monsieur* Renaud, Lio e Bastien até então.

Marguerite virou-se para encará-la por cima do ombro.

— E o que a impede?

Bela olhou para o livro pesado que tinha em mãos.

— Antes preciso lidar com outros deveres.

— Mas uma rainha pode delegar tarefas, não? — perguntou Marguerite, zombeteira.

— Eu não sou…

— Não é rainha, sei disso. Lembro-me de como você abomina títulos, então não posso fingir que estou surpresa ao saber que rejeitou o mais grandioso deles. Mas, madame, você só não é rainha no nome.

Bela teve que se conter para não revelar como a ideia de ser rainha de Aveyon a deixava irritada. Existiam certas coisas que ela jamais revelaria a ninguém, por mais óbvias que fossem.

— Preciso resolver outros assuntos primeiro. O povo de Aveyon precisa de reformas igualitárias. Só depois devo me dedicar a catalogar a biblioteca.

Marguerite fechou o livro que segurava e o devolveu à estante.

— O que poderia ser mais igualitário do que garantir que todos os cidadãos de Aveyon tenham acesso à literatura?

Bela sabia que Marguerite tinha razão, mas já estava começando a se afogar no mar de tarefas que desejava fazer. Tinha que admitir que, se pudesse contar com a ajuda de outras pessoas, talvez fosse mais fácil colocar seus planos em prática. Virou-se para Marguerite, uma mulher livre para ir e vir quando quisesse, que poderia começar uma vida nova por puro capricho, se assim desejasse. Em vez de inveja, Bela sentiu um lampejo de esperança.

— Você planeja ficar em Aveyon por quanto tempo?

Marguerite franziu o cenho.

— Infelizmente, minha estalagem só aceita estadias de curta duração. Devo voltar à minha viagem pelo continente mais rápido do que gostaria.

Bela achou que era tudo muito repentino, e lembrou-se de que mal conhecia aquela mulher cativante que tinha feito e visto todas as coisas pelas quais ela mesma passara a vida ansiando. Mas quanto mais a ideia tomava forma em sua mente, mais parecia se assentar em seu âmago.

— E você comentou que já frequentou muitos *salons*, certo?

— Madame, não só frequentei como já *organizei* vários.

Bela estava decidida.

— Talvez esteja na hora de eu começar a catalogar a biblioteca — declarou.

— Talvez esteja mesmo — concordou Marguerite.

— E talvez eu possa aproveitar e organizar um *salon*.

— Parece-me muito razoável.

— E talvez — continuou Bela, para concluir — você possa me ajudar com as duas coisas.

Marguerite ficou atônita.

— Eu?

— Você mesma disse. Está exausta e deseja passar mais tempo por aqui. Por que não fica no castelo? Você pode me ajudar a tornar a biblioteca pública e me ensinar a organizar um *salon*.

Marguerite meneou a cabeça.

— Bela, eu não posso aceitar.

— Sei que não é um trabalho glamoroso, principalmente para uma pessoa acostumada a frequentar a corte do rei Luís, mas você pode se hospedar no castelo, e lhe pagaria um salário, é claro.

Bela percebeu que Marguerite parecia tentada a aceitar a oferta, uma garota à deriva em um mundo que a trataria com mais crueldade a cada dia.

— Você faria tudo isso por mim mesmo?

— Eu sei que não é Paris, mas...

— É perfeito — interrompeu Marguerite, como se temesse que Bela mudasse de ideia.

Bela achou graça.

— Acha mesmo?

— Acho! — exclamou Marguerite, juntando as mãos.

— Não vai ser um trabalho fácil — avisou Bela. — Há milhares e milhares de livros por lá, e ninguém encosta na maioria deles há décadas. Espero que você não ligue para a poeira. Ah, e estou planejando fazer algo diferente no *salon*, algo que, até onde sei, será inédito.

Marguerite arqueou uma das sobrancelhas.

— Devo confessar que você despertou meu interesse, mas já aviso que frequentei o *infame bacanal* que é o *salon* de Pauline Lemaure, então realmente já vi de *tudo*.

Lembrando-se de como os convidados de Bastien tinham se comportado feito bárbaros em um simples jantar, Bela estremeceu só de imaginar o que seria um *infame bacanal*, mas achou melhor deixar a questão permanecer um mistério. Acima de tudo, estava radiante por poder contar com uma pessoa de mente tão afiada quanto a *mademoiselle* de Lambriquet enquanto aprendia a lidar com seu novo papel. Quando se lembrou da rapidez com que Marguerite a tinha defendido do esnobismo do conde de Chamfort em relação a seu status, Bela percebeu que finalmente havia encontrado uma aliada contra Bastien.

CAPÍTULO DEZESSETE

Em um único dia, a felicidade de Bela sofreu uma guinada drástica. De uma hora para outra, passou a ter deveres e afazeres, além de uma amiga de confiança. Passava as manhãs ao lado de Marguerite, catalogando os livros e aprendendo tudo o que podia sobre organizar um *salon*. Era muito mais trabalhoso do que ela antecipara, e Marguerite provou seu valor ao explicar os princípios norteadores desse tipo de evento — *politesse, civilité et honnêteté* — para logo em seguida explicar como tais princípios podiam ser deixados de lado em um *salon* dos *bons*. Bela estaria perdida sem ela.

Algumas de suas tardes eram reservadas para receber os peticionários. Por mais que aquelas sessões não levassem a nada, e embora suspeitasse cada vez mais de que Bastien estava no cerne do problema, Bela sabia que o duque e os demais conselheiros não veriam com bons olhos se ela decidisse cancelar algo pelo que lutara tanto. E não queria de jeito nenhum oferecer qualquer munição que pudessem usar contra ela. Bastien, por sua vez, não repetira o erro de deixá-la de fora de uma reunião do conselho. Fora isso, seu tempo livre era dedicado à releitura dos pensadores célebres da época para que ela pudesse se garantir em um debate. Fazia meses que Bela não dedicava tanto tempo à leitura. Já tinha começado a se sentir enferrujada.

Pela primeira vez desde a partida de Lio, ela finalmente conseguia se estirar na cama e dormir feito pedra até a manhã seguinte.

Quando Bela conversou com Horloge sobre separar um quarto e pagar um salário para Marguerite, ele nem sequer protestou, como ela achou que faria.

Quando solicitou isso a ele, o mordomo limitou-se a soltar um muxoxo.

— Ora, é esperado que a esposa de um rei forme a própria equipe.

E assim Marguerite se instalou no castelo, em aposentos localizados na Ala Oeste. Bela achava que a mobília e os lençóis eram refinados o bastante para a filha de um duque, mas não passava de um palpite com pouco fundamento. Mas pelo menos sabia que Marguerite não era do tipo que reclamaria se ela tivesse errado feio.

Bela estava feliz por ter companhia durante a ausência de Lio, e a felicidade só aumentou quando, alguns dias depois, mostrou a biblioteca a Marguerite pela primeira vez. A *mademoiselle* de Lambriquet tinha visto as emblemáticas galerias de Versalhes, jantado com a corte do rei Luís e frequentado as mansões mais luxuosas da França, mas Bela tinha certeza de que a jovem jamais tinha visto uma biblioteca como aquela.

— *Sacré*, Bela! — exclamou Marguerite ao adentrar o cômodo.

Embora a biblioteca nunca tivesse parecido menos grandiosa para Bela, era um prazer vê-la pelos olhos de Marguerite. Isso só fortalecia sua decisão de que abri-la ao público era a coisa certa a se fazer.

— Eu sei. É magnífica, não é? — respondeu Bela em tom sonhador.

Marguerite deslizou as mãos pelo corrimão dourado que circundava a escadaria em espiral.

— Nunca vi tantos livros juntos na minha vida. — Virou-se para Bela e abriu um sorriso de esguelha. — É verdade que seu marido simplesmente a *deu* para você enquanto a cortejava?

Um rubor subiu pelo pescoço de Bela. Tinha usado muitos nomes para definir o tempo que passara no castelo, mas jamais considerara que tinha sido *cortejada*.

— Mais ou menos isso — admitiu ela, perguntando-se se algum dia se sentiria íntima o bastante de Marguerite para lhe contar a verdade.

A jovem soltou um assobio admirado.

— Não me admira que tenha se casado com ele.

Bela ficou corada enquanto a conduzia pelas estantes, apontando seus livros favoritos pelo caminho. Levou Marguerite para a poltrona de que mais gostava, aninhada em seu cantinho preferido do cômodo.

— É o melhor lugar para se acomodar durante uma tarde de tempo fechado — comentou Bela, apontando para um sofazinho de veludo vermelho ao lado de uma pequena lareira, emoldurado por uma janela que ia quase do chão até o teto. — O tamborilar das gotas de chuva na vidraça misturado com o crepitar das chamas...

— Deve ser divino — respondeu Marguerite.

— É mesmo.

Marguerite rodopiou, a cabeça virada para o teto, então desabou sobre o tapete macio e acenou para que Bela se juntasse a ela no chão. Bela assentiu e deitou-se ao lado da amiga, percebendo que a vista era ainda mais espetacular daquele ângulo.

— Estou começando a achar que me convencer a entrar nessa empreitada antes de me deixar ver o tamanho da biblioteca foi uma decisão deliberada de sua parte. — Marguerite ergueu os braços, emoldurando uma das estátuas de leão colossais que se avultavam, vigilantes, no segundo andar do cômodo.

Bela riu.

— Sinto muito por tê-la enganado.

— Não se engane, madame. Não há nada no mundo que eu ame mais do que revirar séculos de poeira acumulada.

Registrar seções inteiras de livros foi rápido, mas ainda tinham o trabalho mais difícil pela frente. Não fazia tanto tempo que Bela morava no castelo e ainda não tinha examinado os livros aninhados no topo das prateleiras mais altas. Tinha a suspeita, porém, de que ninguém tocava ou via aqueles livros havia décadas, talvez séculos.

Subiram a cintilante escada em espiral até a galeria que marcava o nível intermediário, onde ficavam as escadas bambas que levavam até o topo das estantes. Quando já estavam na metade dos degraus, as duas tiveram que fazer uma pausa para recuperar o fôlego.

— Será que não podemos simplesmente deixar essa parte... fechada? — sugeriu Marguerite. — Quem em sã consciência vai se submeter a esta armadilha mortal em forma de escada sem saber se vale a pena? Nem sabemos que tipo de livro há lá em cima.

— Com certeza vamos precisar melhorar a infraestrutura da biblioteca antes de abri-la ao público — respondeu Bela. — Agora, reúna o que resta da sua coragem e me siga.

Uma vez lá em cima, encontraram prateleiras revestidas por centímetros de poeira acumulada. Abrigavam livros tão velhos que já estavam em processo de decomposição, e Bela temia que os volumes se desintegrassem se encostassem neles. Era impossível desvendar os títulos, e Marguerite foi acometida por um ataque de espirros.

— Talvez seja melhor deixarmos estes por último — comentou Bela, engasgando-se com a poeira que flutuava pelo ar.

— Ótima ideia — concordou Marguerite, já descendo a escada.

Quando chegaram ao último degrau, o relógio soou meio-dia, e estava na hora de Bela ir à reunião do conselho.

— Lá vou eu passar algumas horas aturando o paternalismo alheio.

— *Mais uma* reunião? Por que comparecer se sabe que será ignorada?

Bela espanou a poeira acumulada na bainha da saia.

— É melhor ser ignorada e estar ciente do que está acontecendo do que ignorar o que se passa em meu próprio reino. Lio me pediu para representá-lo durante sua ausência, então preciso ir. Ademais, não posso deixar Bastien sem supervisão.

— Já faz cinco dias que cheguei. Estou surpresa por ele ainda não ter vindo falar comigo.

As duas vinham jantando nos aposentos de Bela desde a chegada de *mademoiselle* de Lambriquet ao castelo. Bela não queria forçar a amiga a conhecer todo mundo de uma vez, pois sabia que mudar-se para um castelo poderia ser uma experiência sobrepujante para a maioria das pessoas, mas tinha feito questão de contar a Bastien que havia contratado a irmã de Aurelian, que era amigo do duque, para ajudá-la. Ele parecera totalmente indiferente diante da novidade, mas Bela achou que ele pelo menos apareceria para cumprimentar Marguerite em algum momento. O fato de não tê-lo feito só serviu para aumentar as suspeitas cada vez maiores de Bela.

— O que acha de jantarmos com todo mundo esta noite?

— Sim, acho que já está na hora. Não posso continuar me escondendo para sempre. Um guarda-roupa tão maravilhoso quanto o meu merece ser devidamente apreciado. — Marguerite rodopiou no lugar, em parte para mostrar o vestido anil, em parte para abanar a poeira que se acumulara no tecido, levantando uma camada de pó que a envolveu feito uma nuvem.

Bela tossiu e agitou os braços para afastar a poeira.

— A Madame Samovar vai ficar radiante.

A poeira baixou e Marguerite afundou-se em uma poltrona.

— Vai ser ótimo provar a comida dela em um cômodo mais condizente com seu talento e onde será mais fácil repetir o prato.

Bela estava exausta depois de passar tanto tempo em meio a pilhas intermináveis de livros empoeirados, então recebeu a distração de bom grado. Governar no lugar de Lio não estava sendo tão simples quanto ela achou que seria. Como de costume, os conselheiros fizeram pouco caso dela, mas Bela já estava habituada. O pior era saber que Bastien provavelmente tinha mentido para ela e continuaria mentindo sem intervenção. Ela sabia que, no mínimo, o duque estava se esgueirando para fora do castelo na calada da noite, escondido de todos. E, entretanto, sem Lio para tomar seu partido, ela se via em desvantagem. Na melhor das hipóteses, os outros conselheiros não dariam a mínima para as possíveis mentiras de Bastien e, na pior, ela descobriria que eles eram cúmplices do duque. Bela percebeu que o melhor a fazer era fingir que não sabia nada sobre as tramoias de Bastien, na esperança de que ele não prestasse muita atenção ao que ela própria estava fazendo. Precisou de toda a sua paciência para pôr isso em prática.

Quando entrou na sala do trono, percebeu que a reunião já tinha começado sem ela. Bastien, como sempre, lia um dos papéis da pilha em voz alta. Estava sem pintura nem pó, mas ainda ostentava trajes luxuosos. Parecia mais jovem, mais vulnerável. Bela não sabia se aquele era o verdadeiro Bastien ou se a ausência dos adornos pomposos de Versalhes era apenas mais uma de suas máscaras.

Ele ergueu o olhar e fez questão de parecer incomodado pela interrupção. Bela teve a impressão de que o duque tinha começado a reunião mais cedo só para prejudicar a imagem dela.

Bastien a encarou fixamente antes de retomar a leitura.

— O barão Prejean relatou um aumento de cidadãos franceses atravessando a fronteira em busca de refúgio em outros pontos da Europa e além. Muitos estão munidos de mercadorias para venda ou escambo, e Prejean quer nossa permissão para taxar os bens e reverter o valor para os cofres de Aveyon, retendo uma quantia considerável para si próprio. — Abriu um sorriso quando todos os outros conselheiros riram baixinho. — Todos a favor?

Todos da sala concordaram, menos Bela.

— Achei que o plano era manter tudo como estava até o retorno do rei, não?

Bastien suspirou.

— De fato, mas isso só pode trazer benefícios ao reino. Os cofres estão minguando, e esta é uma fonte de renda fácil para Aveyon.

Bela entendia isso do ponto de vista lógico, mas ainda se irritava ao ver como os conselheiros se apressavam em aprovar uma mudança daquela magnitude, descartando suas ideias de forma tão categórica.

— A meu ver, nada mais justo do que tratar esse assunto da mesma forma que tratamos qualquer mudança até agora: deixar tudo como está até o retorno do rei. Podemos revisitar essa iniciativa quando ele tiver retornado à capital.

Ela podia ver as engrenagens girando na mente do duque.

A REVOLUÇÃO DA ROSA

— Acho que seria prudente acatar o pedido do barão — argumentou Bastien. — Não envolve implicações permanentes para o reino. Neste exato momento, estamos permitindo que mercadorias que valem milhares e milhares de liras passem por Aveyon sem serem tributadas. A decisão mais lógica seria taxá-las, como faria qualquer outra nação soberana por onde passassem.

Bela estava dividida. Sabia que o que Bastien propunha fazia sentido, mas não conseguia baixar a guarda. Tinha quase certeza de que o duque estava mentindo para ela havia semanas. E, quando não estava contando uma de suas mentiras, estava explicando a Bela nos mínimos detalhes por que, antes de fazerem qualquer coisa pelos plebeus de Aveyon, precisavam se preocupar com os nobres. Ainda assim, ela estava hesitante. Não queria fazer nada que pudesse prejudicar o reino, mas também tinha receio de concordar e estabelecer um precedente perigoso.

Tentou chegar a um meio-termo.

— E quanto a outras mudanças?

O semblante de Bastien permaneceu impassível.

— O que quer dizer?

— Se podemos abrir uma exceção para esta, certamente podemos abrir para outras.

O duque exibia um ar de pura presunção.

— Bem, agora é sua chance de apresentar sua proposta. — Ele claramente acreditava que Bela não estava se dedicando a nada útil durante seu tempo livre.

Pedir a aprovação do conselho para organizar o *salon* não estava nos seus planos, mas ela queria arrancar aquela expressão prepotente do rosto do duque.

— Vou organizar um *salon* com o intuito de adquirir e compartilhar informações que possam beneficiar os plebeus de Aveyon. — Lançou um olhar penetrante para Bastien. — Acredito que isso renderá mais frutos do que apenas ouvir as queixas mesquinhas dos cidadãos. O evento será um fórum dedicado ao debate e a mudanças significativas.

O silêncio reinou novamente. Por fim, o semblante lívido de Geoffroy adquiriu uma expressão azeda quando ele se dignou a responder:

— Por acaso a senhora já frequentou algum *salon*, madame?

Ela sentiu o músculo da mandíbula enrijecer.

— Como só faz poucos meses que estou em condições de fazer tal coisa, ainda não tive o prazer. Mas dediquei um bom tempo a pesquisá-los e sei que, em essência, o intuito dos *salons* é facilitar a troca de ideias. O tema do meu *salon* será governança e, mais especificamente, vou consultar a opinião de filósofos e economistas sobre a melhor forma de beneficiar os cidadãos de Aveyon por meio de reformas e iniciativas.

O cômodo estava mergulhado em silêncio. Todos os homens sentados ao redor da mesa traziam uma expressão desgostosa no rosto, como se Bela os tivesse exposto a uma carcaça apodrecida, e não a uma ideia viável.

— E como pretende organizar um *salon* se nunca participou de um? — perguntou Gamaches, achando que dera a cartada final.

Bela sorriu.

— Excelente pergunta, barão. Minha assistente, Marguerite, já frequentou muitos *salons* e desempenhará um papel determinante na organização do meu. — Virou-se para Bastien, esperando que ele ridicularizasse sua ideia como pura tolice.

Mas então ele se pronunciou:

— Eu acho que é uma ideia brilhante.

E, de repente, foi como se a aprovação do duque tivesse rompido uma barragem.

— Nossa economia certamente poderia se beneficiar de qualquer estímulo ao setor turístico — comentou Geoffroy, como se não tivesse recebido a proposta como uma ofensa pessoal antes de Bastien expressar sua anuência.

— E, com os tumultos na França, é quase certo que você poderá contar com a presença de muitos intelectuais célebres que fugiram de Paris, elevando o prestígio do evento e, como consequência, do reino — acrescentou Gamaches.

Montarly parecia radiante.

— E talvez o resto da Europa passe a ver Aveyon como mais do que um simples fim de mundo francês. O reino pode se transformar em uma potência por si só!

— Uma ideia deveras esplêndida, Bela — elogiou Bastien. — Você pediu ao rei?

— Pedi o quê? A permissão dele? Não é assim que nossa parceria funciona.

Bastien lançou-lhe um olhar contemplativo.

— Bem. Por favor, nos avise se pudermos fazer alguma coisa para ajudar nos preparativos do evento. E, agora, quanto ao pedido de tributação do barão Prejean…

Lá estava. Bela tinha caído na armadilha do duque. Sabia que o elogio dele não poderia ter sido desinteressado.

Sentindo que conseguiria o que desejava, Bastien insistiu:

— Bela, você é favorável a essa mudança diminuta e benéfica para o reino? Como representante do rei neste conselho, a decisão cabe a você, é claro.

Bela sabia que teria que ceder em retribuição ao apoio de Bastien.

— Sim, sou favorável à mudança.

— Então está feito. — Ele anotou alguma coisa em um pergaminho e o colocou sobre a mesa antes de pegar outro na pilha. — Por último, temos novidades de Paris. — Começou a ler com total desinteresse, mas Bela ouviu cada palavra com atenção. — Ao que parece, a Assembleia Nacional elaborou algo que estão chamando de Declaração dos Direitos do Homem e do Cidadão. O primeiro artigo postula que "Os homens nascem livres e iguais em direitos", e o rei Luís está sendo pressionado a ratificar o documento, embora ele não tenha cedido até o momento. Tem recebido um certo apoio de moderados que se autodenominam *Monarchiens*, que são da opinião de que a França deve sempre contar com um rei forte. Eles, por sua vez, têm que enfrentar a oposição dos revolucionários do chamado Clube Bretão, que querem destituir o rei de seu poder absoluto e extinguir o seu poder de veto em relação à Assembleia Nacional.

Bastien respirou fundo e fitou todos ao redor da mesa antes de continuar:

— Em suma, a França vai enfrentar uma guerra civil para determinar se a soberania pertence ao rei ou à nação em si. — Acomodou-se na cadeira como se estivesse exausto e entediado por conta do que acabara de ler. Ninguém mais se pronunciou, mas Bela estava ávida para saber mais sobre o assunto. — Isso era tudo o que tínhamos para discutir por hoje. Obrigado, *messieurs*. — Olhou para Bela e acenou com a cabeça, se desculpando. — E madame.

Todos os outros conselheiros saíram do cômodo até só restarem eles dois. Bela não sabia em que pé estavam as coisas com Bastien. Não confiava nem um pouco no duque, mas ele tinha demonstrado seu apoio ao *salon* desde o princípio. Era provável que só tivesse feito isso para induzi-la a ceder em relação ao pedido de Prejean, mas ela queria saber se não havia mais nada por trás daquela decisão. Será que ele realmente poderia ter achado a ideia boa, mesmo tendo passado semanas rejeitando todas as outras?

Ele a surpreendeu mais uma vez ao dizer:

— Eu sei que não foi fácil fazer aquela concessão, Bela.

Era algo curioso de se dizer, e só serviu para aumentar sua desconfiança em relação a ele.

— Não é o pedido do barão que me incomoda, Bastien, e sim sua reticência a respeito de minhas ideias.

Ele abanou o ar languidamente.

— Não vou me desculpar por colocar as necessidades do reino em primeiro lugar.

— E, mesmo assim, não está interessado em ajudar os plebeus de Aveyon. A prosperidade do reino não é determinada por regimes de tributação, e sim pela qualidade de vida daqueles que estão lá embaixo.

Ele franziu o cenho.

— Eu sei disso, é claro. Mas prefiro agir com cautela justamente por eles estarem vulneráveis. Já vi o que promessas vazias podem fazer com um povo. — Bela foi pega de surpresa ao perceber que ele parecia sincero. Tinha esperado mais mentiras, mais arrogância.

Ele voltou a falar: — Não estou tentando sabotá-la. Só quero garantir que tome decisões ponderadas com base na realidade.

— E o que você sabe sobre a realidade? Além disso, quase sempre parece que está, sim, tentando me sabotar.

Bela ficou perplexa ao ver como o duque parecia magoado com a acusação.

— Então eu lhe devo desculpas. Nunca foi minha intenção fazer uma coisa dessas. À minha maneira, só estava tentando ajudá-la. Mas pelo jeito isso não ficou evidente. Prometo que vou me esforçar mais.

Apesar de suas suspeitas sobre Bastien estar envolvido no problema dos peticionários, Bela não conseguiu evitar a ideia de que ele parecia sincero. E sinceridade não era algo que ela tinha passado a esperar do duque de Vincennes. Vira tantas de suas facetas em tão pouco tempo: o nobre alienado, o duque simpatizante da revolução, o súdito leal ao rei e o homem disposto a abandoná-lo.

Bela cerrou os dentes.

— Acho que entende por que tem sido difícil confiar em você, Bastien.

Ele assentiu.

— Eu juro que sou leal a Aveyon.

Apesar de tudo, o duque não lhe parecia do tipo que fazia juramentos em vão. Talvez fosse uma característica inerente a uma pessoa que mentia com tanta facilidade quanto respirava: nas raras vezes em que fazia promessas, tratava de cumpri-las. No restante do tempo, porém, simplesmente não prometia nada.

CAPÍTULO DEZOITO

Bela ficou aliviada ao ver que quase todo mundo gostava tanto de Marguerite quanto ela, até mesmo o implicante Horloge, que se afeiçoou à moça mais rápido do que jamais tinha se afeiçoado a qualquer coisa na vida. E, todavia, embora a conhecesse de Paris, Bastien não parecia inclinado a manter com ela uma relação amigável. Em uma conversa particular, Marguerite explicou à amiga que nunca tinha sido muito próxima de Bastien, mas mesmo assim Bela achou estranho que o duque de Vincennes não fosse mais caloroso com alguém que já conhecia.

Apesar disso tudo, ela não via a hora de Lio encontrar Marguerite outra vez. Os dois não tinham conversado muito no jantar de Bastien, mas Bela sabia que eles logo virariam bons amigos, e tinha dito isso ao marido em uma de suas cartas.

O grupo se deliciou com a refeição invejável preparada por Madame Samovar e riu e cantou — muito mal — até tarde da noite. Horloge permaneceu longe, em desaprovação à cena toda, por mais que gostasse da *mademoiselle* de Lambriquet. Não conseguia tolerar demonstrações muito vívidas de jovialidade, e não cedeu nem mesmo quando Lumière se lançou a uma empolgante performance operística de "Vive la rose".

"Mon amant me délaisse,
Ô gai, vive la rose,
Je ne sais pas pourquoi,
Vive la rose et le lilas."

Todos aplaudiam conforme ele entoava a canção em tom lamurioso e prenderam a respiração quando o maître se ajoelhou diante de Horloge e lhe dedicou uma dramática performance solo. A reprovação do mordomo não contagiou ninguém e, pela primeira vez desde que voltara de Paris, Bela não sentia que afundaria no torvelinho de medo que vinha tentando puxá-la para baixo. Ela se permitiu sentir esperança, sabendo que logo Lio estaria de volta e todo o seu esforço valeria a pena.

A sala de jantar começou a esvaziar conforme as pessoas se retiravam, uma a uma, para seus aposentos. No fim, só restavam Bela e Marguerite, sentadas frente a frente na mesa comprida à meia-luz. A adrenalina por ter revelado os planos do *salon* para o conselho e conseguido a aprovação dos demais ainda corria nas veias de Bela. Ela não estava com a menor pressa de retornar para sua cama vazia.

— Nós não nos rendemos ao sono como os meros mortais — comentou Marguerite, jogando uma uva para Bela. — Você acabou não me contando como foi.

— Como foi o quê?

— A reunião do conselho. Como você ainda não assassinou Bastien, imagino que tenha corrido tudo bem pela primeira vez na História?

Bela enfiou a uva na boca.

— Eu contei a eles sobre o *salon*, na verdade.

— E?

— Bem, primeiro agiram como se eu nem tivesse dito nada, tamanho era o desgosto, mas depois Bastien comentou que era uma excelente ideia e todos então trataram de concordar.

— Oh — respondeu Marguerite, tão surpresa quanto Bela tinha ficado. — Isso foi *bem* inesperado.

— Foi mesmo, mas passei semanas desconfiando de cada passo do duque… É bom poder relaxar um pouco desta vez.

Marguerite riu.

— Sabe, se algumas semanas atrás alguém tivesse me dito que eu estaria jantando com uma rainha, bebericando champanhe morno, usando um vestido todinho coberto de poeira... eu teria achado que a pessoa era maluca.

— Acho que consigo superá-la no quesito "Como é que eu vim parar aqui?".

Bela não precisou dizer mais que isso. Uma camponesa ter se casado com um príncipe era algo inédito. Uma camponesa casada com um rei era algo impossível. E, mesmo assim, lá estava ela.

Marguerite abriu um sorriso travesso.

— Realmente, essa é uma história que estou doida para ouvir.

Mesmo sem perceber, Bela já tinha se preparado para o pedido.

— É uma história bem simples — começou. — Nós nos conhecemos em circunstâncias muito improváveis e acabamos nos apaixonando. — Queria que a história soasse tão empolgante quanto tinha sido vivê-la, mas ter que deixar a maldição de fora prejudicava a narrativa.

— Não é todo dia que um príncipe...

— Decide se casar com uma plebeia, eu sei disso. — Bela pegou mais uma uva e colocou na boca. — Imagino que o amor seja uma das raras coisas que se sobrepõem às tradições.

— Você acredita mesmo nisso? Que todos os monarcas do mundo poderiam ignorar a tradição e se casar por amor, se assim desejassem?

— É claro que não. O fato de Lio não se importar muito com razões de ordem política ajudou. Isso sem contar que os pais dele não estavam mais aqui para impedi-lo. — Bela não sabia como explicar a Marguerite que os dois tinham se apaixonado sob circunstâncias tão incomuns que não poderiam ser replicadas em nenhum outro lugar. — Foi quase como se apaixonar em um lugar onde não existia tempo. Não importava que não fizéssemos sentido juntos... Não fazia diferença quem ele era, quem eu era... Nós simplesmente... nos apaixonamos.

Marguerite escutava avidamente cada palavra de Bela, mas pareceu um pouco decepcionada quando percebeu que nenhum detalhe sórdido seria revelado.

— Bem, me parece romântico — limitou-se a comentar.

— Foi romântico para nós. — Bela tirou um grampo do cabelo e deixou as madeixas caírem soltas ao redor dos ombros. — Eu não mudaria nadinha.

Marguerite refletiu por um instante.

— E estar casada com ele significa que também está casada com o reino dele.

— Sim, e posso dizer que nunca sonhei com isso.

Marguerite apoiou os pés no assento da cadeira e abraçou os joelhos.

— E com o que você sonhava?

Bela respirou fundo.

— Viajar, viver aventuras, nunca me estabelecer em um único lugar.

— Então é o oposto da vida que leva agora.

— Basicamente. — Bela tomou um gole de champanhe. Não gostava de encarar as coisas dessa forma, mas não tinha como ignorar que era verdade. — Eu não achava que ia me apaixonar. Escolhi Lio em vez de aventuras e nunca vou me arrepender, mas é verdade que nunca imaginei uma vida como esta para mim. Nunca imaginei que seria a esposa de alguém, muito menos de um rei. — Fez uma pausa, percebendo que o champanhe tinha soltado sua língua. Nunca tinha sido tão honesta assim com outra pessoa. Talvez nem consigo mesma. — Eu não quero parecer ingrata ou infeliz.

— Acho que consigo entender. — Marguerite estirou as pernas sobre o tampo da mesa. Bela arregalou os olhos ao imaginar como Horloge reagiria ao ver os sapatos da jovem sobre a toalha de linho branco. — Eu sei que minha vida deve parecer muito empolgante, pois posso ir para onde quiser e fazer o que quiser, mas isso só aconteceu porque perdi minha casa e minha família. Estou à deriva. Sou praticamente uma órfã, e sei muito bem que a pequena quantia de dinheiro que herdei de minha mãe é a única coisa que me protege de um destino muito pior. Então, de certa forma, eu tenho tudo o que a maioria das garotas pode desejar: uma certa aparência de autonomia, lindos vestidos, convites para as festas mais cobiçadas... Mas tudo isso veio a um preço que eu não teria pagado de bom grado, se tivesse escolha. — Pendeu a cabeça para trás e se pôs a fitar o teto. — Ah, olhe só para mim, sentindo pena de mim mesma. Existe algo pior no mundo do que uma pessoa rica que sente pena de si mesma?

Bela encolheu os ombros, percebendo que Marguerite não estava interessada em sua pena.

— Eu prefiro isso a uma pessoa rica que não sente nada.

— É verdade. Essas são as piores entre nós. — Marguerite colocou os pés de volta no chão e inclinou o corpo sobre a mesa. — Sabe, acho que a sua ideia de organizar um *salon* é brilhante, mas eu não sou o duque de Vincennes.

Bela se permitiu um pinguinho de dúvida.

— Você não acha que é um tanto autoindulgente da minha parte?

Marguerite soltou uma risada zombeteira.

— Eu já frequentei *salons* autoindulgentes que não passavam de desculpas para celebrar a suposta genialidade do anfitrião. Já tive que aturar debates ideológicos que só apresentavam um dos lados do argumento. — Voltou a se recostar na cadeira. — As pessoas ricas são excelentes em confirmar os vieses umas das outras, mas você tem o benefício de ter nascido e crescido, bem, na pobreza. — Disse isso como se receasse insultar Bela. — Acho que você será uma excelente anfitriã e que o evento será bom para todo o reino de Aveyon.

Bela ficou tocada com o entusiasmo de Marguerite.

— Bem, agora que já contei ao conselho, não tem mais como voltar atrás. Então vamos torcer para que você esteja certa.

Na manhã seguinte, Bela cruzou com o *seigneur* Montarly quando estava a caminho do café da manhã. O fato de os conselheiros se estabelecerem no castelo era uma das tradições de que Bela menos gostava. Achava que isso aviltava ainda mais a ideia de que homens como o *seigneur* deveriam se preocupar com as necessidades das pessoas que viviam em suas terras e lhes dava uma desculpa perfeita para ignorar o sofrimento dessa gente.

Os dois seguiam em direções opostas do grande salão. O homem fingiu que não a tinha visto, e normalmente Bela teria feito o mesmo, mas ele tinha informações de que ela precisava.

— *Seigneur*! — chamou às costas dele, a voz ecoando pelos pilares de mármore.

Ele se deteve, como se tentasse decidir se deveria ou não ignorá-la, mas por fim acabou virando-se para encará-la.

— Madame — cumprimentou, fazendo uma leve mesura. — O que posso fazer pela senhora?

Bela chegou mais perto dele.

— Só quero saber como está meu marido, *seigneur*. Eu sei que ele visitou sua propriedade recentemente.

O homem fitou as pessoas que passavam por eles, talvez em busca de alguém para tirá-lo dali, mas não encontrou ninguém. Então, suspirou.

— Ele é o retrato da estabilidade e da força, madame — murmurou. — Ele e minha filha, a *mademoiselle* Félicité Montarly, se deram muito bem. Sempre achei que um ótimo casamento teria saído dali. — Ele meneou a cabeça, como se a oportunidade tivesse sido desperdiçada.

O insulto doeu, mas Bela avistou alguém atrás de Montarly e tratou de responder:

— Sabe, talvez um casamento possa ser arranjado com o duque de Vincennes. Eu sei que ele seria um excelente marido para qualquer dama da nobreza. — Ela olhou por cima do ombro de Montarly e viu que Bastien quase tinha se engasgado.

Montarly refletiu sobre o assunto.

— Talvez tenha razão, madame. — Ela conseguia ver as engrenagens girando na cabeça do homem. — Talvez tenha razão — murmurou outra vez e seguiu seu caminho, deixando-a plantada ali sem nem se despedir, muito menos desejar-lhe um bom-dia.

Bastien seguiu apressado na direção dela.

— *Merde*, Bela. O que foi que você fez?

A REVOLUÇÃO DA ROSA

— Ora, achei que você estaria à procura de alguma dama aveyoniana para ser sua esposa, já que se interessa tanto pelo reino — respondeu ela em tom inocente.

Ele fez uma careta e chegou mais perto dela.

— Devo lhe pedir que não volte a bancar minha casamenteira no futuro. Sou mais do que capaz de encontrar uma esposa sozinho.

— Eu só quero que você seja feliz, Bastien.

— Sim, bem. — Ele ajeitou o colarinho da camisa. — Obrigado — acrescentou com hesitação, como se não conseguisse identificar se ela estava falando sério ou apenas o insultando.

— Ora, eu que agradeço a *você* por ter apoiado meu *salon* — respondeu Bela.

Ele sorriu e deu-lhe um tapinha nas costas.

— Ah, sou cheio de contatos interessantes, então se você estiver muito sobrecarregada, pode deixar que me encarrego da lista de convidados, se quiser.

Ela se desvencilhou do toque dele.

— Acho que não, Bastien. Você pode me enviar uma lista de quem gostaria de convidar, e depois disso eu assumo.

— Você não confia nas minhas habilidades para montar uma lista de convidados?

— Eu já frequentei uma de suas festas, Bastien. O *salon* não será usado como uma desculpa para nos afundarmos em excessos.

Ele levou a mão ao peito, fingindo sentir-se ofendidíssimo.

— Isso doeu, madame.

Bela cruzou os braços.

— Você pode até sugerir convidados, mas se eles não tiverem nenhuma experiência ou conhecimento específico para acrescentar ao *salon*, não serão chamados.

O duque ajeitou as lapelas do colete.

— Você não precisa se preocupar com isso, Bela. Meus amigos estarão munidos apenas de boas ideias — respondeu com uma piscadela.

Ela não tinha entendido por que Bastien se mostrara tão favorável ao *salon*, mas conforme ele dava meia-volta e seguia para longe, o verdadeiro motivo lhe ocorreu: o duque pretendia usar o evento para se vangloriar, para ficar bem na frente de seus amigos aristocráticos. O instinto dizia a Bela para recusar todos os cabeças-ocas que ele convidasse, mas depois mudou de ideia. Se Bastien queria tanto impressionar essas pessoas, era bem provável que não saísse da linha.

CAPÍTULO DEZENOVE

Muitos dias se passaram, recheados de planejamentos, logísticas e retoques para deixar o castelo pronto para abrigar centenas de convidados. Com dias tão cheios assim, as noites de Bela pareciam vazias. Ela ansiava por sentir a calidez do marido ao seu lado. Quase todas as noites, Marguerite visitava os amigos que fizera na aldeia e voltava corada e transbordando de histórias das pessoas que conhecia, dizendo que Bela também deveria conhecê-las. Marguerite a convidava para ir junto, mas Bela achava que só fazia isso por educação. As duas sabiam que, como esposa do rei, não era apropriado que Bela frequentasse as tavernas e os cafés da aldeia. A amiga costumava brincar que Bela estava quase se tornando uma reclusa, e ela tinha que fingir que a provocação brincalhona não doía tanto quanto doía. Era em momentos assim que Bela sentia que havia uma barreira entre as duas. Marguerite era livre para ir e vir a seu bel-prazer, sem precisar se preocupar com as aparências ou com a própria segurança. Bela só a atrapalharia.

Ela, como sempre, estava dividida entre dois mundos.

Naquelas noites em que Marguerite não estava, Bela era ainda mais atormentada pela saudade que sentia de Lio. Ficava deitada na cama, a dor da saudade ardendo na pele como uma marca e envolvendo seu coração como um punho cerrado. Sentia falta do som da respiração compassada do marido ao seu lado e da felicidade que sentia por saber que ele estava entregue a um sono tranquilo. Lio dissera que Bela era sua âncora, a pessoa que o ajudava a atravessar em segurança a pior parte dos pesadelos. Como ele estaria se saindo sem Bela para tirá-lo das garras da escuridão? Em sua carta mais recente, Lio comentava sobre nobres desconfiados e céticos que não tinham se preocupado nem um pouco em terem passado aqueles dez anos jogados à própria sorte. Mas depois que Lio fizera seu retorno triunfal, esses mesmos homens passaram a resistir a quaisquer mudanças que pudessem ter vindo junto, incluindo a coroa, que, embora com relutância, Lio trazia em sua cabeça.

Eles encaram minha ausência como uma mancha no meu caráter e, para ser sincero, como eu poderia culpá-los por isso? Minha explicação só se estende até onde é necessário para reconquistar a sua lealdade, e a ameaça dos avanços da revolução pouco importa para esses homens, que se consideram seguros atrás das muralhas de suas propriedades inexpugnáveis.

Achei que seria fácil descobrir qual dos nobres estava conspirando contra mim, mas, a bem da verdade, poderia ser qualquer um deles, tamanho é o pessimismo e a desconfiança que nutrem em relação ao meu governo.

Ler a dor por trás de cada palavra de Lio quase a deixou em frangalhos. Ela sabia que a situação deveria ser bem pior do que ele se atrevia a admitir em uma carta. Recordou o que Montarly dissera sobre a visita de Lio e ficou com raiva do *seigneur*. É claro que Montarly não teria nenhuma animosidade em relação a Lio. Afinal, ele detinha uma posição de grande poder no conselho do rei. Mas isso não se aplicava aos demais nobres de Aveyon.

Bela queria ficar ao lado de Lio enquanto ele encarava a realidade e governava o reino com o intuito de protegê-lo, e não trancada em um castelo bem longe do marido, incapaz de fazer qualquer coisa de grande valia. Ela estava impotente, desarmada e ineficaz. Mais do que tudo, queria saber se Lio vinha tendo que enfrentar a tortura dos pesadelos sem ela para ajudá-lo. Não saber como ele estava a corroía por dentro, dissipava cada gotinha de sua determinação, uma a uma, até que não restava nada além da certeza de que Lio estava sofrendo.

E então Bela se lembrou do espelho.

Muito antes de ter visto o rosto de uma estranha a encará-la, Bela tinha usado o espelho para ver o pai e depois para ver a Fera em um momento de grande necessidade. Depois de tudo que havia enfrentado com a maldição e com a magia que a seguira até Paris, ela certamente merecia usar o espelho para algo bom, não? Desesperada como estava, achou que valia arriscar. Saiu de seus aposentos antes que o bom senso pudesse convencê-la do contrário.

A lareira estava apagada, o que era algo inédito, como se aqueles que se encarregavam de acender o fogo soubessem que ela vinha evitando a biblioteca à noite desde seu último encontro com o espelho. Bela estava acostumada com a vivacidade do cômodo durante o dia, quando ela e Marguerite se lançavam ao trabalho, conversavam e riam por horas, contando com visitas pontuais de Zip e Lumière. Naquele momento, porém, a biblioteca estava mergulhada em um silêncio sepulcral. Bela sentia o espelho a chamá-la como um farol. Um nó se formou em sua garganta e suas mãos ficaram úmidas. Não gostava nem um pouco da ideia de deixar a magia retornar à sua vida, mas era o único jeito de descobrir se Lio estava bem.

Ela serpenteou pelas estantes até achar a prateleira na qual o tinha escondido e enfiou a mão trêmula por trás dos livros. Seus dedos tocaram o metal, e um arrepio gelado subiu-lhe pelo braço. O instinto clamou para que fosse para longe dali, mas os pés pareciam ter criado raízes no chão. Ela precisava ver por si mesma.

Bela pegou o espelho e o segurou na altura dos olhos, mas dessa vez o analisou mais de perto e viu as rachaduras que se estendiam pelas bordas. Assim como nas outras vezes, tanto na primeira como quando segurara sua versão idêntica em Paris, o espelho começou a emitir gavinhas de luz verde ondulante. As mãos ficaram quentes como se a luz estivesse se espalhando por cima da pele. Cada fibra do seu ser queria jogar o espelho longe e sair correndo. Mas algo mais forte a impelia a ficar ali, fitando os redemoinhos esverdeados cintilando no vidro.

Nada aconteceu, e Bela se deu conta de que o espelho esperava que ela dissesse as palavras que lhe dariam um propósito. Ela sentia que estava diante de um precipício. De um lado estava sua relutância em aceitar que o espelho tinha continuado a funcionar muito depois de a maldição ter sido expurgada de Aveyon, como o veneno extraído de uma ferida. Do outro estava a paz de espírito que sentiria ao ver o rosto do marido e descobrir se ele estava bem. Parecia que o peso de sua decisão afetaria muito mais do que aquele momento passageiro. Se deixasse a magia tomar conta, não teria como saber até onde ela poderia ir. Fazia tanto tempo que mantinha o segredo da maldição a salvo de Aveyon. Usufruir dessa estranha magia parecia o início de uma bola de neve que culminaria no segredo dela — o segredo do castelo — sendo revelado. Permitir que a magia retornasse era uma ideia perigosa.

E, ainda assim, como se compelida por alguma força alheia a si mesma, Bela pronunciou as palavras como se fossem um encantamento. Talvez, pensou, fossem mesmo.

— Eu quero ver Lio.

O espelho ganhou vida quando o rosto atormentado de Lio preencheu sua superfície. Ele estava deitado na cama em um quarto desconhecido, em meio a um pesadelo. Exatamente como ela temia. Bela observou, impotente, enquanto o sonho fazia de seu marido a marionete de algum teatrinho doentio. A perspectiva do espelho recuou, dando-lhe uma visão mais ampla do cômodo. Viu que Lio tinha trancado as portas, talvez em uma tentativa de manter-se confinado ao quarto caso o pesadelo continuasse ao despertar.

Ela enxugou as lágrimas enquanto assistia ao marido lutar contra monstros invisíveis. O corpo dele se alternava entre rigidez dolorosa e contorções atormentadas. O coração de Bela batia forte contra o peito, mas ela não podia — não conseguia — desviar o olhar.

Com o passar do tempo, o pesadelo misericordiosamente o deixou. Os músculos de Lio ficaram inertes, o rosto suavizou e as mãos soltaram o cobertor que há pouco ele rasgara. Por mais que não tivesse acordado, era maravilhoso vê-lo mergulhar pouco a pouco em um sono tranquilo.

Bela observou-o dormir até ter certeza de que a última gota de escuridão tinha deixado seu corpo, e em seguida teve que fazer um grande esforço para se desvencilhar do espelho. As gavinhas esverdeadas de magia pareciam ter grudado em sua pele feito mel.

Só depois de ter colocado o espelho para baixo é que começaram a se dissipar, pouco a pouco. Ela se afastou da estante e olhou para cima. Demorou um tempo para a biblioteca escura voltar ao foco e um tempo ainda maior para Bela sentir que estava mesmo ali. Observar Lio pelo espelho a tinha levado para longe, como se ela tivesse se transportado para junto dele, um fantasma pairando sobre a cama. Perceber que estava de volta à biblioteca a deixou desorientada.

Conseguiu chegar à poltrona mais próxima e se sentar, torcendo para que a sensação nauseante passasse rápido. Pensou em Lio, que parecera estar tão perto, embora na verdade estivesse a centenas de quilômetros dela. Era uma sensação curiosa vê-lo ali, bem diante do seu rosto, e ainda assim estarem separados por uma distância intransponível. Bela tinha extirpado a magia de sua mente assim que a maldição foi destruída, mas ela havia retornado em Paris e depois em Aveyon, como se tentasse assombrá-la. Quando a Fera lhe entregou o espelho para que ela pudesse ver o pai outra vez, Bela o tinha visto como um presente, e quando o desespero a impeliu a usá-lo outra vez para provar aos aldeões de Plesance que a Fera não era um monstro, o espelho lhe servira como uma arma contra o ódio daquela gente. Mas quando estava em Paris e se deparou com a visão de Aveyon em chamas, quando a mulher que sabia demais falou com ela por meio do espelho e quando ela o usou para ver Lio, não tinha visto a magia como um presente nem como uma arma. Era uma maldição, como sempre tinha sido. A visão era um truque, a mulher era uma charlatã e Lio estava longe demais para ser ajudado, então saber que ele estava sofrendo não lhe adiantava de nada.

Enquanto via o sofrimento do marido, seu único alento era saber que estava se empenhando muito para garantir que Aveyon mudaria para melhor. Com essa mudança, a estabilidade viria e Lio poderia dormir em paz pelo resto da vida. Ela se certificaria disso.

Quando enfim retornou para o quarto, Bela estava à beira de um colapso. Aninhou-se na cama e puxou o travesseiro do marido para junto de si, sentindo seu cheiro impregnado na fronha, já ameaçando desaparecer.

Pensou em Sidonie e nos amigos da tecelã que ela conhecera na taverna da aldeia e no que tinham dito sobre Lio. Pensou nos nobres que não confiavam nele. Com certeza deveria haver uma forma de mostrar a eles como Lio era diferente do rei Luís. Com certeza deveria haver uma forma de unir a plebe e a nobreza e tornar a vida de todo mundo melhor, inclusive a de seu marido.

Mas Bela mal conseguia manter os olhos abertos; poderia pensar nisso tudo pela manhã.

CAPÍTULO VINTE

Bela acordou com uma ideia quase formada na mente e com o coração cheio de esperança. A questão de unir os diferentes grupos de Aveyon tinha vindo a ela durante a noite, talvez em um sonho de que já não se lembrava. Quase lhe fez sentir gratidão por ter visto o sofrimento de Lio pelo espelho. Talvez tivesse servido de estímulo para o subconsciente agir.

Ela se vestiu depressa e correu para a biblioteca, torcendo para que seus instintos estivessem corretos e para que Marguerite já tivesse começado a trabalhar.

Abriu as grandes portas e viu que tinha acertado. Marguerite já estava debruçada sobre o livro-razão que vinham usando para manter o registro dos milhares e milhares de tomos que estavam catalogando. Uma pilha de livros avultava sobre a jovem, que ergueu um dos dedos, sem querer tirar os olhos do trabalho.

— Seja o que for, vai ter que esperar. Nós já estamos quase terminando esta seção, e eu não vou tolerar nem a menor das distrações até que possa riscar essa tarefa do meu cronograma.

Bela murchou.

— Você está começando a ficar muito parecida com Horloge.

— Vou encarar isso como o elogio que você certamente queria que fosse — respondeu, dando um tapinha no assento livre a seu lado. — Agora venha cá e leia isto em voz alta para mim. Não quero forçar meus pobres olhinhos cansados.

Bela se aproximou e apanhou o livro do topo da pilha. O couro estava liso de tanto ser manuseado, sugerindo que tinha sido o favorito de alguém que tinha vivido no castelo antes de Bela.

— *A história de Rasselas, príncipe da Abissínia*, escrito por Samuel Johnson — leu para Marguerite.

Imaginou a mãe de Lio, Delphine, lendo-o junto à lareira, totalmente absorta nas páginas. Lio vivia dizendo que as duas teriam se dado muito bem. A mãe dele era uma leitora voraz e dedicava horas e horas a encher as estantes da biblioteca.

Marguerite mergulhou a pena no tinteiro e curvou-se sobre o livro-razão.

— Esses títulos gigantescos ainda vão acabar com a minha vida, ou, no mínimo, com a minha visão.

— Quer trocar?

Marguerite a olhou de soslaio.

— Sem querer ofender, mas a sua letra é absolutamente atroz.

— Ora, nem todo mundo foi alfabetizado por governantas suíças severas, sabe?

— Bem, podemos agradecer à madame Pierrefeu por suas lições severas em uma outra hora. — Marguerite parou por um instante, mordiscando a pontinha da pena. — Sabe, talvez ela esteja mesmo esperando uma carta de agradecimento. Não sei ao certo. Nunca fui muito boa em seguir a etiqueta. Próximo livro.

Elas continuaram o trabalho até Bela chegar ao último exemplar da pilha.

— *Evelina: A história da entrada de uma jovem dama no mundo*, escrito por Anônimo. — Bela examinou o livro, percebendo que estava quase impecável. — Este livro foi escrito por Frances Burney, mas a autoria só foi revelada pouco depois da publicação.

— Então devo escrever o nome verdadeiro da escritora?

Bela abriu o livro para procurar a data de publicação.

— Publicado em 1778 — observou, percebendo que poderia ter sido um dos últimos livros que Delphine acrescentara à sua biblioteca.

— Um ano auspicioso, sem dúvidas. O bom e velho rei Luís firmou o Tratado de Aliança com os Estados Unidos e declarou guerra à Grã-Bretanha. Também foi nesse ano que a Batalha de Monmouth aconteceu.

Bela lançou-lhe um olhar intrigado.

— Você tinha quantos anos quando isso tudo aconteceu? Uns sete?

Marguerite sorriu.

— Posso não ter sido uma aluna muito boa em etiqueta, mas era excelente em política. Agora, me diga, quer que eu registre a nossa querida Fanny como a verdadeira escritora?

— Quero. Eu ficaria incomodada se não fizéssemos isso.

Marguerite riscou a última entrada do livro-razão e tracejou uma linha logo abaixo.

— Prontinho. — Ela se recostou na poltrona e suspirou. — Ah, esta seção… Só Deus sabe quantos livros ainda temos que catalogar.

— Mesmo assim, é bom saber que fizemos um certo progresso.

— O que vamos fazer para comemorar? Ora, mas espere aí… — Marguerite olhou para Bela com um interesse renovado. — Você irrompeu por aquela porta toda alvoroçada. O que aconteceu?

Bela já tinha quase esquecido.

— Eu tive uma ideia.

Marguerite inclinou o corpo para a frente.

— Bem, sou toda ouvidos.

Bela espalmou as mãos sobre o tampo da mesa.

— Sei que o planejamento já está bem avançado e que os convites já foram enviados, mas e se o *salon* não fosse destinado apenas a intelectuais, cientistas e economistas? E se também fosse aberto aos plebeus de Aveyon?

Marguerite a encarou, pensativa.

— Assim, eles poderiam participar ativamente das decisões sobre o melhor caminho a seguir. — Ela se levantou e começou a andar de um lado para o outro, absorta em pensamentos. — Podemos até pedir que enviem propostas para conseguirmos separar as ideias sérias das mais… esotéricas, digamos assim.

O coração de Bela estava acelerado só de pensar em fazer um *salon* mais democrático, um evento dedicado não apenas a pessoas dispostas a manter a pose intelectual ou a se lançar ao debate pelo debate, e sim um que poderia determinar um novo caminho a ser adotado por um reino em evolução. Se todos em Aveyon se sentissem representados, as ideias originadas no *salon* poderiam ser implementadas com o consentimento expresso do povo. Esse era o objetivo da revolução na França, mas Aveyon talvez conseguisse atingir o mesmo resultado sem recorrer ao derramamento de sangue. Poderia ser o que os *États généraux* tinham tentado ser sem sucesso.

— Você pode cuidar da parte das propostas? Acho que vamos ter que resolver tudo bem rápido.

Marguerite assentiu.

— É claro. Alguém já lhe disse como você é brilhante?

Bela recordou os dias de infância e adolescência, quando era conhecida, antes de qualquer coisa, como a garota esquisita da aldeia.

— Não com tantas palavras — respondeu.

Marguerite abriu um sorriso.

— Bem, pois saiba que você é brilhante.

Bela retribuiu o sorriso, apreciando a sensação de ter uma ideia para apresentar não apenas a Lio, mas também a todos os plebeus de Aveyon. Pensou até que Sidonie e os outros que conhecera na taverna poderiam comparecer e se fazer ouvir.

— Acha que os conselheiros vão levantar alguma oposição?

Bela negou com a cabeça.

— Não, eles pareciam muito favoráveis ao *salon* quando Bastien disse que era uma boa ideia. Não acho que isso seja motivo suficiente para protestos. Mesmo com a inclusão dos plebeus, nenhuma das coisas de que eles gostaram vai mudar. O *salon* ainda vai estimular a economia e aumentar o prestígio do reino, e eles ainda vão poder se pavonear pelo castelo sentindo que são muito importantes.

— Bem, e o que está esperando? Convoque uma reunião.

Entrar no escritório de Horloge era como ter um vislumbre das profundezas da mente do mordomo. Era um cômodo simples, tão meticulosamente organizado que Bela ficou com receio de tirar uma simples pena de lugar, temendo que a ira dele recaísse sobre ela.

— O que você quer? — perguntou ele, sem se dar ao trabalho de tirar os olhos do que estava lendo.

— Você poderia convocar uma reunião do conselho, por favor?

Ele fez uma pausa e a fitou por cima dos óculos.

— Você diria que isso é uma emergência?

— De certa maneira — arriscou ela.

Ele soltou um suspiro previsível.

— Bem, para sua sorte, o duque de Vincennes organizou uma caçada e a maioria dos conselheiros está aqui. Vou ter que chamá-los de volta mais cedo do que gostariam, mas já que você insiste...

— Uma caçada? Desde quando organizamos caçadas no castelo?

Isso nunca tinha sido discutido abertamente, mas todos os moradores do castelo sabiam que Lio se opunha a caçadas tanto quanto se opunha a rosas.

— Não tenho o costume de questionar os hábitos ou as motivações do duque. Se ele deseja organizar uma caçada, é meu dever fazer os preparativos. Também é meu dever convocar reuniões de conselho de última hora, caso *um certo alguém* decida que simplesmente não dá para esperar mais alguns dias.

Ela ignorou a reprimenda.

— Bem, muito obrigada, Horloge. Eu sei que você é um homem muito ocupado.

— Sou mesmo, madame — continuou ele com seu tom anasalado, sem perceber que Bela estava sendo irônica e já tinha saído porta afora.

A reunião não teve um começo muito auspicioso. Os conselheiros não estavam nada felizes por terem sido interrompidos no meio da caçada, embora Bela houvesse garantido que só tomaria alguns minutinhos de seu tempo. Queria informá-los sobre as mudanças que implementaria no *salon* para poder voltar a se dedicar ao planejamento. Teria guardado aqueles detalhes apenas para si de bom grado se não achasse que os conselheiros veriam tal atitude como um desrespeito.

— Onde está o duque de Vincennes? — quis saber Bela.

Montarly se remexeu na cadeira, enraivecido ao descobrir que o dever de responder recaíra sobre ele.

— Perdemos o duque de vista em algum momento durante a caçada.

— Como você perde alguém de vista? O ponto da caçada não é justamente permanecer em grupo enquanto perseguem a presa?

Gamaches franziu o cenho.

— E o que uma mulher sabe sobre caçar, hein?

Ela abriu a boca para responder, mas bem na hora a porta se abriu e Bastien entrou, com as bochechas coradas e os cabelos despenteados, percorrendo o cômodo com os olhos. Bela nunca o tinha visto tão desarrumado na vida.

— Peço que me desculpem pela demora.

Bela se levantou.

— Senhores, lamento tê-los afastado da caçada por um período tão breve de tempo, mas garanto que esta reunião será bem rápida.

Bastien a interrompeu:

— Na verdade, sua reunião veio em boa hora. Tenho novas informações sobre o que vem acontecendo em Paris, se você não se importar.

Em circunstâncias normais, Bela teria se importado, sim, em ser interrompida, mas uma atualização sobre Paris não era algo que desejava ignorar.

— É claro que não.

Ele se pôs de pé e pegou um pergaminho no bolso interno de seu casaco de caça.

— A Assembleia Nacional votou contra o sistema de duas câmaras proposto pelos *Monarchiens* e rejeitou a moção para conceder a

A REVOLUÇÃO DA ROSA

Luís qualquer poder de veto. Ao que parece, acreditavam que o rei também faria concessões, mas Luís se recusou a ratificar ambas as decisões e convocou o Regimento de Flandres de volta a Versalhes, o que talvez não tenha sido a melhor das jogadas. O povo de Paris está à beira de iniciar uma guerra civil devido ao desemprego crescente e à consequente escassez de alimentos. Novas vozes estão ganhando força na esfera pública. Um jurista chamado Camille Desmoulins está circulando por toda parte, incitando a multidão de parisienses, escrevendo panfletos incendiários. Um advogado chamado Maximilien de Robespierre escreveu uma nota de repúdio mordaz sobre a resposta do rei à Assembleia Nacional. Em suma, o caos é tal que novos líderes estão surgindo dos lugares mais improváveis. — Ele pigarreou, dando aos outros conselheiros tempo para reagir à notícia de um mero advogado ter a audácia de criticar o rei da França. — O povo parisiense não confia no rei Luís. Correm boatos de que ele planeja usar a força contra a Assembleia Nacional ou fugir de Versalhes de vez. O silêncio do rei é revelador.

Ele tornou a sentar-se e olhou para Bela com expectativa.

— Isso é tudo que você tem a relatar? — quis saber ela.

— É, sim. O clima está carregado de tensão na França. Vai ser interessante observar como tudo se desenrola. Mas, por favor, continue o que queria dizer.

O relato de Bastien a desanimara. Tinha acordado com o coração cheio de esperança, mas a notícia dos tumultos incessantes em Paris levantou o receio de que todos os seus esforços seriam em vão. Apesar de suas tentativas para esquecer a falsa visão que tivera no espelho em Paris de seu reino em chamas, incendiado pelo próprio povo, naquele momento se viu obrigada a cogitar que poderia se tornar realidade. Será que o povo de Aveyon poderia se sentir tão impelido a iniciar uma revolução quanto seus vizinhos franceses? Bela havia tentado estimar o nível de sua raiva e de sua sede de mudança, mas e se isso não fizesse diferença? E se a revolução fosse uma parte inevitável da história de Aveyon? Observou os homens privilegiados ao redor da mesa e decidiu que eles não poderiam ser os responsáveis por ditar o futuro do reino. Ela tinha que fazer tudo a seu alcance por Aveyon. Tinha que haver uma saída.

— Eu lhes trago uma nova proposta. — O grupo deixou sua insatisfação evidente por meio das posturas e expressões que assumiram. Bela persistiu. — Tive uma ideia relacionada ao *salon*. — O ceticismo dos conselheiros emanava deles feito odor de carniça. — Em vez de convidar apenas intelectuais, acadêmicos, filósofos e afins, eu gostaria de estender o convite aos fazendeiros, comerciantes, operários, banqueiros, criadas, advogados, médicos e por aí vai. Acredito que seja uma oportunidade de entender do que o reino realmente precisa, em vez de permitir que nossas instituições decidam tudo em nome de todos.

Virou-se para Bastien, esperando sua aprovação imediata e entusiasmada, pois se lembrava de que ele se mostrara um simpatizante dos revolucionários quando a tinha resgatado da multidão em Paris.

Para a surpresa de Bela, porém, o duque estava de cenho franzido.

— Eu acho que você não pensou muito bem nisso, Bela.

Ela sentiu o corpo enrijecer.

— Posso garantir que pensei, sim.

— Você já pensou em como deverá ser organizada a logística de convidar plebeus ao palácio? Quer dizer — continuou, soltando um risinho de escárnio —, você estava prestando atenção ao que acabei de contar para o conselho? Você se preocupa o mínimo que seja com a sua própria *segurança*? — Ele olhou para os outros conselheiros como se Bela estivesse se portando de forma ridícula.

O sangue dela ferveu.

— Ora, achei que a única ameaça vinha dos nobres desonestos que estão tramando uma revolta bem debaixo do nosso nariz, e não dos plebeus aveyonianos, já que você passou semanas garantindo que eles estão satisfeitos, felizes até.

Bastien a encarou como se a visse com outros olhos.

— As ameaças podem assumir diferentes formas, madame. Nos tempos que vivemos, não seria prudente convidar os plebeus para a sua casa.

— Se estamos dispostos a abrir as portas do castelo para os ricos, também devemos estar dispostos a fazer o mesmo para os pobres. Do jeito que você fala, parece até que a riqueza impede alguém de cometer qualquer crime que seja, e, de acordo com minha experiência, isso está longe de ser verdade.

— Acho que falo em nome de todos, inclusive do rei, quando digo que talvez você não esteja raciocinando com clareza.

— E eu falo por mim mesma quando digo que você está errado. Por acaso se esqueceu de que *eu sou* uma plebeia? De que eu cresci em uma aldeia pobre ao lado dessas mesmas pessoas que você tacha de perigosas? E meu temor não é destinado a elas, e sim ao homem rico que acredita que a justiça é um conceito fluido e que a inocência pode ser comprada. — Permitiu que o conselho digerisse tudo isso antes de continuar: — Eu convoquei esta reunião por pura educação. Essa é a visão que tenho para o *salon*, e acredito que será benéfico para todas as pessoas do nosso reino. Ainda trará mais prestígio e estimulará a economia, mas agora as portas estarão abertas para todos. Se vocês não concordarem com isso, então sugiro que permaneçam em suas próprias casas durante o evento. — Embora ela já tivesse pisado no calo dos conselheiros antes, nada se comparava ao que pensariam dela depois disso. — Todos a favor da mudança no *salon*?

Todos assentiram em silêncio, mal levantando as mãos, mas bastava. De certa forma, parecia até que tinham medo dela. Ninguém protestou nem expressou qualquer preocupação, e a reunião terminou mergulhada em um silêncio quase total. Preferia mil vezes aturar o desconforto deles do que o seu desdém. E achou que talvez já estivesse na hora de homens como eles temerem o que uma mulher era capaz de fazer.

Bastien, é claro, demorou-se na sala enquanto o restante dos conselheiros ia embora.

— Foi um espetáculo e tanto.

Bela não tinha tempo para falsas gentilezas.

— Você quer me dizer alguma coisa? Porque tenho um *salon* para planejar.

— Eu só queria perguntar se você sabe que a *mademoiselle* de Lambriquet frequentemente passa horas ausente do castelo.

Ela esquadrinhou a mente tentando entender por que o duque mencionaria algo tão trivial quanto aquilo.

— É claro que sei. Ela não é minha prisioneira, Bastien. É livre para ir e vir quando quiser.

— Só perguntei porque a vi na aldeia algumas vezes, gabando-se aos quatro ventos de ter acesso a você. — Entregou a informação como se fosse um presente, mas Bela não a viu como tal. Tentou imaginar Marguerite fazendo o que ele alegara ter visto, mas parecia impossível. — Sabe — continuou o duque —, agitadores e revolucionários assumem todas as formas e tamanhos, muitas vezes se disfarçam de amigos. — Deixou a sugestão pairando no ar. — Se estiver preocupada com a confusão que isso pode causar, eu posso destituir a *mademoiselle* de Lambriquet de seu cargo agora mesmo. É só pedir.

— O quê?! — exclamou Bela. — Nada do que me disse sugere que isso seja necessário.

— Acho que você precisa tomar cuidado, Bela. Você mal conhece essa garota.

— Eu *tomo* cuidado, Bastien. Por acaso se esqueceu de que a conheci na sua própria casa? Se você tem uma opinião tão desfavorável dos seus amigos, então eu é que tenho que desconfiar dos seus critérios.

Ele abriu um sorriso presunçoso.

— Eu era amigo do irmão dela, mas Marguerite sempre foi uma pessoa descontrolada e imprevisível. Causou um grande alvoroço no ano passado porque teve, digamos, um desentendimento *dramático* com a condessa d'Armagnac e seus amigos mais íntimos, e tende a ter ataques de raiva quando alguém lhe pergunta sobre o assunto.

— Isso parece problema dela e de mais ninguém, Bastien.

— Oh, mas posso lhe garantir que os chiliques dela davam o que falar em Paris. — Lançou-lhe um olhar carregado de expectativa. — Ela é o tipo de garota que se aproveita da bondade dos outros e a usa em benefício próprio. Seria sensato que não confiasse nela. Todo mundo sabe que ela é frívola e temperamental e só pensa no próprio umbigo.

Bela o encarou com o semblante impassível.

— Eu posso tomar minhas próprias decisões.

Bastien se deteve por um instante, como se esperasse que ela mudasse de ideia. Quando percebeu que não ia acontecer, ele franziu a testa e pigarreou.

— Bem, se você tem certeza de que não quer que eu cuide disso…

Ela meneou a cabeça.

— Eu sou perfeitamente capaz de lidar com as coisas sozinha.

Se Bela tinha certeza de alguma coisa, era de que Marguerite de Lambriquet não mentiria para ela. Não poderia dizer o mesmo de Bastien, duque de Vincennes, que tinha suas próprias intenções veladas no castelo. Se alguém não era digno de confiança, só podia ser ele.

CAPÍTULO VINTE E UM

Bela passou a maior parte do que restava do dia na biblioteca com Marguerite e Zip, catalogando os títulos no livro-razão e planejando o aviso que seria afixado nas praças das aldeias do reino, solicitando propostas de assuntos a serem debatidos no *salon*. Zip, fazendo o que podia para chamar a atenção das duas, empenhava-se em construir um trono com qualquer objeto que pudesse encontrar na biblioteca e aguentasse carregar.

— Qual destas cores é mais digna de um rei? — quis saber ele, mostrando as duas almofadas que tinha nas mãos enquanto Chou pulava tentando mordê-las.

— A púrpura, com certeza — respondeu Marguerite.

— Excelente — murmurou para si mesmo, enquanto pegava todas as almofadas púrpuras do cômodo. Marguerite e Bela mal tinham voltado ao trabalho quando foram novamente interrompidas por uma voz do outro lado da biblioteca. — Um rei teria uma espada?

Marguerite sorriu para Bela.

— Estou até com medo de responder.

— Mas não responder nada é sempre pior — argumentou Bela. Em seguida, esticou o pescoço para ver se avistava o garotinho. — Um rei teria *cautela antes de qualquer coisa*! — gritou. — Um rei não seria imprudente com objetos afiados! — Mas Zip tinha sumido de vista.

— Um esforço louvável, Bela. — Marguerite riu e voltou ao trabalho.

— Pelo menos podemos dizer que tentamos. — Bela também riu e tentou afastar a sensação de que tinha traído a amiga ao permitir que Bastien lhe contasse algo pessoal, algo que Marguerite não tinha decidido compartilhar com ela. E tinha sido uma bobeirinha tão pequena, uma briga que acabou com a amizade entre duas pessoas, que Bela se sentiu ainda pior por achar que era vergonhoso saber aquilo sobre Marguerite.

— Está tudo bem?

Bela ergueu os olhos das linhas intermináveis de títulos e datas e percebeu que Marguerite a fitava com uma expressão preocupada. Bela rezou para que ela não conseguisse ler seu semblante.

— Não é nada. Só cansaço.

— Nunca tinha ouvido esse sinônimo para "saudade".

— Quê?

— Eu sei que você está com saudade de Lio, Bela. Não precisa esconder isso de mim.

— Você está certa — respondeu, sentindo uma pontadinha de culpa pela mentira. Em seguida, olhou para as pilhas de livros e páginas com os títulos que tinham catalogado naquele dia e uma ideia lhe ocorreu. — Por que não paramos por hoje?

Marguerite a encarou como se tivesse sugerido atear fogo no livro-razão.

— Tem certeza?

Bela se encolheu por dentro, desejando ser o tipo de pessoa que deixaria o trabalho de lado só para se divertir. Ficou se perguntando por que parecia tão decidida a se punir.

— Tenho, claro que tenho.

— Ah, então quer dizer que já vamos embora? — perguntou Zip, cabisbaixo, segurando uma porção de almofadas que tinha afanado das poltronas do cômodo. O atiçador da lareira estava enfiado no cinto, como se fosse uma espada na bainha.

Marguerite arregalou os olhos.

— Lamento, *mon ami*, mas acho que você terá que construir seu trono outro dia.

— Eu já tinha terminado o trono — murmurou ele.

A REVOLUÇÃO DA ROSA

— Ah, é? — perguntou Bela, olhando para as almofadas jogadas no meio do cômodo. — E o que você estava construindo agora?

— Minha masmorra — respondeu o garotinho, como se fosse muito óbvio.

— Claro — concordou Marguerite, fitando a mesma pilha torta de almofadas que Bela. — Olhe! Dá até para ver o fosso.

Zip olhou para ela com pura adoração e Bela teve que conter o riso.

— Que tal arrumarmos tudo agora? — sugeriu Marguerite ao garotinho, que assentiu, afastando-se alegremente para arrumar a própria bagunça, tal era o talento dela.

— Espere! — chamou Bela antes que Marguerite fosse ajudar Zip. — O que você vai fazer hoje à noite? — Ela estava cansada de achar que seria um estorvo para a amiga.

— O mesmo de sempre — respondeu Marguerite, em um tom um pouco casual demais. — Sair com alguns amigos em Plesance.

Bela ficou ligeiramente surpresa por não ter recebido o convite logo de cara.

— Eu já estou ficando farta deste castelo — comentou ela, lançando uma indireta descarada.

— Ah, é? — Marguerite ficou paralisada. — Bem, acho que vou dar uma mãozinha para o Zip…

— Sabe, eu não me importaria de ir com você desta vez. — Bela se sentiu uma tola por achar que precisava tanto sair um pouco. — Todos aqueles comentários sobre ser uma pessoa reclusa acabaram me pegando — gracejou.

O sorriso de Marguerite esmoreceu.

— Eu não sei se seria uma boa ideia.

Bela foi pega de surpresa.

— Não? Mas você já me convidou tantas vezes…

— É que esse amigo especificamente não gosta muito de convidados inesperados. Acho que seria muito indelicado de minha parte. — Marguerite ofereceu um sorriso fraco a Bela. — Desculpe, mas prometo que da próxima vez você pode ir junto, tudo bem?

Bela sentiu o coração afundar no peito, mas botou um sorriso no rosto e agiu com uma leveza fingida.

— Mas é claro. Desculpe a intromissão.

— Não é intromissão nenhuma, Bela. E, se fosse qualquer outra noite, eu adoraria contar com a sua companhia.

Bela, ainda com o sorriso falso no rosto, assentiu.

— Eu entendo.

— Bem, é melhor eu ir andando. Vejo você amanhã de manhã, certo? Vou me certificar de que o aviso seja enviado para a gráfica, e logo teremos tantas cópias impressas que nem saberemos o que fazer com elas.

— Sim, nos vemos amanhã bem cedinho — respondeu Bela.

Enquanto observava Marguerite passar por Zip sem parar para ajudá-lo com a bagunça, ela se obrigou a manter a calma. Tinha ignorado as acusações de Bastien porque nem sequer cogitava que a amiga pudesse mentir para ela. Naquele momento, porém, desconfiava que era exatamente isso que Marguerite estava fazendo.

Por mais que gostasse dela, Bela não a conhecia havia muito tempo, então tinha que ao menos cogitar a possibilidade de as intenções de Marguerite não serem de todo puras. Mas não achava que a relutância da garota em convidá-la para a aldeia provasse que Bastien tinha razão. Ela poderia ter dito a verdade, ou então Bela estava sendo traída pela nova amiga.

Só havia um jeito de descobrir e, para isso, precisaria vestir o disfarce outra vez.

Bela saiu do castelo algumas horas depois, com o mesmo disfarce que usara para se esgueirar até a taverna em Mauger. Dessa vez, porém, seu destino era a aldeia de Plesance.

A estrada estava apinhada de viajantes e mercadores, dando a Bela uma oportunidade de se camuflar enquanto seguia a amiga. Sentia-se mais tola a cada passo, mas sabia que precisava ver com os próprios olhos que Marguerite não era uma agitadora. Precisava saber que ela era exatamente quem dizia ser, pois apenas isso traria alívio para sua mente e provaria que Bastien estava enganado.

A REVOLUÇÃO DA ROSA

Conforme se aproximavam de Plesance, uma multidão começou a se formar. Assim que atravessaram os portões da aldeia, Bela perdeu Marguerite de vista. Então, parou diante da fonte e esquadrinhou a praça em busca do vestido amarelo cintilante que Marguerite estava usando, mas não a encontrou. O sol desaparecia no horizonte, e Bela encarou aquilo como um sinal de que toda aquela missão não tinha o menor fundamento. Ela não precisava de provas de que Marguerite era quem dizia ser. Tinha fé suficiente na amiga e no seu próprio discernimento para saber que era verdade. Amaldiçoou Bastien por levantar desconfianças em relação à amiga sem a menor necessidade. Bela tinha acabado de decidir que se esgueiraria de volta para o castelo e fingiria que nada daquilo tinha acontecido quando ouviu algo suspeito.

— Ficou sabendo da reunião no *atelier d'ébénisterie*? — perguntou uma mulher à sua acompanhante.

— Disseram que uma pessoa ligada à revolução veio lá de Paris — respondeu a outra. — E, de todos os lugares, está justamente em Plesance!

Bela ficou paralisada diante da sensação terrível de que a pessoa de quem falavam poderia mesmo ser Marguerite. Queria ter certeza de que a amiga era inocente, mas eram tempos tão complicados que era impossível ter certeza de qualquer coisa. Quando deu por si, estava seguindo as duas mulheres para o outro lado do rio, onde ficavam os comércios da guilda de *menuisiers* de mobílias. Não tinha o costume de frequentar aquele lugar quando era criança. Aquela parte de Plesance se dedicava a abastecer a classe alta da Europa, que vinha à sua pacata aldeia para comprar móveis suntuosos e porcelana, coisas que os camponeses jamais poderiam se dar ao luxo de ter.

Quando a multidão chegou ao ateliê, o sol já havia se posto no horizonte. Bela ficou grata pela escuridão, torcendo para que a escondesse melhor do que seu disfarce fajuto. Era uma insensatez sem tamanho entrar sozinha naquele lugar, mas sua curiosidade não seria saciada por mera especulação. Bela precisava descobrir com o que teria que lidar, e queria saber se tinha mesmo depositado sua confiança em alguém que não a merecia. Sentia-se impelida pela mesma convicção que a levara a explorar a Ala Oeste do castelo quando isso lhe tinha sido negado. Ela se recusava a ser deixada às cegas, principalmente quando a verdade estava tão à mão.

Uma multidão considerável havia se reunido lá dentro. O ar estava denso com o aroma de serragem e cerveja. Bela tentou se manter perto das paredes, tomando cuidado para não chamar a atenção de ninguém. Não estava em Mauger, onde ninguém a conhecia. Estava na aldeia onde tinha crescido, e teria sorte se conseguisse escapar sem ser notada. Sentiu um arrepio na espinha conforme atravessava a construção, os aldeões lançando sombras compridas pelo caminho, os corpos silhuetados à meia-luz bruxuleante das velas.

Uma sensação sombria pairava no ambiente. Reconheceu-a como o mesmo desconforto que sentira em Paris antes de a multidão tomar proporções ainda maiores. Lá, naquelas ruas em frente ao Hôtel de Ville, os parisienses pareciam ter sido impelidos ao assassinato com a mesma rapidez com que um fósforo é consumido pelo fogo. Parecera inacreditável e inevitável ao mesmo tempo. Bela não resistiu ao impulso de esquadrinhar a multidão ali reunida, procurando algum indício de loucura no rosto de seus antigos vizinhos, mas o cômodo estava mergulhado em escuridão.

O coração batia acelerado contra o peito. A mente protestava a cada passo que a fazia enveredar ainda mais pelo salão. Tentou afugentar os próprios medos, lembrando a si mesma que grandes reuniões não eram proibidas por lei e que, até que se provasse o contrário, não havia motivos para acreditar que as pessoas de Plesance fossem se comportar como a multidão em Paris. Ocorreu-lhe, entretanto, que ali havia uma grande quantidade de pessoas dispostas a pelo menos ouvir alguém ligado à Revolução Francesa. Bastien não tinha mencionado essas reuniões clandestinas em seus relatos. Ou ele as suprimira de propósito ou, o que era ainda pior, nem sabia de sua existência.

O burburinho no ar atingiu um tom febril quando a pessoa enfim subiu ao palco. Bela sentiu um alívio imediato ao perceber que o agitador era um homem. No instante seguinte, porém, sentiu um aperto no peito ao perceber que se tratava de alguém que ela conhecia.

Alguém que ela não via desde a noite em que pusera fim à maldição.

Ficou totalmente paralisada quando LeFou subiu ao púlpito improvisado. Estava mais magro do que ela se lembrava, e mais furioso também. O ar travesso de antes já não estava mais lá. Aquela versão de LeFou tinha sido esvaziada e extirpada pela vida que ele levara desde aquela noite fatídica.

— Irmãs e irmãos, esta noite venho transmitir a vocês uma mensagem simples, nascida nos corações e nas mentes de nossos compatriotas franceses e transportada até nossa aldeia e além. É uma mensagem de mudança e esperança. É uma mensagem de revolução.

Bela esperava o silêncio, ou quem sabe risos, já que LeFou tinha sido alvo de muitas piadas ao longo da vida, mas todo o lugar irrompeu em clamor de uma só vez. LeFou parecia se alimentar da energia do público. Bela jamais teria imaginado que ele seria capaz de deixar uma multidão em polvorosa como Gaston costumava fazer. Ela sempre tinha enxergado LeFou como o ajudante inofensivo do vilanesco Gaston. Depois da quebra da maldição, quando a poeira já tinha baixado, Bela tinha ido atrás de justiça para o pai, para Lio e para si mesma, mas não havia o que fazer. As pessoas lideradas por Gaston, que morrera naquela noite, não se lembravam de ter marchado para o castelo pedindo a cabeça da Fera. Não se lembravam de ter ficado de braços cruzados enquanto Gaston e LeFou tentavam mandar Maurice para o hospício. Não conseguiam se lembrar de nenhuma das coisas que tinham feito.

Mas Bela jamais se esqueceria.

Lio livrou-se da dor muito antes dela. Na verdade, ela nem sabia se um dia conseguiria chegar a esse ponto. Não era como se pudessem exigir justiça daqueles que nem se lembravam dos crimes que haviam cometido. E, se quisessem lembrá-los de seus pecados, também teriam que revelar algo importante de que o povo havia se esquecido: seu príncipe tinha se tornado uma fera, e todos o queriam morto.

Ela tinha feito de tudo para deixar a escuridão para trás e se livrar da raiva e da sede de vingança, sabendo que não poderia fazer nada quanto a isso, e, de certa forma, tinha conseguido.

Até que viu LeFou, e todos aqueles sentimentos ressurgiram de súbito, ameaçando oprimir seu coração mais uma vez. No passado, bastara um homem para impelir o povo de Plesance a agir. Gaston estava morto — Bela tinha visto seu corpo desabar da torre e ser engolfado pela escuridão. Mas LeFou poderia muito bem ser o seu sucessor, e ela temia muito mais o que o homenzinho diria a seguir do que temia por sua própria segurança.

— Cabe a nós espalhar ainda mais a mensagem da revolução. Nosso rei acha que sabe o que é melhor para nós, mas desde quando ele se importa com o próprio povo? Se ele desse a mínima para nós não estaria enfurnado nas propriedades de seus nobres, escondendo-se da verdade: Aveyon estava sem um rei havia séculos, e não precisa de um agora!

A multidão rugiu mais uma vez, mais furiosa do que antes, e Bela percebeu que estava na hora de ir embora. Permanecer ali não levaria a nada. Ela tinha confirmado que Marguerite era inocente. Era isso que fora fazer na aldeia. Estar ali não era como ouvir os peticionários, tampouco como se esgueirar sorrateiramente em tavernas para ouvir o que seu povo tinha a dizer. Era o vislumbre de algo mais sombrio, algo que não a ajudaria, algo que ela não poderia consertar. Tinha que ir embora antes de ser descoberta.

Puxou o capuz para cobrir ainda mais o rosto e seguiu em direção à porta. Estava quase lá quando um homem atravancou seu caminho e o capuz escorregou antes que ela pudesse impedir. O homem virou-se para olhá-la, pronto para pedir desculpas, mas então o reconhecimento estampou seus olhos.

Era o padeiro de quem ela tinha comprado pães e bolos durante toda a vida. Aquele que ela cumprimentava toda manhã ao passar pela praça.

— Jean! — exclamou com a voz estrangulada antes que pudesse reunir senso suficiente para fugir.

O padeiro a encarou como se não acreditasse que ela era real.

— Bela! — exclamou, como costumava fazer quando ela ia à loja para comprar uma baguete. Mas então pareceu se lembrar de tudo que os separava. Ela não era mais uma aldeã. Era casada com o rei. Uma expressão obscura tomou seu semblante. — Você não deveria estar aqui.

Ele fitou os arredores e Bela sentiu que o padeiro não sabia se a deixava ir embora despercebida ou se a revelava para a multidão, seja qual fosse o resultado. Pôde ver a dúvida se manifestar no crispar da boca do padeiro. Ela ficou imóvel, esperando que o homem decidisse seu destino. Quando os lábios dele se entreabriram outra vez, fosse para falar com ela ou para denunciar sua presença — não tinha como saber —, o padeiro foi golpeado por uma tora na lateral da cabeça, que o deixou inconsciente. A parede amorteceu sua queda e, antes que ele pudesse escorregar para o chão com um baque estrondoso, Marguerite emergiu das sombras e escorou o padeiro com o próprio corpo, deixando-o escorregar suavemente para o chão.

Ela ergueu o olhar e se deparou com Bela, atônita.

— O que você está fazendo aqui, *mon amie*?

— Eu poderia lhe perguntar a mesma coisa! — respondeu Bela, ofegante.

Marguerite se desvencilhou de Jean e puxou o capuz de volta sobre a cabeça.

— Venha, não vai demorar para que alguém o veja caído aqui. — Ela agarrou a mão de Bela e praticamente a arrastou para fora do ateliê.

Foi só quando tinham chegado ao outro lado do rio que Bela conseguiu se desvencilhar de seu aperto. Em seguida, parou na beira da ponte e disse:

— Você precisa me contar o que estava fazendo lá dentro. Agora.

— *Pardon*? — Marguerite se virou para encará-la. — Esse é um jeito interessante de me agradecer por tê-la livrado de explicar para um lugar abarrotado de plebeus por que a rainha de Aveyon estava lá espionando-os com o disfarce mais fajuto que já vi na vida. — Soltou uma risada sombria. — Sabe, posso não ser muito versada nos aspectos mais sutis de governar um reino, mas não acho que sua espionagem teria sido muito bem recebida.

Mas Bela se manteve firme.

— Você não respondeu à minha pergunta.

Marguerite soltou um muxoxo incrédulo.

— Eu estava andando pela aldeia quando ouvi dizer que havia uma pessoa fazendo discursos revolucionários no *atelier d'ébénisterie*. Por conta de tudo que estamos planejando, eu sabia que era melhor dar uma olhada. Minha intenção era relatar tudo a você amanhã de manhã, ou talvez até mesmo esta noite, se achasse necessário. Mas não imaginei que a encontraria lá, se desentendendo com o padeiro.

— Você não estava lá simplesmente para ouvir o que o revolucionário tinha a dizer?

Marguerite olhou feio para ela.

— Se eu quisesse dar ouvidos ao que cada *sans-culotte* desmiolado tem a dizer sobre esse raio de revolução, eu teria permanecido em Paris. Se eu acho que vez ou outra eles têm razão? Com certeza. Mas assim que decapitaram o marquês de Launay eu soube que lançariam mão de métodos demasiadamente radicais.

Marguerite estava visivelmente ofendida pela acusação velada, mas Bela ainda tinha mais coisas a perguntar.

— Por que você mentiu para mim hoje mais cedo, quando disse que eu não podia vir junto?

Pela primeira vez, Marguerite ficou sem palavras.

— É… complicado.

— Eu consigo aguentar.

O vozerio se elevou no ateliê, e Marguerite olhou por cima do ombro de Bela, a preocupação estampada no rosto.

— Venha, este não é o lugar apropriado para discutirmos isso. — Pegou a mão de Bela e começou a arrastá-la para longe. — Temos que dar o fora daqui antes que todo mundo perceba que a rainha de Aveyon está entre eles.

Bela nem se deu ao trabalho de corrigi-la. Sabia que a ausência de título não faria nada para aplacar uma multidão enfurecida.

CAPÍTULO VINTE E DOIS

Bela permitiu que Marguerite a conduzisse até um beco escuro e silencioso no distrito de *marchand-mercier*. Estava deserto, mas Marguerite fitou os arredores para se certificar de que não havia ninguém por perto. Parecia estar com os sentimentos à flor da pele, e Bela sentia que tinha alguma culpa nisso.

Marguerite respirou fundo.

— Há algo sobre mim que não lhe contei. Acho que eu estava com vergonha, ou no mínimo com medo de que você passasse a me olhar com outros olhos se soubesse a verdade.

— Tem a ver com seu desentendimento com a condessa d'Armagnac?

— Quê? Não — escarneceu. — Bem, de certa forma, tem a ver, sim. Mas isso não vem ao caso. Como ficou sabendo disso? — Ela fez uma pausa, depois soltou um risinho malicioso. — Deixe para lá, já entendi o que aconteceu. Está na cara que tem dedo do Bastien nessa história. Ele tentou alertá-la a meu respeito? — Não esperou Bela responder antes de continuar: — Olhe, Bastien é uma cobra traiçoeira por tentar me difamar com uma história da qual só conhece a metade. Sim, tive um desentendimento com a condessa, mas não teve nada a ver com alguma ninharia ou qualquer besteira que Bastien tenha alegado. Por acaso ele disse que dei chiliques por toda a Paris?

Bela começava a achar que estava se intrometendo em algo que a amiga preferia não compartilhar.

— Você não precisa se explicar para mim…

— Preciso, sim, pois agora o duque de Vincennes tentou manchar meu nome já maculado. — Marguerite retorceu as mãos e engoliu em seco. — Eu e Sophie, a condessa, estávamos apaixonadas, ou pelo menos era nisso que eu acreditava. Achava que o sentimento era mútuo. Nós conversávamos, sonhávamos acordadas e traçávamos planos grandiosos, como os enamorados costumam fazer, mas então ela me traiu, e, para piorar, mentiu para os outros sobre o que tinha causado aquela animosidade entre nós. Ela poderia simplesmente ter seguido o meu exemplo e não ter dito nada. A condessa começou a espalhar boatos descabidos a meu respeito, e eu me tornei uma pária, o que, como você deve imaginar, era algo bem inconveniente em Paris. Em parte, foi por isso que decidi ir embora de lá.

Bela sentiu um aperto no peito pela amiga.

— Marguerite, eu sinto muito…

Mas ela continuou:

— Eu não a trouxe comigo esta noite porque vim me encontrar com uma mulher, uma de quem gosto muito, e ainda não estava pronta para revelar essa parte de mim a você.

— Desculpe por tê-la forçado a me contar. Eu não tinha o direito…

— Não tinha mesmo.

Bela deixou o silêncio se estender entre as duas, sem saber como consertar as coisas. Tinha traído a confiança de sua amiga mais próxima e a colocado contra a parede a troco de nada.

— Eu quero que você saiba que isso não vai afetar nossa amizade em nada, pelo menos para mim. Entendo por que você teve medo de me contar, mas só quero que seja feliz.

Marguerite suspirou.

— Para ser sincera, Bela, eu já deveria ter lhe contado antes, mas não significa que estou feliz por ter sido forçada a contar agora.

Bela abriu a boca para falar, não sabia se para se defender ou se para pedir perdão, mas Marguerite a interrompeu:

— Acho que é melhor darmos o fora da aldeia antes que aquele homem acorde e conte a todo mundo quem ele viu antes de eu apagá-lo. — E saiu andando em direção ao castelo antes que Bela pudesse dizer qualquer coisa. Marguerite permaneceu calada durante todo o caminho e a culpa pesava sobre os ombros de Bela. Tinha sido uma tola por pensar, mesmo que por um instante, que a amiga fosse uma revolucionária disfarçada que a tinha ludibriado para conquistar sua confiança, mas tinha sido uma tola ainda maior por ter permitido que o aviso nebuloso de Bastien a influenciasse. Se havia alguém em Aveyon em quem não deveria confiar era o duque de Vincennes, que já tinha mentido para ela mais de uma vez.

Imaginou que a amiga se retiraria para seus aposentos e dar o assunto por encerrado, mas Marguerite a conduziu em direção à biblioteca, que já estava deserta àquela altura. A bagunça de Zip ainda estava espalhada pelo cômodo.

Marguerite se virou para ela, as mãos apoiadas com firmeza no quadril.

— O que foi que Bastien disse a você?

Bela engoliu em seco, envergonhada de seu comportamento.

— Ele disse que a viu se vangloriando na aldeia por ser próxima de mim. Disse que agitadores e revolucionários assumem muitas formas. E se ofereceu para mandá-la embora do castelo. — Marguerite ficou vermelha de raiva. — Eu não aceitei, é claro. Meu primeiro instinto foi ignorar cada palavrinha dele. Mas aí você não quis me convidar para ir à aldeia e entendi a rejeição como um sinal de que ele dissera a verdade. Eu deveria ter confiado nos meus instintos.

Quando disse isso, o rosto da mulher da loja de espelhos invadiu-lhe a mente. *Não espere que outros salvem Aveyon. Você precisa confiar nos seus instintos e se tornar a rainha que é capaz de ser.* Era o melhor conselho que tinha recebido desde o retorno a Aveyon, e tinha vindo de um fantasma.

— Eu sinto muito por ter permitido que a intriga de Bastien ficasse entre nós.

— Ele é um patife de marca maior, Bela. A essência de Versalhes corre nas veias daquele *pautonier*.

Bela teve que concordar com esse insulto. Bastien estava se mostrando um mentiroso contumaz. Marguerite esvaziou todo o ar dos pulmões antes de continuar:

— Mas a pior coisa que ele poderia fazer seria criar um muro entre nós, e me recuso a permitir que isso aconteça.

Bela foi tomada pelo alívio. Segurou a mão de Marguerite, que se permitiu ser envolvida por um abraço.

— Nunca mais vou dar ouvidos àquele patife — murmurou Bela, o rosto aninhado nos cabelos da amiga.

Marguerite se afastou e sorriu.

— Mas não se esqueça de que você está me devendo uma. Não acredito que acertei a cabeça do padeiro.

— Ele é conhecido por ser meio beberrão — comentou Bela. — Existe uma chance razoável de ele nem se lembrar de nada.

— Você pretende confrontá-lo?

— Jean? Definitivamente não. Prefiro não descobrir se o homem que me vendeu bolos por mais de uma década estava prestes a me entregar para a multidão.

— Não, estou me referindo a Bastien.

— E correr o risco de ele me excluir do conselho? Eu não duvido nada de que ele começaria a conduzir as reuniões durante as caçadas só para me deixar de fora. — Massageou as têmporas. — Preciso contornar esse assunto com sabedoria enquanto Lio não volta. Os conselheiros estão atrás de um motivo para me desmoralizar ou me ignorar, e não posso deixar que isso aconteça antes do *salon*. — Até aquele momento, Bela tinha conseguido manter os eventos da noite bem longe da mente, mas de repente a lembrança de LeFou deixando a multidão em polvorosa a invadiu em cheio. — Se bem que, depois do que vimos hoje à noite, não sei se posso fingir que organizar um *salon* resolverá os problemas de Aveyon, não é?

— Não seja boba. Agora, Aveyon precisa desse *salon* mais do que nunca.

Bela estreitou os olhos.

— Não seria o equivalente a colocar um curativo em uma ferida sanguinolenta e esperar que ela se cure sozinha?

— Como assim?

— A multidão no ateliê estava alucinada com a perspectiva da revolução. Será que não é tarde demais para impedir que aconteça?

Marguerite franziu o cenho.

— Aquele lugar estava cheio de bêbados sugestionáveis saídos dos becos e tavernas de Plesance. Eles teriam decidido transformar um bode em rei se alguém tivesse sugerido isso alto o bastante. — Ela se sentou ao lado de Bela. — Quem era aquele *connard*, afinal?

Bela quase se engasgou com a escolha de palavras de Marguerite. Tinha acertado na mosca.

— LeFou. Ele é um inimigo de longa data.

Marguerite arqueou as sobrancelhas.

— O nome lhe convém. Mas você não precisa se preocupar com a multidão. Quando acordarem amanhã, só vão ter uma vaga lembrança do tempo que passaram no ateliê ouvindo o discurso de um tolo estridente. E, daqui a uns dias, alguns deles vão estar bem aqui, nesta biblioteca, munidos de suas melhores ideias e prontos para debater com cientistas e filósofos. Em vez de ter que ouvir os berros de outrem, *eles* é que se farão *ouvir*. — Fez uma pausa, mas o silêncio era confortável. Quando tornou a falar, a voz tinha adquirido um tom sonhador. — Vai ser uma coisa mágica, creio eu, assistir a um reino se unir para poder reconstruir a si mesmo.

Bela e Marguerite vararam a noite conversando sobre as propostas que esperavam receber dos plebeus de Aveyon. A fim de realizar um debate realmente saudável, precisariam reunir muitas ideias vindas de todos os cantos do reino e além. Bela estava começando a se perguntar se isso bastaria. Lembrou-se de que precisava discutir a logística do evento com Horloge, mas só quando ele estivesse em um dos seus raros momentos de bom humor. Quando enfim saíram da biblioteca, os pensamentos sobre LeFou já estavam bem longe de sua mente.

Ela se jogou na cama e caiu no sono antes mesmo de tirar o vestido.

Quando acordou, estava em um quarto diferente do dela.

Estava deitada na mesma cama em que havia adormecido, mas, fora isso, não havia mais nada no quarto. Era uma tela em branco. *Estou sonhando*, pensou. Passou as pernas pela beirada da cama e pisou na nulidade alva. Quando ficou de pé, a cama desapareceu como que em uma nuvem de fumaça. Bela não conseguia sentir o chão a seus pés nem ver quaisquer paredes ou cantos, como se o espaço se estendesse infinitamente.

— Tem alguém aí? — gritou ela, sem saber o que desejava receber como resposta.

Achou que estaria mais amedrontada, mas percebeu-se envolta por um sentimento de calma que não conseguia explicar. Logo percebeu que era uma sensação familiar: a mesma calma incomum que sentira na loja em Paris.

Bem na hora, uma figura despontou ao longe, embaçada a princípio, mas logo entrou em foco. Bela não ficou surpresa ao perceber que era a mulher da loja de espelhos, aquela que vinha assombrando seus passos desde Paris.

— Eu só estou sonhando — tranquilizou-se Bela em voz alta. — Vou acordar e nada disso terá sido real.

A mulher parou a alguns passos de distância e pendeu a cabeça para o lado.

— Creio que você poderia chamar isso de sonho, mas na verdade trata-se de algo completamente diferente.

— Quem é você?

— Uma amiga — respondeu a mulher.

— Por que eu acreditaria no que você diz?

A mulher se aproximou, os braços estendidos em súplica.

— Você tem o direito de acreditar no que quiser, Bela. Tudo o que peço é que me escute antes de decidir que sou sua inimiga.

Naquela estranha terra dos sonhos, o pedido não parecia tão irracional assim.

— Vá em frente.

A REVOLUÇÃO DA ROSA

A mulher deixou as mãos penderem ao lado do corpo.

— Eu vim avisá-la do que está por vir. Há um incêndio varrendo a França e, se Aveyon sucumbir às chamas, nada impedirá que o fogo se espalhe pelo resto do mundo.

Era evidente que o incêndio a que ela se referia era a revolução fermentando em Paris e Versalhes. Mas não conseguia entender por que a mulher fazia tanta questão de informá-la sobre o inevitável. Bela não queria revelar a verdadeira extensão de seu medo, nem mesmo naquele espaço onírico bizarro. Por isso, limitou-se a dar de ombros, agindo da forma mais evasiva que podia.

— No mundo, existem certos reinos e impérios que deveriam ser forçados a mudar.

A mulher franziu o cenho.

— O terror marcha no rescaldo desse incêndio. Milhares morrerão, as pessoas vão se voltar umas contra as outras, os reinos trairão seus aliados. As consequências de tal instabilidade vão se estender para bem longe. Aveyon já não existirá como você o conhece. Cabe a você impedir que o fogo se espalhe.

Para Bela, acreditar naquela mulher era o mesmo que acreditar que o pior lhes aconteceria e que não havia nada que ela pudesse fazer para evitar. Não entendia por que a responsabilidade de impedir a ruína de Aveyon recaía em seus ombros, mas temia mais os próprios erros do que a possibilidade de que aquela mulher mágica e misteriosa estivesse mentindo.

— O que eu tenho que fazer?

— Eu já lhe disse certa vez que você deve confiar nos seus instintos. Você passou tanto tempo sufocando-os que deixou de reconhecê-los pelo que realmente são: um aviso.

O cômodo começou a tremer e Bela tentou ignorar.

— Você fala por enigmas. Não pode simplesmente me dizer com todas as letras?

— Minha clarividência é limitada, Bela. Tudo o que sei ocorreu-me de visões difusas: uma coroa na sua cabeça, seu reino em chamas, a Europa desmoronando sob o peso da violência que acompanha a revolução. Tudo o que posso fazer é esperar e observar como cada passo seu obscurece ou realça o que consigo divisar do futuro. Eu não posso lhe dizer o que fazer ou em quem confiar. São decisões que você deve tomar por si mesma — declarou. — Mas uma coisa está clara desde o início: todas as minhas visões envolvendo a cura, a obliteração desse incêndio, começam com você.

O chão começou a tremer sob seus pés e Bela perdeu o equilíbrio.

— O que está acontecendo?

A mulher parecia tão serena como sempre.

— Você está acordando.

Bela podia ouvir alguém chamar seu nome ao longe. Tornou a olhar para a mulher. Queria mais respostas, mas seu domínio sobre o sonho estava se dissipando.

— Por que você não pode me encontrar em Aveyon, como fez em Paris?

A mulher baixou os olhos, como se estivesse triste.

— Acredito que eu não seria bem-vinda.

O sonho começou a se desfazer de vez. A brancura do espaço deu lugar à escuridão e Bela cambaleou para o lado, agarrando-se à borda de alguma coisa que não conseguia ver.

— E se eu precisar de você outra vez? — Queria perguntar tantas coisas, mas um último tremor de abalar as estruturas lançou Bela em direção ao abismo.

Em seguida, viu-se acordada no próprio quarto, com uma frenética Madame Samovar pairando acima dela.

— *Sacré*, Bela, você dorme feito pedra.

Bela se sentou na cama, sabendo em seu íntimo que havia algo errado.

— O que foi? O que aconteceu?

— Você precisa vir rápido, madame. Bastien está expulsando Marguerite do castelo, alegando que são ordens suas. Eu sabia que você jamais faria uma coisa dessas, então vim correndo para cá.

Bela se pôs de pé em um instante, aliviada ao descobrir que ainda estava com o vestido da noite anterior.

— Leve-me até onde eles estão.

A REVOLUÇÃO DA ROSA

As duas atravessaram o castelo escuro às pressas. Bela ouviu o tumulto muito antes de chegarem a ele. Gritos ecoavam pelos corredores vazios, amplificando as vozes enraivecidas.

— Preciso me certificar de que Zip não saiu da cama. Ele precisa ficar lá. Voltarei assim que puder — sussurrou Madame Samovar.

— Vá. — Bela a incentivou a ir para longe daquele caos.

Quando enfim chegou ao saguão de entrada, viu que os guardas tentavam arrastar a angustiada Marguerite à força, enquanto Bastien assistia a tudo com um semblante plácido. Ele se virou e, ao avistar Bela, a perplexidade tomou suas feições. O duque não tinha previsto que alguém iria atrás de Bela, mas recuperou a compostura sem demora.

— Ah, que bom que chegou. Agora você pode explicar à *mademoiselle* de Lambriquet que estou apenas seguindo suas ordens.

— Afastem-se — ordenou Bela. Os guardas hesitaram por um instante, mas logo obedeceram. Marguerite caiu de joelhos assim que a largaram. Bela queria ver se a amiga estava bem, mas tinha problemas mais prementes para resolver. — O que está acontecendo aqui, Bastien?

Ele ergueu os braços em falsa rendição.

— Eu estou apenas obedecendo às suas ordens, madame.

— Em momento algum pedi a você que expulsasse Marguerite do castelo.

— Talvez não tenha dito com todas as letras... Mas você queria que eu me encarregasse do assunto, e foi isso que fiz.

— Isso é um absurdo! *Quando* foi que eu...

Bastien a interrompeu, percebendo que a situação tinha saído de seu controle.

— Parece que interpretei mal a situação. — Olhou para Marguerite e ofereceu um sorriso forçado. — Desculpe, *mademoiselle*. Tudo não passou de um grande mal-entendido.

Por mais que estivesse abalada, Marguerite parecia capaz de matar Bastien com as próprias mãos, e Bela compartilhava daquele sentimento. Estava farta de ver o duque usar sua influência contra ela.

239

Se fossem empilhadas uma a uma, as transgressões dele chegariam ao topo da torre mais alta do castelo. Não havia nenhum motivo para voltar a confiar nele, tampouco para mantê-lo por perto. Por que ela tinha demorado tanto para perceber?

Bela virou-se para os guardas.

— De agora em diante vocês não devem mais obedecer a nenhuma ordem do duque de Vincennes, entenderam?

Ela ficou aliviada ao ver que, dessa vez, eles assentiram sem o menor indício de hesitação.

— Ora, Bela, seja razoável.

— Não me dirija a palavra, a menos que seja para pedir desculpas por ser um patife duas caras. — Pela primeira vez na vida, Bastien parecia não saber o que dizer. — Seus dias como conselheiro acabaram, Bastien. Você não deveria nem ter feito parte do conselho. Não sei qual é o seu joguinho nem o que pretende com ele... talvez você só queira semear o caos, talvez encare tudo na base da brincadeira, mas não importa. Você não vai mais envolver o povo de Aveyon nos seus conchavos.

Ele abriu e fechou a boca várias vezes. Bela nunca tinha visto o duque sem palavras.

— Você é um convidado neste castelo, nada além disso. Você não fala em meu nome e certamente não fala em nome do rei. Estamos entendidos?

Ele engoliu em seco e lançou-lhe um olhar vazio.

— Eu só estava fazendo o que achava ser melhor para o reino.

— Você não faz ideia do que é melhor para Aveyon. Nem conhece o reino. Apesar de toda essa pretensa sabedoria, você nunca caminhou por nossas aldeias e cidades, nunca conversou com as pessoas que são o alicerce de Aveyon, ou com os camponeses, como você insiste em chamá-los. Se não fizesse questão de me lembrar disso a todo momento, daria até para pensar que você se esqueceu de que também já fui uma camponesa.

A essa altura, uma multidão curiosa tinha se formado atrás dela. Horloge se aproximou e Bela estremeceu, certa de que o mordomo estava prestes a repreendê-la por insultar um duque tão abertamente.

A REVOLUÇÃO DA ROSA

— Eu sugiro que se retire para seus aposentos, *monsieur* — disse ele. O mordomo nunca tinha feito uma reprimenda tão dura assim a um aristocrata. Ele se virou para encarar o restante da plateia.

— O mesmo vale para todos vocês. Já está tarde, e teremos muito trabalho a fazer quando acordarmos.

A multidão se dissipou pouco a pouco. Bastien se deteve por ali, com uma expressão de perplexidade sarcástica no rosto, como se tanto não acreditasse no que tinha acontecido como se já estivesse esperando.

— Bela, se ao menos me permitir dizer que...

— Vá para a cama, Bastien. Você já causou mal suficiente por uma noite.

Enquanto ele a encarava, Bela detectou um lampejo da raiva que fervilhava sob a fachada cuidadosamente entalhada do duque. Aquilo a assustou, mas ela se manteve firme. Bastien deu-lhe as costas e saiu do saguão de entrada, os passos ecoando por todo o corredor.

Quando o som enfim morreu ao longe, Bela caiu de joelhos no chão. O confronto tinha tirado todo o seu equilíbrio.

— Oh, céus! O que foi que eu fiz?

Marguerite fitou o corredor por onde Bastien tinha se embrenhado.

— O que você deveria ter feito há semanas. — Ela olhou para Bela, esparramada no piso. — Se Bastien tivesse conseguido me expulsar do castelo, pode ter certeza de que ele teria manipulado a situação antes de contá-la a você. *Marguerite teve que ir embora na calada da noite; pediu que você não se preocupasse com a partida dela.* Ele é uma cobra. Achou que eu acreditaria que você queria me expulsar, como se eu não tivesse acabado de resgatá-la de um ateliê cheio de bêbados enraivecidos.

— *Pardon*?! — exclamou Horloge, estridente.

Bela ignorou a pergunta.

— Horloge, será que você poderia buscar um chá para Marguerite? Ela teve uma noite e tanto.

Pela primeira vez, ele não protestou por ter de realizar uma tarefa mais servil. Bela voltou a olhar para a amiga.

— Por que Bastien decidiu fazer isso com você justamente agora?

Marguerite pareceu envergonhada.

— Talvez eu tenha dado uma passadinha nos aposentos dele para confrontá-lo sobre as mentiras que contou a meu respeito. — Fez uma pausa e estremeceu ao olhar para Bela. — Mal tive tempo de abrir a boca antes de ele insistir que tinha uma carta urgente de Aurelian para mim em seu escritório. Você acredita que caí nessa besteira? Mas é óbvio que tudo não passava de um ardil. — Ela ajeitou o vestido amarrotado. — O mais assustador é que provavelmente teria funcionado se você não tivesse aparecido. Eu com certeza não conseguiria retornar ao castelo, muito menos escrever uma carta que chegasse a você. Ele exerce controle demais por aqui. Ou, melhor dizendo, *exercia*. Você fez a coisa certa, Bela.

Bela suspirou.

— Mas talvez tenha sido uma má ideia emboscá-lo nos aposentos dele.

— Ah, com certeza. Mas saí do sério porque nós nos conhecemos, eu e ele. Apesar de toda nossa animosidade, Bastien e meu irmão são amigos de longa data. Eu não sei por que ele faria algo tão cruel comigo só por causa do desentendimento com a condessa. — Ela se empertigou e meneou a cabeça. — Bem, ele é uma cobra, e agora todos sabem disso.

— Será que sabem mesmo? — perguntou Bela, mas Marguerite não respondeu. — Eu não me arrependo de ter feito o que fiz, mas tenho medo de ele tentar dar o troco.

— O que ele poderia fazer? Você é a esposa do rei de Aveyon. Não é como se ele pudesse expulsá-la de seu próprio castelo, ora! — Marguerite estendeu a mão e ajudou Bela a se levantar. — Ele enfim mostrou quem realmente é, e essa é a sua defesa caso alguém venha questionar sua decisão. Ele tentou falar por você. Passou dos limites. Você deveria até tê-lo *expulsado* daqui.

— Ele é a única família que Lio tem. Acho que já foi o suficiente para dar um basta na influência dele.

— Espero que você esteja certa. — Marguerite pôs uma mecha teimosa de cabelo para trás da orelha. — Mas não posso prometer que não tentarei estrangulá-lo da próxima vez que o encontrar.

— Você tem todo o direito — concordou Bela. — Lamento que tenha passado por isso. Tenho a impressão de que tudo está desmoronando e não há nada que eu possa fazer para evitar.

Marguerite deu um apertãozinho no ombro de Bela.

— Em primeiro lugar, seu *salon* vai ser um sucesso e, em segundo lugar, acho que você não teria como cancelá-lo agora, mesmo se quisesse. — Ela sorriu. — As rodas já estão girando, Bela.

CAPÍTULO VINTE E TRÊS

Bela nunca presenciara o pátio tão lotado antes. Via-se uma procissão interminável de carroças carregadas com a manteiga, os ovos e a farinha extra que Madame Samovar havia encomendado para receber os convidados do *salon*. Trabalhadores construíam barracas temporárias para os comerciantes que tinham recebido permissão para vender suas mercadorias na feirinha improvisada que aconteceria paralelamente ao evento, tanto para ajudar a aliviar a cozinha do castelo quanto para oferecer aos participantes mais uma opção de visita além da biblioteca. O acesso ao resto da propriedade seria restrito. Se havia um conselho que Bela estava disposta a receber de Bastien era de que a segurança dos moradores do castelo deveria vir em primeiro lugar.

Ela não via o duque direito havia dois dias, isto é, desde o escândalo no saguão de entrada. No máximo, vislumbrava sua silhueta saindo de algum cômodo assim que ela entrava. Bela sabia que ele estava cuidando das próprias feridas. Ela tinha minado qualquer influência que ele pudesse exercer no castelo e chegara a achar até que o duque iria embora de Aveyon, tamanha a vergonha, mas pelo jeito pretendia continuar ali por ora, esgueirando-se pelos cantos de cara amarrada feito uma criança birrenta. Bela queria saber se ele planejava contar a Lio o que tinha acontecido, talvez na esperança de o primo tomar seu partido. Ela tinha se esforçado muito para confiar em Bastien, mas ele se mostrara um mentiroso mais de uma vez. Naquelas circunstâncias, Lio teria feito o mesmo que ela.

Ser parte da família não era um motivo bom o bastante para perdoar uma pessoa que traiu sua confiança.

Horloge materializou-se atrás dela.

— Está tudo em ordem, madame.

— Por favor, Horloge. Pode me chamar de Bela.

— É claro, Bela. — Ele pareceu se engasgar com o nome, como se fosse uma fruta amarga. — O rei está ciente de que você abriu o castelo para plebeus?

— Não — admitiu. — Eu não queria que ele tivesse que se preocupar com mais uma coisa. Será uma surpresa para ele, a menos, claro, que ele tenha visto os avisos nas aldeias. Marguerite e eu não pregamos os olhos desde que recebemos as propostas.

— Vocês já selecionaram algumas?

— Já, mas foi bem difícil. Tivemos que rejeitar algumas ideias ótimas simplesmente por não termos tempo para ouvir todo mundo.

— Bem, eu particularmente detesto surpresas, mas não vejo por que o rei não gostaria desta. Se ele estivesse aqui, suspeito de que ficaria entusiasmado em ajudar a planejar o evento.

Bela sorriu para ele e, bem na hora, Lumière surgiu atrás dos dois.

— Você chama isso de elogio, *mon ami*? — Lumière segurou Horloge pelos ombros. — Ora, vamos lá. Você consegue fazer melhor que isso. Dê uma olhada à sua volta. — Apontou para o pátio. — Você já viu o castelo tão cheio de vida assim? Sonhamos com isso por dez longos anos.

Bela se empertigou, animada. Quanto mais tempo se passava desde a maldição, menos pessoas que tinham vivido sob seu jugo queriam discuti-la. Tirando Madame Samovar, já fazia meses que Bela não ouvia nenhum dos amigos sequer mencionar o feitiço, e ela não tinha o menor interesse em insistir no assunto.

Horloge se desvencilhou do maître do castelo.

— Sim, bem, ainda temos dois dias pela frente, e tudo pode dar terrivelmente errado. — Seu desconforto era palpável.

— Ah, aí está o Horloge que eu conheço e amo. — Antes que o mordomo tivesse chance de repreendê-lo outra vez, Lumière se afastou em direção a um grupo de criadas que avistou do outro lado do pátio.

Horloge suspirou.

— Não é que eu acredite que as coisas darão errado mesmo, só não aguento esse otimismo inabalável dele.

Bela riu.

— Eu confio tanto no otimismo dele quanto no seu pessimismo. Vocês equilibram um ao outro.

Ele torceu o nariz diante da ideia.

— Sim, bem, se tudo sair conforme o planejado, o rei estará de volta amanhã. Você está pronta para explicar *tudo* a ele?

Percebeu que Horloge queria saber se ela estava pronta para contar a Lio tudo o que tinha acontecido com Bastien, e não apenas a adição dos plebeus ao *salon*.

— Estou.

O mordomo assentiu e não se prolongou mais.

— Então vou considerar como feito. — Ele riscou algo de sua lista. — Preciso dar uma olhada na cozinha. Da última vez que passei por lá, Madame Samovar não parecia preparada para lidar com o pior cenário possível que apresentei a ela.

— E que cenário seria esse?

— Que os convidados prefiram a comida da feira do pátio e ignorem os pratos preparados por ela.

— Acho que você não terá de se preocupar com isso, Horloge.

— Sim, bem, se o pior acontecer, nós precisamos de um plano alternativo para lidar com os vinte quilos de manteiga que ela pediu especialmente para a ocasião.

Ele fez uma mesura em um ângulo de noventa graus e se afastou, tomando o cuidado de não ficar de costas para ela até que estivesse fora de vista. Bela odiava o fato de o mordomo ser incapaz de abandonar a etiqueta que ela tinha lutado tanto para banir.

O som de cascos ressoou pelo pavimento. Bela se virou para olhar, querendo saber qual dos convidados notórios seria o primeiro a chegar e por que parecia tão apressado. Seu coração não estava preparado para o salto que deu ao ver Lio se aproximar, um dia antes do combinado. Se ele ficou surpreso ao ver o pátio apinhado de pessoas e barracas, não demonstrou. Os olhos dele encontraram os de Bela de imediato. Seus cabelos pendiam soltos ao redor dos ombros, mais compridos do que ela se lembrava.

— Bela.

A distância entre os dois era grande, mas mesmo assim ela conseguiu ouvir a forma como Lio disse seu nome, como se fosse um segredo que só ele conhecia.

Lio apeou e os dois correram um para o outro, encontrando-se no meio do pátio. Bela achou que ele a encheria de perguntas logo de cara, e não que a tomaria nos braços na frente de todos e a beijaria com ardor. A boca de Lio tinha o gosto da hortelã fresca que ele mascava durante as longas viagens. Todas as coisas de que ela sentira falta nele se condensaram em um único gesto. Nos braços de Lio, ela se sentia mais em casa do que jamais se sentiria no castelo.

Quando se afastaram, Bela viu que ele parecia assustado, pois só então tinha se dado conta da agitação incomum que tomava o pátio.

Ele abriu um sorriso afável para seu povo, mas Bela se sentia confusa com sua aparição repentina e seu comportamento apreensivo. O combinado era que Horloge receberia notícias de Lio quando ele chegasse a Livrade, o que teria dado a Bela tempo de cavalgar até Plesance para encontrá-lo e explicar por que o castelo estava apinhado de gente, já que ele estava esperando um *salon* tradicional. Não imaginavam que ele chegaria sem avisar.

Havia algo errado.

Ele fitou a multidão que se reunira ao redor para aplaudir o reencontro dos dois.

— Mas que raios está acontecendo aqui? Imagino que não seja uma festa de boas-vindas, certo?

Mas Bela não conseguia encontrar as palavras certas para explicar.

— Por que você voltou mais cedo? O que aconteceu?

Ele comprimiu os lábios em uma linha fina.

— Vamos conversar lá dentro.

Horloge quase teve um piripaque quando viu Lio atravessar as portas do castelo a passos largos. Bela percebeu a veia saltada na testa do mordomo enquanto ele se esforçava para agir naturalmente.

— Vossa Majestade, que surpresa totalmente inesperada — disse ele, uma onda mal contida de pânico espreitando sob os costumeiros modos diligentes. Olhou por cima do ombro de Lio, buscando algo no pátio logo atrás. — Se me permite a pergunta, onde está o resto da comitiva? Tenho muito a fazer.

Lio tirou as luvas e as enfiou no bolso.

— Eu vim na frente. Os outros chegarão amanhã.

Horloge parecia transtornado e absolutamente calmo ao mesmo tempo, um dom raro que tinha.

— Se me permite a pergunta, por quê?

Lio pousou a mão no ombro do mordomo.

— Veja bem, não temos tempo para repetir a história de novo e de novo. Você poderia, por favor, informar Bastien da minha chegada e pedir que nos encontre na sala do trono?

Bela e Horloge ficaram atônitos, sem saber como dizer a Lio que Bela tinha praticamente proibido o primo do rei de discutir qualquer assunto relacionado ao reino. Olhou para o marido e viu indícios do medo que o mantinha acordado à noite: a pele estava mais pálida que o normal, o corpo parecia mais franzino. Não sabia o que o levara a cavalgar até Aveyon com um dia de antecedência, mas imaginava que boa coisa não era. De súbito, decidiu que não poderia preocupá-lo com mais um problema.

Horloge se alternava entre olhar para um e outro, como se implorasse que alguém lhe dissesse o que fazer. Lio estava distraído demais para notar a hesitação do mordomo.

Bela pigarreou.

— Sim, Horloge, faça isso, por favor. E pode chamar Marguerite também?

A menção ao nome pareceu despertar Lio de seu torpor. Ficou olhando enquanto Horloge se afastava e depois se dirigiu a Bela:

— Não quero insinuar nada, mas...

Bela o interrompeu.

— Eu confiaria minha vida a ela, Lio.

— Tudo bem. — Ele a puxou para um abraço que parecia carregado de desespero. — Senti tanta saudade disso.

Bela queria lhe fazer mil perguntas, mas isso podia esperar. Naquele momento, limitou-se a retribuir o abraço, desfrutando da sensação de tê-lo de volta em seus braços. O que ele tinha a dizer não importava, desde que estivessem juntos. Os dois poderiam ter ficado ali para sempre, entrelaçados e imóveis em meio ao caos que tomara conta do castelo, e ela teria ficado feliz.

Mas a realidade os alcançou.

— Nós temos que ir — sussurrou Lio em seu ouvido.

Ela assentiu, a cabeça aninhada em seu peito, e deixou que ele a guiasse para longe do santuário que tinham criado para si. Um dia, talvez pudessem ter mais do que meros momentos roubados antes que a vida real os chamasse de volta.

Foi uma reunião diferente de qualquer outra, já que só havia um membro do conselho presente. Bela olhou para os amigos — Horloge, Marguerite e Lumière —, depois para os generais de Lio e para Bastien, o homem que ela tinha banido daquele cômodo apenas dois dias antes. O duque parecia receoso em retribuir seu olhar, e Bela não se importava nem um pouco. Ao menos os dois tinham deixado a animosidade de lado por ora. Não tinha como esperar nada além disso.

Lio se pôs de pé.

— Vou direto ao assunto. O rei Luís e Maria Antonieta foram tirados de Versalhes à força.

Todos no cômodo ficaram perplexos, com exceção dos generais e de Bastien, que não pareciam nem um pouco surpresos.

— Como? — quis saber ela.

A REVOLUÇÃO DA ROSA

— Vocês estão cientes de que o rei convocou o Regimento de Flandres de volta para Versalhes? — Fez uma pausa enquanto todos assentiam. — E de toda a agitação que tomou Paris? O desemprego, o aumento no preço do pão? — Fez outra pausa, mas todos estavam a par do assunto graças aos relatos de Bastien. — Ao que parece, um banquete foi realizado assim que o regimento chegou a Versalhes, durante o qual foram feitos inúmeros brindes à família real e nenhum à nação francesa. Em uma época tão conturbada quanto a que vivemos, isso não passou despercebido, assim como o fato de que estavam dando um banquete luxuoso em Versalhes enquanto o povo parisiense passava fome.

Bastien se pronunciou:

— Acusaram Maria Antonieta de ignorar o sofrimento de seu povo. Ao que parece, quando lhe disseram que os camponeses parisienses passavam fome porque o preço do pão estava nas alturas, ela exclamou: "Que comam brioches!".

Lio assentiu com a cabeça.

— Seja isso verdade ou não, o fato é que o povo de Paris marchou com fúria sobre Versalhes. A multidão já havia atingido a casa dos sete mil quando enfim chegou ao palácio, liderada principalmente por mulheres. O comandante Lafayette seguiu a massa com seu comando de *gardes nationales*. Luís não teve escolha a não ser acatar os decretos da Assembleia Nacional e oferecer todo o pão, a farinha e o trigo de Versalhes para aplacar os ânimos da multidão.

Bela estava confusa.

— Depois de tanto protestar e se recusar a se render, ele simplesmente aceitou a Constituição?

— Aceitou, ainda que tenha sido coagido. Mas não para por aí. Lafayette pediu a Luís que o acompanhasse a Paris no dia seguinte e ele concordou. Os manifestantes passaram aquela noite em Versalhes e se embebedaram até o dia raiar. Em determinado momento, alguns deles invadiram o palácio e assassinaram dois dos guarda-costas de Luís e puseram suas cabeças em estacas. Lafayette conseguiu restaurar a ordem ao levar o rei, a rainha e o herdeiro delfim a uma sacada para se apresentarem à multidão enraivecida.

Alguns pediram que Maria Antonieta fosse alvejada por tiros, mas ela se manteve firme. Luís prometeu à multidão que ele e a família iriam a Paris, e assim o fizeram, seguidos por uma procissão de cerca de sessenta mil pessoas. Foram levados ao Palácio das Tulherias, mas são praticamente prisioneiros.

— Prisioneiros? Mas o que pretendem fazer com eles? — quis saber Bela.

— Quem sabe? Há muitos anseios contrastantes na Assembleia Nacional. Não acredito que alguém saiba o que de fato vai acontecer, principalmente por conta das multidões de parisienses que clamam por sangue. Os nobres estão fugindo da capital. Maria Antonieta até mandou suas damas de companhia embora antes de a família real sair de Versalhes. Paris está um caos. Voltei para casa assim que soube. — Fez uma pausa para recuperar o fôlego. — Falando nisso... por que o castelo parece mais movimentado do que o normal, Bela?

Bela sentiu o ardor nas bochechas quando todos na mesa se viraram para encará-la. Foi impossível não perceber a expressão presunçosa no rosto de Bastien.

— É por causa do *salon*... — começou ela.

— Eu já tinha me esquecido disso — admitiu Lio, antes de continuar: — Mas há muito mais gente do que o necessário para um simples *salon*.

— Nós acabamos dando uma nova dimensão ao evento — explicou ela, mas todos os seus motivos para convidar centenas de pessoas para virem ao castelo pareciam ter evaporado de sua mente.

Marguerite se pronunciou:

— Não é apenas um *salon*, Vossa Majestade, e sim um passo em direção a algo mais democrático para Aveyon. É uma forma de ouvir o que *todas* as pessoas do seu reino têm a dizer, e não apenas uma parcela delas.

Bela encontrou a própria voz.

— Recebemos relatos de protestos durante sua ausência. As pessoas estavam ficando inquietas.

— Recebemos relatos, mas nenhuma evidência — acrescentou Bastien em um tom que sugeria que Bela havia sido dramática.

A REVOLUÇÃO DA ROSA

— Eu vi as evidências com meus próprios olhos quando conversei com plebeus em uma taverna em Mauger, sendo que muitos deles criticaram Lio por dar mais valor aos nobres do que ao resto do povo. — Deixou de fora a parte sobre também ter testemunhado os aldeões de Plesance se reunirem para escutar um revolucionário, pois sabia que isso só motivaria mais perguntas.

Lio lançou um olhar receoso para Bela.

— Você fez o *quê*?

— Eu tomei as devidas precauções — respondeu ela na defensiva, sabendo que a decisão de não mencionar o discurso de LeFou tinha sido acertada, ao menos por ora. Lio não precisava ouvir mais notícias ruins depois de um dia longo de viagem. — Eu tinha que ver com meus próprios olhos se os relatos eram verdadeiros. — Bela sabia que Lio estava pensando em tudo que poderia ter acontecido para ela ser morta no trajeto entre o castelo e Mauger. — Estou *ótima*, como você pode ver. E tive a oportunidade de ver como nosso povo realmente se sente, o que foi extremamente importante.

Horloge pigarreou.

— O *salon* foi bem recebido por todos, Vossa Majestade. — Bela ficou tão feliz com seu apoio que poderia tê-lo beijado.

Lio franziu o cenho.

— Mesmo assim, acho que é melhor cancelar.

Foi como se Bela tivesse levado um soco no estômago.

— Mas já está tudo praticamente pronto, Lio. Os convidados já começaram a chegar.

— O rei Luís e Maria Antonieta são *prisioneiros* no próprio castelo, Bela. O povo se voltou contra eles.

— Alguns diriam que com razão — comentou Bastien.

Lio se virou para o primo.

— E quanto ao nosso povo? Como vamos saber se não pensam o mesmo de nós?

Bela precisava fazê-lo entender a diferença.

— Lio, nós não somos Luís e Maria Antonieta.

— Você acabou de dizer que o povo tem me criticado e mesmo assim quer convidá-lo para vir ao nosso castelo?

253

— Criticar o rei não é um crime em Aveyon, Lio. Nem deveria ser. — Ele abriu a boca para argumentar, mas ela o impediu. — É justamente por isso que organizamos este *salon*. Queremos dar voz a todas as pessoas do reino. E, ao fim do evento, tudo indica que teremos alguns planos sólidos que poderemos implementar com a aprovação e consentimento do nosso povo. Podemos mudar o reino para melhor, e não vai ser apenas com base em nossos julgamentos. É uma oportunidade de resolver os problemas que desencadearam a crise na França — implorou. — Uma oportunidade de garantir que as sementes da revolução jamais sejam plantadas em nosso reino.

Lio meneou a cabeça.

— Eu receio que isso nos faça correr um risco desnecessário. Certamente deve haver outro caminho.

— Nós não precisamos nos proteger do nosso próprio povo, Lio. Precisamos escutá-los. É claro que existem outros caminhos, e é claro que o *salon* não é a única solução viável. Mas é o jeito mais rápido de mostrar que estamos dispostos a ouvir a voz de todos, incluindo a dos nobres de Aveyon. O evento está marcado para daqui a dois dias, e tudo correu conforme o planejado até agora. Cancelar agora só serviria para macular seu retorno à capital.

Lio estava visivelmente dividido. Bela sabia que os pesadelos o tinham acompanhado durante toda a viagem, sem lhe permitir um único momento de paz. E depois vieram as notícias de Paris, que intensificaram ainda mais os medos com os quais tinha aprendido a conviver, tornando-os horríveis demais para suportar.

— É um bom plano, primo. — Todos ficaram em silêncio. Ninguém imaginava que Bastien defenderia o *salon*, muito menos Bela. — Entendo os seus receios, mas acho que você deve deixá-los de lado e pensar nas coisas boas que esse evento pode trazer.

Por mais que a incomodasse ver Lio dar tanto valor às palavras de Bastien, o fato de o duque ter se pronunciado lhe trouxe certo alívio. Lio ponderou sobre o que o primo dissera e chegou a uma decisão.

— O *salon* vai seguir conforme o planejado. — Bela e Marguerite se entreolharam, incapazes de conter a felicidade que sentiam. — Mas

A REVOLUÇÃO DA ROSA

— continuou Lio — a segurança é nossa preocupação número um. Ninguém entra neste castelo sem passar por uma inspeção minuciosa, e se percebermos qualquer indício ou sugestão de uma conspiração contra nós, o *salon* será encerrado.

Bela queria assegurá-lo de que não havia conspiração nenhuma, mas depois do que tinha testemunhado no *atelier d'ébénisterie* em Plesance, não tinha mais tanta certeza disso.

CAPÍTULO VINTE E QUATRO

Bela precisava conversar com o marido a sós.
Queria lhe contar todas as coisas que tinham acontecido durante sua ausência, mas, acima de tudo, queria que ele soubesse o que se passara entre ela e Bastien. Mais uma vez, Bela não sabia em que pé estava sua relação com o duque. Ele tinha defendido o *salon* para Lio, dando a entender que a apoiava, mas ela sabia que não deveria se fiar tanto nisso. Era mais provável que o duque tivesse seus próprios motivos para defender a manutenção do evento. Talvez tivesse feito promessas que precisava cumprir. Bela não tinha a menor intenção de que o duque sofresse represálias pelo que tinha feito a ela, mas pelo menos queria que Lio soubesse a verdade antes que Bastien lhe contasse alguma versão conveniente da história.

Porém, mal tinha conseguido passar cinco minutos a sós com o marido desde sua chegada. Ao que parecia, o rei vinha sendo requisitado por todos. Quando não era Horloge a lhe encher os ouvidos, eram seus generais. Ao longo do dia todo, mais nobres foram chegando ao castelo, tanto por causa do *salon* como para ver o rei, que estava de volta à capital. Todos os membros do conselho estavam lá, e pareciam tratar Bela com um respeito muito maior do que tinham demonstrado nos meses anteriores. Ela jamais se esqueceria de como a tinham tratado durante a ausência de Lio, mas isso poderia ser resolvido depois do *salon*. Naquele momento, limitou-se a ficar sentada ao lado de Marguerite, os nervos à flor da pele.

— Você está olhando feio para o comandante Vasseur — avisou a amiga, com a boca cheia de pão. Madame Samovar comandava a cozinha em um frenesi controlado, produzindo montanhas de comida para alimentar os convidados que tinham chegado mais cedo.

— Quê? — Bela nem se dera conta de que havia lançado um olhar fulminante para o homem que conversava com Lio. — Não é nada.

— Você só queria que todos aqui fossem para o inferno e deixassem vocês dois a sós?

Bela virou-se para ela.

— É claro que não. É só que... ainda não conseguimos conversar direito.

— Tenho certeza de que você poderá *dizer* tudo o que quer mais tarde — respondeu Marguerite, com uma piscadela. Bela a beliscou.

— Eu estou falando sério. Lio ainda não sabe das mentiras de Bastien, tampouco que vi LeFou discursando contra ele na aldeia em que cresci. — Pressionou os olhos com as mãos e soltou uma lamúria angustiada. — Não era assim que eu imaginava o retorno dele.

Marguerite abriu um sorriso cheio de compaixão.

— Ele será todinho seu logo, logo.

Bela torcia muito para que ela estivesse certa.

Um criado veio se aproximou das duas, fez uma mesura para Bela e em seguida dirigiu-se a Marguerite:

— *Mademoiselle*, pediram que eu dissesse à senhora que seu irmão Aurelian já chegou.

Marguerite se engasgou com um pedaço de torta.

— Aurelian está *aqui*? — Ela parecia lívida.

O criado a encarou apreensivo.

— Está, *mademoiselle*. Acabou de chegar. Pediram que eu viesse buscá-la imediatamente.

— Mas eu nem sabia que ele estava vindo para cá — disparou Marguerite. — Há meses que não nos falamos. Como ele sabe que estou aqui?

Bela tentou despertar a amiga daquele estado de choque.

— Tenho certeza de que Bastien o convidou para o *salon* — declarou. — E deve ter mencionado que você também estava aqui.

Marguerite engoliu o restante da torta e levou as mãos ao cabelo.

— E ele deseja me ver?

O criado assentiu, visivelmente receoso de dizer qualquer coisa. Bela deu um tapinha nas costas de Marguerite e dispensou o rapaz, que pareceu imensamente grato.

— Você deveria ir falar com ele.

Ela negou com a cabeça.

— Meu irmão não ficou ao meu lado quando mais precisei dele. Não fez *nada* para me defender quando cheguei ao fundo do poço. Não posso fazer isso, Bela.

— Talvez Aurelian queira pedir desculpas e se redimir. — Bela sabia uma coisinha ou outra sobre como as pessoas podiam mudar. — Se evitá-lo, jamais vai descobrir.

Marguerite estava absorta nos próprios pensamentos. Como Bela não sabia o grau do desentendimento entre os irmãos, não quis pressionar a amiga. Por mais que não tivesse irmãos, ela sabia que, se Marguerite fosse sua irmã, jamais a teria abandonado só por ela amar quem amava. Mas depois se lembrou de como Marguerite descrevera o irmão quando se conheceram: um homem que, acima de tudo, se preocupava em manter as aparências. Bela esperava que o tempo que ele havia passado longe da irmã em uma Paris agitada pela mudança o tivesse feito repensar suas prioridades.

Um tempo depois, Marguerite assentiu com a cabeça.

— Acho que você tem razão.

— E, se ele não estiver aqui para fazer nenhuma dessas coisas, pode deixar que ordenarei que o expulsem do castelo. — Bela bebericou o chá morno. — Além disso, você vai poder contar a ele como Bastien tem sido cruel contigo. Seu irmão deveria saber o tipo de amigos que tem.

— Não se esqueça de que ele mal tolera Bastien. Não entendo por que ele viria de tão longe só para ver alguém que odeia.

— Mais um motivo para você falar com ele.

EMMA THERIAULT

Bela ficou acordada, esperando Lio em seus aposentos, mas ele só apareceu quando já passava da meia-noite. Ela estava quase dormindo quando ele se deitou a seu lado na cama e a puxou para seus braços.

— Senti sua falta. Senti falta disto aqui — disse ele.

Bela percebeu o coração de Lio tamborilar suavemente contra sua bochecha, embalando-a em uma calma que não sentia desde a partida do marido. Queria que aquela primeira noite juntos fosse apenas sobre eles, mas ela tinha que dizer algo antes.

Enrolou a camisa dele com uma das mãos.

— Precisamos conversar sobre o que aconteceu enquanto você não estava aqui. Nossos súditos não estão nada felizes. Eu consegui fazer...

Ele se afastou um pouco dela.

— Passei meses fora e a primeira coisa que você quer fazer quando ficamos sozinhos é falar sobre política? — Ele se apoiou sobre os cotovelos. — Tenho um conselho inteiro para tratar disso, do qual você inclusive faz parte. Agora só quero você. Não quero ouvir sobre a situação dos nossos súditos, que, aliás, recebem um tratamento muito melhor do que seus camaradas na França.

Bela também queria Lio, mas uma parte de si se recusava a abrir mão das coisas que precisava contar ao marido.

— Não são só os súditos de Aveyon, Lio. Bastien se comportou de uma forma...

Lio parecia exasperado.

— Eu sei que vocês dois não se dão bem, e não me surpreende que a situação não tenha mudado enquanto estive fora.

— Bem, não é só uma questão de não nos darmos bem...

— Bela, isso não pode mesmo esperar até amanhã? Estou exausto. Cavalguei o dia inteiro a fim de voltar para você. Não quero falar sobre nosso povo e muito menos sobre Bastien agora que a tenho em meus braços — declarou, acariciando-lhe a bochecha. — Você não tem ideia de como senti sua falta.

Mas ela tinha, sim. Pelo espelho, ela o tinha visto lutar contra os próprios demônios, mas jamais lhe contaria isso. Por mais que tivesse sido necessário, Bela sabia que tinha sido uma quebra de confiança entre os dois e, para revelar o que tinha visto, teria que contar

260

sobre o espelho e sobre a mulher com quem conversara por meio dele. E ela ainda não estava pronta para nada disso.

— Eu também senti sua falta — sussurrou ela. — Senti falta de ter um parceiro. Não gosto de ter que lidar com tudo sozinha. Eu nunca quis ser rainha.

— Sei disso. — Ele beijou-lhe a testa. — Não é como se eu tivesse me divertido muito durante a viagem.

— As coisas não melhoraram? — perguntou, embora já soubesse a resposta.

Lio suspirou, e ela ficou com receio de que ele dissesse que não queria tocar no assunto.

— Até houve algumas partes boas. Encontrei alguns homens e mulheres nobres com tendências progressistas, o que foi encorajador, mas, em geral, o que vi foram pessoas que achavam que tinham se virado muito bem sem mim. Pareciam estar esperando alguma espécie de suborno em troca de sua lealdade. Eu podia até ouvir a voz de meu pai os chamando de traidores na minha cabeça, mas ele nunca teve que enfrentar o que enfrentei. — Puxou-a para mais perto de si. — Eu sei que temos que conversar sobre várias coisas, mas, por favor, me diga que dá para esperar até amanhã. Tudo o que quero neste momento é adormecer com você nos braços e esquecer todas as preocupações que me assombraram desde que parti. — Como Bela permaneceu em silêncio, ele pareceu reconsiderar. — Mas se achar que preciso muito saber de alguma coisa agora, basta dizer que tentarei ajudar.

Ela não sabia o que dizer. Depois de alguns instantes de silêncio, Lio parecia preocupado.

— Bela, existe algo que você precisa me contar?

Ela logo pensou no espelho, aquele último vestígio da maldição que eles pensavam ter destruído, e na mulher misteriosa que conversava com ela por meio do objeto. Lio tinha lhe dado uma brecha para revelar tudo, mas ela percebeu que não podia fazer isso. Revelar que a maldição tinha sobrevivido não faria bem a ninguém. Ela manteria essa informação guardada dentro de si e torceria para que isso não a dilacerasse.

— Não, nada muito importante — respondeu. A voz soou falsa a seus ouvidos, mas Lio não percebeu.

— Então vamos falar sobre isso pela manhã. — Depois, beijou-lhe a testa e quase imediatamente mergulhou em um sono profundo, ainda a segurando com força junto de si.

Depois de tanto tempo dormindo sozinha e apreensiva, o que Bela mais queria era se sentir em paz nos braços de Lio. Mas a paz não veio.

Com tudo o que vinha acontecendo, Bela não conseguia deixar seus medos de lado. Uma parte de si, uma vozinha que ela não conseguia controlar nem ignorar, dizia que aquele momento de tranquilidade ao lado de Lio não passava da calmaria que antecede a tempestade.

Quando acordou, Bela não estava mais nos braços de Lio.

O marido estava adormecido a seu lado, e ela ficou feliz ao ver os raios de sol espreitando através das cortinas. Lio tinha conseguido passar uma noite livre de pesadelos.

Não queria acordá-lo, mas sabia que não conseguiria continuar deitada ali sem fazer nada. Por isso, decidiu sair da cama e dar uma passadinha na biblioteca para se certificar de que os preparativos seguiam conforme o esperado. Era bem provável que Marguerite já estivesse lá.

Vestiu-se em silêncio, embora soubesse que Lio não acordaria com qualquer barulhinho. Estava mergulhado em um sono profundo e compassado, muito diferente do que ela tinha testemunhado pelo espelho. Rezou para que os piores pesadelos tivessem ficado para trás.

Os corredores estavam vazios e arejados pela brisa fresca da manhã. Era mais cedo do que ela imaginara. Caminhou até a biblioteca e o coração quase saiu pela boca quando passou pelas portas. Não imaginou que estaria tão diferente. O cômodo estava igualzinho ao que Bela concebera em seus sonhos mais loucos. Sabia que, quando as lareiras fossem acesas e a biblioteca estivesse apinhada de convidados, mal reconheceria o lugar. Duas mesas compridas se estendiam de uma ponta à outra do cômodo, quase envergadas sob o peso das inúmeras invenções cobertas por panos brancos. Não via a hora de descobrir o que havia por baixo deles. Viu mesinhas redondas espalhadas aqui e ali, prontas para acomodar as pessoas que quisessem se reunir para debater ou desafiar umas às outras. Bela se imaginou perambulando entre as mesas, atenta aos fragmentos de conversas que primeiro virariam debate até, por fim, se tornarem reformas para o reino. Ela flexionou a mão direita e rezou para que conseguisse acompanhar o ritmo.

Sentia-se calma. Apesar da enxurrada de coisas que despertavam seu nervosismo, ao menos a biblioteca estava pronta para abrigar os convidados no dia seguinte. Só restava um obstáculo: Bastien insistira que dessem um baile de boas-vindas naquela noite para receber os convidados mais aristocráticos. Bela vinha se esforçando para não criar expectativas negativas em relação ao evento, e queria enxergar as coisas boas. Bastien lhe dissera que os *salons* mais prestigiados de Paris sempre contavam com um baile e, quando ela perguntara a Marguerite, ela tinha confirmado. Como não queria arruinar seu *salon* antes mesmo de ele começar, Bela tinha decidido acatar a sugestão. Se tudo corresse conforme o planejado, o evento seria um divisor de águas para o reino. Achava até que, talvez, pudesse significar o mesmo para ela e Lio.

Mas apenas a honestidade poderia preparar o terreno para o futuro.

Talvez estivesse na hora de ser honesta com Lio sobre tudo o que tinha visto e feito durante sua ausência. Talvez estivesse pronta para lhe contar sobre o espelho e a mulher que vira em Paris, sobre LeFou ressurgindo das cinzas e clamando por uma revolução em Plesance, que ficava tão perto dali. Talvez estivesse pronta para tirar um pouco do peso das costas dele para que pudessem compartilhá-lo, como faziam com tudo. Não era certo presumir que o marido não conseguiria aguentar sozinho. Lio tinha enfrentado coisas muito piores, e os dois tinham derrotado a maldição lado a lado.

Bela saiu determinada da biblioteca. Estava na hora de contar tudo a Lio.

Os corredores estavam tão vazios e silenciosos que ela estacou de súbito quando ouviu uma conversa abafada vindo de uma porta à esquerda. As pessoas falavam em voz alta, como se estivessem gritando. Tentou seguir em frente, mas, como sempre, a curiosidade levou a melhor sobre ela.

Bela pressionou a orelha contra a porta e tentou ouvir o que as vozes diziam.

— ... certeza de que temos uma rota de fuga? — Era a voz de um homem, áspera e grave.

— Assim que estiver terminado, nosso caminho estará desimpedido — respondeu outro homem, com a voz um pouco mais alta e um sotaque difícil de identificar.

— Como ele pode garantir uma coisa dessas?

— Você não confia nele?

— É claro que confio. Só não consigo imaginar como nosso caminho de fuga do castelo pode estar desimpedido depois de termos matado o maldito rei.

O coração de Bela parou quando foi invadida por uma certeza: os homens do outro lado da porta estavam planejando o assassinato de Lio. Ela não sabia o que fazer. Deveria continuar ouvindo em busca de provas? Ou deveria sair correndo para contar a alguém? A indecisão a fez ficar plantada onde estava.

— Se ele diz que haverá uma rota de fuga, não temos outra escolha a não ser confiar nele.

— Você pode ter razão, mas eu não sou obrigado a gostar disso.

Esperar por provas uma ova!, pensou. Estava na hora de buscar ajuda. No entanto, assim que se afastou da porta, foi parar nos braços de uma pessoa muito maior que ela. Um rosto a olhava lá de cima.

— Aonde você pensa que vai? — O homem estava com o uniforme típico dos guardas do castelo, mas ela nunca o tinha visto na vida.

Bela fez menção de gritar, mas o homem cobriu-lhe a boca com a mão. Depois, carregou-a porta adentro, enquanto ela se debatia com toda a sua força, mordia a mão do homem e agarrava qualquer coisa que estivesse a seu alcance. Mas não adiantou de nada. Ele era muito mais forte.

— Peguei esta aqui atrás da porta — rosnou para os homens que ela tentara escutar.

O cômodo estava escuro, mas Bela conseguiu divisar o suficiente de suas silhuetas para perceber que não os reconhecia. Todos usavam uniformes iguais aos do homem que a apanhara. Ele a depositou em uma cadeira, enquanto um dos outros chegava mais perto e pressionava uma adaga contra o pescoço dela. Isso bastou para fazê-la ficar quieta.

— *Merde* — murmurou um deles. — O que vamos fazer com ela?

— Quem é você? — quis saber o mais magro dos três homens.

— Sou uma criada — sussurrou Bela, sentindo a adaga afundar ainda mais contra a sua pele. O sangue quente gotejava em seu pescoço, mas ela estava assustada demais para se dar conta da dor. Sabia que não estava vestida como uma criada, então só lhe restava torcer para que eles não percebessem.

— Acho que o melhor seria matá-la e acabar logo com isso.

— Não — implorou Bela. — Só me deixem ir embora. Eu não ouvi nada. Preciso voltar para a cozinha, logo vão dar pela minha falta.

Um barulho na porta denunciou a chegada de mais uma pessoa, mas Bela não conseguia ver nada, e a adaga em seu pescoço a impedia de olhar para trás.

— Cubram a boca e os olhos dela — instruiu o recém-chegado. — Essa é a rainha de Aveyon.

A pressão em seu pescoço diminuiu.

— Ninguém falou nada sobre uma rainha — reclamou o homem que empunhava a adaga. Seu hálito azedo era tão podre quanto os dentes.

— Andem logo — ordenou a voz. — Levem-na lá para baixo. Ele vai cuidar dela mais tarde.

Bela estava desesperada para saber de quem era aquela voz. Queria saber se reconheceria o seu dono, caso fosse um traidor que vinha das guarnições de guardas do castelo.

Um dos homens pegou um pedaço de pano e a amordaçou. Ela gritou contra o tecido que lhe revestia a boca, mas não adiantou. Em seguida, cobriram a sua cabeça com um saco e o mundo mergulhou em escuridão. Ela se debateu violentamente quando um pensamento perturbador lhe ocorreu. Será que o "ele" a quem os captores se referiam poderia ser…? Não. Uma pessoa ser duas caras, desonesta e arrogante não significava que fosse capaz de matar. Ainda assim… seria possível? Bela não conseguia se desvencilhar desse pensamento, que martelava sua mente feito um tambor.

Será que era Bastien?

E se o duque tivesse conseguido enganar a todos, encontrando uma forma de conquistar a confiança de Lio e o acesso ao castelo de uma só vez? A mente lógica de Bela se rebelou contra essa teoria. Ela nunca tinha visto Bastien fazer outra coisa que não apoiar Lio. Não fazia sentido que ele quisesse assassinar alguém que era sangue do seu sangue.

Mas e se todo o apoio não passasse de um disfarce? E se sua espionagem para o rei Luís tivesse contado com impactos mais profundos do que eles imaginavam? Bela se lembrou da gaveta lotada de panfletos, da presença de Bastien no Hôtel de Ville no dia em que decapitaram o marquês de Launay, de seus comentários a favor dos *sans-culottes* e de como ele a repreendia sempre que ela os criticava. Bela pensou em como Bastien insistira para que Aveyon se separasse da França, como tinha feito Lio se dedicar apenas aos nobres, quando eram os plebeus que mais precisavam dele, e em como ele tinha sabotado os planos dela sempre que podia.

Menos quando ela propôs organizar um *salon*, um evento que traria centenas de estranhos ao castelo, fazendo com que algo tão difícil e complicado quanto um assassinato pudesse ser cometido com mais facilidade.

O coração de Bela parou.

E se, durante todo esse tempo, o duque não estivesse se empenhando para ajudar a unificar o reino de Aveyon? E se a sua intenção sempre tivesse sido destruí-lo em pedaços?

CAPÍTULO VINTE E CINCO

Os homens a levaram para fora do cômodo às pressas. Bela tentou identificar as curvas que faziam pelo castelo, mas a cabeça coberta e a mente agitada logo frustraram seus planos.

Desceram por uma escadinha estreita — Bela se chocou contra as paredes de pedras ásperas algumas vezes — até chegar ao subsolo. As passagens sob o castelo eram corredores labirínticos de câmaras frias e túneis inacabados que ela ainda não tinha explorado. Tinham sido fechadas com tábuas durante os dez anos de maldição, mas naquele momento Bela se arrependia de ter ordenado que fossem reabertas. Se o lugar estivesse sendo usado na conspiração contra Lio, ela não sabia se conseguiria se perdoar. Os homens a sentaram em uma cadeira bamba e amarraram-lhe as mãos atrás das costas, prendendo a corda com nós reforçados na própria cadeira. Não teria como escapar. Voltara a ser uma prisioneira no castelo. Poderia até ter achado graça da ironia da situação, mas o pânico era real demais para permitir tal coisa.

Os captores a deixaram lá e saíram sem dizer uma palavra, mas, a julgar pelo reverberar de suas passadas nas paredes, Bela compreendeu que estava em um espaço confinado. Só não sabia como essa informação lhe seria útil.

Em seguida, ela os ouviu fechar a porta e passar o ferrolho, e sentiu uma onda de puro terror se instalar em seus ossos. Estava indefesa. Não fazia ideia de onde estava e não tinha como avisar a ninguém que Lio corria risco de vida. Balançou o corpo para a frente e para trás na cadeira, mas as firmes amarras não cederam em nada. Não queria se arriscar a cair e se machucar, principalmente porque não sabia o que havia a seu redor. Se batesse a cabeça e ficasse inconsciente, não conseguiria avisar ninguém do que estava por vir.

Mantenha a calma.

Voltou a pensar em Bastien. Depois de ter juntado todas as peças do quebra-cabeça, ela tinha quase certeza de que ele era culpado. O duque insistira para que se separassem da França, recomendara que Lio se dedicasse apenas à nobreza de Aveyon depois da secessão, mentira para Bela sobre os peticionários para impedi-la de realizar qualquer mudança significativa e tentara expulsar Marguerite do castelo após ela desmascarar suas tramoias. Tudo no duque de Vincennes era um ardil: a intemperança, a indulgência, os amigos frívolos, as roupas ridículas, o rosto pintado de branco, a bebedeira… tudo era uma artimanha para enganar qualquer um que o visse, uma forma de retratá-lo como um nobre mimado e indolente. Bela tinha conseguido enxergar a verdade, mas já era tarde demais.

Sua mente estava um turbilhão. O suor escorria pela testa e gotejava sobre os olhos. Ela se perguntou se morreria naquele cômodo. Será que alguém daria por sua falta e sairia para procurá-la? Ou todos estariam ocupados demais com os próprios afazeres para se preocupar com o paradeiro dela?

Mantenha a calma, Bela.

A voz que ecoava em sua mente não era a dela.

— Quem está aí? — As palavras foram abafadas pela mordaça apertada. Lágrimas escorreram de seus olhos e a calidez da própria respiração ameaçava sufocá-la sob o pano.

Quando Bela tornou a ouvir a voz, soava exterior à sua mente, como se viesse de algum lugar do cômodo.

— Meu nome é Orella.

Algo na voz fez os cabelos da nuca de Bela se arrepiarem. Havia uma certa familiaridade no tom e uma estranheza que ela não conseguia identificar, como se a voz pertencesse a uma pessoa tão próxima quanto um parente e tão distante quanto um desconhecido.

Mas o pânico ainda comprimia sua garganta. *Tire-me daqui*, pensou Bela, sentindo-se tola.

Mas Orella pareceu ouvir seu apelo.

— Não posso ajudá-la quanto a isso. Tenho certas… limitações.

E, de repente, Bela entendeu tudo. Era a mesma voz da mulher da loja, aquela que aparecera no espelho e depois em um sonho. A mulher que tinha sido o fantasma de Bela desde aquele fatídico dia em Paris. E, embora tivesse passado meses tentando esquecê-la, parecia quase natural que ela estivesse ali em um momento de desespero.

Bela estava amedrontada demais para temer a mulher. *Quem é você?*

Será que ela estava mesmo ali, como estivera na loja de espelhos? Ou era uma espécie de materialização, como quando lhe aparecera em sonho? A corda que amarrava seus punhos e a mordaça que lhe cobria a boca mantinham Bela ancorada à realidade. Não era um sonho. Era um pesadelo do qual não conseguia acordar.

— Eu acho que lhe devo uma explicação, mas talvez seja mais fácil mostrar a você. Posso?

Bela não entendia o que ela queria dizer com isso, mas descobrir a verdade sobre o espelho e Orella parecia muito tentador.

Ela assentiu.

— Não tenha medo — declarou Orella.

O cômodo girou, mergulhando a consciência de Bela em uma espécie de sonho. Estava livre das amarras e podia se mover como quisesse no espaço branco infindável em que já estivera antes. Ergueu o olhar e viu a mulher, Orella, de pé à sua frente, tão impressionante quanto na primeira vez.

— Muitos anos atrás, em um reino muito distante, havia uma princesa… — começou ela, e de repente foram sugadas para um cômodo com paredes de pedra grosseiramente esculpidas e cobertas de tapeçarias de tecido grosso. O aroma inebriante de cedro em chamas enchia o ar. Sentada em uma cadeira forrada com peles de animais havia uma garotinha com cabelos louros e uma grossa faixa dourada ao redor da testa. Ela nem se deu conta de que as duas estavam ali, então Bela percebeu que se tratava de uma visão do passado.

— Ela era filha de um rei poderoso e de uma mulher com uma linhagem mágica adormecida havia muito tempo. Mas a menina tinha um segredo sombrio: a magia dormente no sangue da mãe estava desperta no dela, e se alguém descobrisse seu poder, ela seria expulsa da própria casa. A princesa reprimiu a própria magia e a escondeu de todos, temendo o que aconteceria se a verdade viesse à tona.

A visão mudou, revelando a garota escondida sob as cobertas da cama, manipulando uma luz não natural entre os dedos.

— Os pais morreram em um acidente trágico e ela se tornou rainha muito antes do esperado. O tio a forçou a sediar um torneio valendo sua mão em casamento, insistindo que o único jeito de garantir a segurança do reino era ela se casar com o homem que se saísse vitorioso. A jovem rainha se rebelou contra a ideia de ser um prêmio a ser conquistado, ou de ser considerada incapaz de proteger seu reino por conta própria, mas não disse nada ao tio, pois conhecia muito pouco do mundo e temia contrariá-lo.

A visão mudou outra vez, e de repente se viram em um casamento. A garota parecia um pouco mais velha e estava diante de um homem com cabelos escuros cortados bem rentes à cabeça, com uma cicatriz lhe atravessando a bochecha.

— Seu marido veio de uma terra condenada a uma guerra perpétua. Via inimigos por onde passava, e encheu a cabeça da garota com tantas advertências assustadoras e tanta escuridão que ela também começou a ver inimigos por todos os lados. Quando ele se lançou em uma batalha contra os antigos aliados da rainha, ela acreditou que não tinha sido impelido por motivos vãos. E quando os conselheiros imploraram que ela o detivesse, a rainha se recusou.

A visão revelou um exército marchando em direção ao castelo da rainha.

— Foi só quando o marido morreu em batalha que ela percebeu que os inimigos tinham sido criados por ele mesmo, mas então já era tarde demais. Os antigos aliados marcharam contra o reino,

270

unidos pelo ódio. Movida pelo desespero, a rainha invocou sua magia quase esquecida para proteger seu povo.

A visão mostrou a rainha, que, com um movimento dos dedos, conjurou enormes rochedos surgidos da terra, construindo uma muralha inexpugnável ao redor do reino.

— A magia deteve os invasores, mas a rainha acabou por revelar que era uma bruxa, e em seu reino não havia crime maior do que a bruxaria. Assim, as mesmas pessoas que tinham sido protegidas por sua magia se voltaram contra ela.

A visão mudou outra vez, revelando a rainha amarrada a uma pira. Uma saraivada de flechas chamejantes recaiu sobre os feixes de galhos e grama seca a seus pés. Bela conseguia sentir o calor das chamas, como se estivesse em meio ao fogo.

— Enquanto o corpo dela ardia, uma certeza se cristalizou em sua mente: ela cometera erros graves que a tinham levado àquela escuridão. E o maior erro de todos foi não ter dado ouvidos a seus instintos, o que permitiu que outras vozes lhe enchessem a mente. Se tinha um desejo, era que ninguém cometesse os mesmos erros que ela. A magia que corria em suas veias estava ouvindo e, enquanto seu corpo queimava até ser reduzido a cinzas, sua alma se transformava em algo além.

Bela voltou a seu corpo com um solavanco, as mãos amarradas e os olhos vendados outra vez. Sentiu a dor se desprender do corte feito pela lâmina do captor, o filete de sangue ainda vertendo. Mesmo que não pudesse ver o cômodo, sentia que girava sem parar. Estava nauseada.

— De certo modo, eu sou aquela rainha. — Orella ainda estava ali, e Bela sentiu uma estranha sensação de alívio. — Seu último desejo antes de morrer foi garantir que futuros governantes não cometessem os mesmos erros que ela, e sua magia sobreviveu a fim de servir a esse propósito.

Então, o que você é?

— Eu carrego a sabedoria de cada rainha e governante a quem ajudei, e por esse motivo alguns me chamam de Conselho da Rainha, mas a realidade é que não tenho uma única forma. Apareço como melhor convém àqueles que precisam de mim. De certa forma, sou um eco do poder da primeira rainha, mas também sou todas aquelas que vieram depois. Eu sou suas fraquezas e suas forças, seus medos e suas crenças, seus erros e seus triunfos.

Você precisa me ajudar. Precisa me dizer o que fazer para sair daqui.

O silêncio pareceu se estender por uma eternidade.

— Fiz o que pude por Aveyon, mesmo que para isso eu tenha sido levada a machucar as pessoas que você ama.

Bela não conseguia entender o que Orella queria dizer. Na loja, no espelho e em seus sonhos, nada do que dissera tinha sido definitivo nem impelira Bela a seguir por algum caminho específico. A mulher tinha a incentivado a confiar nos próprios instintos, a tomar decisões, a aceitar o papel que tinha se recusado a desempenhar. Mas o que significava dizer que tinha machucado as pessoas que Bela amava?

E então a verdade lhe ocorreu de súbito, como se tivesse sido atingida por um raio.

Você era a feiticeira.

Orella não disse nada, dando a Bela a oportunidade de desvendar tudo sozinha.

Você amaldiçoou Lio e este reino. Você os condenou ao sofrimento por dez longos anos, e a troco de quê?

— Foi por sua causa, Bela.

Eu não pedi por nada disso. Lágrimas escorriam pelo rosto de Bela e ela tentou se soltar da corda que prendia suas mãos, mas só conseguiu se machucar ainda mais.

— Eu tenho o dom da clarividência. O fardo de saber o que estava por vir na França e depois em Aveyon pesava sobre minhas costas. Mas meus poderes são limitados. Eu não poderia intervir se não houvesse alguém que precisasse de ajuda. Tive visões do seu futuro. Sabia que você tinha o poder de salvar o reino e, com isso, pôr fim a toda essa violência. Então fiz o que julgava necessário. Fiz com que Lio se tornasse um homem digno do seu amor. Coloquei-a no caminho dele, Bela, mas juro que não fiz mais nada além disso. Desde o instante em que você pisou neste castelo, todas as decisões que tomou foram inteiramente suas.

A REVOLUÇÃO DA ROSA

Bela fez a pergunta que podia mudar tudo, e temia descobrir a resposta:

Lio sabe disso?

Seu amor por Lio baseava-se em tudo o que tinham vivido juntos durante a maldição, mas esse amor se transformaria em cinzas se Bela descobrisse que ele sabia sobre Orella desde o início, ou que tinha participado do engodo.

— Ele nunca soube. Apareci para ele sob outra forma, fazendo-o acreditar que eu era uma feiticeira.

Bela lutava contra os próprios pensamentos. *Ele precisava de amor, não de uma maldição.*

— Eu fiz o que era necessário, e fui obrigada a conviver com essa decisão durante dez anos.

Ela parecia magoada, e Bela esperava que estivesse mesmo. Amaldiçoar uma criança com o intuito de transformá-la em outra coisa, em algo mais *digno*, era algo que jamais entraria na sua cabeça.

— Sei que foi errado, mas já faz muito tempo que sou assombrada por visões da Europa se consumindo em chamas. Milhares de mortos, gerações inteiras dizimadas, um reino de terror. A visão só mudou quando eu o amaldiçoei e a vi usando uma coroa.

Eu não quero uma coroa. Nunca quis.

— Eu sei, mas talvez isso signifique que você está mais preparada para lidar com a situação do que a maioria das pessoas. — Não deu mais detalhes, e Bela temia que Orella tivesse visto mais lampejos de um futuro que ela não queria. Resistiu ao ímpeto de perguntar o que estava por vir. Não queria saber. — Eu gostaria de ajudar mais, mas meus poderes são limitados. Seu futuro está em movimento, está vinculado ao futuro de Aveyon. Não consigo enxergar nada com nitidez. Minha única certeza é de que mais uma vez você terá que ver além da escuridão e encontrar a luz que reside entre as trevas.

Eu não sei o que isso significa. Você precisa me explicar melhor.

— Embora você não consiga ver, estou desvanecendo aos poucos. Meus poderes vão e vêm, como a maré. Não posso assumir esta forma por muito tempo. Só posso lhe dizer para confiar em seus próprios instintos.

Você já disse isso.

— Sinto muito, Bela. Mas você precisa saber que ainda tem o poder de salvar aqueles a quem ama. Eu farei o que puder por você, à minha maneira.

Sua última pergunta foi feita sem nenhuma esperança: *Nós derrotamos mesmo a maldição?*

Mas não houve resposta.

Bela sentiu o momento exato em que Orella se foi, mergulhando o cômodo em um silêncio ensurdecedor.

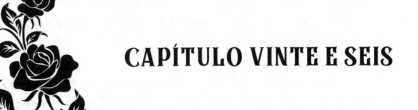

CAPÍTULO VINTE E SEIS

Horas se passaram até que o som de passos voltou a ecoar pelo cômodo. Bela se preparou para o que estava por vir. O coração acelerado irradiava por todo o corpo e a pele ardia em antecipação. Supôs que só poderia ser Bastien, que viera para silenciá-la de uma vez por todas. Uma mão agarrou o saco que lhe cobria a cabeça e o arrancou com um puxão. A luz difusa do cômodo lhe parecia tão clara quanto o sol, e seus olhos demoraram alguns instantes para se acostumar.

Respirou o ar fresco e, quando seus olhos enfim focaram o que havia à sua frente, percebeu que estava cara a cara com LeFou.

— Está surpresa? — perguntou ele, com uma pistola em riste. Bela emitiu um ruído através da mordaça. — Isso não é necessário — murmurou LeFou, arrancando o trapo que lhe cobria a boca. Assim que se viu livre da mordaça, Bela começou a gritar por socorro. Não reconheceu o cômodo em que estavam e o medo formou um nó em sua garganta. — Ninguém vai ouvir você, Bela. Não sabe onde está?

Ela escolheu acreditar nele, embora quisesse muito que estivesse mentindo.

— Não — sussurrou ela.

Era um cômodo pequeno e sem janelas, e a cadeira em que estava era um dos poucos móveis do local. Tudo cheirava a mofo e o ar era úmido, como se estivessem no subsolo.

— Estamos nos confins dos porões do castelo. Ninguém vai conseguir escutá-la daqui. — Ele soltou um risinho cruel diante do silêncio de Bela. — Eu quero que saiba que nós estamos tramando contra você desde antes de seu retorno de Paris.

— "Nós" quem?

— Eu e meus associados. — Fez uma pausa, mas como Bela não parecia ter entendido, ele voltou a falar: — Eu me juntei à causa a convite do duque de Vincennes, que viu em mim um aliado.

Então Bastien os tinha traído desde o princípio. O medo deu lugar à raiva.

— Você nunca me pareceu um homem dado à política, LeFou.

Ele apontou a pistola para ela.

— Meu nome é Hercule, mas você nem fazia ideia, não é? — Chegou mais perto. — E você tem razão. Eu não dou a mínima para a revolução em andamento. Estou aqui em busca de vingança.

As palavras a enregelaram até os ossos. Era para LeFou ter se esquecido de tudo relacionado à maldição, assim como todos os outros que tinham invadido o castelo naquela noite. Se ele ainda se lembrava de tudo mesmo, Lio e Bela estavam em apuros.

— Vingança por quê?

— Não me venha com essa, Bela. Você sabe exatamente do que estou falando.

— Não sei — respondeu em tom de súplica, tentando se fazer de boba.

— Não me diga que também esqueceu! Você não sabe com quem está casada? — Havia um brilho maníaco nos olhos de LeFou diante da ideia de ser o primeiro a revelar tudo a Bela. — Você não se lembra *da Fera*?

Então ele de fato se lembrava de tudo que deveria ter esquecido. De um jeito ou de outro, LeFou tinha se agarrado às suas memórias, não querendo soltá-las mesmo diante da maldição que desmoronava ao redor de todos. Bela não sabia o que isso significava, nem por que ele tinha conseguido resistir àquele poder, mas ela não podia mais sustentar a mentira.

A REVOLUÇÃO DA ROSA

— É óbvio que me lembro, LeFou. Lembro-me de tudo. Lembro-me de você ao lado de Gaston enquanto ele me tratava como se eu fosse um prêmio a ser conquistado, tentando me forçar a aceitar um noivado que eu nunca quis e depois agindo como se eu o tivesse ofendido com minha recusa. — Pensar em Gaston invadindo a casa que ela dividia com o pai ainda a enchia de raiva. Ele achava que Bela deveria se sentir envaidecida por ser alvo de sua atenção, mas só conseguia fazê-la se sentir pequena e insignificante. — Eu me lembro de você tentando internar meu pai em um sanatório quando ele pediu ajuda aos vizinhos. Ele achou que tinha me perdido para sempre, e tudo o que você fez foi rir da cara dele.

A visão de seu pai se embrenhando na floresta, perdido e gritando por socorro, ainda enchia seu coração de tristeza. A Fera permitira que ela fosse atrás do pai, mesmo achando que isso significava ser condenado a viver para sempre sob o jugo da maldição. Esse sacrifício tinha sido um divisor de águas para Bela. E o que veio depois só servira para consolidar os sentimentos que já estavam em seu coração.

— Eu me lembro de você invadindo o castelo. — Quando fechava os olhos, ainda via os aldeões de Plesance trancando-a junto ao pai e pegando em armas para lutar contra algo que não entendiam. Lembrava-se da sensação de impotência que ameaçava dominá-la e da onda de resistência que acabou por libertá-la. Lembrava-se de correr de volta para o castelo que tinha sido sua prisão. — E tudo isso a troco de quê, LeFou? O que a Fera fez contra você?

Ele se afastou de Bela.

— Por que deveríamos deixar um monstro morar em um castelo?

— Ele nunca foi um monstro. Mas Gaston foi, e você ainda é.

LeFou meneou a cabeça, recusando-se a aceitar qualquer responsabilidade pelo ato.

— Ele tirou tudo de mim, e agora você vai sofrer como eu sofri.

A arma parecia pesada na mão dele.

Bela estava fora de si.

— O que você quer dizer com isso? O que pretende fazer?

277

LeFou mencionara que tinha associados, por isso, embora ele estivesse ali com ela, outros poderiam estar pondo em prática o plano principal: matar Lio.

Mas ele nem deu ouvidos a ela.

— Ninguém acreditou em mim quando contei o que aconteceu neste castelo naquela noite. As pessoas me chamaram de louco. — Uma risada seca escapou de seus lábios. — Estou acostumado a ser alvo das piadas das pessoas, a ser desprezado, mas desta vez eu sabia que estava certo. E tinha o corpo para provar.

E então Bela se deu conta.

— O corpo de Gaston. — Não era uma pergunta, mas a dor que invadiu o semblante de LeFou à menção do nome já servia de confirmação. — Ele tentou matar Lio — acrescentou Bela, relembrando o momento em que ela e a Fera tinham escolhido para revidar, tão logo ela voltara. Ela tinha seguido na sela de Philippe por todo o castelo em ruínas, conduzindo-o até a Torre Oeste o mais rápido que podia. — Eu vi quando a Fera o deixou ir embora, mesmo depois de Gaston tê-lo acertado com a flecha, mas ele voltou e esfaqueou as costas de Lio em um ato de covardia. — Ela se lembrava de ver a luz desaparecer dos olhos da Fera e da súbita percepção de que estivera mentindo para si mesma havia semanas. Lembrava-se de sentir o amor por ele e a dor da perda em igual medida, o coração tão pleno e tão despedaçado ao mesmo tempo. — Gaston caiu em direção à própria morte. Lio não teve nada a ver com isso.

Mas LeFou ainda não lhe dava ouvidos. Estava de costas para ela quando enfim se pronunciou:

— Eu vi o castelo se transformar como em um passe de mágica, retomando sua antiga glória. Esperei que Gaston saísse pela porta, mas nunca saiu. Centenas de pessoas passaram por lá, as memórias esvaziadas, mas eu ainda me lembrava de tudo. — Virou-se para encará-la. — Eu o tinha visto na torre com a Fera, mas quando cheguei ao topo ele já não estava mais lá. Fui até o fundo do precipício em busca de seu corpo. Eu tinha que ver com meus próprios olhos. — Respirou fundo, abalado. — E lá estava ele, despedaçado, mas ainda lindo. — LeFou olhou para ela, os olhos desprovidos de qualquer outro sentimento que não a dor. — Eu perdi tudo naquele dia, e agora você vai perder também.

De repente, a visão indistinta de Orella fez sentido. LeFou estava engolfado pela escuridão e cabia a Bela trazê-lo de volta à luz. Já tinha feito isso uma vez, quando enxergou além da forma monstruosa de Lio e viu o homem que jazia lá dentro. Mas Bela tinha se apaixonado por Lio. Não sentia o mesmo por LeFou. Como ela o libertaria da escuridão? E será que queria mesmo fazer isso?

— Eu não sabia que você tinha esse sentimento por ele — declarou. Era um comentário vazio, mas ela não sabia mais o que poderia dizer.

LeFou meneou a cabeça.

— Mantive meus sentimentos guardados por tanto tempo que nem eu mesmo sabia. Tudo veio à tona quando ele se foi. Eu sempre cheguei tarde demais. Tarde demais para dizer a ele como me sentia, tarde demais para salvá-lo. — Soltou uma risada sombria, passando a arma de uma mão para a outra. — Mas o que eu poderia ter feito? Se ele soubesse como eu me sentia de verdade, teria me odiado, e se eu tivesse chegado ao topo da torre a tempo, também teria morrido. Eu deveria tê-lo impedido na aldeia, antes mesmo que cogitasse marchar em direção ao castelo. Ele morreu por minha causa.

— Foi o ódio que levou Gaston àquela torre, não você.

Ele se acomodou na mesa diante de Bela.

— A guerra nos Estados Unidos o transformara. Você não conheceu o Gaston de antes. Só conhecia quem ele tinha se tornado depois dela.

— Gaston era um homem complicado. — Era o máximo que ela podia oferecer a LeFou. — Sinto muito que sua amizade não tenha bastado para ele.

Ele ergueu o rosto e seus olhos se tornaram mais sombrios.

— Talvez tivesse bastado, mas agora jamais saberei.

Bela estava aliviada por ele parecer ao menos disposto a conversar com ela. Talvez essa disposição de ouvir significasse que seu coração não estava completamente tomado pelo ódio.

— Você passou anos ao lado de Gaston, mas alguma vez ele o chamou pelo seu nome verdadeiro?

A dor vincou suas feições.

— Não — admitiu ele. — O pior de tudo é que foi Gaston quem me deu esse apelido, quando ainda éramos crianças.

— Por que ele fez isso? — cutucou Bela.

— Crescemos bem perto um do outro e nos tornamos amigos, talvez por necessidade, mas ambos tínhamos uma imaginação fértil e passamos anos nos entretendo com diversas brincadeiras, até que ele começou a ficar mais interessado em esgrimar e lutar com os outros meninos da aldeia. Mas eu não conseguia abrir mão da minha mente fantasiosa, e acho que ele sentia vergonha de mim. Doeu quando ele zombou de mim na frente de seus novos colegas, chamando-me de "LeFou", o tolo. Mas eu não queria perdê-lo, então decidi ser o que ele quisesse que eu fosse. — Ajeitou o colarinho da camisa. — Eu me fiz de tolo por anos, até que já não me lembrava de ser outra coisa além disso.

— Isso não parece amizade, Hercule.

O comentário parecia tê-lo magoado.

— Gaston se importava comigo à sua maneira. Para você, talvez pareça que ele era cruel, mas eu me contentava em simplesmente gravitar em torno dele. — Fitou o chão. — Sei que ele não era um homem muito bom, Bela. Sei de todas as coisas sombrias que ele fez, mas não escolhemos quem vamos amar.

Bela suspirou.

— É, sei muito bem disso…

Ele olhou para ela e abriu um pequeno sorriso, colocando a arma sobre a mesa.

— Imagino que saiba mesmo.

Decidiu apelar para aquela parte dele que parecia se abrir com ela.

— Você não precisa fazer do resto da sua vida um santuário para Gaston, Hercule. Você o amou, e agora pode seguir em frente. Ele morreu em circunstâncias trágicas, mas levado até elas por suas próprias ações.

Os olhos de LeFou se encheram de lágrimas e Bela teve a impressão de que estava conseguindo atingi-lo.

— A grande tragédia foi Gaston morrer sem saber o quanto você se importava com ele, fosse ele retribuir esse sentimento ou não.

LeFou hesitou.

— Eu não sei quem sou sem ele.

— Não seria bom se redescobrir? Deixar de ser "LeFou" e voltar a ser Hercule?

Os olhos dele se iluminaram diante do pensamento, mas logo tornaram a escurecer.

— Fiz coisas horríveis...

— Eu sei. Mas infligir dor a outra pessoa não vai curar a sua, Hercule. Matar Lio não vai trazer Gaston de volta.

O silêncio recaiu sobre os dois. Hercule se levantou e andou de um lado para o outro, travando uma luta contra as palavras de Bela e os próprios sentimentos. Ela não sabia o que fazer, mas decidiu deixá-lo enfrentar aquilo sozinho. Bela tinha feito tudo o que podia, e, a não ser que implorasse para que a deixasse ir embora, não restava mais nada a fazer.

O olhar que ele lhe lançou veio carregado de tristeza.

— Eu queria poder voltar atrás e desfazer tudo o que fiz.

— Mas você pode fazer isso, Hercule. Você sabe quem está por trás do complô contra Lio. Pode detê-lo antes que o pior aconteça. — Ela tentou manter a voz firme. — Você pode provar que Bastien pretende matar o rei de Aveyon. Pode me libertar para que eu possa ao menos *tentar* impedi-lo.

— Mas, Bela, na verdade não posso. Sou apenas LeFou. Ninguém acreditaria na minha palavra contra a de um *duque*, principalmente sem provas. Ele é inteligente demais para cair nesse tipo de coisa. — Ele engoliu em seco. — Se você fugir, ou se eu libertá-la, os homens de Bastien têm ordens para matar o rei de imediato, sejam quais forem as consequências. Ele quer que o assassinato aconteça da melhor forma possível, mas pouco lhe importa se tiver que alcançar seu objetivo do jeito mais difícil.

O coração de Bela acelerou só de pensar.

— Você pode ir buscar Lio? Ou pelo menos enviar um recado para ele? Ele deve estar morrendo de preocupação comigo.

— Ele não teria por que se preocupar. Bastien o levou ao quartel de Faverges para discutir as últimas notícias de Paris com os comandantes. O rei acha que você está com a sua assistente, ocupada com preparativos de última hora, por isso não pôde comparecer. Ele nem sabe que você está desaparecida. Fui encarregado de mantê-la aqui até que a coisa esteja feita.

— Então o que você sugere? Que eu fique aqui sentada sem fazer nada? — explodiu ela, lutando contra as amarras que a prendiam.

Hercule deu um passo para trás, assustado com o surto de raiva repentino, já que ela tinha se esforçado tanto para manter a calma. Tinha feito conforme Orella sugerira; Havia alcançado a parte mais profunda de Hercule e o forçado a abandonar a raiva que levava a melhor sobre ele. Mas de que adiantou? Que diferença faria, já que ele estava assustado demais para ajudá-la? E como ela encontraria alguém disposto a enfrentar o duque de Vincennes se estava amarrada em um porão no meio do nada?

— Bela, sinto muito mesmo — começou ele antes de Bela interromper.

— Você disse que tinha associados — relembrou, pensando nos homens que a tinham capturado. — Você sabe quem eles são?

— Não usamos nossos nomes. Até onde sei, são quase todos *sans-culottes*, mas há um ou outro burguês também. — Ele fez uma pausa, pensativo. — Se bem que tem um recém-chegado que fala tão bem quanto Bastien. Não acho que o duque o tenha encontrado no meio da plebe.

— Descreva-o para mim.

Hercule hesitou.

— Ele é alto, tem pele escura.

— E quando ele chegou? — quis saber ela, embora já soubesse a resposta.

— Ontem de manhã. — Fitou-a com curiosidade. — Por quê? Você o conhece?

— Acho que conheço — respondeu Bela, um plano se formando em sua mente. — Hercule, preciso que você faça uma coisa por mim.

Ele hesitou.

— O quê?

— Preciso que você traga meu espelho para cá.

Hercule a deixou amarrada no porão úmido para o caso de algum dos captores resolver dar uma olhada em Bela. Não valia a pena correr o risco de um deles vê-la desamarrada e decidir tomar medidas drásticas para dar cabo do plano.

Hercule ficou fora pelo que pareceu uma eternidade, e Bela precisou dar tudo de si para não perder a compostura. Quando ele enfim retornou, colocou o espelho no colo dela e começou a desatar os nós que a prendiam.

— Como um espelho pode ajudar com alguma coisa? — perguntou ele com ceticismo por cima do ombro dela.

— Não se lembra? — respondeu Bela. — Usei este espelho para mostrar à aldeia que meu pai estava falando a verdade sobre a Fera.

Não precisava lembrar Hercule do que viera depois: uma multidão furiosa marchando contra o castelo para matar o homem que ela amava, liderados pelo homem que ele amava. Os punhos de Bela penderam para o lado, enfim livres da corda.

Hercule parou à sua frente, parecendo um tanto acanhado.

— Então é um espelho mágico?

— Isso mesmo.

Os olhos dele se iluminaram.

— Você pode usá-lo para provar que Bastien pretende matar o rei!

— Não posso, não. Revelar a existência de magia para o reino traria mais mal do que bem. Como eu poderia explicar isso sem precisar explicar a maldição? — Ela meneou a cabeça. — Não podemos depender da magia e não podemos arriscar dar nossa cartada final sem provas. Lio acreditaria em mim, é claro, mas não temos como saber se os homens de Bastien não atirariam nele antes mesmo que conseguíssemos dizer alguma coisa. Suponho que, como estão vestidos como guardas, eles o estejam seguindo para onde quer que vá. Se não podemos chegar a Lio, temos que encontrar um outro jeito.

Hercule a encarou detidamente.

— Você pensou em tudo mesmo.

— Vamos torcer para que eu não esteja redondamente enganada. — Ela ergueu o espelho, deixando o calor reconfortante da magia se espalhar por suas mãos e braços. As gavinhas esverdeadas pareciam ainda mais brilhantes no porão. Hercule prendeu a respiração quando ela ordenou ao espelho: — Mostre-me Aurelian de Lambriquet.

O espelho ganhou vida, revelando um quarto que Bela reconheceu como sendo o de Bastien. Aurelian estava sentado à escrivaninha, vasculhando pilhas de pergaminhos, procurando freneticamente por alguma coisa.

Seu cabelo estava bagunçado, o casaco de guarda fora de vista. Parecia descontrolado e amedrontado.

— Esse é o recém-chegado — sussurrou Hercule.

— Ele não parece um aliado de Bastien, não acha?

A visão desvaneceu, tendo servido a seu propósito. Bela abaixou o espelho e virou-se para Hercule.

— Precisamos ir atrás dele.

— Você acha que é uma boa ideia?

Ela olhou para ele e suspirou.

— É a única que eu tenho. Mas vamos precisar da sua arma.

Eles se esgueiraram pelo castelo feito fantasmas, temendo ser descobertos, mas os corredores estavam quase vazios. A princípio, Bela não entendeu, mas logo se lembrou da promessa de Orella.

Farei o que puder por você, à minha maneira.

Deduziu que o caminho livre tinha sido obra dela e estava grata por isso, embora também soubesse que cada minuto gasto diminuía seu tempo para impedir o assassinato. Se alguém fosse ao porão e percebesse que ela tinha sumido, tudo estaria perdido. Não era um pensamento reconfortante.

Chegaram à porta de Bastien e giraram a maçaneta. Estava trancada. Bela virou-se para Hercule, que entendeu seu olhar e se lançou contra a porta com toda a força, arrombando-a.

Aurelian estava perplexo demais para se mexer, então limitou-se a erguer as mãos defensivamente.

— *Sacré* — praguejou, embora tenha parecido mais relaxado ao perceber que não era Bastien irrompendo pela porta e o vendo mexer nas suas coisas. — O que vocês estão fazendo aqui? — Bela reconheceu a voz. Era a do captor que insistira que cobrissem os olhos dela.

Ela apontou a arma para Aurelian, ciente de que não fazia ideia de como manejá-la. Mas o marquês de Lambriquet não sabia disso.

— O que você sabe sobre o plano de Bastien para matar meu marido?

Ele tornou a erguer os braços.

— Só alguns detalhes vagos, mas suficientes para deduzir que eu precisava fazer alguma coisa para detê-lo.

Bela se aproximou.

— Por que eu deveria acreditar em você?

Aurelian olhou para a mesa que ele tinha revirado.

— Não estou fazendo isso para *ajudar* Bastien. Estou procurando provas de seus planos para apresentá-las a alguém capaz de detê-lo.

Ela arqueou uma das sobrancelhas.

— Por que você estava lá quando fui capturada?

Ele baixou a cabeça, parecendo envergonhado.

— Eu não sabia o que fazer. Bastien está descontrolado. Fiquei com medo de ele resolver agir antes da hora se eu me desviasse do combinado. Por favor, me desculpe por isso.

Bela viu a culpa estampada em seu rosto, mas tinha mais uma pergunta a fazer.

— Cadê a sua irmã?

Ele fez uma careta.

— Trancada nos aposentos que me foram destinados. Eu sabia que ela acabaria sendo morta se eu contasse no que tinha me metido.

Bela suspirou e baixou a arma.

— Ela provavelmente vai querer fazer picadinho de você — comentou. Depois, olhou para Hercule. — Você sabe onde ficam os aposentos do marquês? — Ele assentiu. — Vá buscá-la. Precisamos dela.

Assim que Hercule saiu, Aurelian voltou a vasculhar os papéis em cima da mesa e Bela se pôs a ajudá-lo.

— Então você veio a Aveyon para se redimir com Marguerite?

Ele aproximou um pergaminho do rosto para enxergar a caligrafia diminuta.

— Era o que eu pretendia fazer, mas quando Bastien revelou uma parte de seu plano percebi que teria que fingir querer ajudá-lo para colher mais informações. — Olhou para Bela. — Espero que você tenha um plano, porque assim que alguém perceber que não está mais lá…

— Meu marido vai ser assassinado — concluiu ela no lugar dele. — Eu não preciso que você me explique o que está em jogo.

O marquês fez uma pausa.

— Então, qual é o seu plano?

— Não temos escolha a não ser encontrar provas de que Bastien está tramando contra Lio desde o início. Enquanto ele continuar achando que você está do lado dele, temos uma pequena vantagem. Não posso entrar no salão de baile sem colocar a vida de Lio em risco, mas você pode.

Aurelian assentiu.

— Então a busca continua?

— Continua, mas Bastien não é estúpido a ponto de deixar provas de sua traição em um lugar óbvio. Precisamos pensar como ele.

Aurelian deixou de lado os papéis que tinha em mãos.

— Então ele é estúpido a ponto de manter as provas? Quem nos garante que ele não queimou tudo que poderia incriminá-lo?

Bela refletiu sobre a possibilidade, mas percebeu que não parecia muito plausível. Lembrou-se da coleção meticulosa de panfletos e papéis que Bastien mantinha em Paris.

— Bastien é calculista. Ele ia querer guardar provas contra os outros para o caso de precisar usá-las. Não é leal a ninguém e com certeza usaria as informações que coletou contra seus supostos aliados se achasse que isso salvaria seu pescoço. — Seguiu em direção à escrivaninha e começou a tatear a madeira em busca de uma trava escondida. — Em Paris, a escrivaninha dele tinha um compartimento secreto. Podemos procurar algo do tipo.

Os dois já tinham quase virado o cômodo de cabeça para baixo quando Hercule enfim retornou com Marguerite, que parecia abalada, mas cheia de determinação.

— Ele contou tudo a você? — quis saber Bela, e a amiga assentiu.

— Bela, me desculpe por não ter desmascarado Bastien antes. Eu o conheço. Deveria ter suspeitado dele, mas o evitei por conta do que aconteceu em Paris. Talvez se eu tivesse ficado mais perto...

Bela a interrompeu.

— Todos nós fomos enganados pelo duque e ele é o único culpado dessa história. Evitá-la fazia parte do plano. Mesmo que quisesse, você não poderia ter mudado isso.

A busca estava se mostrando infrutífera, e Bela começava a entrar em pânico.

— Não sei mais o que fazer. Se não tivermos provas, Aurelian não pode acusar Bastien de nada. Talvez seja melhor assumir o risco e ir sozinha.

Aurelian bateu os punhos na mesa em frustração.

— Há guardas vigiando todas as entradas com ordens muito específicas. Se você passar por alguma delas, haverá um banho de sangue.

— Tem que existir outro jeito — interveio Marguerite.

— O tempo está correndo contra nós.

— Os homens de Bastien devem ter um pouco de juízo. Com certeza sabem que atirar no rei significa morte na certa.

Hercule meneou a cabeça.

— A ânsia deles por espalhar a revolução ofusca todas as outras preocupações. Eles morreriam pela causa.

Depois do que tinha testemunhado em Paris, Bela acreditava nele.

Aurelian fez menção de sair.

— Vou confrontá-lo, tentar convencê-lo a mudar de ideia.

— E acabar morto? — protestou Marguerite, colocando-se no caminho do irmão.

— Sem provas, que outra escolha nos resta?

Hercule lançou um olhar esperançoso para Bela.

— Por que não usamos o espelho?

— O quê? — perguntaram Aurelian e Marguerite em uníssono.

Bela meneou a cabeça, ignorando a confusão dos dois.

— Até hoje, o espelho só me mostrou a pessoa que mais desejo ver. Não acho que me mostrará um objeto.

Embora tenha alegado isso, sabia que não era verdade. Em Paris, tinha pedido ao espelho que lhe mostrasse o futuro, e ele lhe revelara a visão de Aveyon em chamas. Bela tinha passado muito tempo ignorando aquele aviso, completamente alheia ao fato de que Bastien seria o responsável por atiçar as chamas.

— Você *acha* que não vai mostrar, mas não sabe com certeza — argumentou Hercule. — Acho que vale a pena tentar.

Ele tinha razão. Uma parte de Orella vivia no espelho, enfeitiçado para sobreviver ao fim da maldição. Bela não sabia do que aquilo era capaz. Pegou o espelho no bolso da saia e o levantou. Nem esperou que o calor irradiasse pelas mãos antes de dar seu comando:

— Mostre-me como deter Bastien.

Mas o espelho não ganhou vida como antes. Permaneceu inerte, a superfície mostrando apenas o reflexo do rosto de Bela. Ela desmoronou.

— Ele… funcionou? — perguntou Marguerite, claramente sem saber o que Bela e Hercule esperavam ver ali.

A REVOLUÇÃO DA ROSA

— Não — respondeu Bela com amargor. Porém, enquanto falava, um sentimento curioso se apoderou dela, como um fio envolvendo seu coração e a puxando rumo ao desconhecido.

Era muito parecido com o sentimento que a conduzira à loja de espelhos em Paris, mas dessa vez ela sabia que não precisava temê-lo. Orella a estava ajudando, da maneira que podia. Bela percebeu que precisava se deixar levar pelo sentimento, pelo fio que a puxava. Isso a conduziria a uma resposta.

— Não consigo explicar, mas sei para onde devemos ir — declarou ela. — Hercule, você pode ir ao salão e tentar descobrir quantos dos homens armados são leais a Bastien? Preciso saber contra o que lutaremos. — Ele assentiu. — Aurelian, você deve ir ao salão e fingir que está tudo bem. Tente enrolar Bastien se perceber que ele está ficando impaciente. O baile já deve estar em andamento a essa altura, então o salão provavelmente está um caos só. Espere por mim antes de tomar qualquer decisão imprudente. — Ele também assentiu. — Marguerite… — começou Bela.

— Eu vou com você. — Não foi uma pergunta.

Bela nem se deu ao trabalho de discutir.

— Se este… sentimento estiver correto e eu conseguir encontrar provas do complô de Bastien, vou levá-las ao salão do baile. O que vai acontecer depois disso terá que ser decidido na hora. — Ela respirou fundo, afastando o medo que ameaçava sufocá-la. Não tinha tempo para isso. — Vamos torcer para conseguirmos manter o elemento surpresa.

O sangue fervilhava nas veias de Bela. Todos seguiram em direção à porta, mas pouco antes de deixarem o cômodo Marguerite perguntou:

— Ninguém vai me explicar o que foi aquela história toda com o espelho?

Bela parou na soleira.

— Marguerite, juro que se sobrevivermos ao dia de hoje eu lhe conto tudo.

CAPÍTULO VINTE E SETE

O espelho não tinha revelado a Bela o que fazer, mas ainda assim a magia de Orella as guiou para os estábulos, que eram o pior lugar para duas pessoas que não queriam ser vistas.

Uma procissão de carruagens e cavalos havia chegado ao longo do dia, trazendo os convidados para o baile de boas-vindas. Bela estava tão atordoada que nem se importava em ser vista. Estava decidida a encontrar o que tinha ido buscar. Marguerite, a mais sensata entre as duas, convenceu Bela a prosseguir com mais cautela.

— O plano todo irá por água abaixo se Bastien perceber que estamos aqui — sussurrou Marguerite, impedindo-a de atravessar o pátio à vista de todos. O coração de Bela lhe dizia que encontraria o que buscava nos estábulos. — Você precisa partir do pressuposto de que o duque tem olhos por toda a parte, só esperando que relatem tudo a ele.

— Você tem razão. — Bela pôs o capuz sobre a cabeça, grata pelo ar frio da noite de outubro. O sol se punha cedo em Aveyon naquela época do ano. — Serei mais cautelosa.

As duas se mantiveram sob as sombras, avançando a passos lentos em direção aos estábulos. O lugar estava apinhado de cavalariços e palafreneiros, a maioria muito ocupada com os próprios afazeres para prestar atenção a duas criadas que seguiam com pressa. Tamanha era a sintonia de Bela com o sentimento que a impelia que só parou quando alcançaram a parede dos fundos. Não havia mais ninguém ali, apenas algumas baias vazias reservadas aos convidados que chegariam no dia seguinte.

Ela se deteve e examinou as pedras da mureta, esperando que a magia de Orella lhe desse a resposta que procurava, mas nada aconteceu.

— O que está procurando? — quis saber Marguerite.

— Estou esperando para ver se sinto alguma coisa. — Felizmente, Marguerite não a chamou de louca por conta disso. Bela se aproximou da mureta, esticando a mão para tocar as pedras gastas. Correu a ponta dos dedos pela superfície, procurando algum tipo de sinal.

— Bem, então ande logo — sussurrou Marguerite.

E então o dedo de Bela resvalou em um cantinho afiado. A pedra abaixo estava solta, mas não era possível perceber só de olhar. O sangue de Bela ficou mais quente quando puxou a pedra e a entregou para a amiga, que estremeceu com o peso. A fenda escura na parede não revelava nada, mas Bela esticou a mão sem hesitar e tirou uma bolsinha de couro lá de dentro. A satisfação a invadiu ao abrir a bolsa e perceber que estava cheia de envelopes.

— O que é isso?

Bela deu uma olhada no primeiro envelope.

— São… informações — respondeu ela.

Depois, puxou um envelope identificado como "MONTARLY" para o topo da pilha e o abriu. Dentro havia o testemunho de uma criada da residência do *seigneur* alegando que ele era pai dos filhos ilegítimos dela. Havia outros envelopes com os nomes dos outros conselheiros de Lio e oficiais de alto escalão de Aveyon. A bolsa estava repleta de provas de que Bastien reunira informações para chantagear aquelas pessoas. Naquele momento, Bela se deu conta de que a informação de que havia nobres planejando uma revolta provavelmente era falsa. O duque sabia que pegaria mal se o primeiro ato de Lio como rei fosse aplacar os ânimos da nobreza. Os conselheiros apoiaram a decisão porque Bastien tinha informações comprometedoras sobre todos eles. A corrupção do conselho tinha raízes mais profundas do que Bela imaginava.

— O que mais tem aí? — perguntou Marguerite.

Bela vasculhou o resto dos papéis até encontrar envelopes em branco. Tirou um pergaminho dobrado de um deles e leu seu conteúdo.

Os planos para Aveyon continuam os mesmos? L ainda confia em você?

Enviei réplicas dos uniformes dos guardas. O alfaiate afirmou que estão tão próximas dos originais quanto possível.

B ainda está dando trabalho? Livre-se dela se for preciso.

O coração de Bela acelerou.

— A prova de que precisamos.

Ocorreu-lhe que era curioso ler o que mais parecia sua sentença de morte e mesmo assim sentir alívio. Aquilo provava que Bastien estivera tramando contra eles desde o início. A magia de Orella lhe entregara aquilo de que precisava para desmascarar o duque. Pela primeira vez desde que saíra do porão escuro, Bela sentia que conseguiria detê-lo.

Marguerite se empertigou e virou-se em direção ao castelo.

— Bem, então vamos acabar logo com isso.

Elas decidiram chegar ao salão do baile pela sacada, esperando pegar Bastien desprevenido, mas escalar a treliça não se provou uma tarefa fácil para nenhuma das duas, especialmente porque usavam saias. Quando enfim chegaram ao topo, esconderam-se entre os arbustos envasados que ladeavam o terraço e tentaram espiar pela janela.

— Você confia em Aurelian? — perguntou Bela, esforçando-se para enxergar alguma coisa através dos galhos e folhas.

— Eu não estaria aqui se não confiasse.

— É só que...

— Eu sei. Ele surgiu do nada para nos ajudar. Parece um pouco conveniente demais. Mas ficamos horas conversando ontem, Bela. Parecia arrasado pelo tempo que passamos separados. Não tinha como ser fingimento. Eu conheço meu irmão muito bem.

As pessoas que circulavam pelo salão vestiam trajes impecáveis. Bela não sabia se reconhecia alguém, mas essa parte da lista de convidados tinha ficado a cargo de Marguerite. Não eram convidados de Bela. Aquelas pessoas só estavam ali para emprestar prestígio ao *salon*.

— Com certeza as coisas estariam um pouco mais caóticas lá dentro se alguém tivesse atirado no rei de Aveyon — comentou Marguerite.

— Ah, que pensamento reconfortante. Vou acalentá-lo enquanto nos esforçamos para impedir o assassinato do meu marido.

— Desculpe. Eu falo umas bobagens quando estou nervosa. — Deu um apertãozinho no ombro de Bela. — Vou dar uma olhada para tentar achar Aurelian. Não adianta entrar no salão se ele não estiver lá.

Marguerite saiu e deixou Bela sozinha no esconderijo, tendo apenas os pensamentos como companhia. Naquele momento de quietude, todos os seus medos a invadiram de uma vez. Ela estava a um passo em falso de perder Lio, e não sabia se seria capaz de impedir que isso acontecesse. Não poderia contar com seu conhecimento ou esperteza para salvá-lo, apenas com a sorte. Se provocasse Bastien antes da hora, se confiasse nas pessoas erradas, e mesmo se fizesse tudo certo, ainda poderia perdê-lo. Seus pensamentos sombrios se fundiram em uma única constatação: ela estaria mais bem equipada para proteger Lio e seu reino se tivesse aceitado o título de rainha.

Ao recusar o título, Bela deixara margem para que duvidassem dela, para que questionassem sua devoção a Aveyon. Marguerite se equivocara ao dizer que Bela era uma rainha em tudo, menos no nome. Ao recusar o título, Bela garantira que sua autoridade sempre fosse questionada. Não tinha se considerado digna de tamanha autoridade, mas à época não percebera que, na sua ausência, outra pessoa apareceria para tomar o seu lugar.

Bastien tinha sido bem-sucedido em Aveyon graças aos medos dela. Naquele momento, porém, Bela percebeu que seu maior medo era permitir que o reino fosse dominado por pessoas que não se importavam com ele. E só poderia combater esse medo se contasse com a força. Teria que ser forte o bastante por seu reino e, apesar de todos os seus temores, pela primeira vez sentia que era.

Marguerite espiou pela janela.

— Aurelian está lá, na cola de Bastien. Lio está do outro lado do salão com um grupo dos antigos queridinhos de Paris. Mal posso esperar para que eles vejam outra exibição dramática estrelada por mim. Estão rodeados de guardas. — Ela segurou a mão de Bela e a ajudou a se levantar. — Mas não acho que vamos ter uma oportunidade melhor.

— Eu estou pronta. — Parecia que Bela não poderia ter dito algo mais verdadeiro. Estava *mesmo* pronta, e rezava para que Bastien não estivesse.

Atravessaram as portas de vidro da sacada com o máximo de confiança que conseguiram reunir, emergindo em um salão que fervilhava com as conversas e a música animada. Quase ninguém prestou atenção às duas. Seus vestidos simples pareciam apagados em meio àquele mar de elegância. Quem olhava para elas deveria pensar que não passavam de criadas tentando dar uma escapadela de seus afazeres. Por mais que estivesse ávida por expor Bastien, Bela não conseguia evitar a tremedeira que sentia conforme se embrenhavam no salão.

Ela nunca o tinha visto decorado com tamanha suntuosidade, e não era um local que precisava de ainda mais pompa. Já tinha visto o candelabro aceso algumas vezes no passado, mas ainda ficava sem fôlego diante daquelas centenas de velas bruxuleando em meio a milhares de cristais delicados. De repente pensou que, se não fosse por Bastien, aquela noite teria sido um grande sucesso.

Um grupo se afastou no centro do salão e Bela avistou o duque de Vincennes. Ele não as viu. Aurelian tinha feito um bom trabalho de manter Bastien calmo e alheio ao fato de que seu complô contra o rei estava indo por água abaixo.

Bela examinou Bastien de longe, percebendo que a pele empoada havia retornado, assim como a peruca pomposa. Os dedos estavam cobertos de joias e as roupas eram talhadas à perfeição. Tudo isso fazia parte da máscara que ele usava.

Marguerite a cutucou.

— Contei cerca de quarenta guardas. Com certeza alguns são guardas de verdade, e não pessoas infiltradas.

Bela olhou para o alto das enormes escadarias idênticas e avistou Hercule, mas apenas porque estava procurando por ele. Não achava que outras pessoas o teriam visto ali. Ele ergueu os punhos e abriu as mãos duas vezes. Ela assentiu e Hercule desceu as escadas, possivelmente para se pôr no encalço dos homens sobre os quais tinha acabado de alertá-la.

— Ao menos vinte deles são leais a Bastien.

— É arriscado — admitiu Marguerite. — *Sacré*, será que não podemos simplesmente tirar Lio da jogada e só depois nos preocupar com as consequências?

— Nós não sabemos quantos dos homens no castelo são leais a Bastien, nem até onde os que sabemos estar do lado dele estão dispostos a ir para atingir seus objetivos. Não vou arriscar a vida das pessoas neste salão. — Bela se empertigou. — O único jeito de deter Bastien é destituí-lo de todo o controle que ele tem. Vou até ele como se nada tivesse acontecido. Vá encontrar seu irmão e mantenha Lio longe do confronto. Ele vai ficar muito confuso.

Bela se afastou de Marguerite antes que a amiga pudesse detê-la, o coração batendo mais rápido a cada passo até parecer que ia explodir dentro do peito. A mera visão de Bastien bastava para enchê-la de raiva, mas a raiva não seria de grande ajuda naquele momento. O duque pareceu perceber que alguém se aproximava e, quando se virou e deu de cara com Bela, a expressão que invadiu seu semblante quase fez a coisa toda valer a pena.

O duque de Vincennes quase nunca era pego de surpresa. Achava que Bela estava amarrada em um porão nos confins do castelo, fora de cena até que ele pudesse pôr em prática o que o levara a Aveyon. Para variar, dessa vez foi Bela quem o enganou.

Ainda assim, ele não demorou a recuperar a compostura.

— Bela, que traje *interessante* você escolheu para o baile. — Tentou se valer das alfinetadas que sempre trocavam entre si, como se pudesse forçá-la à submissão na base do charme.

Mas Bela estava cansada de Bastien achar que estava no comando. Não podia dizer nada, pois temia inflamar os nervos que já estavam à flor da pele. Havia tantas coisas que poderiam dar errado e, para piorar, ela tinha arrastado os amigos para aquele perigo. Não podia ceder à raiva que fervilhava em seu âmago. Tinha que ser mais esperta que isso.

Bastien a avaliou de cima a baixo, ainda a subestimando.

— Venha, dance um pouco comigo. — Ele a puxou com força pelo punho e a conduziu a um espaço livre no salão.

Não havia mais ninguém dançando, pois ainda era cedo, mas Bela se deixou ser conduzida, ainda que apenas para dar a ele uma falsa sensação de controle.

O duque levantou a mão dela antes de perguntar:

— Você certamente sabe como dançar um minueto, não?

Bela fez uma pequena mesura e puxou a saia para os lados.

— É claro que sei.

Os dois começaram a dança elegante que Lumière se esforçara para ensinar a ela antes do casamento com Lio. Bela estava enferrujada, mas o duque se portava de forma graciosa, tendo passado a maior parte da vida dançando na corte francesa.

Executaram alguns dos passos afastados um do outro, e Bela sabia que cada movimento de Bastien era calculado. Quando tornaram a se aproximar, ele sussurrou em seu ouvido:

— O que Aurelian lhe disse? Você sabe que ele é tão desequilibrado quanto a irmã, não sabe?

Bela lançou-lhe um olhar brincalhão.

— Ora, Bastien, eu não sou muito boa para avaliar o aparente desequilíbrio de outrem.

Ela rodopiou para longe antes que ele tivesse chance de responder. A essa altura, uma multidão tinha se formado ao redor dos dois. Alguns casais se juntaram à pista de dança, mas a maioria dos convidados parecia satisfeita em simplesmente assistir ao desenrolar da situação, sem entender o que estava em jogo. Não ajudava em nada o fato de Bastien estar vestido com a pompa de sempre, enquanto ela usava um vestido demasiado simples para um baile, o cabelo todo bagunçado, um corte com sangue seco no pescoço e as marcas da corda nos pulsos. Sabia que Lio ainda não a tinha visto. Ele ia querer saber o que tinha acontecido assim que pusesse os olhos nela. O fato de Bastien nem sequer mencionar os ferimentos de Bela denunciava o desespero que sentia.

Voltaram a dançar mais perto um do outro, e ela deixou que Bastien cavoucasse ainda mais fundo naquele buraco.

— Você não pode acreditar em uma única palavra que Aurelian disser. Sabia que ele é revolucionário? Estava morando no palácio de Filipe Igualdade em Paris, planejando como espalhar esse maldito movimento. É por isso que veio para cá. Eu nunca deveria tê-lo deixado passar pelos portões do castelo.

Bela lançou-lhe um olhar curioso.

— Mas não cabe a você decidir quem entra ou deixa de entrar neste castelo, Bastien.

Bela não se lembrava de tê-lo visto corar antes, e demorou um instante para perceber que não era a vergonha que lhe tingia as bochechas, mas a raiva. O duque parecia ter se dado conta de que Bela não se deixaria enganar por suas tramoias. Ele era um animal ferido, preso em uma armadilha e desesperado para achar uma saída. Olhou para o pescoço ensanguentado de Bela e arfou, fingindo espanto.

— Bela! O que aconteceu? Você se machucou — comentou com a voz elevada, esperando que os outros ouvissem.

Ela interrompeu a dança e se viu obrigada a aplaudi-lo mentalmente pelas habilidades de atuação. Bastien não tinha capturado Bela e a arrastado para o porão, nem tinha atado seus punhos e a amordaçado. E, verdade fosse dita, ela não o tinha visto nem uma vez sequer durante todo aquele suplício. Bastien não sujou as mãos, mas não se poderia dizer o mesmo de sua consciência. Se a magia de Orella não a tivesse guiado ao lugar certo, Bela não teria provas para sustentar a acusação ao duque.

Só então algumas pessoas da multidão viram os ferimentos de Bela e ofegaram, espantadas. Bastien estalou os dedos, chamando alguns guardas.

— Por favor, acompanhem a madame até seus aposentos. Ela não está muito bem.

Bela sabia que só teria uma chance de garantir que Bastien não escapasse do salão sem as mãos agrilhoadas. Ele era carismático demais, traiçoeiro demais... Não podia deixar para lidar com ele uma outra hora.

Por isso, forçou-se a dizer com a voz clara:

— Bastien, permita-me acusá-lo formalmente de conspirar contra o rei de Aveyon.

A multidão mal conseguiu se conter. O caos irrompeu ao redor de Bela, mas ela continuou parada onde estava. Avistou o *seigneur* Montarly e, quando viu o homem levar a mão ao peito, foi invadida por um pensamento maldoso. Percebeu que não sentiria a menor falta dele caso morresse por conta do choque.

Bela viu um sorriso presunçoso se formar no rosto do duque. Parecia acreditar que ela não tinha nada a apresentar além de uma acusação verbal.

— Não tenho a menor ideia acerca de que você se refere, madame, mas me acusar de conspirar contra meu primo, *sangue do meu sangue*, ultrapassa todos os limites.

Aurelian deu um passo à frente, com Lio e Marguerite logo atrás.

— Eu endosso a acusação — pronunciou-se Aurelian. — O duque de Vincennes veio a Aveyon com o intuito de levar a revolução para além das fronteiras da França, começando pelo assassinato do rei.

Bastien jogou os braços para cima em um gesto exasperado.

— A menos que tenham provas do que dizem, tudo isso não passa de uma calúnia mal-intencionada. — Virou-se para Lio, mostrando-se vulnerável com um franzir de testa. — Primo, você não pode acreditar em uma coisa dessas. Eu jamais faria algo para prejudicá-lo. Nós dois passamos por tanta coisa juntos ao longo da vida. — Bela viu quando o lábio de Bastien estremeceu, e sentiu que poderia cuspir no chão a seus pés. — Você mal conhece sua esposa... como pode ter certeza de que *ela* não é a revolucionária misteriosa que você vem procurando? Quem garante que não estão me acusando dos crimes que eles mesmos cometeram?

Lio parecia perplexo, mas Bastien estava em desvantagem, pois não sabia o que Bela e Lio tinham enfrentado juntos. Não sabia que, ao destruírem uma maldição com o poder de seu amor, os dois tinham criado um vínculo que superava quaisquer laços de sangue.

Estava na hora de Bela revelar que tinha uma carta na manga. Puxou a bolsinha de couro da saia e a levantou para que o duque de Vincennes percebesse que estava na palma de sua mão.

Uma transformação instantânea ocorreu em suas feições. Dissipou-se qualquer indício de falsa vulnerabilidade, de presunção ou de superioridade. Tudo o que restava era a raiva nua e crua. Bela nunca o tinha visto daquele jeito, mas teve o bom senso de temê-lo. Bastien tinha perdido, e vê-lo se dar conta disso não tinha lhe dado o gostinho que achou que daria. Não havia nenhuma sensação de vitória ou triunfo em arruinar o único parente de Lio, em provar que Bastien era o vilão que ela suspeitava que fosse havia tempos. Mas tinha feito o necessário para salvar o marido e o reino.

O tempo pareceu se arrastar quando ela viu Bastien tirar uma pistola de dentro do sobretudo. As palavras de Hercule ecoaram na mente de Bela.

Eles morreriam pela *causa.*

Bastien apontou a arma para Lio, cujos guardas falsos tinham debandado. As pessoas se jogaram no chão. Bela mal conseguia se mexer, mal conseguia enxergar qualquer coisa. O sangue fluía por suas veias com a força de um tornado. Os lábios de Bastien se moviam, mas Bela só ouvia o zumbido em seus ouvidos.

Bastien puxou o gatilho. Ela viu a faísca se formar na ponta do cano.

Mas Hercule surgiu de repente e empurrou o braço de Bastien para o teto. O tiro estilhaçou o candelabro em mil pedacinhos, fazendo uma chuva de cacos de cristal cair sobre eles, alguns afiados o bastante para talhar a pele.

E então os ruídos do salão retornaram de uma só vez. Gritos ressoaram ao redor de Bela enquanto ela via Aurelian dar ordens para que os poucos homens leais a Lio derrubassem o duque de Vincennes.

— Bela, você está bem? — cochichou Lio em seu ouvido, mas ela só conseguia prestar atenção a Bastien, que se debatia contra os homens que o prendiam contra o chão. — Bela? — Lio a segurou diante dele. — Bela, fale comigo.

Ela olhou para o marido, que felizmente tinha escapado ileso, mas parecia muito confuso.

— *Sacré*, Lio. Nem pensei em como explicaria tudo a você se conseguíssemos sair dessa.

A mente dela girava sob o peso de tudo o que tinha para contar ao marido.

Lio olhou para o teto, onde antes ficava o candelabro, e depois tornou a fitar o primo.

— Acho que entendi pelo menos uma parte. Mas o que aconteceu com você? Por acaso foi LeFou quem me salvou de uma morte prematura?

Bastien os interrompeu com os últimos gritos de um homem condenado.

— *Vive la révolution*! Morte ao rei! Morte à monarquia! Temos que nos rebelar!

Mas o salão do baile não era o *atelier d'ébénisterie* depois de um longo dia de trabalho. Não era a taverna em Mauger com línguas soltas de tanta cerveja. Bastien estava no castelo e tentara matar o rei. A mensagem dele não tinha nenhum significado naquele momento, mas Bela sabia que estava longe do fim.

Olhou para um dos homens de Lio.

— Vá buscar os magistrados de Mauger. Não temos como saber se os do castelo não cometeram perjúrio em seus juramentos. — O homem assentiu e se afastou. Lio lançou um olhar preocupado para Bela. — Eu explico tudo mais tarde — prometeu-lhe ela.

Horloge e Lumière se postaram ao lado do casal. O mordomo estava ofegante e vermelho feito um pimentão, como se tivesse corrido por toda a extensão do castelo.

— Senhor, madame, precisamos tirá-los daqui. Não é seguro.

Lio fez menção de protestar, mas Lumière o interrompeu:

— Senhor, uma pistola não é a única coisa capaz de matar um rei. — Depois, virou-se para a multidão em polvorosa e assumiu sua voz mais encantadora. — *Mesdames et messieurs*, posso lhes garantir que a situação está sob controle. Pedimos que permaneçam onde estão, na segurança deste cômodo, livres para beber e se empanturrar com tudo o que nossa cozinha tem a oferecer, enquanto fazemos uma varredura no castelo. Obrigado. — Fez uma mesura afável e, de alguma forma, um sentimento de calma tomou o salão. Ele olhou para Horloge, que ainda estava todo vermelho, e sorriu. — Viu só, *mon ami*? Sou eu quem deveria ser chamado para lidar com as multidões.

Horloge revirou os olhos com tanta força que Bela achou que sua expressão ficaria daquele jeito para sempre. Depois, o mordomo olhou para Lio.

— Façam o favor de nos acompanhar para fora do salão. Vamos mantê-los sob forte vigilância até que tenhamos certeza de que o castelo foi esquadrinhado de cabo a rabo. Não quero deixá-los preocupados, mas existe uma grande chance de algum dos associados do duque tentar terminar o trabalho. — Ele disse "duque" da mesma forma que alguém diria "barata".

Bela refletiu por um instante. Estava exausta, e a fome que vinha ignorando desde o momento de sua captura tinha resolvido dar as caras.

— Podemos ir para a cozinha — sugeriu. Pensou na sabedoria de Madame Samovar e no sorriso travesso de Zip, nos fornos quentinhos e na lareira, e nas montanhas de pães e bolinhos intocados.

— Para a cozinha? — repetiu Horloge, incrédulo.

Bela o encarou.

— Se estivermos correndo risco de vida, quero pelo menos forrar meu estômago antes.

CAPÍTULO VINTE E OITO

Eles quase chegaram à cozinha sem percalços. O cheiro inebriante de pães quentinhos levou Bela a acreditar que já estavam fora de perigo. Bastien tinha sido preso, eles estavam protegidos por guardas leais e ninguém tinha se ferido durante todo aquele caos.

Então, uma bala ricocheteou em uma armadura, alojou-se na parede bem ao lado de Lio e o caos voltou a reinar.

Os guardas entraram em ação, mosquetes em riste, procurando a origem do disparo. O medo que Bela abandonara no salão tornou a invadi-la. Segurou a mão de Lio enquanto Horloge se colocava entre eles e a direção de onde o tiro viera. Lumière encabeçava a equipe de guardas, brandindo uma arma pela primeira vez desde que os aldeões invadiram o castelo.

Gritos ecoaram ao longe, e Lumière se pronunciou:

— Horloge, tire-os daqui. Vamos acabar com esses traidores.

— Eu vou com vocês — protestou Lio, enquanto mais tiros eram disparados ao longe.

Um dos guardas meneou a cabeça.

— Creio que será mais útil se ficar escondido em segurança, senhor.

Lio aceitou com relutância, e os guardas partiram para a ofensiva. Horloge conduziu os dois por outro corredor e os fez entrar em um armário de vassouras.

— Espero que me perdoe, senhor, mas não consigo pensar em...

Bela estendeu a mão para ele.

— Está tudo bem, Horloge. Mas acho que não vai caber todo mundo aí dentro.

Ele se pôs em posição de sentido.

— Tenho deveres a cumprir longe daqui, madame.

Tiros abafados ressoaram ao longe, e Horloge tirou um candelabro do bolso e o acendeu com uma arandela disposta ao lado do armário.

— Só abram para pessoas de confiança.

— Pode deixar — garantiu Lio, pegando o candelabro.

Em seguida, Horloge trancou-os lá dentro. Era um espaço apertado e com um forte odor de vinagre, mas naquele momento tudo o que importava para Bela era que Lio estava ali, vivo e ileso, de mãos dadas com ela. Encontraram um caixote empoeirado em um dos cantos e se sentaram.

— Você está bem? — quis saber ela, embora a pergunta parecesse trivial demais para abarcar todo o caos daquele dia.

Lio puxou a mão dela para mais perto de si.

— Como LeFou veio parar nessa história?

Bela ficou surpresa ao notar que ele tinha se apegado a esse detalhe antes dos demais.

— Ele apareceu depois que me prenderam.

— Depois que a *prenderam*? — Ele parecia arrasado, mas Bela não mediria palavras depois do que tinha passado naquele dia.

— Eu saí do nosso quarto hoje cedo para ver como estavam as coisas na biblioteca e no caminho me deparei com os homens de Bastien tramando seu assassinato. Eles me capturaram antes que eu conseguisse escapar e me levaram para o porão. Um tempo depois, LeFou apareceu, revelando seu papel na trama.

— E qual era?

Ela se deteve por um instante, sem saber como explicar.

— Ele queria se vingar.

Lio estava incrédulo.

— Queria se vingar de quê?

— Da morte de Gaston. — Lio abriu a boca para dizer alguma coisa, mas Bela continuou: — Ele o amava, Lio, do mesmo jeito que amo você. Não precisamos achar que seus atos foram justificáveis, mas podemos ao menos tentar entender a motivação. — Deu um apertãozinho na mão dele. — Imagine como você reagiria se achasse que fui assassinada por alguém. Passei um bom tempo explicando a ele que você não matou Gaston, é claro, mas a vingança é uma coisa complicada. Acho que ele só precisava botar a culpa em alguém.

— Como conseguiu fugir?

— Não fugi. Ele me libertou. Olhe só, isso não faz diferença. LeFou pode não ter planejado fomentar uma revolução em Aveyon, mas esse certamente era o plano de Bastien. Se eu não tivesse conseguido abrir caminho em meio à dor de LeFou e encontrar o homem decente que estava enterrado bem lá no fundo, ainda estaria no porão e você, morto.

Era muita coisa para processar depois de o próprio primo ter tentado assassiná-lo. Lio afundou a cabeça entre as mãos.

— O que foi que eu fiz?

Bela sentiu uma pontada de compaixão.

— Você fez o que julgava certo.

— E veja o que ganhamos com isso — respondeu ele. — Eu nunca deveria ter dado ouvidos a Bastien. Não deveria ter desperdiçado meu tempo com os nobres. Deveria tê-la escutado quando disse para focarmos nos plebeus de Aveyon.

As palavras deveriam ter sido um bálsamo para Bela, mas essa percepção tardia só lhe causou irritação.

— Sim, deveria mesmo.

O silêncio prolongado que se seguiu depois sugeria que Lio tinha esperado receber alguma compaixão da esposa, não reprimendas.

— Digamos que não há um manual de instruções que ensine como ser um bom rei — argumentou ele.

— Sei que não, mas também não adianta dar ouvidos só a alguns pontos de vista.

— Como assim?

Ela respirou fundo.

— Você foi criado como um príncipe para governar o povo de Aveyon, e isso influenciou sua perspectiva desde o início. Seus conselheiros também foram criados em uma posição de privilégio, e isso influenciou a perspectiva deles também. — Ela levou a mão ao peito. — Eu fui criada entre os plebeus de Aveyon. Eu *sou* plebeia. Eu era a única que poderia representar seus muitos milhares de vozes contra sete homens que representavam as vozes da nobreza de Aveyon. Como isso pode ser justo? Como seu conselho pode ser considerado equilibrado se são sete vozes contra uma?

Lio parecia desconsolado.

— Acho que, no fundo, eu achava que teríamos tempo para resolver nossos problemas. Nunca imaginei que seria o rei de Aveyon. Nunca imaginei que todo esse peso recairia sobre mim tão de repente.

— E *eu* entendo isso, mas seu povo não tem o privilégio de conhecer seus pensamentos mais íntimos. As duas perspectivas presentes em Aveyon devem ter o mesmo peso.

— Você tem razão.

— Você estava preocupado em garantir a felicidade dos seus nobres, mas nem passou pela sua cabeça que deveria fazer o mesmo pelo resto de seu povo. E esse erro quase lhe custou tudo, Lio. E eu quase o perdi.

Ele passou as mãos pelos cabelos, parecendo exausto.

— Eu estava tão determinado a proteger meu trono... — Fez uma pausa, como se buscasse as palavras certas.

— Que se esqueceu de que o propósito de reinar é servir ao seu povo? — concluiu Bela no lugar dele.

— E eu estava com tanto medo de perdê-la que deixei de enxergá-la como minha parceira. Passei a vê-la como algo que eu precisava proteger. — Ele se empertigou. — Deixei meus medos me dominarem, Bela. Não sou diferente da fera que deixei para trás.

Bela abrandou.

— Isso não é verdade — rebateu ela, cutucando-o nas costelas. — A Fera era bem pior.

Ele abriu um sorriso, que logo se dissipou.

— Tudo o que eu quero é consertar as coisas, mas nem sei por onde começar.

— Bem — respondeu ela. — Anime-se por estar em uma posição que lhe permite fazer o que quiser. A maioria das pessoas não pode dizer o mesmo.

Ruídos vindos do corredor irromperam pela frestinha da porta. Lio apagou as velas e, quando se levantaram, ele estendeu o braço defensivamente na frente de Bela. Ela envolveu o cabo de vassoura que usaria de arma se fosse necessário, o coração entalado na garganta. Os dois prenderam a respiração quando ouviram passos se aproximarem, mas o ruído logo desapareceu ao longe.

Um tempo depois, Lio a puxou para perto e beijou-lhe a testa. Eles tornaram a se sentar no caixote, o armário mergulhado em escuridão.

— Acho que estamos a salvo — sussurrou ele, mas o medo ainda dominava Bela. Ela sentiu que estava na hora de Lio ficar a par de tudo.

— Eu preciso lhe contar uma coisa.

Ele se remexeu em meio à escuridão.

— Isso parece preocupante.

Bela hesitou.

— Não é... *não* preocupante.

— Bem, não tem como ser muito pior do que qualquer coisa pela qual já fiz você passar. Pode me dizer.

— Acho que sei por que você continua tendo pesadelos, embora acreditemos que tenhamos derrotado a maldição.

Ele se empertigou.

— *Acreditemos?* O que isso quer dizer?

Ela respirou fundo e se obrigou a ficar calma. Lio merecia saber a verdade, por mais que doesse.

— Quando estávamos em Paris, fui parar no meio do tumulto da queda da Bastilha porque saí da casa de Bastien e me vi atraída por uma loja de espelhos desconhecida, da mesma forma que moscas são atraídas para o mel.

— Continue...

— Lá dentro havia uma mulher estranha que conversou comigo como se me conhecesse. Ela me mostrou uma visão em um espelho quase idêntico àquele que você me deu. Na visão, Aveyon estava em chamas, incendiado pelo nosso próprio povo. Eu não entendi então, mas acho que era uma visão do que teria acontecido aqui se o plano de Bastien tivesse dado certo. O ponto é que a visão bastou para me fazer sair correndo da loja, diretamente para os braços da multidão. — Ela torceu as mãos. — Só voltei a pensar no assunto quando tornei a ver a mulher, só que dessa vez foi por meio do *seu* espelho encantado.

— Do meu o *quê*? — Lio tinha se posto de pé, embora Bela não pudesse divisar sua silhueta no escuro.

— Sabe aquela noite em que você acordou e não me viu na cama? — continuou Bela. — Eu estava na biblioteca…

— Eu me lembro. — A voz estava carregada de tensão.

— O espelho estava escondido atrás do livro que eu tinha ido procurar. Quando o peguei, a mulher me fez um alerta, dizendo que eu não deveria esperar que outros salvassem Aveyon. Saí correndo da biblioteca para contar tudo a você, mas quando cheguei ao quarto vi que você estava sendo atormentado por mais um pesadelo. Por isso, não quis lhe causar ainda mais preocupação.

Lio fez menção de falar, mas Bela o interrompeu.

— Deixe-me terminar — implorou. — Tentei não pensar no espelho, e estive ocupada com um porção de coisas durante sua ausência. Mas então a mulher apareceu para mim em um sonho. Ela me disse que Aveyon corria o risco de sucumbir à revolução, assim como a França. Disse que cabia a mim impedir que isso acontecesse. — Pôs uma mecha de cabelo para trás da orelha. — Quando acordei, Bastien estava tentando expulsar Marguerite do castelo e os alertas terríveis da mulher ficaram em segundo plano. — Bela parou para tomar fôlego, mas Lio continuou em silêncio, esperando que ela prosseguisse. — A mulher apareceu para mim outra vez, quando eu era prisioneira de LeFou. Ela disse algo que eu já tinha começado a entender sozinha, ainda que só inconscientemente. Ela era…

— A feiticeira que me amaldiçoou — concluiu Lio.

Bela ficou perplexa.

— Como é que você sabia?

— Alguém tem visitado meus sonhos ultimamente e, com o tempo, passei a suspeitar de que já nos conhecíamos.

— Ela apareceu nos seus sonhos? E o que disse?

— Não tanto quanto disse a você, mas tentou me desviar do caminho que eu estava trilhando. Disse que o único jeito de impedir que a revolução chegasse a Aveyon era voltar para você, Bela. Em parte, foi por isso que cavalguei noite adentro para voltar para cá.

Ele esticou a mão e ela a tomou, sentindo a força que os tinha unido naquela noite na torre.

— Eu não sei o que significava, mas ela disse que lançou a maldição sobre você para nos unir.

Ele se remexeu, desconfortável.

— Não vou fingir que sou grato pelo inferno que tivemos que enfrentar, mas, se for verdade, talvez possa começar a entender o que motivou tudo isso.

Ela apoiou a cabeça no ombro de Lio.

— Acho que derrotamos a maldição. O que restou não passa de um eco.

Lio levou a mão dela ao peito.

— A meu ver, a maldição foi derrotada no instante em que reassumi minha verdadeira forma. Consigo lidar com esse eco.

O coração de Bela se tranquilizou um pouco.

— Desculpe por não ter contado antes.

— Eu sei que você tentou. Desculpe não ter lhe dado ouvidos.

Os dois ficaram sentados em silêncio, esperando o que viria a seguir, com a sensação de que talvez estivessem um pouquinho mais preparados para o que quer que fosse.

— Se quer saber, acho que a feiticeira estava certa a seu respeito.

Bela ficou em silêncio, sentindo o peso daquelas palavras.

— Como assim?

— Você sempre esteve destinada a salvar Aveyon.

CAPÍTULO VINTE E NOVE

Um tempo depois, Horloge voltou para buscá-los. O plastrão do mordomo pendia frouxamente em seu pescoço, o cabelo estava todo arrepiado e o corpo inteiro parecia coberto de fuligem. Bela nunca o tinha visto tão desgrenhado.

Fez a mesura pomposa de costume.

— Eu vim buscá-los e informar que...

— Horloge, você está bem? — interrompeu Bela, em tom de urgência.

— Sim, madame. — Ele retomou a narrativa. — Houve um embate, mas não precisam se preocupar. Prendemos os infiltrados e nosso lado sofreu ferimentos mínimos.

— Mas *houve* feridos? — perguntou Bela, desesperada.

Ele curvou a cabeça.

— Um dos nossos homens foi baleado, madame, mas já está sendo atendido.

Lio fez uma careta.

— Qual é a gravidade da situação, Horloge?

— Senhor, a sua segurança ainda está em risco. Temos homens vasculhando todo o castelo, mas ainda vai levar algum tempo até olharem tudo. Por favor, acompanhem-me até a cozinha. É um dos únicos lugares do castelo onde temos certeza de que não há infiltrados de Bastien.

— Por que diz isso? — quis saber Bela.

Horloge arqueou a sobrancelha.

— Ora, duvido que algum revolucionário passasse despercebido pelo escrutínio da Madame Samovar ou correspondesse a seus padrões elevados.

Os três seguiram apressados para a cozinha. Havia guardas postados na entrada, mas o interior era um refúgio de normalidade. A equipe da cozinha se movia em uma dança coreografada de cortar, ferver, refogar e lavar, como se Bela e Lio não tivessem sofrido atentados à própria vida naquela noite. Era exatamente disso que ela precisava. Foi inundada de alívio quando apanhou um *croissant* de uma bandeja ali perto.

— Céus! Eu estava morrendo de preocupação! — exclamou Madame Samovar assim que os viu. De súbito, todos perceberam que Bela e Lio estavam ali, mas, antes que pudessem fazer estardalhaço, Madame Samovar os levou para longe. — Venham comigo para a despensa. Os outros, de volta ao trabalho. Temos um montão de convidados descontando o medo na comida.

Ela conduziu Bela, Lio e Horloge para a despensa apertada e fechou a porta atrás de si. Sem dizer uma palavra, ela se pôs a esfregar com um pano úmido as feridas no pescoço de Bela, que não reclamou.

— *Mon Dieu* — queixou-se Madame Samovar. — É verdade o que dizem por aí? O duque de Vincennes tentou mesmo machucar vocês?

Lio estava sentado em um barril, os olhos fitando o vazio.

— É verdade — respondeu ele. — Felizmente, porém, não conseguiu.

A porta se abriu, revelando Lumière, Aurelian e uma Marguerite enfurecida logo atrás. Quando viu Bela, a garota se jogou nos braços da amiga sem pestanejar.

— O que está acontecendo aqui?! — exclamou Horloge, tão agitado que derrubou um cesto cheinho de cebolas. Madame Samovar lançou-lhe um olhar gelado enquanto enrolava a mão de Bela com um pedaço de pano.

O maître do castelo limitou-se a encolher os ombros.

— Eu não tive escolha, *mon ami*. A *mademoiselle* de Lambriquet me abordou no corredor e não arredou o pé do meu lado até que eu a trouxesse para ver Bela.

Marguerite inclinou o corpo para trás e sacudiu a amiga pelos ombros.

— Você conseguiu, Bela. Você conseguiu enganar Bastien, o mestre dos engodos. Você impediu o assassinato.

— Não posso realmente dizer que fiz tudo sozinha — respondeu Bela, corando. — Desculpe por a termos deixado para trás no salão.

— Não posso culpá-los por isso — respondeu Marguerite. — E, além disso, me deu a oportunidade de ver meus velhos amigos tentando explicar aos murmúrios que *sempre souberam que Bastien era simpatizante da revolução*. Um bando de bajuladores mentirosos, isso sim.

Os olhos de Bela recaíram sobre o corte gotejante na bochecha de Lumière.

— O que é isso? — quis saber ela.

O maître levou a mão à ferida como se tivesse se esquecido de que estava lá.

— Fiquei do lado errado de uma baioneta, madame. Não é nada. — Mas Madame Samovar se pôs a higienizar o corte, assim como fizera com Bela, e Lumière aceitou de bom grado.

— A situação está muito feia lá fora? — perguntou Bela.

Marguerite se acomodou em um saco de farinha.

— A bem da verdade, seus convidados aristocráticos devem estar exultantes. Um atentado contra a vida do recém-coroado rei de Aveyon? Só vai se falar disso no continente.

Aurelian sentou-se ao lado da irmã e, pela primeira vez, Bela percebeu como os dois eram parecidos, tanto na aparência quanto nos modos.

— Os guardas estão patrulhando o castelo atrás dos homens de Bastien, mas fazer a varredura de todos os cômodos e alas leva bastante tempo. Parece até que o duque estava se preparando para entrar em guerra.

— Tem tantas coisas nessa história que não entendo... — começou Madame Samovar, as palavras morrendo antes que ela pudesse concluir a frase.

Lio deu um longo gole na garrafa de conhaque empoeirada que tinha apanhado em uma das prateleiras.

— Que tal começarmos do começo?

E assim os sete se puseram a desvendar tudo o que tinha acontecido desde que Bela e Lio chegaram a Paris. Todos contribuíram com relatos, mas Bela manteve toda a questão dos espelhos e Orella fora de sua versão da história. Quando chegou à parte em que percebeu que Bastien estivera tramando contra eles desde o princípio, Marguerite a interrompeu.

— O que não entra na minha cabeça é por que Bastien ficou do lado dos revolucionários. Ele faz parte da nobreza. Pode perder tudo o que tem caso haja uma revolta.

Bela tamborilou os dedos no barril a seu lado.

— Quando estávamos em Paris, encontrei uma gaveta cheinha de documentos revolucionários que Bastien colecionava, e ele me contou mais de uma vez que simpatizava com os *sans-culottes*. Mas nunca tive motivos suficientes para acusá-lo de nada. Ele tinha o álibi perfeito.

— Qual? — quis saber Horloge.

— Alegou que estava atuando em nome da Coroa francesa, infiltrando-se nesses grupos rebeldes para coletar informações e delatar seus pretensos companheiros. Pelo visto, sua lealdade mudou de lado em algum momento.

Aurelian se remexeu.

— Bastien não contava tudo para mim, mas seu desdém pela nobreza francesa se tornava mais óbvio à medida que nos aproximávamos. Era como se ele não conseguisse mais esconder, o que só o fazia se esforçar ainda mais para manter o segredo. Antigamente, ele não pintava o rosto como um *prince du sang*, mas em algum momento dos últimos dois anos adquiriu o hábito e passou a usar perucas, joias e uma bengala de marfim.

— Escondendo-se atrás de uma máscara — comentou Bela, ao que Aurelian assentiu.

— O que aconteceu em Paris e Versalhes mudou a opinião de muita gente este ano, inclusive a minha, mas eu jamais me rebaixaria ao nível de usar um assassinato para mandar uma mensagem ou alcançar um objetivo.

Lio suspirou.

— Eu achava que o conhecia. — Correu os olhos pela despensa, fitando o rosto de seus aliados mais próximos, incrédulo conforme a magnitude do que acontecera naquele dia enfim pesava sobre ele. — Confiei em Bastien e ele me manipulou, fazendo-me desconfiar dos meus próprios instintos e achar que um nobre parisiense sabia mais do que eu sobre as necessidades do meu reino.

Madame Samovar ofereceu-lhe um tapinha solidário no ombro.

Bela suspirou.

— Acho que ninguém foi tão enganado por Bastien quanto eu. Fui eu quem passou mais tempo com ele, e ainda assim deixei que fizesse minha cabeça e me levasse a duvidar de mim mesma mais de uma vez. Ora, conseguiu até me convencer de que *Marguerite* poderia ser a revolucionária clandestina que merecia minha desconfiança. — Lio e Aurelian a encararam com pura perplexidade. — É uma longa história — acrescentou ela.

— Longa demais — concordou Marguerite.

— O ponto é que eu deveria ter confiado nos meus instintos, que clamavam para que eu não acreditasse em Bastien. — Pensando bem, Bela percebia agora que os terríveis alertas de Orella faziam sentido. A mulher lhe tinha dito que a revolução estava mais perto do que ela imaginava, mas Bela se permitiu ser manipulada justo pelo homem que pretendia trazer a carnificina a Aveyon. — Eu não queria criar conflito entre Lio e a única família que lhe restava.

— Ele não é a única família que me resta. — Lio acariciou o dorso da mão dela. — Mas acho que todos aprendemos a lição. Sempre devemos confiar em nossos instintos.

Bela acordou com um sobressalto, surpresa ao perceber que tinha feito um travesseiro com um saco de farinha. A despensa estava agradavelmente cálida, e Marguerite e Aurelian dormiam enrodilhados perto dela.

Ela sabia que não tinha dormido por muito tempo, mas um pensamento emergiu das profundezas da sua mente, tão persistente que não tinha como ignorá-lo. Ela se levantou e alongou os músculos doloridos antes de seguir em direção às vozes que se elevavam na cozinha. Quando saiu da despensa, deu de cara com Lio, Madame Samovar e Horloge conversando enquanto tomavam um chá.

— O que aconteceu com Hercule? — quis saber Bela, dirigindo-se a ninguém em particular.

— Quem? — perguntou Lio.

— LeFou — respondeu Bela. — Eu o perdi de vista depois do disparo.

Madame Samovar empalideceu.

— Por que você quer saber onde ele está?

Bela adotou uma postura defensiva.

— Foi por causa dele que conseguimos deter Bastien.

Lumière pigarreou.

— Ele foi levado a uma cela por ter participado da conspiração contra você e o rei. — As feições do maître se suavizaram ao ver a expressão no semblante de Bela. — Ele foi de bom grado, madame.

Bela respirou fundo.

— Será que vocês já se esqueceram de que ele impediu que aquele tiro acertasse Lio?

— Isso é verdade — confirmou Lio, como se eles não tivessem testemunhado com os próprios olhos ou escutado a história dez vezes pela boca de outras pessoas que haviam estado lá.

Todos pareciam considerar o ocorrido uma prova da capacidade dele de mudar. Mas então Bela se lembrou da pior parte. Virou-se a fim de olhar para a despensa e baixou a voz antes de continuar:

— Ele também se lembra de tudo.

Horloge lançou-lhe um olhar inflexível.

— Tudo?

— Tudo. A maldição. A Fera. Gaston morrendo ao cair do precipício. Não sei como é possível… Mas a questão é que Lio não foi a única pessoa que ele salvou hoje. Ele também me salvou, e não acho que mereça ser preso por isso.

Ninguém tinha falado tão abertamente sobre a maldição desde que Bela e Lio a tinham destruído. Bela sabia que estava quebrando um acordo tácito entre todos, mas, depois do que tinha acontecido bem debaixo de seus narizes, estava menos disposta a fingir que não havia problemas em Aveyon.

Lio enfim quebrou o silêncio.

— Eu não sei… — começou.

— Podemos ao menos ir até onde Hercule está? E você pode conversar com ele e ver por si mesmo o quanto está mudado?

Lio cerrou o punho sobre a mesa.

— Tudo bem. — Ficou de pé. — Mas saiba que só estou fazendo isso por você.

Bela não visitava a masmorra do castelo desde que ocupara uma cela brevemente no lugar do pai. Enquanto subia a escada da torre ao lado de Lio, teve que se obrigar a seguir em frente, pois as lembranças ruins ameaçavam arrastá-la para baixo. Forçou-se a se lembrar de todas as coisas boas que tinham acontecido desde então. Depois da tentativa de assassinato de Lio, porém, até aquilo parecia difícil.

As celas, quase sempre vazias, dessa vez abrigavam os homens leais a Bastien e à revolução. Zombaram de Bela e Lio conforme passavam, entoando gritos de "*Vive la révolution*" e cuspindo aos pés dos dois. Lio a puxou para mais perto, mas não tentou impedi-la de avançar. Bela, por sua vez, nem se incomodou com os insultos. Aqueles homens não a conheciam, não conheciam Lio nem Aveyon.

Aproximaram-se de um guarda sentado a uma mesa, anotando os nomes e os crimes dos homens detidos naquele dia. Não tardaria para que os magistrados os acusassem formalmente, e então os presos seriam transferidos para a prisão de Mauger, onde aguardariam seu julgamento. O guarda levantou-se de pronto assim que os viu e fez uma mesura.

— Senhor? — Ele inclinou a cabeça para Lio, sem saber por que o rei de Aveyon teria ido à masmorra.

— Viemos conversar com um prisioneiro chamado Hercule… — Mas não sabiam o sobrenome dele.

Uma voz se pronunciou, vinda de uma cela próxima.

— Garoutte. Hercule Garoutte.

Bela chegou mais perto e espiou por entre as grades.

— Hercule?

Ele estava sentado no chão de pedra forrado de palha e se virou para encará-la.

— Bela?

Ela se aproximou das grades.

— Eu queria agradecê-lo por…

— Por favor, Bela, não me agradeça.

Bela continuou a falar, irredutível:

— Se não fosse por você, este dia teria sido bem diferente.

— Se não fosse por mim…

— Bastien teria encontrado outro jeito — interrompeu Bela. Haveria tempo de sobra para lidar com os delitos que ele cometera naquele dia, mas Orella tinha deixado bem claro que não havia outra alternativa a não ser apelar para o lado bom que ainda existia em Hercule. Bela não viraria as costas para ele depois de tudo.

Hercule engoliu em seco e, apesar da escuridão da masmorra, viu as bochechas do prisioneiro corarem. Ele tornou a erguer o queixo e ficou de olhos arregalados quando Lio apareceu atrás de Bela. Hercule se pôs de pé, espanando a palha da calça, mas os dois homens continuaram em silêncio. Bela sabia muito bem que não era prudente forçar o marido a falar.

Por fim, Lio se pronunciou:

— Pelo jeito, devo minha vida a você. — Não era gratidão, mas também não era uma afronta.

Hercule retorceu os dedos e fitou o chão.

318

A REVOLUÇÃO DA ROSA

— Encare isso como um pequeno passo para pagar tudo o que eu lhe devo.

Não foi necessário mencionar em voz alta ao que ele se referia. Hercule participara de duas conspirações contra Lio. A escuridão pairava sobre ambos.

— Acho que você pode fazer isso de uma outra forma — declarou Lio, pegando Bela e Hercule de surpresa.

Hercule ergueu o olhar, quase esperançoso.

— Como?

— Você está disposto a testemunhar contra o duque de Vincennes? Sei que temos testemunhas de sobra que o viram tentar atirar em mim, mas também quero que ele sofra as consequências pela traição menos... escancarada que cometeu contra o rei. Você estava a par da conspiração, então talvez possa ajudar a fortalecer as acusações contra Bastien.

Hercule assentiu.

— É claro, Majestade.

Lio respirou fundo e fez sinal para o guarda, que se apressou em responder.

— Por favor, liberte Hercule e anule as acusações que recaem sobre ele.

O guarda fez uma reverência e apanhou um molho de chaves no bolso. Depois, deu um passo à frente e destrancou a cela do incrédulo Hercule.

— Por quê? — sussurrou ele. — Por que fez isso? Por que me libertou depois de tudo o que lhe fiz?

A boca de Lio estava crispada em uma linha soturna, e Bela percebeu que a decisão de libertar Hercule não tinha sido fácil para ele.

— Porque sei como é viver com o coração tomado pelo ódio e sei como é difícil se desvencilhar disso. — Lio entrou na cela e estendeu a mão para Hercule. — Além disso, que graça tem ser o rei se eu não puder conceder o perdão a alguém de vez em quando?

Hercule aceitou a mão estendida e a apertou, e logo toda a tensão se esvaiu.

— Arranje um quarto para Hercule passar a noite — instruiu Lio ao guarda.

— Eu... nem sei como agradecer... — balbuciou Hercule.

Lio assentiu.

— Eu é que devo agradecer a *você* por libertar Bela e salvar a minha vida.

Hercule fez uma reverência para os dois e seguiu o guarda escada abaixo, ansioso para se distanciar da cela da qual tinha sido libertado.

— Eu não estava esperando por isso — comentou Bela.

Lio encolheu os ombros.

— Estou tentando ser mais parecido com minha esposa e ver o lado bom das pessoas, não só o ruim. — Ele estendeu a mão, mas Bela não a pegou. — Hercule nos ajudou a salvar este reino. Não posso ignorar isso. — Olhou curioso para a mão dela, que ainda pendia solta ao lado do corpo. — Vamos sair daqui.

Bela hesitou. Sua intuição lhe dizia que, uma vez na masmorra, não podia simplesmente ir embora.

— Acho que quero vê-lo, Lio, mas você não precisa vir junto.

Ele nem precisou perguntar a quem Bela se referia. A boca se crispou outra vez, mas ele assentiu, deixando-a ir na frente.

Bastien estava sozinho em uma cela no alto da torre da masmorra, a mesma que o pai de Bela ocupara não muito tempo antes. Subir a escada em espiral a deixou tonta. Quando enfim chegaram ao último degrau, Lio se manteve escondido nas sombras. Ela não podia culpá-lo. Não sabia se conseguiria ficar frente a frente com Bastien se estivesse no lugar de Lio, mas estava mais do que disposta a confrontar o responsável por seu sofrimento. A única iluminação do lugar vinha da luz pálida do luar que espreitava pela janelinha da cela e do candeeiro que Bela tinha em mãos. Ela se aproximou das grades e deixou a luz se derramar sobre o prisioneiro.

O duque de Vincennes não pareceu surpreso ao vê-la.

— Você prendeu o homem errado, armaram para mim. Eu sou o duque de Vincennes — disse ele sem emoção, como se a fala tivesse sido memorizada. Ele sabia que Bela não acreditaria em uma única palavra que saísse de sua boca. Só estava fazendo isso para provocá-la. Em seguida, virou a cabeça languidamente na direção dela. — Veio se lamentar pelos erros que cometeu?

Bela olhou para ele ali, estirado em uma cela, desprovido de todas as coisas que tinha usado como máscara em Paris. Os cabelos castanhos estavam desgrenhados, conferindo-lhe uma aparência muito mais jovem. Tinha sido despido de seus trajes suntuosos e vestia apenas uma camiseta branca e calças pretas. Bela nunca o tinha visto com roupas tão discretas. Aquele não era Bastien, o duque de Vincennes. Era um homem derrotado.

— O único erro que cometi foi ter confiado em você.

Ele se levantou e caminhou até as grades, um brilho curioso faiscando nos olhos.

— Quer saber qual foi o maior erro que *eu* cometi? — Bela não disse nada, mas ele continuou mesmo assim: — Meu maior erro foi acreditar que você devesse ser mantida viva. Eu poderia tê-la matado tantas e tantas vezes, Bela. Mas estava convencido de que sua morte frustraria meus planos. Achei que as pessoas a amavam demais, e eu precisava que o povo de Aveyon se mobilizasse pela revolução, e não pela morte prematura de uma rainha. — Esticou os braços e agarrou as grades da cela. — Mas agora sei que só precisava de uma coisa: caos. O povo teria se encarregado de fazer o resto.

— Por que você acredita tão piamente que o povo de Aveyon teria se rebelado?

Ele a olhou com pena.

— Você estava em Paris, Bela. Sabe muito bem que basta uma faísca para incendiar a multidão.

— Aveyon não é Paris, mas parece que você nunca conseguiu entender essa diferença. — Ele fez menção de falar, mas Bela o interrompeu. — E você se enganou, Bastien. Seu maior erro foi acreditar que as coisas devem estar quebradas antes que possam ser consertadas.

Ela lhe deu as costas, tendo alcançado a sensação de encerramento que fora buscar.

Mas ele continuou a falar.

— Onde está meu priminho querido, o *petit lionceau*? Foi se esconder com seus nobres? Espero que saiba que ele nunca poderá amá-la de verdade, Bela. Você é uma camponesa. Um título não mudará isso. Lio sempre vai se sentir superior a você.

Bela se deteve quando estava quase chegando às sombras que escondiam Lio, o sangue fervilhando sob a pele. Tudo o que ela queria era gritar com Bastien, vociferar todas as coisas horríveis que achava sobre ele, fazer tudo a seu alcance para machucá-lo. Mas aí ele se sairia vitorioso.

Em vez disso, Lio saiu das sombras e se deixou banhar pela luz pálida. Bela foi arrebatada pela lembrança de quando pedira que ele fizesse exatamente isso, quando ele era a Fera e ela se oferecera como prisioneira.

Mas aquilo era diferente.

Atrás dela, Bastien soltou uma risada estrangulada e pigarreou.

— Lio, mas que surpresa vê-lo aqui.

— Quando eu passar por aquela porta — respondeu Lio, mortalmente calmo —, vou me esforçar para esquecer sua existência. — Deu um passo em direção à cela. — Quando eu me tornar digno da coroa que você me ofereceu na esperança de causar minha ruína, não será graças a você. — Fez uma pausa, deixando as palavras se assentarem entre os dois. — Seu legado não passa de cinzas e ruína, e seu maior castigo será nunca ver o reino grandioso que Aveyon se tornará, aquele que você concebeu em suas fantasias. Uma pena que tais coisas não possam ser testemunhadas de dentro de uma cela de prisão.

Bastien, um homem tão dado a esquemas e tramoias, não encontrou nenhuma resposta. Lio virou as costas para o primo e pegou a mão de Bela. Ao olhar para o rosto do duque de Vincennes pela última vez, tudo o que Bela viu foi uma expressão vazia.

A escuridão tornou a engolfar a cela e Bela sentiu que finalmente podia entender o duque. Antes, pensava que Bastien fosse incapaz de ser leal a qualquer pessoa além de si mesmo, mas estava enganada. Ele era leal a uma coisa acima de tudo. Juramentos ao reino não valiam de nada; o parentesco com Lio não valia de nada.

A única coisa que importava era promover sua causa, levar adiante a mensagem da revolução. Teria sido admirável se não o tivesse levado por um caminho sombrio.

Conforme desciam as escadas, para longe da cela de Bastien, ela imaginou o que poderia ter acontecido se ele não tivesse decidido se valer da violência para alcançar seu objetivo. Se tivesse chegado a Aveyon com o desejo de colaborar em vez de sabotá-los, talvez tivessem alcançado algo bom. Sabia que houvera um tempo em que Bastien teria sido seu aliado, mas ele só conseguia vê-la como inimiga.

Bela e Lio sabiam que o que acontecera na França tinha sido um erro por parte do rei, e ambos fariam tudo que estivesse a seu alcance para não repetir os mesmos equívocos em Aveyon.

Mas Bastien não conseguia ver nada além de sua própria arrogância. Naquele momento, porém, tudo o que poderia ver era o interior de uma cela de prisão.

CAPÍTULO TRINTA

Quando saíram das masmorras, Bela estava à beira de um colapso. Não dormia direito desde que deixara Lio na cama naquela manhã e todo o cansaço se abateu sobre ela de uma só vez. Deu alguns passos cambaleantes antes de Lio acomodá-la em uma alcova.

— Bela — disse ele. — Está tudo bem?

Ela não tinha percebido que havia tanta dor represada até se permitir chorar nos braços de Lio, liberando todo o estresse e a angústia que a acompanhavam desde Paris. Mas as lágrimas também eram de alívio. De alguma forma, contrariando todas as probabilidades, os dois tinham sobrevivido. Ela chorou nos braços de Lio enquanto ele acariciava suas costas, e sentiu que abraçar o marido era um privilégio que ela não podia desperdiçar. Permitiu-se chorar até a última lágrima, ensopando a camisa de Lio, sentindo-se muito mais leve que antes.

— O que vamos fazer? — perguntou Lio em um sussurro.

— Em relação a quê? — Ela sabia que era uma pergunta estúpida.

— A tudo. Eu nem sei por onde começar a diminuir o abismo que criei entre mim e meu povo.

— Você tem um bom ponto de partida — sugeriu ela.

— Qual?

— A Assembleia Nacional da França está lutando por uma Constituição e um sistema parlamentar de duas câmaras. Luís rejeitou a ideia até que fosse tarde demais, mas e se fizéssemos diferente?

Lio ponderou sobre o assunto por um instante.

— Podemos evitar qualquer tumulto em Aveyon. Basta darmos ao povo aquilo por que outros lutaram e deram o sangue na França.

— Exatamente. Todos os regimes monárquicos do mundo devem tomar uma atitude e os membros do povo merecem ter suas vozes ouvidas. Vamos deixar de lado as leis francesas arcaicas e criar novas leis que sejam mais condizentes com Aveyon.

Lio beijou-lhe o topo da cabeça.

— Nem sei o que seria deste reino se eu nunca a tivesse conhecido.

Bela pensou em Orella, que dez anos antes tinha dado o primeiro passo para unir o caminho dos dois. Estava começando a entender por que Orella tinha agido daquela forma. Às vezes, era preciso fazer sacrifícios para tornar o mundo um lugar melhor. E, embora Bela não pudesse falar em nome do marido, no fundo sabia que ela mesma não teria mudado nada.

Um guarda passou apressado por eles, mas voltou atrás quando os avistou.

— Tudo certo no castelo, Vossa Majestade, mas houve um certo tumulto nos jardins.

— O que aconteceu? — perguntou Bela, temendo o pior.

O homem pigarreou.

— Tem tanta gente que parece até que todos os cidadãos de Aveyon se reuniram lá. — Os dois passaram pelo guarda e começaram a andar em direção ao salão do baile. — Não é seguro, senhor! — chamou o guarda às suas costas, mas eles ignoraram o aviso.

Atravessaram o cômodo abarrotado, ignorando os gritos de seus convidados. Os guardas os flanqueavam de ambos os lados, impedindo que alguém os seguisse.

Bela e Lio escutaram o clamor da multidão antes mesmo de colocar os pés na sacada.

A REVOLUÇÃO DA ROSA

— Será que é melhor esperarmos um pouco? Será que estão muito zangados? — perguntou Bela.

Lio meneou a cabeça.

— Eu me recuso a temer meu próprio povo.

Eles deram as mãos e saíram lado a lado. O sol começava a raiar, trazendo um novo dia, banhando os jardins do castelo com sua luz pálida. A multidão se agitou e gritou, mas foi só quando Bela e Lio chegaram à amurada que os gritos deram lugar aos aplausos e vivas. Havia milhares de pessoas lá embaixo, atraídas para o castelo conforme as notícias da tentativa de assassinato se espalhavam pelas aldeias e cidadezinhas de Aveyon.

Lio acenou para eles antes de se virar para Bela.

— Nada como uma tentativa de assassinato para aumentar a popularidade de um rei, por mais idiota que ele tenha sido.

Bela riu e também se pôs a acenar. Não tardou para que a multidão se pusesse a entoar *"Vive le roi"*, e os gritos os atingiram com a força de um vagalhão. Lio deu um apertãozinho na mão dela e o coração de Bela se enterneceu. Naquele momento, os aplausos e vivas eram uma reação quase involuntária diante da presença do rei, mas logo o povo de Aveyon ficaria a par do que os dois tinham decidido naquela noite, escondidos em uma alcova escura. Logo Lio seria merecedor daqueles aplausos, provando que o povo sempre estivera certo, e Bela não via a hora de o resto do reino descobrir como o rei era digno de todos eles.

Mas então aconteceu uma coisa curiosa. Os apupos se transformaram lentamente, ininteligíveis a princípio, mas logo tornando-se claros:

— *Vive la reine!*

— *Vive la reine!*

— *Vive la reine!*

Lio olhou para Bela, talvez esperando que ela recuasse diante das palavras do povo. Mas a verdade era que ela percebera que o título já não a incomodava como antes. Estava começando a entender que ser rainha não se limitava ao uso de uma coroa. Era uma ferramenta que poderia ser usada para melhorar a vida do povo.

Não era algo que ela precisava temer, e sim uma coisa que ela poderia abraçar e moldar à sua maneira.

Ela deu um apertãozinho na mão dele, mas permaneceu em silêncio, e Lio pareceu entender.

Bela tinha vivido muita coisa desde a época em que desejava partir de Aveyon de vez em busca de aventuras como as que tinha lido nos livros. Mas de repente entendia que, para viver uma aventura, não era necessário sair em busca de horizontes infindáveis. Poderia viver uma aventura ao recrutar mentes brilhantes como Marguerite e Maurice para sua corte para que pudessem desafiá-la. Poderia viver uma aventura ao viajar para os quatro cantos de seu reino e conhecer pessoas de todos os níveis sociais e aprender com elas. Poderia viver uma aventura ao se esforçar para tornar seu reino um lugar melhor para todos, ao lado do homem a quem amava.

Bela se inclinou para sussurrar no ouvido de Lio:

— O povo de Aveyon parece disposto a nos dar mais uma chance. Não vamos desperdiçá-la, vamos?

EPÍLOGO

Ao longo da vida, Bela nunca tinha desejado ou almejado uma coroa.

Em seus sonhos, ela sempre deixava para trás o reino em que nasceu, em busca de aventuras em um horizonte infindável. Aveyon sempre lhe parecera pequeno demais, tradicional demais, pacato demais. Foi preciso abandoná-lo para perceber como tinha se equivocado. E, naquele momento, estava prestes a se tornar sua rainha.

O sol brilhava através dos vitrais da parede leste e inundava a sala do trono de cores. Era uma diferença gritante em relação à primeira vez que pusera os pés naquele cômodo, quando ainda estava coberto por uma década de poeira e decadência. Mas, assim como tudo no castelo, a quebra da maldição o tinha restaurado à sua antiga glória em um piscar de olhos. Cada pessoa nos limites das muralhas do castelo tinha passado por uma transformação semelhante e sido forjada pelo fogo da magia antiga de Orella em algo mais forte do que antes. Bela também estava diferente. Tinha deixado de ser a pobre garota provinciana de antes para se tornar uma rainha por mérito próprio.

Estava empertigada em seu vestido dourado como o sol. Era parecido com o vestido que tinha usado ao jantar e dançar com a Fera, na noite em que ela lhe mostrara uma visão de Maurice e a deixara ir até ele, embora isso o condenasse a passar a eternidade como um monstro.

Era difícil entender quantas coisas tinham mudado desde então, e como tinham chegado longe.

Mesmo que não pudesse ver, Bela sentia que havia centenas de olhares fixos a suas costas. O coração batia acelerado dentro do peito enquanto repetia as palavras que fariam dela uma rainha.

— Eu juro servir ao reino de Aveyon e governar o povo de acordo com suas leis e costumes.

Eram as mesmas palavras que ela e Lio tinham escrito meses antes, na véspera da coroação do rei. Tanta coisa tinha mudado desde então. Fazia apenas algumas semanas desde que Lio tinha implementado a primeira Constituição de Aveyon, consolidando os direitos inalienáveis de todos os cidadãos de seu reino. Não tardaria para que se iniciassem as eleições para eleger os representantes de cada cidade, aldeia e vilarejo que formariam o primeiro parlamento de Aveyon. E a biblioteca de Bela estava quase toda catalogada, com Marguerite e Horloge encarregados de supervisionar os preparativos necessários para torná-la acessível a todas as pessoas de Aveyon.

— Eu juro cumprir meu dever com lealdade e agir de forma justa e misericordiosa em todos os meus julgamentos.

O bispo ungiu sua testa com óleo e murmurou uma oração enquanto servos lhe entregavam a coroa a ser colocada na cabeça de Bela. Era um diadema de ouro simples, incrustado com pequenos rubis, que um dia pertencera à mãe de Lio. O marido de Bela tinha sugerido mandar fazer uma coroa nova, mas ela insistira em usar a de Delphine, pois sabia que usar aquele diadema teria um significado muito maior para ele. Maurice chegara de suas viagens bem a tempo de presentear a filha com uma peça de ouro que fora usada como condutor em uma de suas antigas invenções e incorporada à base da coroa. O pai tinha feito tantos sacrifícios para garantir que Bela tivesse mais oportunidades do que ele, e carregar um pedaço de Maurice na coroa lhe conferia um significado ainda mais especial.

— Quero ver alguém chamá-la de esquisita agora — sussurrara ele quando Bela estava prestes a atravessar a sala do trono até o estrado.

Bela o deixou acreditar que já não era mais aquela garota que os aldeões costumavam achar tão peculiar, mas sabia que não era verdade.

O bispo colocou a coroa na cabeça de Bela, que se pôs a entoar as últimas palavras de seu juramento:

— Eu juro lealdade a Aveyon, acima de tudo.

Todos os presentes no cômodo pareceram prender a respiração quando o bispo anunciou:

— Viva Bela, a rainha de Aveyon!

A multidão ganhou vida quando ela se virou e encontrou o pai em meio àquele mar de gente. Ele estava abraçado com Madame Samovar, ambos com os olhos cheios de lágrimas. Zip os encarava perplexo, divertindo-se com a cena. Horloge estava ao lado deles, com uma expressão de orgulho incontido no rosto, e Lumière estava à esquerda do mordomo, chorando feito um bebê. Marguerite postara-se perto de Aurelian e Hercule, e os três sorriam para Bela. O coração de Bela se encheu de amor ao ver a família, a de nascença e a que tinha escolhido para si.

Bela e Lio tinham dissolvido o conselho um dia depois de ela quase ter perdido o marido para um revolucionário radical, mas isso não significava que os dois governariam Aveyon sozinhos. Sabiam que o melhor para um reino era contar com uma tapeçaria diversa de vozes e perspectivas. O futuro de Aveyon não seria determinado pelas vozes de uma pequena minoria.

— *Vive la reine!* — exclamou o bispo, e a multidão ecoou seu grito enquanto uma chuva de pétalas de rosa vermelho-sangue caía do teto.

Os olhos de Bela encontraram os de Lio em meio ao caos. Ela tinha se apaixonado pela alma dele muito antes de conhecer sua verdadeira forma, mas os olhos continuavam os mesmos. Ele sorriu para ela em meio à chuva de rosas e Bela arqueou uma das sobrancelhas sutilmente. Lio encolheu os ombros e juntou as mãos em concha para coletar as pétalas que caíam.

A maldição perdera seu efeito sobre ele. Lio não era perturbado por pesadelos desde a noite em que tinham ido à sacada e prometido um ao outro que fariam de tudo para tornar Aveyon um lugar melhor.

Bela distinguiu uma silhueta familiar nos fundos da sala do trono, uma figura que a seguira da loja de espelhos em Paris até o porão em que tinha ficado aprisionada. Mas ela não estava ali para alertá-la de algo ou mostrar-lhe visões terríveis. Bela tinha passado a entender que a magia não fluía pelo reino como um rio caudaloso; estava confinada ao espírito de todas as rainhas e governantes que tinham vindo antes dela e ligada a Orella para que ela pudesse ajudar quem mais precisasse, assim como Bela.

Ela viu quando Orella desapareceu feito uma chama que se apaga e se deu conta de que a animosidade em relação à feiticeira tinha ficado para trás. Orella fizera o que era preciso para salvar Aveyon da tempestade. Bela e Lio tinham se encarregado do resto.

O olhar de Bela recaiu sobre o retrato do pai e do avô de Lio, que usavam coroas pesadas como se fossem leves como plumas. Eles tinham nascido para governar, mas Bela não tinha nascido para nada. Os dois tinham jurado lealdade à Coroa francesa, ao passo que a lealdade dela era destinada apenas a seu próprio reino.

Bem lá no fundo, Bela sabia que isso faria dela uma governante melhor.

E todos eles viveram felizes para sempre...

FIM

AGRADECIMENTOS

Não consigo me lembrar de uma vida sem Bela. Como eu tinha só dois anos quando o filme foi lançado, isso até faz sentido, mas há algo mais profundo nesse sentimento. Cresci vendo em Bela uma espécie de arquétipo. Sentia que ela representava tanto a pessoa que eu era quanto a pessoa que eu queria me tornar um dia. Eu, assim como inúmeras outras pessoas, enxergava partes de mim em sua teimosia, empatia, franqueza e coragem. Bela nos ensinou que não há problema em sermos estranhos, diferentes, em sermos quem somos, mesmo quando o mundo insiste que sejamos um outro alguém. Sou imensamente grata por ter tido a oportunidade de contar uma parte de sua história.

Meu primeiro agradecimento vai para minha incansável agente, Suzie Townsend, que ajudou a tornar tudo isso possível. Obrigada por nunca deixar transparecer que meus e-mails desesperados são realmente tão exagerados quanto suspeito que sejam. Dani Segelbaum, obrigada por me ajudar em tudo, desde os assuntos mais diminutos até os mais grandiosos. Um agradecimento especial a todas as pessoas da New Leaf que me ajudaram nesta jornada.

Um agradecimento mais do que especial à minha editora, Jocelyn Davies, por me dar uma chance e por ter nutrido uma conexão tão profunda com a visão que tive para esta história. Este livro (e quem o escreveu) não seria nada sem você. Agradeço a todo mundo da Disney Hyperion por tudo o que fizeram para transformar este livro em realidade. Em especial, meu muito obrigada a Cassidy

Leyendecker, Kieran Viola, Emily Meehan, Jamie Alloy, Marci Senders, Guy Cunningham, Sara Liebling, Lyssa Hurvitz, Melissa Lee, Seale Ballenger, Tim Retzlaff, Elke Villa, Dina Sherman, toda a equipe comercial, Steve Borell, Lauren Burniac e Alison Giordano.

Eu não estaria onde estou sem os amigos escritores que fiz ao longo desta jornada. Obrigada aos meus VIPs: Alexa Donne, Emily Duncan, Rosiee Thor, Rory Power, Christine Lynn Herman, June Tan, Kevin Van Whye e Deeba Zargarpur. Um agradecimento especial a Rory e Christine pelos *sprints* de produtividade que me ajudaram a escrever este livro. Também quero agradecer à minha equipe: Hannah Whitten, Tori Bovalino e Jessica Bibi Cooper. Meu muito obrigada à minha família do Autor Mentor Match, AMM, mas mais especificamente a Leanne Schwartz. Um agradecimento especial àqueles que estão comigo para o que der e vier: Suzie Samin e Brendon Zatirka. Muito obrigada a Kelsey Rodkey, Kat Dunn, Dante Medema e Rachel Griffin por sempre me ajudarem nas DMs. Toda a minha gratidão a Alwyn Hamilton, por estar ao meu lado desde o dia em que me ajudou a escrever a carta de apresentação. Um agradecimento gigantesco a Elizabeth Lim e Alexandra Bracken por todo o seu apoio e seus conselhos. Às minhas lindas agentes irmãs, Laura Steven e Claribel Ortega, muito obrigada por sempre me inspirarem. E um agradecimento especial à minha amiga/cogumelo/gêmea americana Victoria Aveyard por me aturar desde 2013.

Quero agradecer aos meus amigos Tarek, Kerstin, Carrie, Jon, Steve, Michelle, Ted, Jennifer, Brandon, Celeste, Emma e Max por todo o seu entusiasmo e atenção, mesmo diante das minhas explicações intermináveis sobre o mercado editorial.

Agradeço a Biz e Kelly Williams por todo o amor e apoio que me deram ao longo da última década, e ao resto da família Williams por serem os melhores incentivadores que uma garota poderia ter.

Agradeço a meu pai e a Anna pelo incentivo incondicional. E um obrigada ao tio John e a Tee Wei, que, mesmo da Austrália, me fazem sentir seu amor.

Obrigada, Lauren e Wade, por sempre fazerem questão de me lembrar de que eu era uma irmã mais velha carrasca quando éramos mais novos. Amo muito vocês dois.

Um agradecimento especial à minha mãe, por acreditar em mim desde sempre e por me levar à livraria para celebrar cada uma das minhas conquistas.

Muito obrigada a Byron, o bacon dos meus ovos. Eu não teria escrito nada sem tê-lo ao meu lado. Obrigada por ser o melhor pai de *pet* do mundo para nossos gatos Harriet e Gatsby. (E obrigada, H & G, por serem os melhores gatos do mundo e ponto.)

Por fim, meus maiores agradecimentos são direcionados a você, que está lendo isto. Livros não passam de palavras no papel até que alguém decida lê-los. Obrigada por ter escolhido ler o meu.